山的那一边

SHANDE NAYIBIAN

邸红岩 著

中国文联出版社

图书在版编目（CIP）数据

山的那一边 / 邸红岩著. -- 北京：中国文联出版
社, 2021.6
ISBN 978-7-5190-4598-2

Ⅰ.①山… Ⅱ.①邸… Ⅲ.①散文集－中国－当代
Ⅳ.①I267

中国版本图书馆 CIP 数据核字(2021)第 128852 号

著　　者　邸红岩
责任编辑　付劲草
责任校对　慧眼校对
装帧设计　久品轩

出版发行　中国文联出版社有限公司
社　　址　北京市朝阳区农展馆南里 10 号　　　邮编　100125
电　　话　010-85923025（发行部）　010-85923091（总编室）
经　　销　全国新华书店等
印　　刷　廊坊市海涛印刷有限公司

开　　本　710 毫米 x 1000 毫米　　　1/16
印　　张　24
字　　数　335 千字
版　　次　2021 年 6 月第 1 版第 1 次印刷
印　　次　2023 年 3 月第 2 次印刷
定　　价　84.00 元

《山的那一边》

序

孩子读大学去外地了，老头儿上班也离得远了，每天下班回到家，只有一个自己。

社会上有空巢老人一说，我年轻轻的，也提前进入了空巢期。

有要好的朋友，因为跟我同样情形，晚上睡不好觉，身体渐渐出现了问题。在外地上班的老头儿，看在眼里，疼在心上，努力想办法往回调。

我没有掉进空虚的井里去。每每人家好奇地问我："你一个人在家，晚上都干什么呀？"我总是笑着说："看书，上网，写东西，不看电视。我好忙哦。"

真是，我好忙啊！

这不，忙出了这本书。

在自己不长的人生旅途中，有好多事曾经给过自己深深的触动，总爱在不经意间闪现在脑海里，挥之不去。随着日月的增长，这样的事情积压在心头越来越多，未免有点沉甸甸的。

因为每件事情，都给予了自己些许感悟，便想把它们一一写下来，以作为自己来此世上走过一遭的意义和价值。

这不是天意吗？给我创造了这么好的独处空间，让我能够静静地记录下这过往流年。

我相信灵感了，坐下来，面对电脑，文思泉涌。写作，真是如春蚕吐丝一样，源源不断，畅快淋漓，好不享受！

把发表在《荷花淀》上的《捡豆子》拿给妈妈看，妈妈笑呵呵地对我说："你写东西这么简单啊，那不都是实事儿吗？照着写下来就是一篇文章啊？"我笑着说："嗯？您以为书都是编的啊？"妈妈笑着说："可不是？"

家里小妹很认真地对我说："嫂，你写的东西太浅显，都是大白话。"我说："我理解你的意思，你是说该把文章写得深奥一些，才更像有文化。"小妹笑着说："可不是？"

我心里暗自得意：这就是我的风格啊，你们不懂。

写出来了，压在心头的石头一块儿一块儿脱落，再不去想，一身轻松。

邸红岩

2018 年 1 月 18 日

目 录

2003年
作品

判卷儿（小说）

　　早晨八点，全乡教师按乡教委通知匆匆赶到乡中心学校判卷儿。

　　这次考试，一来关系到学生的升级，二来关系到老师的评职称，乡教委格外重视。

　　这个乡共有十所小学，考试时，乡教委把全乡的所有学生做了统一安排，设置了两个考点，若干个考场。为防止学生作弊，十所小学的学生被分别安插在不同的考场，监考老师也做了合理安排。考试过程中，监考老师和学生均不得随便出考场，考点巡视员不停地在考场外走动，检查考场秩序。整个气氛很有点戒备森严的味道。

　　八点钟，老师们陆续赶到。先是开会，校长再三强调了判卷儿的注意事项，尤其是谈到要公平，公平判卷儿，公平给分，因为它关系到每个学生的前途，关系到每个老师的命运。老师们也都是一脸的严肃，没有谁敢在这种时候说笑，大家的心情都不轻松。

　　接下来就是分组判卷儿了。

　　我教的是三年级，自然分在了三年级组。组长领着我们来到一个空着的教室里，因为刚刚考完，学生们都放假了。大家把十几张课桌并在一起，围着桌子坐下来。和我在同一所学校、我俩教对子班的马老师坐在我的对面。

　　马老师今年五十多岁，是老教师了，她毕业于20世纪50年代的中等师范学校。可以说，她为家乡的教育事业，付出了毕生的精力。

　　组长首先宣布评卷儿规则，无非还是重复刚才校长说的那一套，要公平判卷儿，公平给分，因为这次考试关系重大，一来关系到学生的升级，二来关系到教师的评职称，我们要本着为学生负责、为老师负责的精神判卷儿，云云。然后，宣布判卷儿时间为一天，上午判数学，下午判语文，不论多晚都要按时完成任务。

　　组长把密封的数学试卷从档案袋里拿出来，分给大家人手一本。老师们拿到卷子，开始活跃起来，七嘴八舌地议论着这套考题的深浅。组长清了清嗓子，眼睛环视一周，老师们都安静下来。组长开始公布各考题的答案，看没有什么异议，就分派了每个老师应该负责的考题，大家流水作业。

我负责判第三题，马老师判第二题。

开始，老师们都严肃认真地判着卷子，谁也不说话，教室里安静极了。

渐渐地，判过的卷子多起来，便开始拉起话来：

"这个学生准学习好，你看他的字写得多工整啊。"一个教师把手里的卷子拿给身旁的另一位老师看。

"哎哟，都做对了。这肯定是个优等生。"旁边的老师看了卷子，啧啧赞叹着。

"是哪儿的学生啊？这么厉害。"

"教他的老师才叫厉害呢。"别的老师头也不抬地随口应和着。

这时候，马老师猛然扔下手中的笔，抖着自己手里的一份卷子，愤愤地对她旁边的一位老师说："你看这个笨蛋，都做错了。"

旁边的老师叹一口气："唉，碰上这样的学生，谁也没有办法，谁教他，谁就认倒霉吧。"

我没有参与她们的讨论，只埋头看着我的卷子。当判完了一本要送出去的时候，我无意间瞟了一眼已经判过的第二题。猛然发现了问题，第二题里很明显的一处错误旁边竟打了一个对号，而且给了满分。

第二题是马老师判的，要不要告诉她呢？马老师是老教师了，很有教学经验，是全乡有名的好老师。按说，这种错误在她身上是不该发生的。她平日对我很好，我也特别尊敬她。我刚从学校毕业，遇到问题总是向她请教，她一直很热心。

说还是不说？我心里忐忑着。

唉，还是告诉她吧，或许她是没留神判错的呢。

我定了定神，清了一下嗓子，不知为什么，我的嗓子涩涩的，发出的声音也是怪怪的："马老师。"

这个声音把我都吓了一跳。

马老师惊愕地抬起头来看着我。或许是我的声音太高了吧，别的老师都抬起头来看我们。我真感觉有些不知所措，但是已经来不及收回了。我颤抖着把手里的卷子递给马老师，嗫嚅着说："这道题你再看看，是不是判错了？"

马老师把卷子接过去，并不马上看题，而是使劲地把卷子往前翻，一张一张地，那么有力，翻得纸张刺啦刺啦响。看她那样子，好像很生气。

我一直看着她，想知道她的下一步动作。别的老师都低头去看自己的卷子了，谁都不再说话。刚才热烈的讨论也终止了，只听见笔尖画在纸上发出的唰唰的声音。

终于，马老师停止了翻动，慢慢地找到最后一页。她并不说话，只是把那道题的对号改成错号，又把得分改了改。做完了这一切，她把那本卷子扔回给我，眼睛始终没有抬起来，又继续判她的卷子。

我把这本改过的卷子放进判好的卷子堆里，又拿起一本新的接着判。这时候，我留心地看了一眼已经判过的第二题，结果同样的错误又出现了。很明显的一个填空题错了，而题的下边却很鲜明地打着一个对号，而且，这道题又是满分。

我抬头望了一眼对面的马老师，她正在认真地判卷，并没有注意到我。

我的手又开始发抖了，心跳也开始加速了。我想，是不是还让她改过来呢？

我随手往后翻，专看第二题。好家伙，后边还有好几份犯了同样错误的试卷都是打的对号，而且打的都是满分。这下子，我可傻了。

我开始气愤起来。马老师竟然这么大胆地去干，这还谈什么公平判卷公平给分呢？

我瞅着眼前的卷子呆呆发愣。

又一想：唉，算了吧。何必呢？同是一个学校的老师，以后还要打交道呢，别把关系弄僵了。

我调整了一下自己的坐姿，让自己喘一口气，心情稍微放松了些。我接着判卷子，不再去管第二题的对与错。

中午回家，我与马老师同路。她一直不说话，很不高兴的样子。要是在往日，她不定有多少笑话要说呢。我也感觉很憋闷，苦恼得很。

午饭我吃得很少，心里始终压着一块大石头。

为什么马老师不爱理我呢？本来我俩相处得很融洽的。莫非是上午我给她指出错误的缘故吗？可是，平时，她不是那么小心眼儿呀。

她一向都是争强好胜的，教学成绩一直排在全乡同年级第一，这一次她很有希望评上小学特级教师。莫非是怕这次考不好影响了她的评职称？我在心里猜测着。

如果真是这样的，她这种行为也不配升职呀。我又开始愤愤然。可是再想回来，马老师的工作确实是做到家了，一直是那么踏实，那么认真，教学成绩一直是出类拔萃的。她是大家公认的好老师，可就在上次评职称时，很有把握被评上的她却没评上，相反，比她工作时间短，教学成绩也远不如她的另一位老师却评上了。据说，那个老师很有关系。我也曾一度很为她抱不平。

那么，这次判卷就这么过去吧，就当是帮了马老师的忙吧。再说了，谁又没有指定我为监督员，我哪那么多事呢？应该负责的人多着呢。

下午继续判语文。

我只专心判我的题，别人的题我连看也不去看了。

傍晚的时候，卷子都判完了，大家又分头检查了一遍，没有发现什么大的问题。

大家在组长的指挥下，七手八脚地拆封，再按学校班级把试卷分类，然后登记出各班学生成绩单，算出各班的总分、平均分。

经过了一通忙碌，结果终于出来了。在全乡十所学校十六个教学班中，马老师教的班的成绩又是遥遥领先，名列第一。我教的班得了第三。我暗中看了马老师一眼，她正兴奋地翻看他们班学生的试卷呢。

后来，马老师终于评上了特级教师，据说，那一次考试起了很重要的作用。因为全乡第一是一个相当过硬的条件。

在一次课下闲谈中，偶然提到学生写的字，我随口对马老师说："判卷的时候，我看出了我班一个学生的卷子，他的字很特别，我一眼就认出来了。"

马老师问："他答得怎么样？"

我回想着说："别的题做得还不错，就是我判的题减了两分。"

旁边一个老师听了，很不解地对我说："你看出来是你的学生还减分？你真是。如果不减，你的总成绩不就高了吗？"

另一位老师也说："要都像你这么判卷，我们就不生气喽。问题是，有的老师看出来是自己学生的，不但不减分，还加分呢。"

马老师插话说："咱们都做不出那样的事，要是那样做，心里多不踏实。"

我暗中好笑，便问她："你能看出你学生的字吧？"

她说："我一点也看不出来。"

我有意把问题说明白，就把那次判卷的事说了出来。我想，这下，你没话可说了吧？

不想，马老师听了，使劲地拍了一下桌子，很无奈地说："唉，你说的那些题不是我判的，那是小李庄的王老师判的。刚开始，组长是让我判第二题，王老师判第一题的，后来王老师嫌第一题太麻烦，非要跟我换。你说她那么大年纪了，我又不好太驳她的面子，换就换吧。其实，第二题我一份都没判。那一次，你把那道错题指给我，我也不好说你去找王老师吧。因为，按规定老师之间是不能私下换题的。说真的，看到那个错题，我也很生气，那不是明摆着在作弊吗？可是，王老师马上就要退休了，她也是怕自己教的学生考不好，自己脸上过不去。唉，毕竟她教了一辈子的学。其实，王老师很要强的，只不过她的学问浅一点。"

这下，我可真的傻了。

2003 年 10 月

此文发表在王艳芳选编的《春华秋实》上。《春华秋实》出版于 2003 年 10 月，为徐水文联 20 年文学作品精选，时代文艺出版社出版发行。

2012年
作品

家做板面（1）

头天晚上本来想吃饺子，提前和好了面。后来，因为赶时间，饺子馅儿没有做好，就改吃面包了。和好的面用不着，便放到大碗里，蒙上保鲜膜，收进冰箱里。

菜场的小白菜水灵灵的。卖菜的老大妈很和蔼地说：一块钱一捆。手里已经拎了大白菜，还是忍不住拿起一捆小白菜。

早晨醒来，眼睛还没有睁开，脑子里已开始盘算：做什么饭好呢？又快又好吃？

想起昨晚放到冰箱里的面，还有切好的小白菜。

迅速走进厨房，把炒锅放上水，拧开燃气灶。打开冰箱，拿出盛面的大碗，揪起一块儿面，放到案板上。拿起擀面杖，把面团擀成椭圆形面片，再用菜刀把面片切成一个个长条。

锅里的水开了，把小白菜扔进去。随手拿起几条面，两手一抻，面条迅速变薄，也扔进锅里。面扔完了，锅还是开的。

顺手，把两个鸡蛋打到碗里，用筷子迅速地搅，随后，迅速倒进滚开的锅里。

切点葱花和姜丝，放进大碗里，再放些虾皮，还有一点点盐，一点点酱油，一点点醋，一点点香油。

鸡蛋漂起来了，可以关火了。

用勺子把面、小白菜、鸡蛋统统盛进放好调料的大碗里，然后用筷子搅一搅，闻一闻，啊！好香！

一碗家做板面，十几分钟时间，热气腾腾地端上了餐桌。

2012 年 9 月 6 日

越来越好

"每一天，在每一个方面，我正变得越来越好。"

在每天清晨起床前和晚上睡觉前，闭上双眼，张开嘴巴，以让自己能听见的声音，说这段话20遍：

"每一天，在每一个方面，我正变得越来越好。"

抛开所有的杂念，只是重复去说这句话20遍。

可以用一个有20个结的绳子帮着计数或者其他自己觉得好用的方法计数。

坚持每一天这样做，奇迹就会发生。你的每一个方面真的就会越来越好。

试一下。

不费事。

2012 年 11 月 9 日

《越来越好》的由来

《越来越好》这篇小文，源于自己刚刚读过的一本书《意念力：疗愈自我的心理暗示法则》。

这本书的作者是法国著名心理学大师埃米尔·库埃，"自我暗示"学说的奠基人。

他认为，人们身心方面的问题很多是由紊乱和不良的思维方式引起的，我们可以运用自身的本能力量，从身体、精神和心灵上改善自己的境况。

他运用这些方法成功地救助了众多的患者，其中一些患者的恢复如同奇迹一般。

本人购买这本书是在保定裕华路上的新华书店，译者是徐志晶，光明日报出版社2012年9月第1版第1次印刷。封面为黄地黑字，封面的左上角印有"法国再版超过150次，美国面世第一年再版28次"的文字。

书中讲到"自我暗示"是我们与生俱来的一种天分。它拥有一种非同寻常的巨大潜能，可以通过环境作用，将最好的或最差的结果带给人们。

首先，对于那些有害的自我暗示，要尽量避免刺激它们，因为这些暗示或许会将灾难性的后果带给人们。

作者列举了一些曾经发生在社会中的真实事件，比如，媒体上刚刚报道了一起某某人用针头伤害别人的事情，不久，就会在别处也发生多起类似的事件。因为一些容易受到这种暗示的人接受了这个暗示，就真的去做了。还有，懵懂的小孩子在受到家长的什么鬼呀魔呀的恐吓之后，在他们原本纯净的心田里种下了恶的种子，开始害怕那些印在脑袋里的东西了。还有，那些暴力的凶杀的影视剧，简直就是在散布恶的暗示，教会了太多年幼无知的小孩子去做坏事。

那些有害的负面暗示，最好就不要在我们的头脑中出现，更不要去散播。现在有的媒体为了提高收视率，有的可能是没有注意到报道内容会造成负面的社会影响，或者是顾不了那么多，一些报道在无形中构成对一些容易受到"自我暗示"者的一种教唆。

当然，如果媒体中报道的是一些好人好事，一些正面的引人向善的东西，同样会有积极的"自我暗示"影响人们，人们会用那些积极的东西引导自己的行为，社会便会和谐融洽很多。

这就是作者要说的。其次，对于那些有益的"自我暗示"，要自觉地使用它们。这样一来，生病的肌体就能更快获得康复，那些出现错误倾向的人也会由此得到一条正确的道路。

作者在书中分章节介绍了自我暗示的真相，如何运用自我暗示，如何进行自觉自我暗示的练习，以及运用暗示可以帮助治疗的疾病及实例，还有怎样利用自我暗示教育孩子。

失眠是困扰太多人的问题，便秘也是，糖尿病也是，吸烟酗酒也是，等等，还有好多困扰人们生活的问题。

作者认为，如果自己太恐惧什么事情发生，就容易发生什么事情，因为自己总是去想象那种事情会发生。自己想象的事情容易成真。

比如失眠的问题，人们总是在念叨这两个字，或者是四个字"睡不着觉"。不管是几个字，反正事情是一个。白天脑子里想的就是怕它，与人谈论的也是它，晚上临睡前还是强调一下不知道今晚会不会睡好，其实脑子里在想的是可能又睡不好了。如果换个思维方式，就是坚信自己能睡好，什么也阻挡不了自己能睡个好觉。脑子里没有那些对睡不好的恐惧，只有我会睡得很好的想法，那谁又能睡不好呢？

想象的力量是如此之大，你想象什么就是什么。你想象着自己是健康的，那你就是健康的，吃什么什么香，干什么什么好。你想象着自己会哪里不舒服，那里就真的会不舒服，于是你的注意力都上那里去了，越是想着自己真是病了，自己就真的病了。

找什么的都有，喜欢什么的都有，如果是为了换取别人的注意和爱而自己想象着生病的自己是多么众星捧月，多么备受呵护，那就尽管想象自己得病好了。那如果自己觉得生病是一件很难过的事情，是一件特别不喜欢的事情，那就不要去想那些病，将那些病的名字彻底从自己的字典里删除掉，试试看，奇迹就在这里。

当然，对于那些已经生病了的人，我们不能说他们就是想生病，但是他们肯定惧怕这种事情的发生，惧怕其实也是在想象啊，又回来了，想象成真。对于已经生病了的人，就是采用寻医问药结合积极的"自我暗示"，效果会非同寻常呢。

"只要你活着，那么请你在每天早晨起床之前和每天晚上刚上床的时候，将眼睛闭上，活动自己的嘴唇说话，此时声音的高度以自己能够听到为准，不要企图去想你所说的——倘若你想起了，那没关系；倘若你没有想起它，也没关系。借助于一根有节的绳子，重复地说20遍'每一天，在每一个方面，我正变得越来越好'。"

"用这种方法来尝试一下，就如同那些在教堂里祈祷的人一样，不做任何努力地、以独自的方式说'每一天，在每一个方面，我正变得越来越好'。就像这样，每天说上20遍。"

"通过在耳边机械地重复'每一天，在每一个方面，我正变得越来越好'，你将成功地在你的意识和潜意识中输入这个信息。"

伟大的埃米尔·库埃，毫不吝啬地把他的伟大发现无私地告诉给人们，方法就是这么简单，简单得简直让人难以相信这会是真的。可是，事实证明，这就是真的。这个方法让无数的人获得了新生，他也期盼着有更多的人掌握这个简单的方法而获益。

书的封底有这样一段话：

拥有美丽的容颜、窈窕的身材、光滑的肌肤……只要你敢想象，那么它就有可能发生。如果你想改掉某种恶习，如吸烟酗酒、刚愎任性，都可以通过持之以恒的暗示加以改变。就算那些心脏有问题的人，也可以通过不断暗示，使自己愉悦起来，从而使血液循环得到改善，令人不愉快的心悸逐渐减少。

让我们的生活中多一些良性的积极的健康的自我暗示，少一些恶性的消极的阴暗的不健康的自我暗示吧，多说正面的东西、好的善的东西，不说负面的恶的东西，多说健康的东西，不说病痛的东西，那人们的心里会充满阳光，社会会更加和谐稳定，人们会更加幸福满足。

2012 年 11 月 10 日

清除心理垃圾

在我们的现实生活中，会随时产生垃圾。

在家里，每天产生的垃圾都会清理出去，扔到外边的垃圾桶里。家里是不会存放没用的垃圾的。如果有谁比较懒一些，垃圾扔得不是很勤，就会有恶臭从盛放垃圾的地方散发出来。于是，再懒的人也得马上行动，赶紧把散发着恶臭的垃圾清理出去，不让它继续污染自己房间的空气。

即便是没有难闻的气味从垃圾里散发出来，人们一般也不会在自己的房间里永久地存储垃圾。因为，垃圾嘛，毕竟是没有用的了，自己的房子就那么大点儿，垃圾越积越多，会占用本该属于我们自己的自由空间，如果垃圾攒得足够多的话，生活在房间中的人，肯定连迈步子的地方都没有了。

所以，没有谁会乐于积攒垃圾在自己的房间里。

我们的心理，其实也跟一个房间差不多。

生活中遇到的不如意，会严重干扰我们的情绪。本来很好的心情，会因为不如意事情的出现，而变得很糟。这些不如意的事情，其实就是心理上的垃圾。

有意思的是，很多人没有意识到这些心理上的垃圾是该扔掉的，相反，却是积极存储。人们很喜欢这些心理垃圾，会时不时地把这些不如意的事情从记忆深处挖掘出来，细细地琢磨，慢慢地品味。这些垃圾也不断地发酵，放大，发出越来越浓重的臭气。甚至，因为不舍得扔掉一点点，随着岁月的增多，垃圾也越积越多，垃圾产生的毒素也越来越多，心理空间慢慢地被占领，心里能盛放美好东西的空间也越来越少。

我们在房间里待着，都喜欢清新的空气。没有特殊原因，谁也不会把扔掉的垃圾再去捡回来。可是心理上的垃圾为什么要捡回来呢？就为了置气。

气大了伤身，这谁都知道，只是不知道怎么样不去生气，也不让气伤了身。

心理上不如意的事该扔就扔了吧，腾出空间来享受美好的东西。

2012 年 11 月 12 日

走近安详

"一个人，一个家庭，一个单位，一个国家，要想康泰就要长养安详之气。"

这是郭文斌在《寻找安详》（修订本）中的引子。

前些天逛保定图书大厦，偶然发现了《寻找安详》这本好书。这是一个修订本，作者是郭文斌，中华书局出版发行，2012 年 6 月北京第 5 次印刷。这本书的第 1 版于 2010 年 1 月在北京第 1 次印刷。

首先吸引我拿起它的是"寻找安详"这个书名。书的封面，乳白色的底子，大面积的空白，只在右侧近五分之一处，竖排印着"寻找安详"四个中号字。字的上边，画有一盏点燃的油灯，如豆的火苗，圆圆的光晕，向周围释放着淡淡的温暖。

"若干年前，我得了一种怪病，遍寻良医均不得治。就在我心灰意冷的时候，上苍让我碰到了一位高人。"

翻开书，开头的这段话引起了我强烈的好奇心。

"那是一次想来有点传奇色彩的邂逅。故事的过程不在此赘述，单表结果，那就是折磨我多年的顽症居然被他治好了。"

是什么灵丹妙药这么神奇呢？

"说来你们也许不会相信，他开给我的全部药只是一个词：安详。"

文中的高人说："所有的疾病都来自非安详，一个人，一个家庭，一个单位，一个国家，要想康泰就要长养安详之气。"

那"如何才能安详"呢？

高人说："读安详的书，做安详的事。"

作者说："病急乱投医，带着试试看的态度，依教奉行，不想身体果然渐渐好起来；两个月后，折磨人的病痛基本消失；半年后，我成了一个让大家羡慕的健康人，生活和事业也顺利起来。"

那他是怎么"依教奉行"的呢？

他说："安详是一种不需要条件做保障的快乐，换句话说，它是一种根本快乐、永恒快乐、深度快乐，它区别于那种由对象物带来的短暂快乐、泡沫快乐、浅快乐。"可以"通过'给''守''勤''静''信'，我们走进安详"。

"'给'就是把我们能拿出来的那份物力、体力、智力奉献给社会，并且不求回报。只有如此，我们才能融化'自我'这块坚冰，清除这一通往安详道路的最大障碍。"

"当我们尝试着把能拿出来的那份财物给更需要的人，一段时间之后，我们对财物的占有欲就降低了。渐渐地，就能体会到钱财的得失不再对我们造成很大的焦虑了。同时发现把财物给急需的人更有增值感，这种增值感是物质的，又是精神的。这样，附着在财物上的那个'我'融化了，另一个'我'诞生了，它就是本我。"

"通过把自我认同的财富、力气、智慧给予他人，我们的心量就打开了、扩大了，结果是，焦虑消失，安详到来。"

"'守'是让心归到本位，让行归到伦常。""而要让心归到本位，就要回到现场。"

作者在这里着重强调了现场感，就是心要跟着现场走，你现场在干什么，心就感悟什么，而不是"神不守舍"，手里干着这个活儿，心早不知道跑到哪里去了。

"当我们随时随地都能回到现场，并且明明白白地感受着这个现场，安详才能到来。"

"'勤'意味着行动力。"作者在这里强调了，不能光说不练，"'勤'事实上是强调从细节做起，从改过做起，从衣食住行待人接物做起，不放过每一个因缘。"

其实，在这里，也可以说，作者是让人们多些勤勉，不要懒惰。一般来讲，勤快的人大多不爱闹毛病，每天都忙忙碌碌的，根本没有时间去胡思乱想，在不断地劳作中，他的心其实是安详的。

"'静'是生命力，或者说是生命的体。累了一天，睡一觉，精神百倍，补给能量的，正是静。这个静，既是状态，又是能量。"

关于"信"，作者说道："一个人要找到安详，应该让心先定下来，而要让心定下来，就要在心中存有'天意'。在人间，天意表现为道德、伦理、因缘、程序。信天意，就是要我们遵守道德、伦理、因缘和程序。道是生命的交通规则，德是按照交通规则去行走，红灯停，绿灯行，车走车道，人走人道；伦理是天地的关系；因缘是古人对生命运化的规律性认识；程序就是'瓜豆原理'，种瓜得瓜，种豆得豆。"

以上这些，可以说是怎么"做安详的事"，以找到安详。

那么怎么才算是"读安详的书"呢？

作者说，他是从一些古典书籍中去寻找的。我们国家的古典书籍，可以说是浩如烟海，那些弘扬中华文明的古籍，正是可以让自己找到安详的发源地。他读孔子，读庄子，读老子，在古代先贤的教导中体会到安详。现代的，就是多读一些使人安静的书，引人向善的书。现在市面上充斥着大量勾起人们无限欲望的书，那些书给人的就不是安详，而是攀比与虚荣，是焦虑与躁动。人们都觉得现在的世人有心理问题的越来越多了，其实，就是那些欲望的勾引和这些欲望的不可实现之间造成的矛盾冲突对人本身的一种现实的伤害。如果抛开了那些让人浮躁的种种贪念和欲望，静静地读一些优美的文字，该是一件多美好的人间幸事。

作者通过"读安详的书，做安详的事"，治好了自己的怪病，而且把自己的心得体会写成了书，让更多人受益。

这真是一本难得的好书，在当今物欲横流的大环境中，它就像一股清新的风吹来，让人备感轻松惬意。又走进书店去找，想多买两本送人，书店的人说：卖完了，可以记下电话，来了再通知你。

2012 年 11 月 16 日

"观花赏景"与"后边"

　　"观花赏景"是评剧《花为媒》中的一句唱词，我上小学三年级时把它写进作文里，曾获得过老师的好评——这个词的下边画了圈儿。老师评点作文的时候，习惯在觉得好的词句下边画圈儿，以示鼓励。

　　小时候，家里没有什么书可读，经常是手里捧个戏匣子（收音机）听戏、听评书、听广播剧，还有相声。常志播讲的整部快板书《西游记》就是那时候听的。还有刘兰芳播讲的评书，像《杨家将》《岳飞传》等。记得有一次去大姨家，竟然听上中学的哥哥说不知道杨家将是谁，心里觉得真是不可思议。

　　因为读书少，脑子里装的词汇就少。心里觉得"观花赏景"是个好词，就放到作文里边去。可是，又觉得有点不对劲儿，因为在这里用两个字的词最合适，也不会拆开来用，根本不知道世界上还有"观赏"这个词的存在，就那么生生的四个字一起绑着用。没想到还获得了老师的好评。现在想想，那时候，我们小学生的作文水平可见一斑。

　　还记得有一次写作文，也是小学三年级的时候，想表达"后边"的意思，就站起来问老师："老师，'后雨儿'的'雨儿'怎么写呀？"因为平时老师说话都是管"后边"叫"后雨儿"，我们的方言叫"后尾（yǐ）儿"。然后老师就在黑板上写出"后边"，并说，就写成"后边"。这时候，我才知道我们平时说的"后尾儿"，就是"后边"。这个事情给我留下了非常深刻的印象。

　　一个"观花赏景"，一个"后边"，时时提醒着我掌握词汇的重要性。后来我当了老师，再后来有了自己的孩子，在教书的过程中，在对自己孩子的教育中，时刻不忘的，就是多增加孩子的词汇量，引导孩子多读书。

　　心里一直有个结，就是自己小时候读书少，掌握的词汇少，写作文时想表达什么意思，脑子里没有相应的词汇可以提出来使用，显得笨笨的。其实，并不是笨，而是没有存储。就如同电脑，电脑里没有安装的软件，你再着急也用不上，因为没有存储。如果脑子里存储了足够量的词汇，表达问题，理解问题，都会非常轻松，人也显得聪明。

现在的家长都希望自己的孩子聪明好学，在学校里能排名靠前。有的家长方法得当，知道怎么让孩子在轻松快乐中获得知识，获得技能。有的家长，就是方法欠妥。比如，有的家长为了孩子能取得好的学习成绩，就不断给孩子买各种复习资料、各种习题集，却视课外读物为大敌。他们觉得孩子读课外书简直是一件浪费时间的事，是一件不务正业的事，是一件不可饶恕的事。一看到孩子偷偷读课外书，就怒不可遏，就大发雷霆，甚至对孩子横加指责。岂不知，这是在摧折孩子的翅膀啊。孩子在兴趣盎然地读课外书的过程中，潜移默化地吸收了书中的各种营养，包括积累词汇，包括运用词汇，包括语句的表达，包括书中介绍的知识，包括对社会人心的体会，包括善与恶的分辨，包括对美好未来的向往，包括良好人格的养成，等等。如果只是一味让自己的孩子学课本上的东西，那岂不是在葬送孩子的美好未来吗？课本上的东西毕竟是有限的，孩子的小脑袋瓜可不是只那一点点东西就可满足的。就如同吃饭一样，一个食量很大的人，你每天只给他一粒米、一滴水，那能行吗？

我们都知道，"巧妇难为无米之炊"，孩子如果词汇量积累不够，那表达问题肯定费劲，理解问题同样不会轻松，那学习能力肯定要大打折扣。其实想想，积累词汇可以说是学好任何功课的源头。

2012 年 11 月 25 日

小肚子

　　突出的小肚子是很多女同胞的心病，谁都不愿意它长出来。按人们的理想，小肚子的部位应该是平平的，穿什么衣服都会很漂亮。小肚子不是大肚子，小肚子都不愿意有，更何况长出大肚子，那简直是令一些在意的人不能忍受的一件事。所谓的身材走样，也许就包括长出大肚子吧。

　　据观察，没有小肚子的人一般都是瘦瘦的。你肯定会说，人瘦了，当然没有多余的东西长在肚子上。有一定的道理。但是，也有瘦的人有小肚子的，上身瘦瘦的，只在小肚子的地方鼓出来，然后下边再瘦下去。

　　据观察，没有小肚子的人一般都比较勤快，就是爱运动，爱活动，爱干活，没有懒散地窝在沙发上、椅子上或者床上不爱动的习惯。

　　据观察，拥有小肚子或者大肚子的人，一般都有很好的胃口，而且生活条件相对比较优越，想吃什么都能吃到，最重要的是喜欢吃肉。

　　据观察，拥有大肚子的人一般有比较多的社交应酬，在社交应酬中，会不知不觉吃进太多的东西，从而造成了极端的营养过剩。当然，也有虽然没有应酬，但是家里生活水平极高，总是吃进一些高营养的东西，而且不节食，看到美食便不住嘴地吃，那肯定会积累太多的脂肪在肚子上。还有一些不是生活水平有多高，而是总是吃得太撑。本来已经吃饱了，为了那饭菜太好吃，或者不想剩下东西，还是硬生生地往肚子里装，也容易形成个大肚子，因为把胃撑大了，胃可以盛更多的东西，所以吃进的就会更多，肚子也相应地越来越大。

　　再有就是大肚子的人一般有排泄的困难。这一点比较关键。想想也是，每天吃进那么多东西，又是只进不出，那东西会去哪里啊？不可能都转化成了能量和营养，总是要有一些没用的残渣碎屑留下来的。残渣碎屑日日积累，也应该有个不小的规模了。于是，小肚子就慢慢变成大肚子了。

那些爱活动的人为什么没有小肚子呢？因为这些人爱活动，促进了胃肠的蠕动，排泄都很顺畅，而且养成了每天排便的习惯，也就是不留一点残渣剩屑在自己的肚子里。小肚子的部位没有什么东西堆积在那里，当然就会平平的，不会有东西鼓出来。

看来，不想长出小肚子，要把好两个关。一个关是要吃得适量，不吃太饱；一个关是要养成定时排便不憋着的习惯。有了排便的意愿，不管是大是小，一定及时解决，而不是往后拖。有的人很忙，也经常是把这句话挂在嘴边："忙的连上厕所的时间都没有。"那么忙，就只好委屈自己的身体了，长此以往，想想会怎样呢？

我们应该都有这样的经验，就是能"憋回去"。那个"憋回去"，其实不是憋没了，而是把盛放那些废物的器官撑大了，因为器官也是有弹性的。那撑大了，会怎么样呢？会盛的东西更多呀。所以，当平日里你应该把废物排掉的时候，它因为盛得多了，就会不急着通知你了，因为还没有到这个器官满得需要释放的时候。就这样，我们的器官越来越能盛东西，我们的小肚子也就随着时间的推移，越来越大了。而且，还有一个弊端是什么呢？因为小肠总在吸收小肠里东西的营养，那小肠里的东西积累了那么久，营养早就吸收完了，可是那些没有营养的东西还在小肠里边待着，不舍得出去。小肠的吸收功能是一直在发挥着作用的，它才不管你这些待在小肠里的东西是不是有营养呢。那营养没了，吸收什么呢？有什么吸收什么呗。比如，水分，为什么好多人排便那么困难，就是因为那些废物待在小肠中的时间太久了，水分都被吸收了，只剩下干干的东西，再没有什么好的东西拉着、拽着，那肯定是往外排是一件非常困难的事情。再有，就是毒素。怎么还有毒素呢？我们又没有吃毒药。我们知道，如果一些食物在常温下放久了，会变质，然后会发酵，会产生毒素。这里就是这样。食物的残渣在小肠中积累得久了，自然也会产生毒素了。这些毒素会被小肠尽情地吸收了去。吸收了去之后呢，当然就在我们的身体上发挥作用了。那些毒素会侵害我们的身体器官，致使我们的身体某些部位不舒服，疾病就产生了。

说了这么多，感觉有点道理吧。

现在总结一下，要想没有小肚子，可以这样做：

首先，我们应该有坚强的信念，就是，我是健康的。这一点非常重要，因为只有健康的肌体，各项功能才能正常发挥着作用呢。我们坚信自己是健康的，自己身体的各项功能都在正常地发挥着作用。

然后，就是饮食习惯的问题。一顿饭不能进食太多，不能总是吃到撑得受不了的地步。而且吃东西不能太精细，要多吃一些膳食纤维。这些东西有饱腹感，能让自己在吃进东西的同时，不至于营养太过剩，使自己不会过于肥胖，它还能裹挟着那些残渣往外排，有促进排废物的功能。

再有，就是让自己动起来，不能老是坐着或是躺着。如果由于某种原因，自己必须采用长久的坐姿或者躺着的话，那就多用手去揉肚子，用外力促使胃肠蠕动，促进小肠中的废物排出去。

还有，就是一定不能憋着，这是必须要做到的，因为一旦你憋一次，那就习惯性地把小肠呀什么的憋大了，盛的东西一多，身体发出的排便信号就不及时了。

或许有人会说，我已经长出小肚子了，我的小肠已经被撑大了，那怎么办呢？非常好办，只要你有信心让它缩回去，它就一定能缩回去。就按上边讲的办法，慢慢来，每天都会有新变化。而且，如果坚持每天早上起床前和晚上睡觉前，闭着眼睛，以让自己能听见的声音说这句话"每一天，在每一个方面，我正变得越来越好。"20 遍的话，你的变化肯定会更快一些。

别着急，慢慢来。

2012 年 11 月 28 日

显摆

显摆，字面上的意思是明显地摆出来，或者是摆在明显的位置。商务印书馆的 2002 年增补本《现代汉语词典》是这样解释的：〈方〉显示并夸耀，也作显白。〈方〉的意思是方言用语。

一般来讲，一个人如果爱在别人面前展示自己的衣食住行等方面所拥有的东西，并且在展示过程中有一种超越别人的快感，那别人就容易觉得这个人爱显摆。

比如，穿了一件名牌的新衣服，去了一家高档的餐厅吃饭，添置了一件很撑门面的物件儿，去哪里旅游了，玩儿了哪些新鲜的娱乐项目等。

一般，说者总会眉飞色舞，内心欢喜雀跃；听者总会投去艳羡的目光，也或许还有内心的一点点酸楚，又或许会有心中一点点的不屑。

爱显摆的人，究其心理，一般是想在别人面前表现出自己的优越感，从而让别人对自己高看一眼，最起码是不输给别人。

显摆的时候，应该看准面前的对象。与自己生活水平各方面旗鼓相当的，就尽情地显摆好了。因为对方的心里并不觉得你的显摆是一种炫耀，是一种威胁，因为他也有足够用来显摆的东西而不输于你，你们之间的各自显摆就算是一种平等的交流，互通有无，取长补短，共同增进各自生活的情趣。这样的显摆是最受大家欢迎的，谁也不高，谁也不矮，大家的呼吸是均匀的，心跳是正常的。

最不受欢迎的，是那种优越感十足，并且还有可能外带着斜着眼睛看人的那种显摆。那个人本来各方面都高别人一头了，或者是工作上，或者是职位上，又或者是家庭上等，本来那种只见自己笑不见别人哭的优越感已经压得别人快喘不过气来了，那人还在那里不停地显摆呢。今天跟哪个领导吃饭啦，明天还要去哪里玩儿啦；今天刚买了一件什么名牌衣服呀，明天还要团购个什么东西呀，等等。听着的人，嘴上乐乐的，心里都酸酸的，他能不能不跟我们汇报这些呀，太刺激神经了。

是啊，这种显摆就显得有些不够厚道、缺乏人道主义精神了。本来，你的气势已经压过了别人很多了，别人已经恨不能钻到土里去了，你还在那里沾沾自喜，津津乐道自己的优越，尽情地显摆，这不是往别人伤口上撒盐吗？还让不让人活了？其实，完全可以低调一些嘛，甚至干脆放低了身段，少表现一下自己，多留一些表现的机会和空间给别人。大家心情都放松满足了，那该多么和谐呀。

　　其实，如果排除掉羡慕嫉妒恨这种在显摆过程中容易产生的心理因素外，单单讲显摆这件事，是很有益的。起码它让显摆的人心情舒畅了。它很直接地表现了人的阳光大气，有好东西愿意与人分享的好品质。因为只有分享了，才能促进不同文化呀生活呀之类的交流，才有大家的视野的拓宽，才能促进人类共同进步。

　　你想呀，你穿了一件衣服，感觉真的很好，就告诉别人了。别人知道了这件衣服好，或许就会也去买一件来穿。你去哪里玩儿了，有哪些好看的景致，回来告诉朋友了。朋友也许改天也去那里玩儿玩儿看看。这应该是对促进文化的繁荣起积极作用的。

　　其实想想，爱显摆的人挺可爱的。我们国家自古主张中庸之道，一般人为了保护自己，是不愿意出头太盛的。而这些爱显摆的人，却完全不理这些，他们宁可冒天下之大不韪，也要忘我地为我们生活的多姿多彩做着贡献，他们是多么伟大啊。他们从不刻意隐藏自己爱表现的天性，而是率真坦荡，没有什么可藏着掖着的，一股英雄豪气。

　　只是，有的时候，爱显摆的人也挺受伤的。比如，对方吃饭都成问题了，爱显摆的人还一味地大谈自己吃过的美味佳肴；对方穿衣都成问题了，爱显摆的人还在一味地大谈自己的华服美裘。你说，他这样不是找着挨怼吗？那没有办法，谁让他爱显摆呢。

2012 年 12 月 2 日

表情纹

　　表情纹，顾名思义，是由于面部丰富的表情而生长出来的皱纹。

　　记得我刚刚师范学校毕业，被分到一个乡中心小学教书。有一次，在附近乡政府上班的学姐过来玩儿，我的同事也大都年龄相仿，学姐和我们相谈甚欢。

　　都聊了些什么，现在早记不起来了。唯一印象深刻的，就是那位学姐丰富的面部表情。时而眉毛上挑，时而嘴角下撇，时而耸耸鼻子，时而嘟起嘴巴。还有好些细微的表情动作，本人因为词汇贫乏，不能一一细表。她的表情是那样夸张，有的时候，甚至是好几个表情同时出现在脸上。所以，当年的丰富表情一直印象深刻到二十几年之后的今天。

　　私下猜想，如果那位学姐这些年一如既往地面部表情那么丰富的话，大概现在脸上有皱纹一大把了吧。

　　有个发现，就是与我国的同龄人相比，外国人比较显老。当然，同时我们也会发现，外国人说话的时候，表情动作是异常夸张和丰富。

　　很显然，这些表情纹的出现，跟夸张的表情动作有关。

　　抬头纹，是额头上长的皱纹。如果细心观察，会发现，长有抬头纹的人爱低着脑袋抬起眼睛向上看人。还有，就是说话的时候，爱向上挑起眉毛，可能是为了加强说话的表现力。眉毛挑起来了，额头的皱纹也出来了。这个动作成了习惯性的，那额上的皱纹就会越来越深。一般低着脑袋往上看人，眼睛要使劲地往大了睁，很容易就把额头皮肤往一块儿挤了。久而久之，额头纹就出来了。据观察，播音员大都爱在讲新闻的时候挑眉毛，可能是为了增强生动性和表现力。每每看到漂亮的她们频繁地挑起眉毛的时候，真替她们感到难过。因为，那样做可能是她们的职业习惯，但是，这会不可避免地增加长出抬头纹的概率。

　　说话的时候平视前方，无须使劲地往上抬眼睛，去掉挑眉毛的习惯，额头的皮肤总是处于平静如水的状态，想想看，抬头纹从何而生呢？

眉间纹，就是两眉之间竖着的皱纹，有一条的，有两条的，也有三条的。三条的，又叫川字纹。眉间纹的产生跟经常紧皱双眉有直接关系。在强烈的阳光下，人们都会不经意地皱起双眉，以调节好眼睛的视角来看东西。在有烦心事的时候，所有人都会不由自主地皱起双眉，来调节压抑的心情。一般情况下，有眉间纹的人，给人的感觉是比较沉重的，总是愁眉苦脸的人特容易长这种皱纹。所以，有了眉间纹，很可能是有过心情不舒畅的经历造成的。要想眉头舒展，不出现眉间纹，就要放宽心情，凡事不计较太多，多做善事，常怀感恩。对于出现了的，可以经常用手指去抚平，可以放松双眉到本来的位置，慢慢地就会展开来。

鱼尾纹，是长在眼睛外眼角周围脸上的皱纹。因为这里的皱纹呈现多条散开似鱼尾一样的形状，故而人们习惯称为鱼尾纹。也或许是因为人的眼睛很像一条鱼，眼角的皱纹形状又像尾巴，所以就叫鱼尾纹了。当然这两种原因，完全是本人的猜想。

我们都知道，鱼尾纹在大笑的时候最明显。因为笑起来，脸上的肌肤往上抬，眼睛也容易眯起来，牵扯起眼周的肌肤。时间久了，这里就容易形成皱纹了。一般，爱笑的人容易长鱼尾纹，眼睛大一些的人也容易长。因为心情好才会爱笑，所以，如果自己长了鱼尾纹，也不会太影响自己的心情。

如果不想长出鱼尾纹，那就少乐一些，可以整天板着脸，脸上总是没有什么表情，皮肤不被牵扯，是不是就好些？

还有，我们都有体会，在强烈的阳光下，眼睛都不容易睁开，得使劲儿眯着眼睛看东西。这时候，我们的眼周都会出现明显的鱼尾纹。为了减少眯眼的动作，人们都习惯戴上太阳镜。太阳镜，很配合地挡住了强烈的阳光的刺激，眼睛得以舒服地睁开，不必眯起眼睛，所以，就减少了鱼尾纹的生成。

鼻子上的细小皱纹，多见于爱皱鼻子的人。同样是因为相同的动作做得多了造成的。

法令纹，是从鼻头的两侧向下延伸到嘴角两侧，再向下延伸的皱纹，有点像我们常用的小括号。这种皱纹的出现，可能跟撇嘴有关系。有的人很爱撇嘴，可能是让自己看不惯的东西太多，也可能是自己的眼光很高，看什么都不过眼，很喜欢撇嘴，表示自己很有一套。当两边的嘴角向下撇，或两个嘴角向两边咧的时候，就容易出现法令纹。当然，也包括笑的时候。据观察，不少人在吃饭的时候，爱使劲把嘴角往一边咧，不知道是什么原理，按本人的经验，不咧嘴角，一样吃饭很香。当每咀嚼一下，都要使劲往脸的方向牵动一下嘴角的话，想想看，那里的皱纹是不是会更深一些？

脸上的细小皱纹。这里也应该是脸部肌肤总是被牵动的时候造成的。比如：说话、微笑、大笑、吃饭。总觉得，吃饭的时候应该小口吃。如果食物塞到嘴里，脸上都鼓起来一个大包，那想想也知道脸上的肌肤被撑大了，就像气球充了气。吃完了饭，脸上的肌肤又恢复了原状。但是，它毕竟被牵扯过，如果总是这样，被牵扯的次数多了，皮肤就会变得松弛，所以出现皱纹也是很自然的事了。如果换成小口吃饭，而且吃到嘴里的东西都存在口腔的中间，也就是舌头的上方，慢慢地嚼，留意不让自己的脸被吃进的东西撑起来。长此以往，想想看，脸上的肌肤很少被牵扯，是不是就紧绷绷呢？

当然，表情纹的出现远不是本文中讲的这么简单。还有脸上如果缺水，太干燥的肌肤很容易失去原本应有的弹性，还有风吹、日晒、雨淋、冷冻等因素。当然还有情绪差、皮肤的自然衰老等因素。没有了弹性，皱纹就很容易生出来了。

面部表情做得别太夸张，可以减少表情纹的产生。还有，保持脸部肌肤的湿润，晚上睡觉前一定要坚持洗脸，把一整天糊在脸上的东西彻底洗掉，然后用些保湿的东西在脸上。这样可以修复白天由于脸部动作造成的细小皱纹。

2012 年 12 月 11 日

下雪了（1）

下雪了，
窗外的苹果树上，
一只麻雀，
在频频地点头，
尽力地啄着，
已然干枯的树枝。

窗内的女人，
走回厨房，
拿来拖把，
静静地扫去，
外边窗台上，
厚厚的积雪。

又去拿来，
一碗小米，
黄灿灿的，
撒在，
外边的窗台上，
等着麻雀来吃。

2012 年 12 月 14 日

下雪了（2）

朦胧中，
手机叮咚一响，
原来是，
家人的短信，
提醒自己，
下雪了，
上班路上，
注意安全。

屋子里，
没有暖气，
清冷的光，
从窗帘透过，
哦，
下雪了，
可是，
心里暖暖的。

2012 年 12 月 14 日

下雪了（3）

下雪了，
小姑娘，
小伙子，
拿着扫帚，
挥着铁锹，
门前，
干干净净，
雪人，
瞬间堆起。

小姑娘，
拿着手机，
镜头对着，
漂亮的雪人，
小伙子，
拿着布条，
随意放到，
雪人的头上，
大伙儿拍着手儿笑。

2012 年 12 月 14 日

恐惧

说到恐惧，或许大家都有过体验。比如小时候，家长总是用什么什么来吓唬我们，于是，我们就对什么什么心生恐惧了。

恐惧，就是对看到一种东西，或者面对一种处境时，心理上产生的极度害怕的感觉，害怕到无以复加的程度。它会让心生恐惧的人乱了方寸，失去理智，浑身乏力，坐立不安。甚至，害怕到极点，还真的会把命搭进去。

可以想见，恐惧的破坏力是何等之大。

曾看过一部电影，叫《原野》，改编自曹禺的原著，凌子导演，刘晓庆和杨在葆主演。印象最深的是片尾，当男主角仇虎带着他的爱人金子要离开是非之地，去到金子铺路的地方的时候，他没有走成，给观众留下了一个大大的遗憾。

在出走的路上，为了避雨，他们躲进了路边的小庙里。也正是这座小庙，准确地说，是小庙里的各路神仙，把那个天不怕地不怕的硬汉仇虎彻底击垮了。他左冲右突，横冲直撞，努力对抗着在我们旁观者看来并不存在的各路神仙。我们在为他着急，快点走吧，时间已经很紧了，快点带着金子离开吧。可是，他被那无形的恐惧困住了。那些封建礼教已经深入他的灵魂，那些神仙鬼怪已经控制住了他的精神。他被自己内心的恐惧震慑住了。时间被他慢慢地浪费掉了，他的幸福未来也被断送掉了，当然，也包括了他的生命。

恐惧，一个多么强大的东西呀，它可以从内里击垮一个钢筋铁骨的人。

我们可以看出来，恐惧，完全是在自己吓自己。这有点让人不可思议，谁不愿意自己好呢？可是，真的很微妙，谁都愿意自己好，可是，有的时候，就是这么胳膊肘朝外拐。而且拐得这么绝，绝得让自己伤痕累累，无力回头。

那怎么样才能做到自己的心向着自己呢？

就要心里没有恐惧。心里没有那些让你恐惧的念头和想法，遇到什么事情，你的心当然会与你的行为保持一致，而不会分成两岔。

刚刚读过的《意念力：疗愈自我的心理暗示法则》中有过这样的表述，"不要吓唬孩子。不要让孩子对坏天气产生恐惧心理。你应该告诉孩子，经受寒冷、炎热、下雨、刮风之类坏天气是一个人与生俱来的能力，人能够不受疾病的侵扰。不要用妖怪、魔鬼以及诸如此类的东西吓唬孩子，那是相当残忍的行为，因为孩子的思想会被这种故事造成的恐惧慢慢占据，并且将孩子日后的生活和命运毁掉"。

其实，我们都有很深的体会，小时候，谁没有接受过家长的吓唬呢？除了家长，还有来自方方面面的吓唬。于是，晚上不敢出门，甚至上床睡觉的时候，都会把头蒙进被子里。大家小心翼翼地成长着，做什么事情的时候，也总是感觉有一种害怕的东西在暗处偷窥着自己。

电影《原野》中的仇虎，就应该是小时候受的封建礼教的思想毒害太深了，所以才造成了对神灵要惩罚自己的恐惧，才乱了方寸，不知道自己该怎么做才是最要紧的。

要想保有自我，就不要在心里种下恐惧的种子。已然长大的我们再重新来过是不可能的了。早就种下的恐惧也很不容易从内心深处除去。唯一的办法就是认识到恐惧的危害性，知道恐惧的心理完全是自己在吓自己，减少那些恐惧在自己心目中的重量。重量减轻了，它的破坏力也会相应地减轻。那就少给自己一些害怕的暗示吧，少去害怕什么东西。明明白白告诉自己，没有什么东西是可怕的。

现在总是听到某人得了什么病的消息。不知道为什么，早先很少有人得这种病。究其原因，一方面，可能跟现在人们的生活、工作压力大了有关；另一方面，就是人们现在谈论各种疾病的时候太多了。

我们可以观察一下，在一天当中，你会有几次听到人们在谈论疾病。在谈论的时候，虽然疾病的主角不是自己，是别人，可是，这种病痛的印象却是深深地刻进自己的脑海里了。于是，人们会对各种疾病心生恐惧。如遇自己哪里不舒服了，就会依样画瓢，对号入座，觉得自己是不是也得了某种病，心里惴惴不安。这样，其实就是给了自己一种消极的暗示，越是怕什么，越是容易来什么。所以，为了自己的健康，就要坚信自己是健康的，不要被什么东西所吓倒，一旦心生恐惧，就成了自己吓自己了。

现在就有一种说法，有好多病人，不是病死的，而是吓死的。因为，对那种病早就心生了恐惧，一旦听到自己得了那种病，就感觉天也塌了，地也陷了，自己先就没有了支撑自己活下去的东西，自己就觉得自己会不久于人世，那内里没有了精神的支撑，人是很容易垮掉的。

其实，如果不心生恐惧，认为自己是健康的，即便是有什么病痛染到自己身上，也认为没有什么大不了的，完全可以凭借着自身的抵抗力和外部药物的调理作用而痊愈。信心满满的，支撑力足足的，你越是不把它放在眼里，它也就没有什么了不起了。往往是人们把它的威力看得太大了，心生了恐惧，从内里自己先就败下阵来，那后果就不一样了。恐惧，就是从内里瓦解自己，伤害的目标反而是自己。

知道了这些，对大人来讲，就不要再在孩子面前讲一些让人害怕的事情或东西了，包括什么妖精魔鬼，什么疾病灾害等，那样，无异于给幼小的孩子的心灵上了枷锁。让孩子在无忧无虑的环境中长大吧，他们的身心会更放松更健康。他们脸上会荡漾起开心的笑。孩子长大了，也没有什么东西会阻碍他们的创新与发展。

对大人本身呢，就是少去谈论一些让人心生恐惧的东西，包括各种疾病，各种灾祸，等等。私下觉得，就连第三者插足，也是人们谈得较滥的话题。谈得多了，电视上演得多了，无形中，人们会在自己的生活中形成草木皆兵的心理氛围，闹得大家神经兮兮的，日子不再太平。我们应该多去谈论一些生活中美的善的东西，多去关注一些积极健康的东西，让人们的心情更放松，生活更惬意。那些有关治疗各种疾病的广告也不要再去关注吧，它们无形中给了人们一个消极的暗示，有些人会对号入座，让原本美好的日子变得暗无天日。

恐惧，让它见鬼去吧。

2012 年 12 月 18 日

张爱玲的母亲

　　最近读了张爱玲的《易经》《雷峰塔》《小团圆》。据说，这三部小说，是张爱玲的自传三部曲。如果真是这样的话，经过梳理，她母亲的形象在脑海中开始明朗起来了。

　　她的母亲出身名门，是一个大家闺秀。虽然长着一双曾经裹过三寸金莲的小脚，却是爱穿高跟鞋，爱穿时髦衣服，而且世界各地地跑。她思想很前卫，看不上自己的丈夫，就是张爱玲的父亲，吵着闹着离了婚，远涉重洋，到英国去留学。也正是她的这个决定，断送了张爱玲和张爱玲弟弟美好的童年生活。

　　她离开了家，离开了让她不能忍受的家，当然主要是离开了那个她非常不情愿跟其共度一生的男人。她去自谋生路了。从这点来看，她是一个非常要强上进的女人，她不想当那个养在笼中的金丝雀。按说，当年张爱玲的家境在上海也是数得着的，什么汽车、洋房、仆人、电话一样也不少，按照今天的说法，应该归于豪门之列的。但是，她却毅然决然地离开了，而且是排除万难，坚决离开的。张爱玲的父亲做了很大的努力，一再地想办法挽留她，不想让她走出去。但是，她竟鬼迷了心窍，一意孤行，终于得偿所愿，离开了。

　　总觉得张爱玲身上有很多她母亲的影子，比如身材一流、长相一流、性格叛逆、自强上进、不等不靠，自己的生活来源完全靠自己的努力工作来支撑，而不是寄希望于从别人那里获得。可以说，张爱玲就是这样的一个人。据胡兰成的话说，张爱玲很少跟他要什么，就是明知道他胡兰成又爱上了别的女人，依然念着他的好，而且还给他一笔钱，是从自己的稿费中拿出来，让他改善生活的。可以想见，爱一个人，不是要从他的身上索取什么，而是尽自己的能力，能帮多少是多少。当然，这个爱如果已然不在了的话，索取与奉献都将不为。

　　她离开了，把年幼的两个孩子，她的亲骨肉留下了。地球人都知道，世上只有妈妈好。人们常用"一个没娘的孩子"来形容一个无所依靠的人。张爱玲和她的弟弟，从此成了没娘的孩子。他俩由奶妈带着，父亲很快娶了后妻，他俩开始过起了后妈当家的日子。从此，只见幼小的弟弟没有了挺直的脊梁和开心的笑，有的只是"唯唯地答应着守在抽大烟的父亲和后妈身边，而且还不时地或者会冷不丁地不小心挨一顿来自于父亲的怒骂和痛打，当然点火人是后妈"。小小的张爱玲看在眼里，恨在心上。她不像弟弟那样"受宠"。后妈总是让弟弟陪着，而且还让弟弟用她刚刚喝过东西的杯子喝她剩下的东西，她有肺结核，这是谁都知道的。弟弟那么小，就那么顺从地喝了，而且一次、两次、三次，后妈总是那么热情。不能在这个家生活下去了，最后，张爱玲经过自己的拼死抗争，偷偷地从自己家溜出去了，去投奔自己的母亲，那个抛开他们自奔前程的母亲。

母亲很爽快地接受了张爱玲的投奔，只是言谈话语之间，时不时地会透露出自己的拮据处境，感觉孩子是自己的累赘。我总在想，如果当年不是她一意孤行，非要离婚的话，他们一家人应该也过得很滋润很幸福吧。毕竟，父母是亲的，孩子是亲的，一家人相亲相爱，其乐融融啊。不像有了后妈，毕竟孩子不是自己亲生的，便没有了那份本能的亲近。好像心与心之间本就离得远，再加上这样那样的隔膜，关系便总也热不起来。

从这里来看，她母亲是自私的，不负责任的，只考虑了自己的一时高兴，而全不顾自己亲生的迫切需要自己照顾的孩子。她没有牺牲精神，没有牺牲自己成全别人的精神。当然反过来，她有勇气，有勇气打破封建礼教的规矩，不被任何的条条框框所束缚，只随自己的心走，或者说，只跟着自己的感觉走。她追求自由，敢于追求自己的幸福，自己不满意的婚姻就敢于打破它，自己再去追寻属于自己的爱情。她走出家庭之后，自由恋爱了。

一个人应该怎样过自己的生活，完全没有一个完美的公式，走不同的路，会有不同的人生经历，不同的结果。她的一生，是与孩子疏离的。

她非常重视孩子的教育，在她离开家之前，就有言在先，必须让两个孩子接受好的教育。这一点非常重要。她是一个知识女性，很懂得知识对于一个人的重要性。她力主让张爱玲读最好的学校，而且要让她留学国外。从这里，可以看出她是一个有远见卓识的母亲。她没有重男轻女的思想，反而是一定要女儿接受好的教育，知道女孩只有接受了好的教育，今后的生活才会幸福才会自由。相反，对于男孩儿，知道他怎么也会继承祖业，怎么着生活也不会有问题，管得反而少了许多，好像就是顺其自然，随他去吧似的。就连那次可怜的弟弟手里拿着用报纸包着的球鞋前来投奔，决意要离开自己那个家的时候，她也很不配合地哄着弟弟回去了。她明知道，弟弟在那个家里的境况不好。或许是她有自己的苦衷，自己真没有那个能力把两个孩子的抚养责任都担起来，毕竟有一个大的已经跟了自己。她只能狠着心，把自己的亲骨肉，眼看着往火坑里边送。从旁观者看来，这也是一件残忍到心痛的事情。但是，有什么办法呢？她，一个离了婚的女人，在那样的社会背景下，能够养活自己已经很不容易了。

　　一个家庭，对于女人来讲，可以减轻不少负担呢。毕竟，一个人，总觉得要势单力薄很多。不知道，后来，她是不是有过后悔非要离开那个家。总的来看，应该说，是她的离开，造成了张爱玲和弟弟的童年不幸。起码，她的离开是一个别样一种生活的开始。

2012 年 12 月 25 日

2013年
作品

腰疼

　　腰疼，是困扰太多人的事情。

　　最近这几天，气温骤降，感觉腰部开始隐隐地疼起来。也没有觉得什么时候曾经扭过或者让它着凉过。前几年也是这个季节，因为腰疼实在厉害，简直不能行动，曾经去看过医生。有一位医生说，你看你穿的衣服太少了，应该穿得暖和，才不会腰疼。记得很清楚，自己当时上身穿了一件羊绒衫，外套一件薄呢大衣，美嘛。只是，羊绒衫的式样属于短款，下摆也就刚到腰部，而且是薄的。外罩的大衣，也是薄薄的一层。后来，医生的话牢牢记在心里，天冷的时候，说出大天来，也不会为了美让自己冻着了。穿上厚厚的羽绒服，那件短款的小衫也不在太冷的时候穿了。

　　腰疼的毛病很多年了。具体是什么时候落下的病根，现在细究起来，还真是没有个明确的说法。只记得，最早住在平房里，没有自来水，自家用水要用压水机。星期天洗衣服，也用洗衣机，双缸的。先用压水机压水。两手握住压水机杆儿使劲儿往下压，水便汩汩地从井里顺着圆圆的皮钱儿涌上来。再把压水机杆儿提起来，皮钱儿就被放下去归到原位。再次弯腰压下去，水又流出来。再次直起腰，压水机杆儿又抬起来。如此这般，一下一下，弯腰，直起，弯腰，直起。压出的水，流进下边接着的桶里，再提起水桶，把水倒进洗衣机里。

　　用洗衣机洗衣服相比于用手洗，省劲儿多了，简直是多了一个干活儿的。同样，也因为了这个省劲儿，就把家里大大小小人们所有该洗的衣服都敛出来一起洗。于是，洗衣量比平时自己手洗衣服要多出好几倍。没有觉得会累着。这时候，完全忽略了人力的作用，也完全忽略了人的累。其实，相比于全自动洗衣机，双缸洗衣机的费劲之处在于洗涤和脱水是分开的。衣服洗完了，需要用人力把湿衣服从洗涤的大桶里捞出来，再放进旁边脱水的小桶里。在这样倒腾的过程中，很费劲儿的，因为湿衣服太沉了。这时候，腰部要使上很大的劲儿来支撑。

　　因为水来得不容易，甩衣服时流出的干净水往往舍不得倒掉，就用来涮墩布。一边涮，一边擦地。如此这般，衣服洗过几大盆，屋子也擦过几大间。衣服一件件晾到院子里的晒绳上，盆子放回到屋子里。这时候，劳动结束了，腰也直不起来了。需要一点一点地，用手支撑着膝盖，慢慢直起来。真疼啊。

　　后来，只要是弯腰做事，总是出现弯下去容易，直起来困难的情况。比如弯腰洗头，弯腰拿东西。弯下去就疼，就直不起来。没办法，只好去当时的县医院看医生。跟医生讲过腰疼的来历，医生一边开药，一边说："你真能干，这么卖力干活儿干什么？你这是腰肌劳损，吃点药，抹点药就好了。往后注意干活悠着点，别太累了。"直到现在还清楚记得医生给开的两种药，一个是萘普生胶囊，是口服的，需要饭后吃，因为好像对胃有很强的刺激作用；一个是正红花油，是外涂的，涂在疼痛部位热热的。后来，腰疼很快治好了。

　　前几年，去美容院做皮肤护理。护理小妹很热情，做完护理之后，说："翻个身，给你按按背吧。"我很配合地翻身，趴在护理床上，任由她在背上敲敲按按。猛觉得她的手按在腰上，"咔吧"脆响了一下，腰部也有点酸酸的。看她很卖力的样子，也没好意思说什么。做好了，翻身坐起来，感觉腰上还是有点不舒服，心里有一丝顾虑，又碍于跟她很熟悉，就什么都没说。

　　回到家，腰部还是隐隐地疼，就喷了一点止疼的喷雾剂。不想，到了晚上，一阵一阵的痛越发地厉害起来，简直是剧痛了。第二天去一家县医院拍了片子，医生说需要做理疗，还指出自己穿的衣服太少了，腰部是需要保暖的。后来，觉得理疗的医院太远了，自己的疼简直不能忍受这一路的颠簸，决定不再去。

　　听妹妹说我家附近有家社区门诊，正骨很专业，就去那里看。一位老年女大夫，看过片子，从身后使劲儿用膝盖顶我的后腰。她说这是得了腰间盘突出，而且是内突，需要治疗一段时间。因为天色太晚了，诊所也到了下班时间，我们就说换个时间再来。回家与家人商量，觉得自己患上腰间盘突出的可能性不大，就没有再去。

又换了一家大医院，保定市第一中心医院，骨科。一位女大夫，瘦瘦的，很忙，好多病人等着。拍了片子，女大夫说是骨头有点错位，不是腰间盘突出。她让我面朝墙壁，两脚并拢，举起双臂，她站在我身后，用两根手指在我脊背正中从上至下轻轻滑过，只感觉，在滑到腰部的时候，她稍稍地用了点力，感觉那里动了一下。然后，她就说："好了。"真的，太神奇了，困扰了我好几天的剧烈的疼痛瞬间就消失了。医生真是伟大啊。她为别人解除了病痛一点也不求回报。

后来，我就再不做皮肤护理了。当然，也再没有去过那家美容院。

天冷了，腰疼了。每到冬天，我总会腰疼。腰一疼，就分析原因，可能是穿得薄了吧。好像这腰疼成了督促自己该加厚衣服了的信号。于是，把冬季里最厚的衣服拿出来穿上，脚上穿上厚袜子和棉鞋，身上穿上棉裤棉袄，全副武装，不让自己感觉到一点冷。效果真是好，这样穿了之后，腰疼就真的一丝不见了。

2013 年 1 月 3 日

淡定与执着

写下这个题目的时候，心里出现的画面是，一个在家待着坐立不安忧心忡忡的女人，和一个在外奔波八面玲珑魅力四射的男人。

有那么一年，电视上几乎每一个频道都在上演有关婚外情的电视剧，凡是看电视的人，应该或多或少受到些影响。本本分分想安守自家的人，会心生忐忑，总担心自己的另一半会有什么事情发生，会动摇了自己安稳生活的根基。有点小成就又有点小魅力的人，总难免会心猿意马，在内心深处也多少期盼着自己平淡的生活中会多出那么一抹梦幻般的色彩。

有时候，电视对于人的作用是不容小觑的。看电视的人会随着电视剧情的推进而不断地变化着自身情绪的波动。有好些时候，特别会推人及己。看电视上演的故事情节，会不由自主地与自己的生活故事相联系，非常聪明地找出两者之间的共同点并加以演化。然后，又不由自主地沿着电视中的故事情节来推导自己的生活，从而让自己的生活也变得更像电视剧。不一样的是，电视里的演员演完了戏，会回到现实中，继续自己美好的现实生活。而那些把自己的生活电视剧化了的现实中的人，却是真真实实地把电视剧情继续演下去，没有了终结。

总在想，孩子小时候，是多么无忧无虑，多少憧憬在心头啊。比如人们结婚之前，或者说在恋爱之前，每个人都是单一的个体，除了自己的父母和兄弟姐妹，跟任何别的什么人都没有太多的瓜葛，也总是心无挂碍地爱干什么干什么。可以说那时候心里的烦恼是最少的，因为没有得失心。

恋爱了，结婚了，就有了得失心。自己的另一半干什么去了，自己的心也跟着走了。如果没有相应的回应，便会招来没完没了的烦恼。心里总是在想着对方在干什么，对方是不是依然跟自己心心相印，非常在乎对方对自己的态度，一旦态度不好，就会想三想四，心里不再安宁。

淡定与执着。

那个淡定的人，肯定是比较能按照自己的意愿行事的。不管恋爱与否，结婚与否，走出去了，就是走出去了。走出去了，就还是那一个独立的个体，不受任何的牵绊。想干什么，有什么想法，就按照自己的想法去做，不会左顾右盼，左思右想。他不会很去在意别人的看法或想法，只按照自己的意愿去做。所以，外在形象上会很潇洒自如，很风度翩翩。因为没有太多的烦恼在心头，心里没有任何的挂碍，所以很轻松，应付什么事情，也会手到擒来，顺风顺水。所以，这类人很容易成功，不管从事什么行业，干什么事情。

成功人士总是社会的宠儿。在某一方面成功了，有了一定的社会地位，风度啊、气质啊、魅力啊、气场啊，统统不在话下了。于是，成功容易招来成功。成功的人儿容易有太多的社交场合，在不同的社交场合中，容易遇到更多的成功人士。当然，会遇到相当多的异性。当然，都是风度翩翩，都是魅力四射，当然会互相欣赏，会互相吸引。

没有走出去的人，待在家里的人，如果过于执着，心里总是想着走出去的那个人是不是挂念着家里，是不是心里想着这个家，那就容易失去淡定的心境。她的心被执着的爱意迷惑了。心里除了那个所爱的人的影子，再装不下别的任何的东西。其实，生活中方方面面的事情多了去了，自己原本感兴趣的事情应该也不少，只是，心生了执着，其他的便不见了。

因为缺乏淡定，总是想三想四，总是无中生有，无形中会徒生烦恼。因为这烦恼，自己寝食不安，什么事情也无心去做，会严重影响自身的各项功能的正常运行，从而会降低自己对疾病的免疫力，身体会无来由地变得虚弱不堪。真是越想越可怕。

想想，还是淡定，心更安宁。

不管是在家待着，还是走出去，都该拥有淡定的心境，才更有利于自身的健康，以及与另一半的和谐相处。

淡定需要定力。可以设想一下自己还是一个孩子，一个没有任何牵绊的独立的个体。如果是那样的话，自己最喜欢做什么事情，还继续做就是了。如果成了家，为家人做些事情，很愉快地做些力所能及的家务，也是不错的主意。不管做什么，心里不再纠结于自己另一半在干什么，不再去关注对方对自己的态度，从对方身上彻底抽身出一个完全的自己。心思都用在自己感兴趣的事情上去了，不再纠结于自己感觉到的受到的伤害，那心境自然就放松了，当然也就潇潇洒洒，自自在在了。

其实，所谓的受伤，都是自己的事情。自己的爱过于执着了，心里没有了别的东西。那对自己执着的人就会要求的更多，因为自己关注的只有他一个。那么他的一言一行都会被自己用放大镜去检视，因为自己没有了别的追求，一切的一切都倾注在对方的身上，无形中，会给对方的要求更严格。当然，瑕疵总会有的，只要有一点点不合己意，便会觉得受到了好大的伤害，因为这个伤害被自己的心放大了。

想想，一切的伤害，其实都跟自己的心境有关。

如果自己以一个强者的姿态自居，那么，别人的任何言谈举动都不会伤到自己的，因为，你一个强者，完全可以不去顾及别人说什么做什么的，自己只做好自己就是了。相反，如果自己把自己定位为一个弱者，那受伤害的可能性就太多了。因为心态的弱，总觉得别人从态度上没有重视自己呀，从言谈上没有体谅到自己呀，等等。其实，还是心态的问题。

想想看，对一个自己从来不在乎的人，他说什么或者做什么，能影响到自己的心情吗？因为不在乎，所以根本不往心里去，所以根本谈不上对自己造成任何的伤害。反而是那些自己太过乎的人的一些话或一些做法，容易引起自己的关注，会触动自己的敏感神经，会让自己觉得是受到了尊重还是受到了伤害。

所以，还是淡定的人，更容易客观地看问题，客观地评价问题，不容易受伤，容易发展自己。

淡定一些吧。

2013 年 1 月 3 日

看电影

前些天，小妹特意推荐电影《人再囧途之泰囧》，要我们无论如何都要抽空去看一看，并说此片是全国票房第一的最火爆的一部电影。那天吃完晚饭，跟朋友一起跑去北国先天下，点名要看《泰囧》，结果被售票员告知，当晚的票已于两小时前卖完。那也不能白来一趟呀，就看了还有票的 3D 电影《十二生肖》。这是自己第一次看 3D 电影。

早些年，曾经看过立体电影，也是发给专门的眼镜，人手一副。电影开演的时候，也是会感觉到自己身在电影中了，尤其是那个汽车啊火车啊真的就朝着自己开过来了。觉得，现在 3D 电影就跟当年的立体电影差不多。可能有人会说真外行，本来就是外行，咱也不否认这个，这里只是谈自己的感觉。

现在城市里的电影院大都改建成了数字影院，影音效果呀，座位的舒适度啊，配套设施啊，相比于原来都有了很大的改善。当然，电影票价也跟着翻了几番。

在农村，就没有城市这么发达。人们已经很少能看到电影了。原来还有露天电影可以看，现在家家有了电视机，看电影的热情减少了很多。而且放露天电影的传统早已打破了。

小时候，在农村，经常看露天电影。乡里有专门的放映员挨着村子转着放。晚上演电影的时候，白天大队部的大喇叭就会响起来："全村社员注意啦，全村社员注意啦，今天晚上演电影，今天晚上演电影。"一般要广播好几遍，恐怕人们听不着误了看。我们大队经常喊话的，是我们一位小学同学的爷爷。他是复员军人，打过仗，一条胳膊没了半截，袖子下半部分总是空荡荡的。人很乐观，总是乐呵呵的，嗓门很大，每次有什么广播，都是他喊话。比如谁家来信了，谁捡到什么东西了，卖什么东西的来了，演电影了，开社员大会了，等等。他的声音，是那么洪亮，那么清晰，拉着长声，总要重复好几遍，感觉大家都听准了才停下来。

要演电影了，小孩子们最兴奋，早早地就搬着小凳子去大队部门外的空地上占地方。来不及回家拿凳子的，就随手在外围的墙根处搬来一块一块的大石头，或是砖头瓦块。人们都很自觉，凡是有东西占住的地方，就不会再去占了。到了晚上，大人们也都来了，熙熙攘攘的，大人呼唤着自家孩子的名字，孩子则大声地答应着，挥着手，示意自己所在的位置。

在正片放映之前，一般会放一些加片。大都是宣传科学知识的，比如怎么科学种田，还有农作物管理方面的。至今还清晰记得曾经放过的一部关于蚂蟥的片子。绿绿的稻田，褐色的蚂蟥，还有悦耳的女中音解说。我们村子南边有一条水渠通过，有水的季节，小伙伴们常去水里捞鱼，常常要提防的就是蚂蟥。蚂蟥学名叫水蛭，如果叮在腿上，会吸人血。它吸劲儿很大，很不容易弄下去，还不能使劲拽。大人们说如果使劲儿拽的话，会把它拽断，剩下的部分会很快钻进肉里去。所以，办法是用手去拍蚂蟥咬住的部位旁边的肌肉，让它自己松了口，掉下去。从电影上看到自己在现实生活中很容易看到的东西，感觉很新鲜。

电影放映起来的时候，大家看得很入迷，没有人特意维持，秩序一点不乱。来得晚的，看看幕布的正面实在没有了地方，就或坐或站在幕布的后面看。当然画面是反的，故事和声音是一样的。还有在广场周边住着的人们，干脆就坐在自家的房顶上去看，还有骑在墙头上去看的，还有爬到树上去看的。

在外围站着看的，大都是外村的。因为村与村之间离得不过三五里，哪个村子晚上有电影，周边村子的人都能知道。爱看电影的人们，经常跑到外村去看。尽管，不几天时间，自己的村子也会演，但是多看一遍是一遍，人们也不怕多走那么几步路。到外村看电影的人很多，简直是成群结队的，跟自己村子演电影似的。大人小孩儿，都紧跟着走。

记得一次去滕家庄村看电影，演的是《闪闪的红星》。看到半截儿口渴得很，电影上哗哗地流着溪水，真想上去喝个够。我们都是站在后边的高台上看，高台上站着的，多是我们村的人。身后有个小卖部，兜里有钱的大人们就去买来瓜子，你一把，我一把，分着吃。瓜子皮随手扔在地上。本来口已经很干了，听见旁边传来脆脆的嗑瓜子的声音，越发觉得嗓子里要冒烟了。

电影散了，大家摸黑往回走，有带手电筒的照着路。回村的路上，满是急急赶路的人，大人，小孩儿，满满的，路有多宽，人们能排开多宽。有一次，去南吕看完了电影往回走，路很窄，田间小路，也就两个人能并排通过的宽度。人很多，都急着往家赶。小孩子跑得快，总嫌前边的人走得慢，挡着路，想往前跑，又没有缝隙可以钻过去。我看到旁边有亮亮的一条带子，很纳闷怎么这么平滑的路没有人走。正窃喜着迈出腿去，却感觉一脚踏空，扑通一声，掉到水里了。原来，旁边亮亮的地方，是浇地的小水沟，沟里有水，在天光的映照下，显现出土路样的白光。这时候才想到怪不得没有人走呢。还是自己年纪小，不知道这个。幸好水不太深，也就刚没过膝盖。在伙伴儿的帮助下，我从沟里上到路上来，嘴里还嘻嘻哈哈地乐着，为着自己的自作聪明而不好意思。

那时候，经常看一些古装戏电影，有《对花枪》《野猪林》《忠烈千秋》《姊妹易嫁》《卷席筒》《追鱼》《花为媒》《孙悟空三打白骨精》。还有一些现代戏，有豫剧《朝阳沟》、评剧《刘巧儿》、评剧《杨三姐告状》。还有抗战题材及解放战争题材的影片，有《闪闪的红星》《车轮滚滚》《董存瑞》《黄继光》《地道战》《铁道游击队》《洪湖赤卫队》《小兵张嘎》《平原枪声》。后来上演《少林寺》《戴手铐的旅客》，人们都很爱看，也记住了李连杰、于洋的名字。郑绪岚演唱的《牧羊曲》和吴增华原唱的《驼铃》，至今还是人们最爱听的经典歌曲。看过电影《海霞》，印象最深的镜头是坏人揪着小海霞的头往墙上撞。还有就是海霞和另一个女兵坐在船上谈天，问家里还有什么人。当时就很不理解，觉得那么要好的两个人，怎么会不知道家里都有什么人呢？比如我们，谁家里有几只鸡几只鹅几只猫几条狗都知道得清清楚楚呢。还有，就是他们说缺水喝。本来就是在海里，海里那么多的水，为什么就说没有水喝呢？小时候，都不知道海水是不能喝的。

《火烧圆明园》《知音》是在腰山中学上学的时候，在学校外边的大操场上看的。现在那个大操场已经盖起了教学楼，成了教学区。而原来的宿舍区，成了现在的旅游胜地腰山王氏庄园的一部分，或者说，原来的宿舍，用的就是王氏庄园的老宅子。《神秘的大佛》，刘晓庆主演的，就是在庄园后边的大礼堂门前的空地上演的。

在保定师范学校读书期间，隔一段时间，学校就会发一次电影票，大家集体看电影。那时候，看过《红高粱》《老井》《幸福的黄手帕》《芙蓉镇》。在保定裕华路上的八一影院和河北影剧院看得最多。现在，河北影剧院旧址上正在建设华创国际广场。八一影院也早就拆了，原址在北唐胡同附近，好像就是现在的新华书店和中国银行所在的位置。

毕业后，电视机慢慢在农家普及开来，露天电影演得少了，看电影也就少了。记得曾经在县里电影院买票看过《阴谋与爱情》《罗密欧与朱丽叶》，还有一部当年非常轰动的影片《寡妇村》。还曾经看过一部《夜盗珍妃墓》，有一个自己觉得非常害怕的镜头，总是在脑海中挥之不去。越是到了晚上，越是蹦出来，害得自己晚上早早地要拉上窗帘。后来，觉得总这样也不行呀，太苦恼了，就强迫自己不去想那个镜头，用别的什么思想占住自己的大脑。真是不错，这个方法挺管用，那个镜头就再也困扰不了自己了。

周杰伦的歌，孩子很喜欢，自己却没有太多关注。前几年，在保定百花电影院看了张艺谋拍的《满城尽带黄金甲》。电影演完了，人们陆续往外走，影院里回荡起周杰伦演唱的片尾曲《菊花台》，把我震住了。本来也站起身了，又慢慢地坐回去，直到片尾曲唱完，才意犹未尽地离开。太好听了！后来，开始喜欢上周杰伦。

第一次看数字电影，是去南方哪个城市旅游的时候。城市名字不记得了，电影名字也忘记了，只记得是当年非常火爆的一部片子。而且，感觉到了数字影院的超好的影音效果，以及舒适的影院设施。

那一年，《阿凡达》叫得很响。一家三口跑去天映影城看，真是挺震撼的，无论是画面，还是声光效果。

电影，承载着自己太多的岁月痕迹。

2013 年 1 月 16 日

读《飘》

读《飘》，是因为自己参加了中文专业的自学考试，有一门课是外国文学。说实话，需要记住的东西真多呀。有那么多的外国名字，有那么多的外国作家的名字，还有那么多的外国作家的作品的名字，还有那么多的外国作家的作品里的人物和事件的名字。

因为考题中会有分析某部作品的人物形象，如果对作品不熟悉，只能靠死记硬背来应付的话，那就更费劲，很有可能背乱而张冠李戴。为了考出好成绩，只好去大量阅读外国文学作品。《飘》就是在这种情况下在易县图书馆借来读的。

《飘》是美国女作家玛格丽特·米切尔在20世纪30年代写就的长篇小说，它的结尾太震撼人心了。读完之后，我有一个深切的感悟，就是一定要珍惜自己的爱人，珍惜眼前的亲人，不要为了心目中那个虚无缥缈的恋人的影子而轻易断送掉本该享有的眼前的幸福生活。那样不仅是对自己不负责任，而且会伤及无辜。甚至可以说，当意识到自己应该抓住本该属于自己的幸福的时候，机会已经远去，只留遗憾在心头了。

郝思嘉是书中的女主角，聪明、漂亮，深受父母的宠爱。在一次聚会上，她爱上了已有未婚妻的艾希礼。觉得自己是那么迷人，肯定能用自己的美丽征得艾希礼的青睐，就大胆地向艾希礼进行了表白，发起了对艾希礼的追求，满心期盼着艾希礼能够回心转意。不想，艾希礼没有如她所愿，断不肯接受这份炙热的爱情。

这件事激怒了郝思嘉。她的自尊心、她的高傲，顷刻间在艾希礼的拒绝面前土崩瓦解。她平日里是那么光彩夺目，那么众星捧月，根本承受不了来自别人的丝毫的怠慢。没想到，自己这么真心实意地喜欢一个人，反而得到的是这样的结果。她很快跟艾希礼未婚妻的弟弟订婚，并于艾希礼的婚期前一天结婚。这纯粹是为了报复，丝毫没有爱情的因素。可想而知，她的生活，完全被自己的一时冲动搞得一塌糊涂。

在接下来的日子里，她的心里只装着一个艾希礼。虽然不能跟他结婚并一起生活，但是，并不能阻止她对他的思念。她的心没有在自己做决定组成的家里，更没有在自己决定嫁给的丈夫身上。丈夫因战争去世了，也丝毫没有引起她对他的愧疚，更没有引得她为他守丧。她的心始终在艾希礼身上。艾希礼在她的心里已经扎了根，他的形象是那么标致迷人，再没有任何一个男人可以与他媲美。

为了生计，她又夺取了妹妹的未婚夫。并不是因为爱，而是因为他有钱。

她不爱这个做了她丈夫的人。这个人为了保护她又死了，她依然没有多少愧疚之心。因为她的心里也没有对他的爱，她的心里只有一个艾希礼。

白瑞德，是郝思嘉的第三任丈夫，也是书中的男主角。他富有、英俊、有风度，又十分爱她，应该具备了所有好男人的品格，是那么多女孩子心目中的英雄，崇拜的偶像。她应该爱他，而且，后来她也发觉她爱了。可是，为了维护自己的自尊心，她还是会正话反说，本来心里想的是要表示感激的话，说出口来，却是那么强硬不可理喻的很伤感情的话。本来，心里已经感觉到了对白瑞德的爱，就是不把自己的真实感情说出来，始终拿伤害他的话当饭吃。终于，她的任性达到了顶峰，她终于跟她的理想中的恋人艾希礼重逢了，并且终于如释重负地向艾希礼表白了自己多年以来的苦苦思恋，终于他们两个拥抱了。结果，这件事重重地伤害了深爱她的丈夫白瑞德。白瑞德真的生气了，他强暴了她，没想到的是，她却对他产生了前所未有的爱恋。当艾希礼的妻子去世，艾希礼向她示好的时候，她却茫然了。她突然发现，自己真正爱的，并不是现在这个艾希礼，而是她头脑中那个一直想象中的艾希礼。她明确地意识到，自己当下真正爱着的，是那个她一再伤害的丈夫白瑞德。

她突然醒悟过来，这些年她恋着的，不过是一个影子，一个自己多年前喜欢的影子。随着时间的推移，那个影子的真人却是那么懦弱，那么不堪，那么不能被她接受了。她太傻了，为了一个影子苦恋了这么多年，这么多年的美好时光都被她在怀恋影子中度过了。她意识到了自己的错误，想把自己就要失去的真正的爱人拉回来。为了自己终于知道了自己真正想要的人是谁，她是那么兴奋，那么激动。

当她怀着满腔的热情赶回家的时候，当她明确地向白瑞德表明自己的心迹的时候，得到的却是白瑞德的冷漠和无动于衷，甚至是弃她而去。他曾经视她为掌上明珠，爱她、宠她，为了她，什么都舍得去做。可是，她却是对他不屑一顾，任意践踏，让他心寒。冰冻三尺，非一日之寒。原本怀揣着那么火热的爱意，就那样，一点一点，被她的冷酷慢慢地浇灭了。多么残酷的现实啊，可是又是那么合情合理，顺理成章。她一点反驳的余地都没有，她没有办法说动白瑞德回心转意，正如当年她没有办法说动艾希礼回心转意一样。

《飘》提示人们，珍惜自己身边的爱人吧，珍惜眼前的幸福生活吧，不要等到花儿也谢了的时候，再来反悔，就真的来不及了。

小说结尾，作者还是给人们留下了想象的空间。郝思嘉想，"明天又是另外的一天呢"，她是怀着希望的。她会为了自己的幸福生活而不懈去追求的。这一点是肯定的，她是那么勇于追求自己内心想要的东西。现在，她真真切切地感觉到了白瑞德的重要，她会发挥她的坚强不屈的性格，把他追回来的。

是的，肯定会的。

2013 年 1 月 21 日

此文 2019 年 12 月 25 日在默犁创办的纯文学公众号《容和文学》登载。

指甲

指甲对于我们来说太重要了，只是有好些时候，我们意识不到。

坐公交车，对面一个小女孩儿，也就上小学二三年级的样子，背上背着书包，旁边坐着她的同学，两个人有说有笑的。小女孩儿非常漂亮，就是让人感觉眼前一亮的那种。大大的眼睛，水灵灵的，眼睫毛长长的，忽闪忽闪地眨着。听着她俩绘声绘色地说着当天班里发生的事情，感觉还是孩子好啊，那样无忧无虑。

她的手里拿着个什么东西摆弄着。我注意到了她的手指甲。哎呀，她的手指甲，真的很让人难过，她的手指甲简直已经快没有了，已经只有原来指甲的一半了，甚至比一半还要少，她的手指腹高高地在前边包着她的那点可怜的指甲。看看她的指甲边，是那么毛糙不齐，不像是用指甲刀剪的，很像是用牙齿啃过的。

孩子一脸的开心，一点没有觉得自己的手有什么问题。

认识一个男孩子，长得英俊帅气。一次聚会，大家有说有笑，男孩子说起最近要结婚了，脸上写满了幸福。在大家举杯的时候，我注意到他的手指甲短短的缩在手指肚里，指甲边缘很毛糙。私下里问起他，他腼腆地笑着说，习惯了，从小就爱啃指甲。

想起自己孩子小的时候，也曾有过咬指甲的毛病。只是发现得及时，每次见他把手指送到嘴边，张嘴开始咬指甲的时候，就去制止他，他也听话，很顺从地把手放下。有一段时间，经常要重复这件事，看到孩子要咬指甲，马上就制止他。后来，也没有特意记着过了多长时间，孩子再不去咬指甲了。

想到那个小女孩的家长还有那个男孩子的家长，可能是没有在孩子咬指甲的时候去加以干涉吧，慢慢地，孩子养成了咬指甲的习惯。

据说，咬指甲有可能是体内缺乏什么微量元素，还有可能是压力太大。想想现在的孩子课业负担那么重，来自老师和家长的压力，真真是比山还大啊。

我们做家长的，很少有人去想一个问题，就是自己上学的时候学的东西，在现实生活中用的有多少，在自己的工作中，真正用的上的，又有多少。不明白，为什么家长同志都那么看重孩子在学校考试中的排名，而却常常忽视孩子的身心健康。家长重视排名次，学校重视排名次，方方面面的压力都对准了一个个那么稚嫩幼小的孩子。要知道，孩子的身心正在发育阶段，他们根本承受不起那么大的压力，于是，就会自己想办法减压。或许，把手指送到嘴里，咬指甲，就是他们很顺手的减压方法吧。

真盼望着什么时候，我们中国的学校里再没有排名次一说了。学习成绩到了达标就行了呗，干吗非要排出个一二三来，徒增人们的烦恼。

晚上切菜的时候，心里不知道想着什么事，不知不觉刀子就切到手了，只感觉手指疼了一下。举起手来一看，指甲被刀子切去了一片，还好，没有切到肉。心里好感激指甲，是指甲保护了手指没有被刀切破。

是啊，指甲是保护手指免于受到创伤的。

平日里，那些很注重外在形象的人大都注意保护自己的指甲，现在的美甲行业搞得那么火爆，就是很好的证明。当然，或许他们平日里干活儿的机会也很少，所以不用特意保护。一般，劳动人民，或者说从事体力劳动的人，大都很少注意保护自己的指甲，往往地，甚至用指甲当工具干活儿。经常用指甲去抠什么不容易打开的东西，比如去抠鱼鳞，剥花生，剥栗子，剥核桃，等等。看起来好像没有什么的，用指甲很方便。可是，时间久了，如果总是不加考虑就用指甲去抠去剥的话，就很容易伤到指甲，指甲会越来越小，当然手指的保护屏障也越来越小。

夏天，女孩子都喜欢光脚穿凉鞋。一次，与一个很漂亮的女孩儿一起逛街，低头看到她的一双美脚，白嫩的皮肤，大红的甲油，非常好看。再一细看，她的大脚趾的指甲只有那么圆圆的一点，指甲前边被肉包裹起来了，看样子，是平时剪指甲剪得太苦了，越剪越短。像这种情况，指甲长出来的时候会很容易刺到前边的肉，并且会嵌进肉里去。为了避免指甲伤到肉，会更频繁地修剪指甲，只能会让指甲越来越短，而不会越来越长。这样，真的就是恶性循环了。指甲不能包住脚趾，怎么能起到保护脚趾的作用呢？

指甲其实是可以养的。如果从现在开始意识到了指甲的重要性，而开始注意保护指甲的话，慢慢地指甲会长起来的。当然，开始的时候，需要很耐心地把指甲留长一些，比自己平时剪得要少些。等指甲长到一定的长度，在剪的时候，不要贴着指甲与肉的连接线剪，而是多留出两三毫米的长度。会发现，留的时候是两三毫米，过不一会儿，就看到只剩下一毫米左右的小边儿了。也不知道是为什么，可能指甲就是这样慢慢长起来的吧。

指甲如果太长了，容易伤到人。有一年夏天，我跟一个朋友因为礼让，相互间拉扯了两下，不想她的锋利的指甲瞬间划过我的手腕，一条浅浅的白痕立刻出现，而后变成红痕，再而后，留下了一道像小虫子样的伤疤，两三年才不见。

早些时候，我曾读过一篇文章，讲到指甲对人的保护作用。好像是讲人在生病的时候，是不宜勤剪指甲的。文章中说，指甲与人的身体是共生共荣的，尤其是当人生病的时候，气息都比较弱，是需要养神的。而指甲，连同我们的毛发，都与自己的身体密切相连，如果病的时候修剪，不免会伤到正在养成的元气，或者说是会泄气的。就跟一棵树一样，当大树生病的时候，是不适合再去修剪它的枝叶的，那样只会破坏它本身的修复功能。或者说，跟给轮胎打气一样，如果有一个小洞，你打半天，也不会打满，因为边打边泄。这个说法不知道合不合适，也不知道对不对，但是有一点是肯定的，就是保护自己的指甲很重要。

2013 年 1 月 26 日

楼道里的小猫

楼道里有一只小猫，黄色的毛，胖胖的身子，经常蹲在三楼的门外，喵喵地叫。三楼的门经常是关着的，门外冷冷清清的，只有小猫在那里站岗。也没有什么东西绑住它，它就那么乖乖地待在那里，从不跑远。有时候，看它卧在地上，一只前爪高高举起，再慢慢地放下来抹脸，一挠一挠的，像极了商店里卖的那个招财猫。

没有见过有人喂它食物，人们走过的时候，它会喵喵地叫。三楼是 KTV，经常有好多人来唱歌。唱歌的人，一般会要一些小吃，想想，小猫不会挨饿的。

一天，电梯口旁边的墙壁上贴出了一张白色打印纸，上边打印了一则告示，内容大意是有人把小猫抱走了，希望抱走小猫的人把小猫还回来，告示中还明确地指出了抱走小猫的车型和车牌号。

在楼里上班的人们等电梯的时候大都注意到了这张纸。有人恍然大悟地说："哦，那只小猫原来是三楼的呀，我以为是没有人管的呢。"也有人说："是啊，没有见谁管过它。"那肯定他们是在没有人看见的时候管的呗，要不怎么不见了，他们着急贴告示要回来呢？而且，他们写得那么明确，都知道是谁抱走了。可以想见，他们是费了一番子力气的。也可以想见，小猫在他们心目中是占着很重的分量的。要不，不会这么大张旗鼓地贴告示讨要。

又一天，走过三楼，看到墙角处，铺着一块儿纸板，上面放着一点食物，小猫正低头在那儿吃着，很有滋味的样子。

从三楼沿楼梯往上走的第一个平台拐角处，窗子下边，铺着一块儿纸板，小猫时常用爪子在上面挠。只见它很快地扑上去，使劲地用前爪挠，刺啦刺啦的，声音还挺大。不知道，它跟这块儿纸板有什么深仇。纸板已经被它挠得残破不堪了，它还在那里狠命地挠着。

冬天了，楼道里的楼板亮亮的，反射着从窗子照进的日光，透着一股子凉气。小猫依旧站在冰冷的地板上，默默地看着走过的行人。

有时候，走过去了，才听到它的叫声，好像是很不愿意人离开。

一天早晨，我走过小猫，它冲我喵喵地叫。楼道里没有人，只有它。感觉，这么冷的天，它肯定还没有吃东西吧。于是，我返身下楼，到楼下的好滋味餐厅，跟店主讲，有没有什么碎肉可以买。店主好像不明白我在说什么，只说是有火烧还有大饼。看看有点说不明白，又不好说自己是给小猫买吃的，只好就要一个驴肉火烧好了。心里也很清楚，那个火烧可能多了。

走回去的时候，小猫还在那里。从包里把火烧掏出来，很郑重地放在三楼门外的墙根处。小猫低下头去，吃起来。自己没有多耽搁，转身上楼。刚好有一个人从楼上下来，瞄了一眼正吃东西的小猫，下楼去了。

再下楼的时候，看到地板上还留着吃剩的半个火烧，小猫安静地卧在墙角的纸板上，闭着眼睛，打着盹儿。

隔几天，又走过三楼，小猫抬头看着自己，一声接一声地叫。已经走过一层楼了，还能听到。

有时候，都走过去了，才听到它的叫声，下意识地想到，哦，它还在，可能是饿了吧，或者是，太寂寞。

今年冬天，接连下了几场雪，气温比往年较冷。楼道里的窗户都关着呢，也会感到有冷风从玻璃窗子透过来。

有些天不见小猫了，楼道里很安静，可能是小猫的主人把它抱进屋里去了吧。

2013 年 1 月 30 日

睡觉前

睡觉前，自己向来看书。床头总是堆着自己喜欢的书。该睡觉了，先不急于闭上眼睛，而是顺手拿起一本正读的书，背靠枕头，接着上次看到的地方，继续读下去。直到感觉眼睛实在是睁着有点费劲了，酸酸的，涩涩的，才把书放下，倒头睡去。

睡前看书的习惯，是早在求学的时候养成的。慢慢地，自己总结出来一点规律，也可以说是学了心理学中的记忆曲线之后，自己有意识地加以实践之后得出的结果。这个规律是什么呢？就是晚上睡觉前记住的东西，第二天早晨睁开眼睛之前，在脑海中再回顾一遍，那么这个东西就在心里扎了根了，记得相当牢固。从师范学校毕业参加工作之后，为了提升自己，我自学了中文大专和中文本科的全部课程，参加了那么多场考试，虽然也经历过补考的时候，可那么多的东西都记住，很大程度上得益于自己掌握的这个规律。

前些天，读过法国著名心理学大师埃米尔·库埃"自我暗示"学说的奠基之作《意念力：疗愈自我的心理暗示法则》之后，自己的睡前习惯除了看书之外，就是躺下之后，闭着眼睛，小声地对自己说二十遍下边的话："每一天，在每一个方面，我正变得越来越好。"

最初说这句话的时候，正赶上自己患感冒并诱发了咳嗽。真的没想到，本来以往感冒了咳嗽了，要持续好长时间，吃好几种药才会慢慢好起来。这一次就一天，就只咳了一天就好了。吃的药是家里老头儿很兴奋地告诉自己说药效非常奇特的银黄滴丸。那天老头儿回家，边换衣服，边兴奋地说："哎！你说真是啊！这个药怎么那么管用啊！吃饭前，我吃了一次这个药，吃了饭，嗓子就不疼了。哎！你说，这个药怎么这么管用啊！"他的嗓子疼了有些天了，也没有特意看过医生，偶尔想起来给他上点口腔溃疡散，一直没有见好。隔几天，他又会说嗓子疼。直到这次回家，他那么兴奋地介绍这种药给自己。因为深信了这种药效果的奇特，还有开始不停地念叨起刚发现的这句话，自己分析，这次咳嗽好得这么快的原因，无非就这两点。

后来，自己就总给嗓子疼的人介绍银黄滴丸，给亲戚朋友介绍每天说这句话。

曾经有过一个阶段，就是说这句话有些天的时候，也许是怕麻烦的心理在作怪，也许是懒惰的心理在作怪，心里产生了一个想法，就是觉得不如直接睡去得了，就不要说这句话这么多遍了。可是转念一想，不就一句话吗？坚持一下就好了。因为自己确实感到了说它的好处，确实感冒咳嗽不见了呀。还有一点是因为自己非常好意地把这个方法介绍给了自己周边的亲人和朋友，而且还把它写到空间里，希望这个好的方法能够让更多的人受益。如果自己都不能坚持下去，还怎么能够帮助别人树立信心呢？于是，那个懒惰的时期被自己克服了，终于坚持下来了。现在，会在晚上闭上眼睛之后，缓慢地有节奏地不经意地说这句话20遍。在说的过程中，会感觉自己的身体慢慢放松，心理慢慢放松，很舒服的感觉袭来，然后沉沉睡去。别说，奇迹也在慢慢显现。往年这个时候，经常会有感冒啊咳嗽啊的情况发生，自从开始每天坚持说这句话之后，一点问题都没有了。每天的自己都是健康的，开心的，而且按部就班地做着自己的事情，感觉那么好，每天都有新的收获，新的成绩。这里说的收获，包括擦过一遍地，洗过几件衣服，整理了下房间等任何琐碎的事情。只要是自己做过的，都可以算作自己的成绩。感觉自己真的很能干，很有成就感，很满足，心里总是充满着欢喜。

睡觉前的时间确实是异常宝贵的。如果利用的好，真是会终身受益。

前些天去保定图书大厦，看到了日本作家佐藤传的一本小书，薄薄的一本，站在书店里一会儿就看完了，可是收获很大。书名就叫《睡前3分钟改变你一生》。他讲，利用好睡前三分钟，一生会很成功。他的观点是，睡前闭着眼睛，对明天要处理的事情，有一个美好的期待，想象着自己会把各种问题处理得非常好，别人也会非常配合自己，自己做什么事情都会很顺利。会发现，事实真会像自己想象的那样发展。即便是有点什么小波折，也会因为自己的心情大好而不去介意。到最后，事情总会朝着自己的目标迈进。觉得，他的观点，跟法国心理学大师的发现有异曲同工之妙。

总是听到有人说自己失眠了，感觉很难过，不知道有什么好的办法能让自己睡个好觉。

不知道说这个话的人有没有分析过自己，就是自己为什么会睡不着，自己在睡前都做了些什么。如果睡前有把这一天当中发生的事情想一遍的习惯，难免会让自己的大脑处于兴奋状态。因为这样做需要回忆，可能还要分析自己的所作所为是不是恰当，自己在这一天当中是不是有受伤的地方，或者是自己有什么地方做得不够好，给别人造成了不好的印象，等等。总而言之，就是大脑会不停地运转。运转来运转去，都是已经过去了的事情。说白了，就是放不下。如果在检查的过程中，发现了一些不尽如人意的地方，难免会引起自己的不舒服的心理或生理反应，那睡觉，便成了另外的事。或者说，对于自己当前的情况来说，想事情是第一位的，睡觉是次要的。但是，这时候自己迫切需要的是马上睡着，可是脑子却在飞快地转，停不下来，而自己又想让它马上停下来。我们知道，当我们跑起来的时候，想立刻收住脚步是不可能的，因为惯性的作用。大脑的运转也是这样，想了那么多的事情，你让它马上停下来，真是费劲。就如拔河比赛，看哪边胜出，哪边赢了，哪边占上风。其实想想，是自己在给自己制造矛盾。本来，要睡觉了，想点好事，心情放松，身体放松，踏踏实实地睡去，多美。如果反其道而行之，想的都是些烦心事，心情压抑，不得舒展，身体同样会紧绷绷，不得放松，精神也跟着紧张，那怎么能有个好睡眠呢？简直是痴人说梦啊。

说同样的一句话好多遍，而且是同一语气，没有声调的变化，会有催眠效果。因为它太单调，没有任何的起伏，会让人的情绪越来越沉静。而且，它还有排挤别的念头入脑的作用。心思只在这一句话上，心无旁骛，什么私心杂念都统统被抛到九霄云外。没有伤心，没有难过，有的只是对美好明天的向往。微笑会爬上脸颊，带着微笑入睡，人也会越来越漂亮。

让我们的内心都被阳光充满吧，阳光会驱散乌云，驱散浓雾，还给世界一片美好与安宁。

2013 年 2 月 6 日

《作女》中的人物分析

《作女》，张抗抗著，2002年6月第一版。这本书，自己在2003年的时候读过。

书中的主人公作（zuō）女卓尔，是一个不断求新求变的女人。她不能容忍那种一成不变的、循规蹈矩的工作和生活模式，永远追求新奇和创造，寻求种种的刺激和不安定。虽然工作和生活谈不上舒适，但那种不断变换的人生体验却是一笔难得的财富。一般人追求的是生活的富足、安逸和享乐，而她追求的是不断地创新和个性的张扬。为了自己的梦想——去南极，她可以想方设法把月薪5000多元的白领工作毁掉；为了不压抑自己的个性，不被没有任何新意的婚姻生活所禁锢，她毅然离婚，去闯荡世界。为了追求自己的理想，她决不委屈自己的身体和思想。不愿被别人指挥，谁也别想控制她，因为她没有婢骨。她就是她自己，大不了走人，没有什么了不起。她富有爱心，看到要饭的就给钱。她很有才华，学的是工艺设计。只是很没有常性，只有三分钟热度，想干的事很多，有很多的追求。不想结婚，不想成家，不想有什么东西束缚住自己。渴望自由，渴望每天都有不同的生活，觉得只有那样，生命才是新鲜的，才是充满活力的。

卓尔供职于一家女性杂志社《周末女人》。为了去南极，她故意迟到早退，做错事，让公司解除了她的劳动关系。南极没有去成，就到天琛珠宝公司应聘广告策划。她策划了一场别开生面的广告活动，又终于忍受不了公司老总郑达磊的虚伪、自私、自以为是和傲慢。正在公司要为她单设工作室，郑达磊向她初次示爱的时候，她消失了，去做她想做爱做的事。

陶桃，是一个很有心计、美丽多情的女子，形象、气质、工作俱佳的白领丽人。为了追求自己的理想，她离开了那个冰封的老家，来到大都市，寻找自己的美好生活。郑达磊是她的理想，是她想嫁的人。

她认定也只有有风度、有气质、有才华又多金的郑达磊才配得上她，能给她想要的生活。因为太想嫁，也就太巴结，处处讨好，而郑达磊却并不在乎。她说过多少遍，不爱吃苦瓜，可他每次吃饭都点那个菜，根本不去在意她吃不吃。郑达磊总是以自我为中心，一旦不高兴了，就冲她发脾气。最后，她想用怀他的孩子来要挟他结婚，不料流产了，孩子没有保住。在她昏睡的时候，郑达磊给她送来了她曾经特想要的全套玉首饰，可是却少了那枚她最想要的翠戒。那枚翠戒郑达磊拿去送给卓尔了。陶桃醒了，她找了一个爱她的人嫁了。一味地压制着自己去逢迎别人，而别人并不在乎的时候，那颗心该是怎样流血呀。

阿不，是卓尔的好朋友，一个特能"作"的女孩子，青春、靓丽、讲义气、够朋友、想干什么就干什么，我行我素，全不管旁人投来的怪异目光。

DD，也是一个阳光女孩，敢作敢为，只是把亲朋好友的1000多万元拿去炒股，结果赔得一文不剩。面对前来讨债的人们，她无路可退，只好吞了安眠药，了却了年轻的生命，把命给"作"没了。

芦荟，是那种干什么都一丝不苟的男人，对人很和善，善于把别人的爱好当成是自己的爱好。但是卓尔对他爱不起来。

老乔，是卓尔的性伙伴，当她想解决自身的生理需求的时候，就会去找他。因为他有老婆，卓尔不会产生要嫁给他的念头。卓尔有自己的经济来源，不会伸手向他要钱。老乔是一家火锅城长流水的老板，他很爱卓尔，但卓尔并没有说过她爱他。不过老乔可以为卓尔做任何事，只是拿不出卓尔想去南极的10万元，因为他老婆管得很紧，他没有多少私房钱，他的饭店每月的收入还得用来还贷款。不过他可以把他贴胸挂着的玉石挂件儿（传家宝）拿去抵押了5万元，三天内送到卓尔手中；他可以在夜幕降临的时候，当卓尔耍性子非要去密云水库游泳的时候，推掉自己很忙的一大堆事陪着她去；他可以在卓尔让他违心去起诉郑达磊以便冻结他的账号，从而挽救郑达磊于危难的时候，不顾朋友面子依计而行。

刘博，是卓尔的前夫，是卓尔大学时的同学，是卓尔大学时的活动追随者。结婚后，两人的性格彰显出来，他们俩合奏出不和谐的音乐。卓尔追求变化，刘博一味地追求稳定，卓尔每天不想吃同样的饭，刘博只爱吃他母亲做的熘白菜和红烧肉，"他习惯每天都吃同样的东西"。最后，卓尔终于不能忍受那种令她窒息的平静与安稳，与刘博离婚。刘博再没有找过她。

　　郑达磊，是一个事业成功的四十多岁的中年男人，现任天琛珠宝公司的总经理兼董事长，是个离异的单身贵族。他总是喜新厌旧，总是追求新鲜的感觉。他和陶桃相处了半年多，总也下不了决心娶她。他的前妻是他的大学同学，他不能容忍自己和生了女儿以后的前妻共同生活了。他的前妻是"一个不算漂亮但肯定十分温柔贤淑的女人"，"也许是因为她的身体开始发胖，也许是因为她吃面条时总是发出哧哧的响声，也许是因为她睡觉的姿势？"厌倦了一个人，是没有理由的。郑达磊是一个追求完美的人，他对自己严格要求，对别人也都带有一种挑剔的眼光。他不是一个过于迷醉女人的男人，他的离婚不是因为第三者插足，而是由于婚姻本身的疲倦和新鲜感的丧失。"他需要一个能使他燃烧的女人。他希望那个女人能永远唤起他的激情和雄心；希望她始终能逗引他、撩拨他，激起他的好奇与探求，他疯狂地追求但总也无法真正得到她；他爱她却更恨她，他与她一起生活几十年，每一天的日子都好像刚刚开始；他和她一天天衰老下去，她却依然像刚认识的当初，每一天都使他新鲜新奇……""这样的女人是没有的。""所以才会有离婚有婚外恋，把男人的梦想一截一截拆装了，分散在一生长跑接力赛的一个一个新选手上。"郑达磊选择的女友必须是漂亮的。任何人也不能改变他的这个原则。他可以不计较女人的出身、地位和教养，但女人如果不漂亮，男人究竟为了什么要她呢？这就是他为什么要离婚的潜在原因。但是，郑达磊太自负了，太傲慢了，太自以为是了，终于失去了陶桃，那个上得厅堂、下得厨房的美丽女人。或许这才是公平的。正如卓尔所说，你以为你是谁？你不就是有几个臭钱吗？一个没有感情的冷血动物，多么美丽的女人跟了他也会日渐憔悴，因为他不懂得女人需要的是一颗爱她的心，是一句贴心的话，是一双温暖的手。他不会找到真爱的，因为他没有真爱给别人，他心里装着的，只有他自己。

2013 年 2 月 18 日

说好话（1）

　　说好话，当然是说好听的话，说对人有好处的话。

　　好话谁都爱听，而且一般人们听到好听的话，赞美自己的话，都会心情大好。如果是早晨听了好话，会精神一整天，干什么事情都有劲儿，干什么事情都利索。而且，看什么都顺眼，办什么都顺利。因为心情好嘛，所以什么事情都不会让自己感觉到麻烦，即便是麻烦的事情，对于心情大好的人来说，也不会称其为麻烦，而只是把这个麻烦当成是前进路上的一个小插曲，会认为好事多磨嘛，磨一磨，没有什么的。

　　与好话相对的，是坏话，一般是说自己不是的话，是批评自己的话，那谁爱听啊？这个世界上，大概爱听坏话的人少之又少。听到坏话了，一般人都会心情坏起来，"怎么回事啊？你这么说我。""我怎么了？我哪里做得不好了？你这么说我。"非要争出个所以然来。如果是早晨听到说自己坏话了，那么这一天都会愤愤不平，看什么都不顺眼。自己感到受到了很大的屈辱，干什么都不顺。这时候，特别容易跟人发生争执，发生冲突。因为心情不愉快，干什么事情的时候，就爱找茬，有一点的不如意，就会觉得别人是成心刁难自己，于是，会发生更多的不愉快。

　　既然大家都爱听好话，那就都说好话好了，那样的话，大家都会心情大好，这个社会，岂不是一片和谐呀？这个想法多么地合情合理呀。只是现实当中，可不是人人都这么想呢。有的人，偏偏什么样的话不好听，就说什么样的话。为什么要说好听的话给你听啊？你是谁呀？我让你感觉好听了，你高兴了，谁说好听的话给我听啊？或者是，为了压你一头，故意不让你高兴，故意说些让你难受的话。美其名曰，怕你骄傲了，找不着北在哪里。

　　有的家长就是这样的。孩子今天高高兴兴地回家来，很美地跟家长说，自己这次考试得了99分。有的家长，就会表扬孩子说："是吗？

我就说嘛，我们的宝贝聪明呢。你看，考试得了这么多分。"孩子听了家长的表扬，心里肯定还是美滋滋的，充满着喜悦。这时候，你让他干什么他都会更听话地去做。

可是，也有这样的家长，孩子高高兴兴地给他报告成绩，他会问："还有考100分的吧？考100分的有几个呀？你排第几名呀？"这时候，孩子难免会悻悻然地回答，考100分的有几个，自己考了第几名。然后，他又会说："你肯定是哪里没有认真做吧？下次一定考100分啊。"孩子本想报喜的心情被这一瓢凉水浇了个透心凉，原本是想给家长一个惊喜的，让家长也高兴一下子，谁知道家长这么不知足啊。结果，孩子原本的好心情也没有了。其实，一句好听的话就是鼓励，就会给孩子信心，让他信心满满地去应对今后的事。而那不知足的话，只会挫伤孩子的信心，觉得自己真的很失败，然后再做什么事情的时候，就会畏手畏脚，放不开了。

朋友间相处也是这样。有的朋友很会说好话，跟他在一起说话，就如同是一种享受。他总能发现朋友的优点，给朋友指出来，朋友会觉得自己真是很了不起，然后走起路来都是腰板儿倍儿挺呢。而有的朋友就不是，一般还常常是那种特别要好的朋友，就是一般认为的特铁的那种。他总会发现朋友身上不如人意的地方，然后很不留情面地给朋友指出来："你看看你，啊，你怎么穿成这样啊？"或者是"你今天做得不对啊，你怎么回事啊你？"诸如此类的抱怨的话，或者是挖苦讽刺的话。朋友听了，就算是当时心情很好，也会略略地有轻微的乌云掠过心头吧。感觉受到了打击，感觉到自己并不像自己想象的那样伟大，于是会缩起脖子，收起双肩，不再高昂起头。

有的时候，心理是很不容易琢磨透的，但是感觉一般不会骗人。如果感觉到好了，肯定听到的就是好话了，如果感觉到沮丧了，那就是听到坏话了。一般大人都会教导我们说："良药苦口利于病，忠言逆耳利于行。"可是总是听到批评自己的话，总的来说，会有气馁的感觉袭上心头，大大地挫伤人的自信心。反而是那些表扬的话，更有鼓励的效果，让一个人对自己更加有信心，而且身心舒泰，身心健康。

一个家庭也是一样。如果相爱的人总是用充满爱意的话语跟对方说话，那双方都会感觉很舒畅，出门上班都会哼起歌来呢。到了单位，一般也会是风调雨顺，跟人合作愉快。而如果两个人谁也不让谁，针尖对麦芒，谁都拣着对方不爱听的话说，大早晨的就吵架，可以想见，出门的时候，会把门摔得山响。你说门碍着谁了？当然，到了单位，也会干什么都觉得憋屈。因为气不顺嘛。尤其是如果这个人再当着单位里的领导之类的职务，那他的手下人也跟着不舒心了。你不知道他的火气从哪里来，不知道这股无名火会发到哪个人的身上。真是，城门失火，殃及池鱼呀。

如果自己觉得还是好话好听，听了好话自己感觉到舒坦，心情好，那么人同此心，心同此理，别人也一样，也是喜欢听好话，然后感觉到舒坦，心情好。那么，我们都舍弃那些不中听的坏话好了，既然都不爱听，说了光是给人添堵，那说它干吗？大家都有意识地说好话给对方听，想想看，家里会不会是一团和气，幸福到家了？朋友间是不是再不会有不愉快，而是满是欢喜呢？就连工作压力再大的单位，也会因为每个人的心情大好，而其乐融融呢？那再把范围扩大些，是不是就是国泰民安啦？哎呀，真没想到，说好话的效果这么伟大呢。

好日子就从说好话开始吧。

2013 年 2 月 22 日

说好话（2）

　　说好话的作用真是不可小视，它就如同是一股春风，给人带来心旷神怡的美妙感觉。

　　近些天，自己在空间里发了几篇小文，得到众多好友的热情评论。这给了自己莫大的鼓舞，让自己更有信心继续写下去。说好话，带给人的是真正的正能量呢。

　　小时候，村里人总夸自己好看。有时候，跟着母亲去姥姥家，走着要穿过两个村子，沿途在自家门口站着的妇女也总会说："哎，这个小孩儿真好看。"虽然那时候还小，不大懂事，但是，别人夸自己的话却牢牢地记在心里。嘴上不说，心里可是美得很。

　　长大后，也经常听到夸自己好看的话。听得多了，不再有飘飘然的感觉，很增加自信是真的。就像当年王菲在台上发表获奖感言时说的："我会唱歌，我知道。"自己在心里也会说：我很好看，我知道。不过，自己有一个把握，就是，并不是自己长得好看，就什么都有了。好看只是一个方面，并不能当饭吃。要想真正地独立，还是有真本事才好。所以，长得好看，在自己看来，只不过是一个提升信心的东西而已。有的时候，朋友会说："你呀，就是矮了点，如果再高些，就真是大明星了。"说的人，当然是一片好意。有的时候，也会不经意地说，谁谁谁，就是矮点。或者说，那个人，大高个儿，一点儿没挑儿。好像暗含之意，"长得矮了，就是一个挑儿"之意。可是，这些话，都伤不到自己，因为，从小的那些夸奖，已深深地扎根于心，自信的自己，是不会在意别人说什么的。

　　你说，这些夸人的话，不就是给人打了预防针吗？让人受益一生呢。

　　自家屋后，有一位大哥哥，每次碰上都会说"大学生啊"，算是打招呼。从那么小的时候，上小学起，他就那么说。可能是那时候自己在班上的成绩好，村里人经常念叨吧。直到自己上了初中，然后上了师范，每次碰到，他依然是那句话："大学生啊。"这句话无形中给了自己太大的动力，指引着自己朝着大学生的方向努力。虽然没有上全日制大学，可是，为了不辜负他的这句话，可以说，在自己的内心深处一直有着这样一个念头，就是不能让人家白叫了自己大学生。于是，师范学校毕业后，工作之余，毅然加入了自考大军，终于成了真正的大学生。

从自己的经历来看，多给孩子一些美好的期许，给孩子一个明确的方向，是非常重要的。

看过希拉里的自传《亲历历史》，也读过别人写的希拉里传记。书中，有一个小细节给自己留下了很深的印象。就是希拉里与克林顿在一起的时候，她给人介绍克林顿，总会说，他是将来的美国总统。当时，克林顿只是一个大学生的时候，她就那么说。旁边的人都很不解，一点看不出克林顿有什么过于特殊的地方啊。可是，希拉里一如既往地坚持那么说，别的人权当她说着玩儿了。事实证明，克林顿慢慢地向总统走近，最后，成了真正的美国总统。你能说，希拉里的这个美好的期许，不是指引克林顿走向总统的向导吗？说好话的作用是如此之大啊。

师范学校毕业的时候，有一个同学悄悄地跟我说，希望将来在报刊杂志上能看到我的名字。至今为止已经过去二十几年，这个同学对自己的美好期许，也在慢慢地变成现实。

一般来讲，说好话给人听的人，他的内心是强大的，其实，他是真正的强者。因为自己内心的强大，所以才不会吝于把好话说给别人听，从心里期盼着别人真的过得好。当然也不会担心把好话说给了别人，自己会缺少了什么。在旁观者看来，说好话给人听的人，真的缺少不了什么，反而会增加别人对他的好感，增强他的影响力呢。

想来，还是心态的问题。有的人，总是担心别人会超过自己，会过得比自己好。当然，他就会想着法儿把别人的不如意的地方往外说，以让别人心里不舒服。心里不舒服了，自会感到干什么事情都会心灰意懒，他的生活状态就真的会如那个说坏话的人期待的那样，不如意起来。当然，那个说坏话的人，或许会心里有些许的平衡，看看，我说得没错吧，他就是没有出息嘛，没有什么了不起吧。但是，那个说坏话的人，无形中，也暴露了自己内心的阴暗。内心阴暗的人，看什么都不顺眼的人，你想他会过得好吗？有的时候，褒贬别人成了一种习惯，不是成心的，他已经形成了自己的惯性思维，就是太容易发现别人不对的地方，不合己意的地方，于是，就顺嘴说了。想想，这就跟制造垃圾一样，他制造的是思想垃圾，是语言垃圾，这些垃圾会严重污染周围人们的心理，让人们心里不得舒展，郁郁寡欢。继续想下去，挺可怕的，人总是心情不好，压抑难受，身体的气血就会受阻，气血不通，人就会生病。哎哟，问题越想越严重啊。

看来，还是别说坏话了。想想那个爱说坏话的人，也挺可怜的。他的眼中总是那些不尽如人意的地方，你说他的心情能好到哪里去呢？即便是家里人，最亲的人，可以想见，他也会数落出一大堆的不是来呢。那想想看，他周围的人能舒心到哪里去呢？周围的人不舒心，整天愁眉不展的，你说他整天在这种环境中，他的心境又能好到哪里去？就像一个圆圈，自己发出的什么信息，绕一圈儿之后，又会返回来归到它的出处。咱们还是都说好话吧。因为，它会绕回来，造福自己呢。

教育孩子也是这样。孩子在学校里受到了老师的表扬，会精气神十足，干什么都积极热情。在家里受到了家长的夸奖，也会忍不住地偷着乐。为了孩子的身心健康，我们大人们，不要舍不得把赞许的话说给孩子听。有的人会说，他有优点可以说，身上都是缺点，那怎么夸呀？我们可以拣着他做得好的地方夸，慢慢地，你会发现，他的优点会越来越多呢。因为，好心情也是有传染性的，孩子高兴了，肯定就跟你很配合了，那你的心里肯定也会很愉快了。心情好的人，看什么都会很宽容的，所以大人便很少去挑孩子的毛病了，孩子的毛病也会越来越少了。其实，话说回来，只要不是什么原则性的错误，他能有多少毛病呢？只不过是大人给孩子设定的限制太多了，孩子突破了大人眼里的框框，大人就认为是孩子有问题。其实，这个问题不定是谁的呢。只是孩子小，没有决定权，你说人家不好就不好呗。可是，这一定性，后果可就非同小可了。没有辨别力的孩子，总会朝着大人老是说的方向发展。不管是好话还是坏话，孩子都会朝着家长总是说的方向走。尽管大人的心没有错，期许也没有错。

　　还是多说好话吧。

2013 年 3 月 1 日

大黄狗

大黄狗离开这个世界将近二十年了，可是，每每想到它，自己都会心生感激。

大黄狗是家里养的最后一条狗，它是得了狂犬病死的。记得最后那几天，它是那么疯狂。忽而蹿上墙头，忽而从墙上扑下，就那么来回地折腾。家里也没有办法。后来，它就不动了。在它生病的时候，没有伤到任何人。它，是一条好狗。

自己的感激，源于一次晚饭。那天晚上，家里吃面条。其实现在想来也没有什么的，只是那时候，可能是年岁小，没有经过什么事，总是把问题都放大，心里也敏感得很。

老人向来节俭，每到做饭的时候，总要叮嘱自己少做。而自己呢，年纪小，又没有经验，在娘家做饭的时候，爸妈从没有说过什么。娘家养着猪，饭做多了，浪费不了。可是，在这个新的家里，不养猪，饭做多了，就会剩下，剩下了，下一顿谁也不爱吃。可能就是这个原因，还可能就是为了节省，老人总是叮嘱自己少做。可是，自己又没有那个把握，而且，总觉得饭做少了，不够吃。

那一晚吃面，人多锅小，面条不能一下子都煮上。自己在厨房里煮面，别的人开始吃。家里人大概都吃得差不多了，自己还在厨房里忙着。老人走过来说："看着煮，别人都不吃了。"可是这时候，面条已经在锅里了呀，这怎么看着煮呢？心里感觉到有点委屈。早饿了呢，又很累了。这看着煮，应该是煮多少呢？嘴上却没有说什么，很干脆地答应着："行喽。"

从小自己就不会跟家长顶嘴。爸妈对我们几个孩子没有定规矩，从不打骂，有的只是心疼，我们也一个个的乖得很。记得有一次，家里来了客人，按照惯例会炒花生。自己很高兴地揽起了炒花生的活儿。本来那花生已经炒好了，自己也尝了尝，熟了，就抓了一把，装进上衣口袋里，边吃边跑出去玩儿了，也没有跟大人说一声。谁知道，那一锅花生后来都变成了黑炭。怎么回事呢？原来呀，那花生里面是混上沙子炒的，那样炒出来的花生皮不会糊，就跟没有炒过的花生外皮一个颜色，看起来很干净，吃的时候，不会把手弄脏。如果不加沙子，炒出来的花生外皮就会变黑，抓一把在手里，手上就会黑黑的了。自己那时候年纪小，根本不知道，花生炒熟了，应该马上从锅里取出来。因为，虽然已经不烧火了，可是锅下边还有红红的灰烬在烘烤着锅底，而且锅里还有那些滚烫的沙子。可怜那整整一大锅花生，就这样被烤焦了。自己知道后，心里打着小鼓，出来进去都不得劲，不敢去看爸妈。没有想到，爸妈什么都没说。也许是他们心里明白自己本来已经知道错了，还说什么呢？说一顿批评的话，光是让孩子更难过。知道错在哪了，下次不再错就是了。这件事情，一直存在心里。也一直感激着爸妈对自己的宽容。

到了新的家里也是，从来不会跟老人顶嘴。不只是老人，就是平辈的人甚至是小辈的人，也不会说不留情面的话。即便对人有意见，也会忍下来不说，以免伤了和气。就是觉得自己受了委屈的事情，也不会说出来，大不了躲进自己屋里掉些眼泪，跟自己老头儿磨叨几句，也就过去了。心里也往往会想，日子长了，慢慢就好了。

果然，那晚面条煮多了。别的人都到客厅里看电视去了，餐桌前只有自己在慢慢吃。真想把面条都吃完呀。可是再怎么使劲儿，敞开了肚皮也没有吃完。这怎么办呀？老人让看着煮，特意嘱咐了又嘱咐，生怕自己煮多了。结果，还是煮多了。这怎么跟老人交代呀？客厅里传出笑声来，大家看电视看得正起劲儿，倒是也没有谁注意这里。可是自己很在意，开始心神不宁起来。这怎么办呢？心里想象着老人看到剩了面条后很难受的样子，一股子伤心袭上心头，眼泪不由得落下来。收拾完了碗筷，回到自己屋里，仍旧默默流泪。老头儿看着自己，也没有话说。

拴在院子里的大黄狗突然叫起来，可能是听到院墙外边有什么动静吧。自己心头猛然一亮，有了主意，心情也立马轻松起来，眼泪也没有了。赶紧快步走去厨房，把剩下的面条端出来，统统倒进狗食盆里。

哎呀，真是太好了，这只大黄狗，它太知道心疼人了。只给它加了剩下的一点儿卤，也没有任何菜，没有想到它吃得那么香。一会儿它就都吃完了，一点儿渣都没有剩下。心头的一块大石头没有了。真想亲它一下！大黄狗它太善良了，太能帮人解困了。

大黄狗平时就拴在西屋的窗子底下，紧挨着压水机的位置。靠近南墙根给它搭了一个简易的窝。大都是老人伺候它，给它打扫卫生啊，喂它吃的呀什么的，自己很少去管。记忆中，好像自己喂它也少，只那一次，印象极深。

大黄狗死后，家里再没有养狗。

2013 年 3 月 1 日

骑车子

这里说的骑车子，是骑自行车。我学骑车子，应该是在上小学的时候。因为上了初中，我就骑着车子去上学了。

那时候，家里只有一辆自行车，二八的，没有车铃，也没有车闸，车把也没有了把套，只剩两个光秃秃的铁管子，油漆也脱落了，前后车轮的挡泥板也没有了，车链子的上方也没有了挡板，只剩下光光的链子，很张扬地裸露着。还有，就是那个很重要的车座子，原版的座子不知道是什么样的，早没有了。家里人手巧，用一块儿帆布做了一个座子，安上了，只是有点不好看。在自己幼小的心里，一直羡慕着伙伴家的那辆车子。她家那辆车子，零件比较全，车铃亮得还能照见人影，拧一下，丁零零的，清脆悦耳。而且，车座子是原装的，黄色，牛皮，看着就周正、洋气。而且，油漆还很结实地长在车子上，擦干净了，还亮呢。还有，后车轮的挡泥板上，那个能发出红色亮光的圆的车灯，很招人喜欢。

自己这辆车子，别看不起眼儿，还不属于自己一家所有。那时候，我们跟大伯家还有爷爷奶奶住在一个院子里。大伯家和爷爷奶奶住在北屋。三间北屋，外加两个耳房，大伯家住三间，爷爷奶奶住两间。我们家则住在西屋，西屋是三间。车子是几家共用的，可能是爷爷买的吧。那时候，还没有分家，只是各家自己做饭吃。后来，家里又向村里要了附近的一块儿地方，盖起了三间平房，抓阄，大伯家抓了新房，搬过去住了，才算是分了家，车子也真正地归了自己家用。

车子就在院子里放着。自己放学回家，撂下书包，就去推车子。上瘾啊，刚学骑车，特别上瘾，不吃饭都行。一天放学，很兴奋地去推车子，却发现车子不在院子里了，很是沮丧，感觉没着没落的。后来才知道，车子被大伯推到他们屋里去了。过了些天，车子又出现在院子里，自己就又去骑了。

小孩子不怕摔。那时候，个子还小，推起车子，笨拙得很。二八的车子，本来是供大人用的，不像现在的小孩子，专有小车子可以骑。两只胳膊高高地抬起来，两手握紧车把，推着车子往前走。小腿儿老是碰着车蹬子，一不小心就摔倒，经常是伴着咣唧唧的巨大响声，身体扑倒在车子上。愣一下，回过神儿来，不好意思地朝伙伴们笑笑，迅速爬起身，扶起车子，继续练习。

推着走得稳了，就开始学骑。先是小伙伴儿在后边扶着后座跟着自己往前跑，看着骑得比较稳当了，才松手。车子有大梁，小孩儿一般都是左脚踩左边的脚蹬子，右脚从大梁的下边伸过去踩右边的车蹬子。开始的时候，两脚转不了一整圈儿，因为一转整圈儿，很容易掌握不好平衡而摔倒。为了把稳，只好折中。右脚往后踩下右边的车蹬子，左脚随着左边的车蹬子转上来，停住，左脚使劲儿往前踩下去。左脚踩到最下边的时候，右脚随着右边的车蹬子转上来。这时候，顿一下，右脚往后踩。往后踩不用费劲儿，主要用劲儿的还是左脚。如此交替，左脚往前踩一下，右脚往后踩一下，有点像压跷跷板，车子便平稳地行驶下去了。

总是这样骑有点不过瘾，而且累，还是羡慕大人们那样坐在座子上骑车子。可是，毕竟自己个子小，左脚踩着脚蹬子，右脚根本迈不过那个大梁去，太高了。怎么办呢？自己想出个办法来。先用右脚踩着左边的脚蹬子，左脚快速蹬地。车子蹬起来后，两手把稳车把，左脚离地，踩在左边的大拐上，右脚离开车蹬子，偏腿迈过大梁，就稳稳地坐在座子上了。这样成功之后，心里别提多高兴了。只是，又发现，坐是可以坐了，脚下的车蹬子却总有一个够不着。只能是，猛往前踩一下转到上边来的那个脚蹬子，另一只脚悬空，等着另一侧的那个脚蹬子转上来，再猛劲儿往前踩一下。这样交替着踩，两个脚蹬子便一上一下不断地转。转整圈儿是可以了，只是两只脚不能像大人似的紧贴着脚蹬子，总得悬着空。有时候，干脆就不坐座子了，就骑在大梁上，这样，两脚还能跟着脚蹬子转个整圈儿，就是有点不舒服。那时候的小孩子大多这样骑车子，而且骑得还倍儿溜。

自己骑车很熟了，爸爸也放心。初中报到的时候，学校离家二十里，还要带着被褥和脸盆，还有书包什么的，爸爸居然连送都没送，就那么放心地让十三岁的我骑车去了。现在想来，也挺自豪的。后来，带上自家的粮食去粮局换转粮单，也是自己去。有一次，都快到粮局了，为了躲避行人，没有把稳车子，摔倒了。车子后边绑着两袋子粮食，挺重的，费了老大的劲儿，也扶不起来，急得我直想掉眼泪。还是一个好心的过路人停下来，帮我扶起了车子。

还有一次，我骑车去姥姥家，弟弟坐在车子前边大梁上的儿童座椅里，妹妹坐在后边的后座上。一个十几岁的大孩子，前后带着两个小孩子，骑车行驶在坑洼不平的乡间土路上，这该要多么大的勇气和家长的信任啊。

要上班了，爸爸给我买了辆新的自行车，飞鸽牌儿，二六的，没有大梁，心里喜欢得不得了。

我骑车总是很快，同事都管我叫快车手。车子在自己的操控下，左转右突，那么自如，瞬间就把跑在前边的车子甩在身后了。那种随心所欲的感觉，真好。

2013 年 3 月 9 日

正常与有病

应该说，正常与有病是一个相对的概念，就是说，没有绝对的正常，也没有绝对的有病。大多数时候，什么样的算正常，什么样的算有病，是按照人们普遍认可的一个标准来衡量的，也就是说，这里存在着一个衡量标准的问题。符合这个标准的情况，就被叫作正常，不符合这个标准的情况，就被叫作不正常，或者叫作有病。

经常听到有人说这句话："这个人有病。"或许，被说的这个人，身体某方面真的有问题，也就是真的有病；也或许，被说的这个人身体并没有问题，只不过他说的话，或者做的事，不符合说话人认可的标准。

现在的医学标准也有很多，身体的各项指标都有一个正常值，以此来衡量人们的身体状况是健康的，还是有病的。有的时候，一点没有觉得身体有什么不舒服，可是一体检，如果那些检测结果与标准数值不一致，就出问题了，很正常的一个人也开始感觉自己有病了。于是，开始重视起来，吃药，打针，控制饮食，不知道怎么着做，才会让各项指标更快一些合格。

我们都知道，十个手指伸出来都不一般齐。弟兄几个，虽然都是爹娘生的，模样啊，高矮啊，胖瘦啊，都不一样呢。你能说，哪一个是正常的，哪一个是不正常的吗？

有时觉得，现代医学在给活着的人们开玩笑，动不动就被发现有问题。或者说，现在的人们太相信医学标准，太相信身体检查，而偏偏忘却了自己的感觉。

其实，自己的身体有很强的修复能力。如果哪里不舒服，是身体在提醒自己该保养了，如：需要休息了，需要补充营养了，需要运动了，而不是吃着药，打着针，吊着瓶，还咬着牙坚持工作。咱不主张拼命，人的生命得来不易，而且只有一次，需好好珍惜才是。何况，补充了睡眠，补充了营养，加强了运动，身体更加强壮了，不是能更好地服务社会吗？何至于要拼命呢？拼命的做法，其实就像竭泽而渔一样，只会让原本可以复原的身体，再没有能力恢复成原样了。如同一辆车，轮胎的气少了，还照样开，也不加气，那只能是磨损轮胎，让轮胎的使用寿命减少。人也一样，该保养了，就得保养，如果带病坚持劳作，只会加重身体的负荷，使身体的功能受到难以恢复的损伤。其实，想想，本来能恢复的功能，因为自己的要强而没有及时恢复，并且使器官伤得厉害，那样的话，神仙也救不了自己啊。

经常听到说某某人生活节俭，省吃俭用，似乎这是一个特大的美德值得别人去学习。可是，再往下看，会发现，有些省吃俭用的人的身体总不大好，不是有这个毛病，就是有那个毛病，然后去医院治病，吃药，打针，等等，然后，还是省吃俭用。不知道大家发现没有，这就像一个怪圈，把人套进去了。省吃俭用，舍不得吃这个，舍不得吃那个，又要干很重的工作，又很要强，那身体是干什么的？机器还需要加油充电才能工作呢。人难道是铁打的金刚，不需要营养供应，只会干活吗？往往是，病都是人用自己用得太狠了，不知道保养，只知道苦用。那各个零件，自然就会出毛病了。

话说回来，这个医学标准也是人定的。大多数人都非常信服这个正常的标准，一切的一切，都心甘情愿地按照这个标准去衡量，然后再按照这个标准去矫正。好像，真的很少有人去怀疑这个标准的正确性。即便是自己感觉非常好，一点没有不舒服的感觉，只要是医院检查的时候，说自己哪里不符合标准了，那就得改，按照医学给予的标准去改。

是药三分毒，个别医学检查的设施，也存在着大大小小的辐射，一个原本好好的人，经过了医学检查，确诊出有了问题，进入了治疗的过程，他的身体和心理便开始受起了摧折。

我觉得，还是相信自己的感觉好些。有好多人，在检查身体之前，感觉好好的，检查过了之后，有了确诊自己有问题的结果之后，便开始感觉不那么好了。而且，身体会很配合检查的结果，结果说是哪里不好，哪里就真的不舒服起来。于是，心里更加信服这个检查的必要性。

人真的有那么多病吗？比如小孩子的多动症。小孩子，天生的就爱动，那是孩子在那个年龄的本能。我们大人也都是从小时候过来的，谁小时候不是很活泼好动啊？怎么到了现在了，小孩子爱动，就成了毛病？让那些天真烂漫的孩子都像小老头儿似的，老老实实地呆坐着，就没有毛病了吗？真是。孩子没有决定权，只是被动地接受，原本没有任何问题的孩子，从小就被扣上了自己有病的帽子，从此便心理脆弱起来，感觉自己比别人矮了一头。而且，那些治疗的药物，你能说一点副作用没有吗？唉！

如果大家都有了明确的认识，就是只要是身体没有出现什么状况，一切功能照常运行，那就是正常的，就应该把心放到肚子里，该吃吃，该喝喝，也不要担心这个担心那个。只要顺应自己身体的感觉就好。经常听到这样的话，这个人本来好好的，什么感觉都没有，就是单位体检，检查出来的。检查出问题之后，人就开始紧张起来，开始治疗起来，各种压力也跟着来了。

也有这样的说法，说是医院把两个人的体检结果闹混了，有问题的那个人，被告知身体一切正常，没有任何问题，于是，这个人高高兴兴地回家了，然后无忧无虑地该干什么干什么，该玩儿什么玩儿什么，该吃什么吃什么；没有问题的那个人被告知身体出了很严重的问题，需要加紧治疗，于是，这个人日夜紧张起来，吃不香，睡不着，更没有心思去玩儿了。过了一段时间，医院发现这两个人的病历闹混了，很紧张，那可不得了啊，那个有病的人耽误了治疗，那是要有生命危险的呀。于是，马上找到这两个人，再次给他们做一个同样的检查。结果怎么样呢？那个原本有问题的人，怎么也找不着病在哪里了，也就是他的病不治而愈了；而那个原本没有病的人，却被发现真的有了那个病。

这是一个典型的心理暗示的例子。当然，也是一个很能说明究竟什么才是正常，什么才是有病的例子。总觉得，一个人，能吃能喝，能拉能睡，力所能及地干些工作，生活能够自理，然后还能帮助别人，就应该是正常的，就应该心怀感恩地过好每一天的生活。而不是整天怀疑自己的身体是不是哪里会有问题，哪里会容易出问题，想三想四的，让自己的精神紧张，大脑不得休息。而且，疑心生暗鬼，总担心，总担心，问题就真的被自己招来了，原本一切正常的自己，被自己弄得开始有病了。比如，心里总是担心自己会得什么病，吃不好，睡不好，心神不宁。本该休息的时候，也休息不好，本该吃好饭加强营养的时候，却食不甘味，吃不下去，身体各项机能的正常运转受到了干扰，便开始紊乱了，人就真的病了。

正常与有病，还是一个相对的概念。

到菜场买菜，看到一个没有双腿的人，坐在摊位前，为前来买菜的人称重、结账。他乐呵呵的，还跟周围的人拉着家常。周围的人，好像跟他也很熟了，谁也没有拿他当个不正常的人，就那么很随意地唠着嗑。

村里有个人得过小儿麻痹，走路一瘸一拐的。他不能到地里干农活，就学了裁剪缝纫的技术，在家开了制衣店，远近村庄的人都愿意来找他做衣服。他还娶了一位非常漂亮的外地媳妇，有了一个可爱的孩子。

2013 年 3 月 13 日

活在当下

曾经读过一本叫作《时间心理学》的书，作者的名字记不起来了，到书架上去找，来回找了两三遍，也没有找见，或许是推荐给某个人去读，还没有拿回来吧。只记得，作者是一个著名的心理学家，外国的，好像是美国的，也不敢保证记得准确。书中的观点，印象深刻，总爱跟身边的人提起。

书中分析说，世上的人们，大致可以分成三类，一类是生活在昨天的人，一类是生活在今天的人，一类是生活在明天的人。这三类人，因为关注点不同，所以生活状态会截然不同，精神状态和幸福指数也完全不一样。作者的结论是，感觉最幸福、最快乐、最健康的，是生活在今天的人。

生活在昨天的人，他的思维方式是守旧的，生活方式也是老式的，说话的时候，比较爱提起以前的人和事，念念不忘地往往是以前的辉煌与成就、痛苦与屈辱。以前有过辉煌与成就的，较爱故步自封，觉得自己是那么了不起，看不惯这个，看不惯那个，与现实格格不入；以前有过痛苦与屈辱的，较爱满腹牢骚，唉声叹气，即便是各个方面都已变好，也触动不了那颗已然麻痹的心。生活在昨天的人，他的心留在了昨天，心头所想，念中所系，都是昨天的东西。小小的心里被昨天的东西塞得满满的，再盛不下今天的一点一滴。今天就是再好，也无暇享受，无暇顾及，他已深深地陷在昨天里，拔不出来了。

有个朋友，从旁人看来，工作生活样样如意，日子过得应该很滋润。可是，跟他在一起的时候，听他说的总是太多曾经的委屈。每每说到伤心处，他会长长地出一口气，好像心头压着一块大石头，不得舒展。与家人的关系也不是很好，因为家人曾经做过对不起他的事，他总是放不下。那些往事就像毒蛇一样，时刻纠缠着他的心。现在家人也极力想把关系往好里处，可是他就是不领情。他总是咬住以前的不是拿捏着别人，他的心里也充满着对以往事情的愤懑不平。他是生活在昨天的人，今天一切的好，他都看不见，心里已经被昨天的事情填满了。当然，今天的事情，到了明天，也会成为昨天的事。总是沉浸在昨天的人，永远感受不到现在的美好。

电视连续剧《温州一家人》中周阿雨的老公黄志雄，就是典型的生活在昨天的人。他把自己的心思都沉浸在对昨天的痛苦回忆里，而拔不出来了。本来他完全可以忘掉过去，开始自己美好的新生活。谁都可以看出来，如果他把过去的那些创伤放下的话，他的生活应该是多么好啊。有一个那么爱他又那么能干的妻子，可以说，只要他好好配合一下，做一个乖乖在家待着的丈夫就可以了，生活会很舒服，很美好。可是他做不到，他的心好像是石头做的，妻子的一切为了爱的付出，都丝毫感动不了他那颗受伤的心。他受到的创伤太重了。可是，太重了，就是不能放下的理由吗？太多人都能看出来，他把以前的事情放下了，就是新的美好生活的开始。可是，他陷到过去的时间里，出不来了。现在的所有美好他都没有心思去享受了，他的心，被过去占满了，再装不下任何人、任何事，包括自己的幸福。

生活在明天的人，他的所思所想，都是关乎明天的事。他有太多的规划需要实施，有太多的梦想需要实现，有太多的东西需要获取。他的头脑里总是被那些未来的东西填充着，他的思绪也总是围绕着那些没有实现的东西。他总是处于焦灼状态，因为他的心头总是那么迫切地需要实现什么，可是现实总是那么不尽如人意。他为了工程进度缓慢而气恼，为了有人不配合自己而烦躁，为了远水解不了近渴而寝食不安。生活在明天的人，他总看不到今天的杨柳依依，看不到今天的花香鸟语。他的心被明天要实现的东西占满，满脑子就是规划啊规划，完全没有心思享受当下的宁静与温馨。

陪家人看过一部电影《人生遥控器》，是孩子跟老头儿去音像店买来光盘在家看的。原以为只是搞笑的喜剧片，不想，看完之后，感慨良多。剧中的主人公，那么迫切地想要过上明天的日子，他烦透了生活中的琐琐碎碎。在人生遥控器的作用下，时间匆匆而过，他终于可以躲避那些自己万分不情愿做的事情。他过的都是很风光的时刻，后来有了不小的成就。当他想停下来的时候，遥控器坏了，已不听使唤，只能快速向前。还没有来得及享受生活中甜蜜的时光，那些充满着父子情深的时光，那些充满着家庭幸福的时光，都没有来得及珍惜，日子就跳到了最后。他回不去了，手里的遥控器坏了，回不去了。他很后悔，后悔自己满心都是对明天的追求，而忽略了家人的感受。但是，后悔有什么用呢？已经晚了，时间不能倒流，已经回不去了。想对父亲尽孝，父亲已不在人世；想对妻子好，妻子已离他远去；想对孩子好，自己却垂垂老矣，力不从心了。用百度搜索一下《人生遥控器》，有那么多人看过流泪，感慨于人生的短暂与亲情的易逝。大家不约而同地发现，真是应该从忙碌的工作中抽身出来，珍惜当下的生活，珍爱自己的家人了。

书中作者也举了生活在明天的人的例子，他们大都好强上进，拼命工作，最后却发现，自己太累了，而且带给家人的也多是劳累和抱怨，很少能感受到亲情的温暖。当意识到问题的症结所在之后，他们有意识地减少自己的工作计划，减少自己的工作量，多增加一些与家人相处的时间。他们的心态开始平和起来，脾气也温和多了，身体状况也出现了喜人的好转。

生活在今天的人，他的心思，他的精神，都集中在今天正做的事情上。今天是苦的，就享受那苦的；今天是甜的，就享受那甜的。因为尝过了苦的滋味，所以倍感甜的可贵，加倍珍惜甜的日子；因为尝过甜的美好，所以在苦的时候，更加努力，以改变这苦的境遇，达到甜的甘美。生活在今天的人，亲历的一丝一毫都尽收眼底，都深入内心，都加倍珍惜。所以，等到过了今天，到了明天，他没有可以后悔的事。因为，每一分每一秒都是用心度过的，他的收获是那么丰饶。他不会受困于昨天的事，因为他深知昨天的事已经成为历史；他不会受困于明天的事，因为他深知明天自有明天的事情去处理。他唯一想做的，就是活在当下，充分享受当下的时光。

是啊，当下，所有昨天的日子都是这样一个个当下的累积；所有明天的日子，又会有一个个当下，等着我们去探寻与感知。昨天的当下时光已然过去，总是去想，总是去忆，也不会让我们真正地倒退回去，重新来过；明天的当下时光还没有到来，总是去想，总是去算，也不会马上到来，任由我们改变那片刻的安排。我们能够做的，还是活在当下吧，认认真真地过好当下的日子。当下的日子过好了，便不会再有明天的追悔莫及；当下的日子过好了，也不会再有明天的缺东少西。是啊，当下，是不容我们忽视的，它是那么实实在在地存在于我们的一生中，点点滴滴，都关乎着未来与过去。

那么怎么做，才能体现出是活在当下呢？

活在当下，就是心在此刻，神在此刻，心神一直跟随自己当下的活动，身体在干什么，心神就感知什么，而不是身在这里，心思不定跑到哪里去了。谁都有过走神的体验，比如上课的时候，老师在讲台上讲得起劲儿，自己却怎么也听不进去，思绪早开了小差儿，想别的去了。这就不是活在当下，心神已然与身体分离了。还有开车的时候，眼睛看着前边的路，脑子里却想着什么事情，或者是什么人。这也不是活在当下，心神也是与身体分离了。为什么人们干活的时候容易受伤？就是心神没在当下，走神了，神跑了，当下的危险一下子反应不过来，就让身体受伤了。

可以从生活的细节处去感受活在当下的妙处。比如吃东西，走到饭桌前，坐下来，拿起筷子，夹取一口菜，吃进嘴里，细细品味这一口菜带给自己的各种滋味，慢慢嚼烂，细细感觉东西吃到嘴里的那份满足。比如洗脸，打开水龙头，看到水流出来，用双手去接水，然后把水扑到脸上，双手从脸颊上滑过，再拿起香皂或是洗面奶，在手上打出泡沫，重新抹脸，再捧起清水，洗去泡沫，拿起毛巾，吸干水分。就这样，每做一件事情的时候，心都是跟着自己的动作走的，心神一直紧跟着身体，不离开。这样的话，你的心一直跟着当下的自己，一直感知的是当下的生活细节。你会发现生活中原来蕴藏着这么多的乐趣，以前却因为心不在焉而没有领略。你会发现，生活原来是这等美好，人与人之间原来是这等亲近。而且，活在当下，是最不容易得病的，因为心神与身体一直保持一致，有一点的不舒服就会被感知到，就会通过自己的本能加以调节，而不会错过了最佳的调整时间。

活在当下，幸福出发。

2013 年 3 月 18 日

1. 此文发表在《保定日报》2013 年 10 月 20 日第 1 版左下角《谈天说地》栏目，有删节。

2. 此文发表在《荷花淀》（双月刊）2014 年第 1 期上的《散文园地》第 68 页。

捡豆子

每天打豆浆，用量杯舀起豆子的时候，总会想起小时候捡豆子的事。用手拨开枯叶，进入眼帘的是铺满一地的豆子，一颗颗紧挨着，那么饱满，圆溜溜的。刚伸手要捡，猛听得有人喊话，抬头望去，看到沟岸上有个人走过，或许是看青的人吧，心里胆小，只好丢下那一地的豆子，很不情愿地离开。希望队里像分花生地一样把那块儿地分给各家，以便把那满地的豆子颗粒归仓。

每年花生熟了的时候，集体刨完花生，生产队会把花生地按每人多少的标准分给各户，每户那么一块儿，各块儿之间插上几根高粱秆为界。分完了，社员们就拿着小锄儿，挎着篮子或是背着筐，蹲在自家的那块儿地里倒花生【注1】。用小锄儿刨开一点土，仔细搜寻那散开的土里有没有花生。一般那花生的表面滚满了土，有的只露一点白，有的整颗露在土层上，有的只一个轮廓，需伸手去摸，去了解那是一颗花生，还是一个土坷垃，还是一个小石子。地里能倒出好多花生来，尽管在刨的时候，已经捡过一遍。人们一点点翻找着，不让一颗花生逃过自己的法眼。

有时候，能挖到仓鼠窝，圆圆的一条地下通道，直径有一个大人的拳头那么粗，里边满是去了皮的花生豆，粉粉嫩嫩的，大小一致，颗粒饱满。这些老鼠真是勤劳，如果不被发现，存下的花生可够它们吃一阵子的。

小孩子最兴奋了，像模像样地拿个小锄儿，放个小篮儿在身边，蹲在大人不远处，很认真地刨着土，找着花生。一般情况，小孩儿眼尖，很容易看到那些混在土里的花生，在相同的时间里，他们找到的并不比大人少。只是，小孩子一般没有常性，干一会儿，就有可能口渴了，跑到自家的小推车那儿去喝水，或者，跟同在这块儿地里倒花生的小伙伴玩儿去了。大人一般也不会去管，反正也跑不远，本也没有指望他们能干多少活儿，不给自己捣乱就行了。大人们会带个收音机，刘兰芳播讲的评书《岳飞传》，或者是袁阔成播讲的评书《封神演义》，或者是常志播讲的快板书《西游记》，再或者是各种戏曲，便飘荡在混合着泥土味道的清新空气里。

那块铺满了豆子的地就在自家附近的沟里，可能是豆子熟了没有及时收割，豆荚都爆开了吧。很少见过那么多的豆子撒在地里。生产队是集体劳动，都是队长派活儿，人们根据队长的分派去干。也许是没有人注意到那满地的豆子吧。满心希望生产队会像分花生地一样把那块儿地分给大伙儿，谁知，没有这样的下文。倒是没过多久，那块儿地就被耕过了。自己背着小筐儿从沟岸上走过的时候，看到小伙伴的爷爷正赶着骡子耕地，沟里已经有一大半是翻开的黄土。幼小的心里不免惋惜，还想着，等些日子，可以去倒豆芽【注2】，那些被翻到地里的豆子，会发芽的，到那时，把豆芽挖出来吃，也不算太可惜。再后来，过了些天，拿个小锄，挽个篮子，去到那里，挖了半天，也没有想象中的那些多得挤破了头的豆芽。地里很干净，不知道那些满地的豆子都跑到哪里去了。一直是个谜，存在心里，好多年。

小时候，经常跟小伙伴儿一起到地里去捡豆子。每人手里拿个小搪瓷碗儿，脖子上挂一个由妈妈亲手用各色花布拼接起来的书包。先把豆子捡到碗里，觉得够多了，再倒进书包里。最喜欢捡的是豌豆，圆溜溜的，拿在手里，光光滑滑的。捡回家，可以放到锅里，爆豆子。当时，因为物质缺乏，小孩儿很少有零食吃。偶尔家长给爆点豆子，喜欢得不得了。小心地装在上衣口袋里，还要省着吃。有时候，小朋友们一起跳房子，兜里装着的豆子会不安分地蹦出来。发现了，会立刻停下来，蹲下身去，把地上的豆子捡起来，重新装回兜里。再蹦跳的时候，就用手捂紧了袋口。

有豌豆的地方很少，据说因为产量低，大都不爱种。比较多的是黄豆，在地边和畦垄上，刚刚割过的豆秧茬子，还有落了一地的黄豆叶子，都会明白地告诉我们，这里就有黄豆。确实是，在叶子下边，会发现星星点点散落的黄豆，有的被踩进了土里。大家会一路搜寻过去，看到豆子，就弯下身去捡起来。小学课本上有一篇《颗粒归仓》

的课文，觉得自己和小伙伴们做的，就是颗粒归仓的好事。挂满豆荚的豆秧被社员收到生产队里去了，地上散落的豆子，都是偶尔爆开的豆荚掉出来的。生产队里对这些根本不放在眼里，就由它丢了。小孩子们，闲着也是闲着，就把这些豆子捡回家里。那时候，生产队的粮食总是产量很低，分到各家各户的很少，人们省着吃，也就将就着能吃饱，还要掺上瓜瓜菜菜。

也有捡到玉米粒的时候，不过，从自己的心里，还是喜欢捡豆子，可能是那些玉米粒的外表不如豆子圆润吧。

一次与小伙伴去村北的地里捡豆子，那里不是自家生产队的地方，是小学同学家生产队的。因为什么事情，自己提前往回走，记得好像也没有捡到豆子，跟着同学转了老大的圈儿，也没有见着什么东西。往回走的路上，要过一道沟，不宽的一道沟，下坡，走上十几步路，再上坡，就又回到平地上。那时候年纪小，还是胆儿小，孤零零的一个人走在平时自己很少走过的路上，心里扑扑地乱跳。紧跑几步，快速穿过那条在自己看来藏着太多未知数的大沟。上得坡来，还是忍不住扭过头去看个究竟。不看不知道，一看吓一跳。哎呀，在正对自己这面的那个沟壁上，有个黑黑的洞。哎呀，那个洞里会藏着什么野兽呢？心里的小鼓敲得更急了，再不敢扭回头，走自己的路，生怕不看着那个洞的时候，会有野兽从那里蹿出来。怎么办呢？空旷的田野里，除了小小的自己，再不见人，小伙伴待着的地方已离开老远了。要是等着他们，也不知道要多久。干脆，就倒着走吧，那个洞口不离开视线，有什么动静，会立刻发现，跑也来得及。打定了主意，一面盯着那个洞，一面后退着走路。终于有惊无险，安全地回到了家里。

队里剥花生种子，也是孩子们最高兴的时候。妇女们每人带个小板凳，拿个簸箕，围坐在小队部的院子里。簸箕里盛满花生，放在大腿上，花生皮随手一扬，扔到前边的地上，还有那干瘪的不能做种子的花生，也一同扔了出去。小孩子们围在大人的脚边，趴在地上，拨拉着那些花生皮，寻找那些被大人扔出来的花生豆。可以说，那是一个节日，一年当中，很少能够那么畅快地吃上花生呢。印象中，奶奶经常把花生藏在衣柜里，用个布包包起来，每到客人来的时候，才舍得烧起大锅，炒些待客。记得爷爷生病的时候，请了本村的医生来家里，用油炒的剥好了的花生豆，油亮亮、红彤彤的，放到嘴里，能听见啪的脆响。

非常骄傲，有一年冬天，妈妈给我围上一条很时兴的红色围脖。妈妈说，那是用我自己捡回的豆子攒起来卖的钱买的。

【注1】倒花生：当地俗语，是指在刨过花生的地里，用小锄儿等工具翻开土，把遗落在地里没有被刨出来的花生找出来。这里的"倒"读四声。

【注2】倒豆芽：当地俗语，是指把埋在地里的豆芽用小锄儿等工具挖出来。那些豆芽都是头年散落在地里的豆子来年开春自己长出来的，在刚刚拱破了土的时候，容易被人发现。这里的"倒"读四声。

2013 年 3 月 26 日

此文发表在 2013 年第 5 期《荷花淀》上的《散文园地》，第 65 页。

坚持

有句话叫"坚持就是胜利"，大家做事遇到困难，或者一件事情已经做了太长时间，本该休息的时候，经常会把它挂在嘴边，来激励自己或者他人，不要松懈，继续做下去。

曾听在国际上有着非常高的知名度的学者李栋老师说过这样的话，就是世界上的事情没有高低贵贱之分，只要你认准了一件事，或者是一个专业，一个领域，把全身心都投入进去做研究，心无旁骛，那么，你一定会成为某一领域的专家。这是现身说法，他没有出身于名牌大学，单凭着自己的刻苦钻研，成了某一课题领域的专家，经常被世界各国请去讲课，也包括中国。他年龄也不大，也就四十来岁，能取得现在的成就，据他讲，就是认定一个方向，坚持去做。

想到获得了诺贝尔文学奖的本国作家莫言，也是这样。看他的履历，小学没有毕业，因为"文革"而辍学。后来，就是单凭着对一件事情——写作的坚持，成为了一个当之无愧的文学大家。他的第一个短篇小说《春夜雨霏霏》发表在1981年的《莲池》上，从此便一发而不可收。1982年，在《莲池》发表短篇小说《丑兵》和《为了孩子》；1983年，在《莲池》发表短篇小说《售棉大路》和《民间音乐》，前者又被《小说月报》转载。之后，就是不断创作，不断进修，所有活动都是紧紧围绕着文学创作这个主题而坚持不懈。得知莫言获诺奖后，我去书店，被书店里的人告知他的书脱销了，正在加印。过了些天，就买到了他的16本书，据说还不全。可以说，这16本书绝不是从天上掉下来的，而是莫言一个字一个字写出来的。也有不少人对莫言的获奖持不同意见，但是，平心而论，又有多少个作家能像莫言这样坚持做一件事情而不停呢？大多数人，成了名成了家之后，会不耐寂寞，或者说，再没有了那种静下心来搞自己的事情的环境，被附加了一些与自己本来所搞的事情不相协调的东西，打破了自己的规律，不能在自己原本认定的路上坚持走下去，或者说走得不再那么扎实。有报道说，莫言是个耐得住寂寞的人，也正因为了他的耐得住寂寞，才得以成就他的坚持创作。有所失，就有所得。

坚持，确实是一个成功的重要元素。

记得上学的时候，语文老师给同学们看一幅漫画。漫画上画了一个人，肩上扛着一把铁锹，正在往前走。他身后的地上有几个或深或浅的土坑，也可以叫作地窖。每个地窖的下边，隔着那段没有挖开的土层，是波纹微荡的地下水面。那个人的口中自语着："这里没有水。"看样子，他是扛起铁锹，又到前边挖坑去了。

明眼人很容易看出来，他挖的那些坑，每一个下边都有水，只是他没有坚持挖下去。其中有一个坑，真是都快碰着水面了，只差那么一点点。作为旁观者的我们真是为他惋惜，觉得他费了那么大的劲，挖了那么多半拉子井，到底还是没有找到水。这个人真是有点缺。缺什么呢？就是缺坚持。如果他坚持一下，就能见到水，既省了那些白白耗费的力气，又达到了自己原本的目的。

因为漫画上画了地下水的位置，所以很容易就看出来，那个挖井的人判断失误。可是现实中，我们做一件事情的时候，经常是看不到那个结果在哪里的。有时候，快成功的时候，反而是最艰难的时候，人们最难忍受那份煎熬的时候，就如同是黎明前的黑暗时段。也许，这也是人们为什么特别羡慕那些成功者的地方吧。因为没有坚持，就不会有成功，而能做到坚持，真的是很不容易的事。当然，太容易的事情，也不会引起人们的重视，也显示不出人的伟大。

看来，做事情，坚持很重要。所以，才会有那句"坚持就是胜利"的名言。

事情总有两面性，坚持有它的好处，同时，也有它的坏处。比如，当自己坚持的东西不值得坚持的时候，坚持反而助长了自己做出南辕北辙的事。生活中经常有这样的例子。一个男孩儿爱上了一个女孩儿，可这个女孩儿根本不爱这个男孩儿。怎么办呢？如果男孩儿坚持爱的话，他会付出自己更多的心思、时间，以及精力和行动，来打动女孩儿的心。可是，爱情这个东西，就是那么奇怪，对于自己看不上的东西，如果还老是在眼前晃悠的话，对自己简直是一种摧残。所以，女孩儿会更加地反感这个男孩儿。如果男孩儿还要坚持的话，那只能是自讨苦吃，还害苦了这个女孩儿。在这里，坚持简直就是一件十恶不赦的事。相反，如果这个男孩儿看到女孩儿不喜欢与自己交往，就算了，就当那个女孩儿有眼不识金镶玉好了，或者是此处不留爷，自有留爷处。很利索地开始自己新的寻爱之旅。当然爱情只是人生的一个方面，这个男孩儿在寻找自己所爱的时候，同时也加强自身的各方面的能力啊修养啊等方面的积累，慢慢地，周身散发着迷人魅力的时候，就是自己不去强求，优秀的女孩儿也会主动前来示好呢。到那时，一拍两合，岂不比一厢情愿要好很多？

再比如，人们做一件事情，已经连续干了很久了，筋疲力尽了，太该喘口气休息一下了，可就是不停下来，而且还提出这句"坚持就是胜利"的话来打气，那就容易发生危险了。媒体上经常报道的年轻白领过劳的问题就是例子，他们严重透支身体，就如油灯耗尽似的。所以，在短时间内，做什么事情的时候，强调坚持的重要，同时也要看坚持的火候，看看人们到底在之前已经付出了多少精力和体力，千万要有一个生命诚可贵的把握。其实，当自己的反应迟钝，身体开始不配合，感觉疲倦的时候，就是应该停下来休息的时候了。反应迟钝和感觉疲倦，都是身体在给自己发出警报。还有一句话，叫"一口吃不成个胖子"，做事情需要坚持，需要持之以恒，那是从长期性来讲的，从短期来看，还是要保证自身的健康为主。因为，只有健康的身体才是做成大事的根本，没有了这个根本，想做什么事情，只能是空谈了。

2013 年 3 月 31 日

此文 2019 年 12 月 10 日在默犁创办的纯文学公众号《容和文学》登载。

磨合

　　新买的车都有一个磨合期。在这个磨合期内，各项功能的运行都应该保持在一定的范围内，不能随意超越。如果不按规定乱来的话，很可能会破坏原本应有的良好性能。或者是好的性能没有开发出来，或者是原本很好的性能被破坏掉。如果在磨合期内，很小心谨慎地按规定操作，按说明书的要求按部就班地驾驶的话，会把车辆的良好性能开发到极致，过了磨合期，一切都定了型，这辆车开起来就非常顺手。

　　两个相爱的人牵手走进婚姻，这个新的家庭，就如同是一辆新车。家庭经营得怎样，是幸福还是不幸福，就如同那辆新车一样，是好开还是不好开，就看驾驶这辆车的人在磨合期内如何操作了。

　　婚姻是有磨合期的，在这个磨合期内，夫妻双方都应该小心谨慎地应对生活中出现的任何情况，应该常怀敬畏之心，不能有丝毫的懈怠。

　　有的年轻人，结了婚，觉得万事大吉，婚都结了，还有什么好缩手缩脚的？原本身上的劣根性都一一显露出来，再没有了结婚前的小心谨慎，也不注意提高自己的修养了。可是，结婚前，夫妻双方爱着的，本是那个通情达理、风度翩翩的人啊，本是那个要强上进、无限温柔的人啊。结婚后，如果改变很多的话，难免会有不适应，需要有一个新的整合、新的格局形成的过程。在这个过程中，会有暴风骤雨，也会有细雨春风；会有乌云密布，也会有万里晴空。在两个人不断地较量中，在不断地妥协与退让中，最终达到和谐。如同拉锯，拉过来，拉过去，最后，拉到中间，达到平衡。

　　两口子的事情，是无须跟外人谈的，包括自己的父母、姐妹弟兄。好些时候，别的人因为没有夫妻之间的那份感情，对事情的判断难免武断与无情，还会增加好多新的变数。本来，两口子的事情，或许就是为了撒个娇，或者就是为了争个高下，里子里有好多微妙的东西。可在旁人眼里，很难看见其中的奥妙。所以旁人提出的建议有好多并不适合两个人的和好，只不过是争得一口气，却伤了原本应有的夫妻之间的那个情分。

有好多这样的例子。本来只是小两口闹别扭，闹两天也许就没事了，可是家里的大人却看不过眼，总担心自己的孩子吃亏，于是强行让自己的孩子跟对方断绝关系，闹得孩子和也不是，不和也不是，把事情闹得很僵。有的母亲特爱掺和孩子的事，有的父亲特爱掺和孩子的事。《乡村爱情》里的谢广坤，就是一个典型的干预儿女婚姻的代表，他的所作所为，只能是给孩子添乱，让原本可以和好的两口子，关系越处越紧张。

婚姻中应该是讲求人人平等的，如果有哪一方觉得自己就是高人一等，不把别的家庭成员放在眼里的话，他自己收获的肯定也不会是别人太多的关爱。

生活中也不乏这样的例子。一个富家女儿嫁给了一个平常人家的儿子，那个女儿就仗着自家的优势，在家里总是一手遮天，不把自己的丈夫放在眼里，还经常横挑鼻子竖挑眼。想想看，这个女儿会幸福吗？除非她就把自己的绝对权威看作幸福，那就是幸福了。

可是，人这个东西有时是贪得无厌的，她有了绝对的权威还不够，还要别人的绝对温柔与关爱。

如果她的丈夫是个机器人就好了，那样的话，会没有自己的想法，没有自己的需求，有的只是对主人的绝对服从。可又不是，这个男人也是人，也有别人对自己尊重的需求，也有家人对自己关心爱护的需求，也有实现自己愿望的需求。

可是，在这个妻子独大的家庭里，这些需求他是都不能得到满足的。别说满足了，就是一点点的心愿，那个飞扬跋扈的妻子都觉得过分呢。

想想看，这个男人会是一个怎样的精神状态，他的身体又会是一个怎样的状况呢？他会整天郁郁寡欢，因为身心总是不得舒展而倍感压抑。

如果家里有这样一个人，你说家庭生活会是什么样子呢？会很幸福吗？

好些时候，自己的生活状态都是自己的所作所为日积月累的结果，而不是什么命运的安排。

当然，这里举的是女人高高在上的例子。男人高高在上，也是这样的，就是换个个儿，换成女的整天郁郁寡欢了。

不论是哪一方，只要是一个家庭里，有一个不快乐的，这样的家庭氛围会是快乐的吗？

所以，一个家庭，还是差不多为好，哪一个都不要有压人一头的想法，因为这个想法反过来，会有苦果子让自己吃呢。

如果想长久地过甜蜜的生活，那就把自己的爱心付出来，给予家里的每个人，让家里的每个人都身心舒畅，都感觉到家庭的温暖与幸福，而不是压迫。

那样的话，家里的空气都是快乐的呢。想想看，在这样的氛围中生活，你不用想尽办法按照自己的想法去压制别人，别人也会很合作地按照你的思路做事呢。因为大家都很愿意和平共处，友好互助呢。

这是爱的力量，爱的力量是无比强大的。

有的年轻人，受不住这个磨合，就草率地选择了离开。想想看，离开了又怎样？离开了这一个，下一个也是要有磨合过程的。而且，那个磨合甚至还会更加痛苦。因为有了前一个的比较，或者是前一个的因素的作用，经常会使两个人不由自主地多些联想。那个不安定因素会更多些，所以需要磨合的东西会更多。

磨合，是一个稳定的家庭必须面对的过程。磨合期过了，各人在家庭中的位置得到了确立，也就稳定了。该干什么干什么吧，没有什么好争执的。心也安了，身也安了。

一般情况下，磨合期内，经常是为一些家务事争执的。就是哪些家务都是由谁来做，或者是谁多做，谁少做。比如做饭、洗碗、洗衣服、擦地、收拾屋子。

比较懒点儿的人，会看不出活儿来，或者是平时没有锻炼出来，不知道该干什么，没有养成那个习惯。如果两个人都比较懒的话，那日子会过得比较松散，如果脾气也相当的话，那就顺其自然好了。

往往是那个耐性比较强的人能撑下去，稍稍沉不住气的，就会把看在眼里的活儿干了。如果另外的那个人，没有什么事干，只是在一旁玩儿的话，这个干活儿的人会心生不快，觉得自己很受委屈。一样的人，怎么就是我干活，而你却不干呢？可如果另外一个人很忙，不管是忙什么吧，只要不是很悠闲地在干活的这个人面前来回地晃，那么这个干活的人的委屈心理会稍弱一些，因为另外一个人并没有闲着，他也在忙。大家都在忙，只是分工不同而已，并没有谁多做谁少做的差别。于是，心里也便踏实了。

慢慢地，经常做什么事情的那个人，就经常做什么事情了。好像慢慢地就固定下来了。不用怎么争执，也不用再有谁安排，就是那样的了，很自然的事情。好像是天经地义的了。

经常做饭的那个人就经常想着做饭了，那已经成了他分内的事；经常在外边处理问题的那个人，就经常在外边处理事情了。凡是有关家里的事情，都是经常做家里的事情的这个人主动就做了；凡是有关外边的事情，都是经常做外边的事情的那个人去做了。很自然的事，慢慢地形成了习惯，也没有一个具体的界限，都是慢慢形成的。

如果你想着让家里边的这个人，家务事什么都做了，外边的事情也什么都做了，你自己只管做一个甩手掌柜，享享清福，那也是有可能的。只是你的期望值不要太高，因为一个人的精力和体力都是一定的，时间也是一定的。

谁也是一样。在同一个时间内，你干了这件事，就干不了另外一件事。你想在同一个时间，完成两件不同性质不同方向的事情，那是万万不可能的。除非是孙悟空，他有分身术，能够一个身体分出另外一个来，去干别的。但是，正常的人都是不能的。

所以，生活其实是公平的，你在什么地方付出的心血多一些，就容易在什么地方出成绩。

比如，你在家庭里付出的心血多一些，家务事做得多些，那你的家里肯定会是井井有条的，窗明几净的，家人也会是其乐融融的。如果你在家庭里付出的心血少一些，那可能就会是家里比较冷清一些，少些创意与温暖。

可能有人会说，我们都不做家务，有保姆来做。那也是有事情会出现分歧的。比如买东西。家里需要添置什么东西的时候，谁都有自己的主张，不可能两个人的想法完全一致。那最后听谁的，谁的意见在家里的分量更重一些，这些都是要有一个较量的。

有的说，男人应该尊重女人的意见。那好，慢慢地，这个家里的什么事情定夺的时候，也会往往是这个女人起的作用要大了。因为男人爱这个女人嘛，什么都听她的嘛，那就完全由她做主了吧。可问题是，时间长了，这个男的也想有什么事情自己做一回主了，那就像有点动摇那个经常做主的女人的权威似的，因为之前女人做主已经形成了定式。

再比如，过年过节的时候去串亲戚，去哪家串，都拿什么东西，也是需要有一个标准的。一般情况下，那个比较事事占先的人总是有点霸道，总是他说了算，那另外一个人不免就会觉得窝得慌，心里会不舒服。也是，两个人慢慢地达成一种默契，达到一种平衡。

人们经常强调一个门当户对的问题，就是想在婚姻生活中减少那些不平等因素的存在。两个人各方面都差不多，从心理和行动上都能够打个平手，好像会更有利于生活的幸福。

其实，也不尽然。生活是由好多的因素组成的，比如脾气性格就是一个非常重要的方面。一个事事争先的人，不管原来的家庭状况怎么样，他的性格是改变不了的。

所以，好像还是多些换位思考，更有利于家庭的和谐与幸福。

家里人在处理什么事情的时候，不是单从自身的角度出发去看问题，解决问题，而是多从对方的角度去考虑问题，解决问题的着眼点也是出于维护对方的利益，那么就不会出现对方觉得不舒服的情况了。因为问题的解决都是按照他的心意走的，还有什么不满意的呢？

当然，又说回来，谁也不是对方肚子里的蛔虫，谁能准确地知道对方怎么想呢？这就说到沟通的重要了。有的女孩儿特爱耍性子，事情不对自己的心思就不高兴，甩脸色给人看，对方还不知道哪里得罪了这个主儿，闹得空气都是紧张的。

其实问题很简单，你是怎么想的，他是怎么想的，都开诚布公地讲出来。在家庭里，谁都有说话的权利，谁也都有决策的权利，那就把各自的想法看法都说出来，事情都摆在桌面上来谈，那问题不就明了多了？

　　就怕让人猜，猜不对，又不高兴，一不高兴，特别影响大家的好心情，原本很快乐的日子搞得乌烟瘴气的。其实，想想，有好多的不愉快，都是可以避免的。

　　有的人特爱跟人拧着来事，觉得那样才显得出自己的厉害，从而让别人怕自己，好维护自己的权威，好事事按照自己的心思办。有这种想法的人很多。

　　可问题是，每个人都是有自己的需求的，别的人也不是榆木疙瘩做成的，也不是一点没有自己的想法。如果家里的事情一味地按照一个人的想法去做的话，那别的人好像就没有了自己的空间，就觉得连呼吸的空间都快被挤压掉了。

　　想想，那样的话，别的家庭成员总是感觉很压抑，那家庭的空气能快乐吗？没有快乐的家庭氛围，你这个特有权威的人在这样的氛围中生活，会很快乐吗？时间久了，也会乏味呢，会感到别的家人太没有情趣。可是原本有的那些情趣都被你一手遮天给埋没了啊。

　　那么想想看，自己愿意过怎样的生活呢？还是多从长远看问题，多从长远打算好啊。

　　物理上讲的作用力与反作用力原理，其实也是可以应用于我们的为人处世上的。

　　你对家里人好，家里人也会用好来回报你的；你对家里人不好，家里人也会用不好来回报你的。所谓的人心换人心，四两换半斤，其实是有道理的。有的时候，短期内不明显，时间长了，就显出来了。

　　不为别的，家里人在自己的作用下，都心情舒畅，身体倍儿棒，对自己来说，也省不少心呢。如果整天找碴儿闹别扭，谁的心情都不好。一般来讲，病经常是因为生气挂火才闹起来的。家里人在自己的无事生非下，整天忧心忡忡，烦躁不安，身体很容易闹毛病。家里有病人，对自己来说，心情能轻松自在得起来吗？

有个词叫防微杜渐，就是什么事情都要从小的时候发现。小毛病早发现，早改正，就不会酿成大的危害。生活中的小事也是这样，任何小事都不要让它有伤人的地方。说出的话不要让它伤人，做出的事也不要让它伤人。没有伤人的事，自然也不会有伤害自己的话和事找上自己了。

有的时候，也不是你不伤人，别人就不伤你。有的时候碰上说话刻薄的人，听些受伤的话也是难免的。不过，如果自己不去计较，也不学着针尖对麦芒的样子去说伤人的话，那对方自会感觉到你的厚道，下次自会说话注意些。因为你给了他面子不伤他，他自然也会给你面子不伤你的。其实，好的家庭氛围都是在不断的磨合中建立起来的。

磨合，经过了磨炼，才更契合。

2013 年 4 月 7 日

春天来了

春天来了，小孩子们兴奋起来，可以玩儿的东西多起来了，可以吃的东西也多起来了。

树木都表皮泛青，长出嫩嫩的小芽，枝条开始变柔，不再如冬天般的干硬。折一截平滑而稍细的树枝，左手握紧下边，右手拇指和食指捏住上边，轻轻一拧，那树皮就随着手指一动，与树枝分离开来。拧动的幅度不能太大，太大了就会把连在一起的树皮撕裂，只能慢慢往下移动手指，拧一下，动一点，拧一下，动一点，直至把整根枝子都拧过。然后，左手捏紧树皮下边白白的如骨头样的木质部分，右手捏住树皮，两手反方向用力，圆筒状的树皮就剥出来了。拿一把剪刀，剪去圆筒头上毛糙的部分，再根据自己的喜好剪下一段。在这段剪下的圆筒一头，用剪刀或是指甲刮去薄薄的一层外皮，露出里边颜色稍浅的部分，然后把这头含在嘴里，鼓气一吹，就有呜呜的笛声响起来，一个笛子就做成了。笛子的声音是高是低，是粗是细，全凭截取的树枝粗细，剪下的树皮长短。截取的树枝越粗，制作的笛子声音越粗，越响；截取的树枝越细，制作的笛子声音越细，越小。剪下的树皮越长，制作的笛子声音越粗，越闷；剪下的树皮越短，制作的笛子声音越尖，越亮。

制作这样的笛子，是每个村里的小孩子都会的技艺，没有什么大不了的。制作弹弓却不是人人都会，也不是人人都喜欢的，比如女孩子一般都不做这个。取一个两边分叉的树枝，根据自己的喜好，留下一定长度的分叉枝子，截断上端部分，再留下一定长度的分叉部分的下端做手柄，把多余的部分截去。在分叉的两个枝子上端，用小刀各自剜出一道沟，或是钻出一个眼儿，绑紧两根相同长度的皮筋儿。两根皮筋儿另一头，分别绑在一块儿椭圆形皮子的两端，一个弹弓就做好了。树皮可以去掉，露出光滑的木头，也可以不去掉，带着树皮，只是显得外表粗糙一些，用起来倒是没有什么差别。

女孩子爱做的，是找些比较直溜的细树枝，拧去树皮，削尖了两头，做成毛衣针。织毛衣是不大可能的，一来，不会；二来，也是最重要的，没有毛线。小孩子，本来就是玩儿，什么都是出于好玩儿。没有毛线，就找来家里的废旧线头，一点一点织起来。也是像模像样地起头，开始织，然后织出一个长长的带子，然后拿去给奶奶做了腰带。奶奶很高兴地收下，还会骄傲地向周围的人夸奖自己的孙女是多么手巧。小女孩儿的心里美得比吃了蜜还甜呢。

　　天气暖和了，脱掉厚重的棉衣棉裤棉鞋，穿上薄衣服，浑身都觉得轻巧。

　　田间麦苗蹿起来了，地头的青草也不甘寂寞地长起来。最喜人的是苦菜苗，叶子肥肥大大的，看着就舒坦。感觉苦菜苗就是青草王国中的贵族，自己砍草很挑剔，专拣喜欢的苦菜苗来砍。猪很喜欢吃，每次从地里砍回家里，抓一把放进猪食槽里，猪都会机灵地从卧着的地方翻身起来，走过来吃，边吃边发出吭吭唧唧的声音，还不时抬眼看看站在猪栏外边的我。很喜欢听猪吃草的咯吱声，那么动人，好像在告诉自己，它很喜欢吃，谢谢你带来这么好吃的美味。当然，人也可以吃，洗净了，蘸酱裹饼，很是爽口。现在市场上有卖苦菜苗的，一堆一堆的，看到之后，很觉亲切，只是没有在地里看到它时的那份欣喜。

　　妈妈棵是小时候很喜欢的一种草，学名不知道叫什么，就连"妈妈棵"这三个字也是根据声音写出来的，就当是音译的吧。它的叶片呈椭圆形，边缘呈锯齿状，肥而稍厚，很结实地铺在地面上。最喜欢的不是它的叶子，而是从它的根部抽出，婷婷直立于叶片之上的那个长长的细茎上的状似喇叭的粉嫩小花。轻轻地把花从花萼处拔出来，花的底部是白白嫩嫩的圆筒，含进嘴里一嘬，一丝甘甜沁入心脾。或许就因为这嘬来的一丝甘甜，人们给它起名叫妈妈棵吧，就如同妈妈的乳汁般，甘甜，美好。

　　麦地里除了麦子，还生长着别的植物，比如桃树苗、杏树苗、榆树苗、椿树苗，还有西瓜秧、西红柿秧等，因为有种子随着各家猪圈里起出的粪上到地里，到了春天，气候适宜，也都跟着发芽，茁壮地生长起来。

我最喜欢挖的是杏树苗，叶子圆圆的，叶片顶端一个小尖儿，很俏皮的，似一张笑脸，很讨人喜欢。从土里挖出来，它的根上还带着种子的壳，只几片叶子，植株还小，娇嫩得很。不过很挺拔，水灵灵的，生机勃勃。迅速拿回家，在院子里找一个合适的地方，挖个坑，把树苗栽进去，再浇一点水。第二天去看，早没有了在地里时的那份蓬勃。在地里的时候，它是昂首向上的，叶子片片向上，直挺挺的，精气神十足。可是，换了地方，却变得脑袋耷拉着，叶片也蔫蔫地向下垂着。或许是水土不服吧。慢慢地，过个一天半天，再去看，叶子又挺起来了，脑袋也直起来了，这就算是缓过来了，算是适应了新的水土。也有永远缓不过来的，就那么耷拉着，慢慢地枯萎了。

桃树苗也是喜欢挖的，挖出来，拿在手里，有一股桃子的味道冲进鼻子里。只是这两种小树苗很不容易找到，比较多的是榆树苗，一簇一簇的，不过都长不起来。从来没有见过麦地里的小树苗长成大树的，或许是被大人锄地锄去了吧。

2013 年 4 月 12 日

生意人

生意人都讲究一个信誉。信誉好的，回头客就多，客人还会拉着熟人一同前来，生意自会越来越好。相反，信誉不好的，客人来一次就够，客源就少，生意自会越来越难。

自己见过很明显的两个例子。

有些年了，自己在一家小店里买了一件上衣，拿回家一看，有点问题，穿起来没有在店里的时候感觉好了，也不知道是穿衣镜的问题，还是光线的问题，抑或是在店里的时候，店家的张罗也是一个因素。反正就是心里觉得很不痛快，真的没有了在店里时候的那种很称心的感觉了。第二天，我把上衣拿去那家店里，向店家说明情况，要求退掉。可是店家就是不给退，说什么货物卖出了，就不退了，要不可以换一件别的东西也行。可是自己在店里转了半天，再也找不出一件感觉很喜欢的东西了。后来，到底没有退成，只好拿着已经不太喜欢的上衣离开那家店。走出来，心里想，这家店真发死，一点也不活泛，再也不从这家买东西了。后来不多久，又从那家店前经过的时候，发现店铺已经关门了。

还有一次，是在一个比较有名气的店里给老头儿买了一条裤子，因为他没有跟着，就按照自己的喜好买了。可是拿回家，他就是不喜欢，只好第二天拿去店里退掉。那个店家拿到裤子，只看看标签，都没有把裤子从塑料包装袋里拿出来，就开票退了钱，一点也没有不高兴的样子，好像这是很正常不过的事情。事情办得相当顺利，心里也是舒坦得很，感觉这个店铺的信誉真好。后来，跟朋友谈起来，朋友也都有同感，都说这家店的信誉就是好，而且他们的东西也都是货真价实的。后来，那家店越开越大，开了好几家连锁店，生意都很火爆。

除了信誉，服务态度也是影响一家店铺经营好坏的一个重要方面。

有的店家很会做生意，看到一个客人走过来，马上笑脸相迎，先打招呼。这边手里忙着给先来的客人拿东西，那边也不冷落了后来的客人，让每个来到的人都感到非常受重视。大家看到店家很忙，都愿意慢慢等，一点没有被慢待的感觉，都不好意思走开到别处去了。这样的店铺总是生意很好，门前围着好多的客人。

有的店家却不这样，也不知道店家是怎么想的，脸总是沉得能让天下起雨来，一点笑模样没有，而且说话恨不得噎死个人。好像客人是来巴结他的，好像在这个世界上，他比谁都高级，一种爱理不理的架势。其实，有的店家，为了让客户感觉轻松随意，会特意不给客人打招呼，等客人有需要的时候，再过来应付。这样的话也不错，很随便的。就是那种耷拉着个脸，很高傲地看着客人的那种店家给人的感觉特别不好。而且说话爱抢白别人，在那样的店里买东西简直就是找罪受，简直就一刻都不想在那里待。想想看，这样的店铺，生意怎么会好呢？这不是自己砸自己的牌子吗？可是那个店家还不自知呢，还在那里盲目地自恋呢，看自己多了不起，比谁都厉害，比谁都牛，谁也不放在眼里。他唯一忘了的，是他开店是干什么的。

其实，想想有点可笑，你说这样的店家是聪明呢，还是傻呢？他肯定不会承认自己是傻了，可是就是他的聪明把来的客人都吓跑了。

小区门口有家卖菜的，他的菜品质都特好，看着就精神，新鲜水灵，而且整齐，不用挑拣，抓一把就好。他的菜卖得也快。快过年了，菜摊没有摆出来，据说是回家过年去了。本来门口就他一家卖菜，这不摆了，好多人都问旁边卖水果的，那卖水果的，觉着反正也是在这待着，就也进些菜来卖吧。结果，他卖的菜远没有原来那个人的菜好，经常是蔫拉吧唧的，一看就不精神。后来，他也干脆不再进菜了，据说是照看不过来。过了年，卖菜的那家又回来，在原来的地方摆上菜。他的菜还是那种人见人爱的风格。一天买菜的时候，我顺嘴跟卖家唠嗑，夸说他的菜好。他很骄傲地说："嗯，就是好。"他媳妇说："进好点的菜好卖，而且不怕多放两天，过两天菜还不坏。如果进那些差点的菜，本身就不好卖，更不容易放，第二天就要不得了，光是费工费力，不挣钱。"

旁边那家卖水果的真该学学这个卖菜的思维，他进的菜不好，算是外行，可他卖的水果也总是球球蛋蛋的，欠水灵。可能他进货的时候，就没有敢进那些品相好的，因为那样的话，进价会贵，他怕卖不动。看样子，他的进货标准已经注定了他的卖货层次。每当想买些好看点的水果的时候，我总是想办法到大些的摊点去买，如果到了家门口，只好买这家的话，只能在心里先降低了自己的期望值。

生意人的差别很多呢，怪不得有人能挣钱，有人却赔钱，有人生意越做越大，有人生意却是那么不温不火。

2013 年 4 月 13 日

不是学的

有些东西，不是学的。比如，带孩子。谁天生会带孩子啊？还不是孩子生下来了，自己就开始带了呗。

记得刚看到自己孩子的时候，他正睡得香，小鼻子头只那么一点点，在两个小脸蛋儿的中间凸出来，还是扁的，一点儿不挺。脸蛋儿倒是圆圆的，脑袋也是圆圆的，都说刚生下来的孩子脑袋是长的，怎么我的记忆中，孩子的脑袋就是圆圆的呢？两个小脸蛋儿嫩嫩的，满布着均匀的小点儿，如同新鲜的黄香蕉苹果皮。脸上干干净净的，全没有以前见过的小孩子眉头上啊，额头上啊，那么厚厚的一层像米糊样的东西。闭着眼睛，小嘴儿也紧闭着，黑亮而细软的毛发紧贴着头皮。那么安静地躺在小床里，睡得真香。

我不认识他，感觉好陌生，他跟自己想象中的样子完全不一样。自己想象中的他，是个胖胖的娃娃，睁着大大的眼睛，小嘴儿张开着，露出里边肉嘟嘟的小舌头。哦，其实就是年画上那样的，自己想象中的孩子，就是年画上那样的。可眼前这个孩子，真的从来没有见过。一股极其新鲜的感觉溢满了心头。

这是一个可爱的孩子，他那么懂事，在没有出生的时候，就那么懂事了。记得在生他的前一天，自己挺着笨重的肚子坐在院子里的躺椅上，婆婆在旁边干着什么活儿，好像是浇花，或者是择菜，忘了干什么，就在自己旁边不远处。感觉身子好笨啊，呼吸都快成问题了，因为肚子已经快顶到嗓子眼儿了。探寻地问婆婆："还在长吧？"婆婆说："当然，正长得快呢。后边的日子，就是长肉了。"自己轻叹一声说："哦，可别再长了，都快长到嗓子眼儿了。"

莫非是小娃娃能听懂妈妈的话？第二天早晨，自己就感觉到了肚子疼，感觉到了下坠得厉害。老头儿赶紧骑上摩托车，到城里找来朋友的出租车送我去医院。时间紧迫，肚子一阵比一阵疼起来。我嘴里开始随着疼痛的加重，不停地哎哟起来。好像嘴里喊出来，就能减轻那份疼痛似的。其实也当不了什么，只不过是一点心理安慰罢了。那是一家部队医院，老头儿提前打电话找了在医院工作的本家哥哥，哥哥已在门口等。被两个人架着直接就进了产房，自己就跟耍赖似的，已经挺不住，走不了路了。

很庆幸当时的医院准许家人陪在身边，老头儿的手一直紧攥着我的手，给我坚持的力量。婆婆也一直陪在旁边，孩子生下来后，她就直接抱在了手里。是姐姐抱去给孩子洗的澡，她说医生的动作真麻利。

孩子的小嘴儿真有劲，书上说，初乳是不能糟蹋的，一定要让孩子吃到嘴里，那是孩子在出生后的半年内保持免疫力的法宝。孩子软软地趴在我的肚子上，好家伙，逮着奶头，就狠命地嘬起来。他的劲儿真大，简直想象不到的那么大，嘬得奶头生疼。或许跟还没有奶水有关系，等奶水足了，再感觉不到那么疼了，也不觉得他的嘬劲儿大了。

娃娃的头顶，挨着脑门的地方，是软的，可能是骨头还没有完全长好。听老人讲，那里是囟门。都说小孩子的头型是靠睡的，可他的头总不能老老实实地躺正，总是很要技术地歪到一边，脸不是朝左，就是朝右。要是大人，这样的姿势绝对做不来，身体是仰面躺着的，很正，头却拧过去朝左或朝右，九十度的角，要搁大人，那脖子非落枕了不行。孩子却可以，他的身体骨骼太软了。

以前看到过大人把小孩儿尿，两手托着孩子的小腿儿就行了。孩子三天的时候，我坐在床上，抱起孩子，把他尿。也是两只手托着他的两条小腿儿，刚做好把尿的姿势，不想孩子的头猛地往下一扎，整个身子很重地就从手里掉下去。幸好自己反应快，一下子又把孩子捞起来，没有掉到地上，吓出一身冷汗。这时候，才发现，小娃娃的身体是那么软，根本不能像大孩子似的挺住身体，自己也没有经验，只以为就托着两条小腿儿就可以，没想到还要用自己的身体整个地把他小小的身体固定住。也许是把尿把得早，养成了好习惯，孩子从不尿床。

他不会无缘无故地哭，每当有什么动静的时候，就有可能是有情况。

他紧闭着眼睛，小嘴儿跟家雀儿似的张开，左左右右摆动着头，寻找着，身边的大人一看就知道他饿了。睡得正香，突然就吭哧起来，憋得小脸儿也变了颜色。你去看吧，不是拉了，就是尿了。孩子的感觉很灵敏，拉了尿了，就那样沤着，会很不舒服呢，他感觉到了不舒服，就表现出来了。如果大人没有在第一时间发现他的细微变化，他就会"哇哇"地哭起来。听到哭声，马上去看，肯定是有情况了。

等给他换过尿布，很干爽的尿布，他就不闹了，会很安静地躺着。印象中，自家孩子很少哭，也就是那种没有来由的哭。每次哭，就发现是拉了或者尿了。换过尿布，他会很愉快地晃动着小胳膊，表示很舒服了。有一次，换过尿布，还不安静，还是哭，细细观察，原来是肚脐眼儿破了，出了点血。婆婆赶紧找来同一家属院的一位有护理经验的嫂子。嫂子看过之后，给孩子上了点消炎粉，就好了。还有时候，因为孩子的小肉特别嫩，他的胳肢窝还有脖子等不透气的地方容易发炎，婆婆就按老办法，炒些茶叶，把炒过的茶叶末放到有炎症的地方，就好了。

一天，老头儿下班回家，凑到床前跟孩子说话："噢，你想说说呀，想跟爸爸说说呀？"想不到，刚几天的孩子就跟爸爸"啊""噢"地对起话来。这时候，自己才发现，小娃娃是渴望跟大人交流的。当大人跟他说话的时候，他的眼睛会很专注地盯着大人的眼睛，看着大人的嘴，然后哼啊哈啊地说着，还不时咧开小嘴儿笑，脸上满是兴奋和愉快的表情。其实，小娃娃很乐意跟大人说话呢。

因为孩子的小胳膊小腿儿总不闲着，摆来摆去的，所以被子总盖不住，一会儿就被蹬到下边去了。为了孩子能够盖好被子，我根据想象做了个睡袋儿，一整块布对折，脖子处挖个领口，续上棉花，再用另一个相同样子的布做面儿，边上的缝儿缀上扣子。现在看到商店里卖的那个睡袋，跟自己做出来的一模一样，还挺为自己的设计骄傲呢。

2013 年 4 月 14 日

比较

想不起来从什么时候开始，就知道了人与人之间的比较。小时候在街上玩儿，摔元宝、抽陀螺、跳房子、扔绣球、踢绣球、跳绳、捉迷藏，每一种游戏都含着比较。

元宝，并不是人们平时了解的那种样子，而是用废旧报纸或者是任何的一张或者两张纸片折叠而成的一个方块，也可以叫作方宝。小时候物质缺乏，纸更是珍稀之物，或许就是因为它的稀少，才有了这个游戏吧。几个小孩子，手里拿着方宝，先是用石头剪子布的方法决出个摔方宝的次序，然后每人放一个方宝在地上，从第一个人开始摔起。那个人拿着自己的方宝，把手高高举起，抡圆了胳膊，照着地上其他人的方宝摔过去，靠着方宝摔在地上挤压空气带起的风，把地上的方宝掀翻过来，就算是赢了，那个被掀翻的方宝就理所应当地属于他了。被掀翻方宝的人，需要再补一个新的方宝在地上。然后，这第一个人还可以继续摔，如果又掀翻了地上的那一个，那个方宝还是归他所有，他还可以继续摔，直可以摔到别人再没有或者是再不愿往地上放方宝了为止。当然，那样游戏也就结束了。如果掀不翻，就告一段落，轮到下一个人摔。就这么个游戏，往往是摔得小伙伴们满头大汗。有的时候，其实也不都是为了那个方宝，好像更多的是为了面子。好多人在旁边围着看，有一起玩儿的小朋友，还有没事干的大人，都在旁边围着看。如果老是输，会觉得自己怎么那么差，会觉得很没有面子。所以，谁摔的时候，都是铆足了劲儿地摔，还眼巴巴地瞅着地上的方宝，希望在自己那一摔之下，地上的方宝都翻个跟头。

抽陀螺也含着比较。几个小伙伴，每人一个陀螺，一根鞭子。鞭子的组成是这样，一根小木棍儿，木棍儿的一头绑一截绳子，或者是细布条，最有劲儿的是自行车轮胎里子上的线绳，因为非常结实，还有那上边粘着一点点橡胶，抽在陀螺上，劲头特别大，陀螺转得又快时间又长。抽陀螺倒是没有输赢之分，也没有先后之分，只把自己的陀螺放在地上抽就行了。存在的比较在于谁抽的陀螺转得时间长，还有谁的陀螺个儿大、外形漂亮，谁的鞭子制作精良、抽起来声音响亮。

跳房子是看谁单腿跳得时间长，扔绣球是看谁扔得别人接不住，踢绣球是看谁一气儿踢得多，跳绳是看谁跳起来不被绳子绊住，捉迷藏是看谁藏得更隐蔽，别人找不着。

在每一种比较当中，其实比的还是力量和智慧。

到了入学的年龄，很高兴地背着书包去上学。学校里有那么多同龄的小朋友，还有那么多博学的老师。老师给同学们讲小人书，听得同学们都不想下课。老师教同学们唱歌，那么好听，唱起来心里都是美的。下了课，同学们在校园里尽情地做游戏，玩儿得不亦乐乎。

快放假了，老师发下卷子，让大家做题。卷子判好了发下来，老师给成绩靠前的六名同学发了奖品——一个小本儿。自己排名靠后，没有获得奖品，感觉心头怪怪的，脸上也怪怪的，乐也不是，哭也不是。这时候，才知道，上学原来不是自己想的那样，有更多的小伙伴可以玩儿，有老师教给自己更多想知道的东西，原来，还有残酷的比较。

从此，知道了不用功学习，就没有好成绩。为了不让那种怪怪的难受再找到自己，就比以前多了些努力。老师说的话就是圣旨，老师让学会的东西，就是夜里不睡觉，困得睁不开眼睛，也要闭着眼睛把东西记在脑子里。于是，再次考试，很骄傲的成绩，家长老师都是笑嘻嘻的。自己也发现，原来只要努力了，就有好成绩。从此，便知道了努力的重要，知道了努力能够让自己在比较中胜出。

其实，比较是一个很残忍的事情。它让人失去了自在的平常心，在人们心中植入的是高低贵贱上下尊卑的一种差别心，给本来自由的心灵，无端地上了沉重的枷锁。

很不喜欢学校里给学生排名次，虽然成绩靠前的人会很得意，觉得自己很了不起，增强了自信，可是往往更多的是打击了大多数孩子的求知欲。那些排名靠后的孩子，如果家长明智，不过多要求孩子还好，最可怕的是那些自己没有多大建树，又非常好胜要强的家长。他们不爱读书，从基因和家庭环境的角度讲，他们没有给孩子创造出取得好成绩的保证。可是，他们又是那么苛求自己的孩子。孩子一旦成绩不好，或者一旦没有达到他们的预期，便对孩子横加指责，非打即骂。孩子在家长的打骂中，希求自己下次考试一定取得好成绩，以摆脱这个噩梦。可是，家长不知道，自己对孩子施行的暴力，打和骂本身就是对孩子身心的伤害，他们正在发育成长，心智还没有成熟，在家长的打骂下，每天战战兢兢，智力反而得不到很好的开发，影响了大脑的发育。家长做的，其实是跟他们的期望相反方向的努力。家长的打骂并不能让自己的孩子学习成绩提高，反而是降低。或许有人会说，孩子不管不行，孩子一管，才知道努力，而且他的成绩真的会有大幅度提高呢。这话是对的，一般人都有惰性，大人也不例外，只有在外部的激励作用下，才会激发他内在的热情和创造力。这里只是想说，打骂只会降低孩子的自尊心和自信心，从长远来看，对孩子的健康发展非常不利。

每次从媒体上看到幼小的孩子因为成绩不理想，不敢面对家长而轻生的报道，都心生悲戚。也看到那孩子的家长是那么痛不欲生，那么悔不当初。是啊，是孩子的生命重要，还是那虚无的分数重要？

如果没有比较，就不会造成家长和孩子这么多的烦恼和痛苦。

学校的知识只是人生的一个方面，一个很小的方面，甚至有好多在学校学到的知识，在自己的工作和生活中都是用不到的。为什么要那么强调那个分数呢？总觉得孩子就像家长和老师各自获得成就感的工具，当然老师们其实也是身不由己，他们起早贪黑地上课备课批改作业，甚至晚上睡觉都不能踏实，因为他们的心里总有课业的压力。学校要按照学生的学习成绩评定老师的教学质量，评定老师的职称薪酬。所以，在学生的眼里高高在上、掌握着他们"生杀大权"的老师，也是深受着比较之苦。

如果没有那么多比较，孩子们会兴致勃勃地获取自己感兴趣的知识，老师们会轻松自如地教授所任的课程。老师和学生之间，再没有了学与不学的对立，有的只是对知识的散播与获取，都那么随心、顺意，一派祥和。那样，孩子是健康的，活泼开朗的，家长也是健康的，心满意足的。肯定没有了少数老师对学生的讽刺挖苦、怒目而视，也没有了一些家长对孩子的横眉冷对、咬牙切齿。人与人之间就会多些温暖与鼓励，多些幸福和甜蜜。

2013 年 4 月 15 日

野菜

野菜，就是没有经过人为种植，在田间地头、沟沟沿沿、山坡河床等地方，自然生长起来的可以吃的植物。在人们生活水平日益提高，吃惯了大鱼大肉之后，尤其是在当前食品安全备受关注的时候，人们更加向往起那些采摘于大自然中的野菜。

以前自己所在的单位，有一个下属企业，主打项目就是野菜加工。刚开始上这个项目的时候，领导召集全体员工出谋划策，看怎样才能够把这野地里到处都是的山野菜推广出去。也曾赞助成立长跑队，把平日里爱好长跑的那些人组织起来，发给统一的服装、制作队旗、队标，还有各种形式的宣传标语。在长跑队成立仪式上，那些长跑队员，排着整齐的队伍，穿着统一的运动服，英姿飒爽，精神抖擞。他们扛着队旗，举着条幅，环绕县城大街慢跑一周。清晰记得那大红的布面条幅上，醒目的黄色大字：吃野菜，跑得快。这个口号是同事想出来的，当领导让大家出谋划策的时候，有聪明的同事立刻就想到了这句经典的话。本以为是说着玩儿的，没想真的被搬上了条幅。不过也是，那么多宣传词都没有记住，唯独记住了这句带有调侃意味的话。看到它，很容易让人想起支棱着两只大耳朵红红眼睛的兔子。

柳芽，在当地被叫作柳风，是开春以来可以吃到的最早的野菜。柳芽，是柳树刚刚发出的嫩芽，小而嫩的叶芽，带着椭圆的茸球，都是在一夜之间随着春风萌发于柔柔的柳条上的。那随风起舞的细细柳条，缀满了柳芽，好似挂着翠绿的珍珠。

趁着那个叶芽还没有长大，趁着那个茸球还没有开花，赶紧挎着篮子把柳芽撸回家。大盆里倒上清水，把柳芽浸到水里，泡上一整天，换水再泡，捞起来尝一尝，还苦的话就多泡些时间，不苦了就可以吃了。可以凉拌，也可以做馅儿包饺子。如果一次吃不完，还可以在热水里焯过，晾凉之后，装进小的塑料袋里，放到冰箱里冻起来。什么时候想吃了，拿出来，解冻后接着吃。

香椿，是好多人都喜欢吃的，也是只有刚开春的时候，香椿树上新长出的嫩芽最好吃。香椿不用太多的加工，本身就可以生着吃。一般有香椿芽拌豆腐，香椿芽炒鸡蛋，盐水煮香椿。吃打卤面的时候，切上一点碎碎的香椿，拌到面里，那才叫香呢。

木柃芽，是产自易县狼牙山一带的一种野菜，采摘自树上，跟香椿有点类似，也是新长出来的细嫩枝叶。只是这种东西刚摘下来有点苦，如同柳芽一样，需要放在清水中浸泡上一两天，把苦味泡出去，才能吃。一般凉拌，把泡好的木柃芽在开水里焯一下，过凉水，捞在小盆里，砸些蒜末，放点炝锅花椒油，再来点葱花姜末，放点盐，倒点醋，再来点生抽，拌好了，装在盘子里。吃一口，肉质厚厚的，很是爽口，真是美味呢。

上边说的这三种，都是树上长的，只有刚发芽的时候能吃，采摘时间特别要紧。过了时间，嫩芽长成了树叶或者是树枝，就没人再吃了，也真的是不好吃了。

田野里的野菜就更多了，而且这些野菜一般时效性比较差，不用追着赶着。

我最爱吃的是野芹菜。有一年在河套里转着玩儿，正值枯水期，河套里的水不多，一洼一洼的，水边长着各种野草。无意间，在杂草丛中，发现了很像芹菜的叶子，顺手拔起一棵来，凑到鼻子下边闻一闻，很重的芹菜味儿。好像发现了新大陆一样，拿着那棵野芹菜跟老头儿炫耀："嘿，你看，野芹菜，这里还有野芹菜，真没有想到，芹菜味儿这么大。"然后就兴致勃勃地找起来，那里真还挺多，拔了老大一捧拿回家。当晚的饭桌上就多了一道菜，凉拌野芹菜，肉质细嫩，吃到嘴里，滑滑的，全没有野草的那股子柴劲儿。

人青菜，肉质也厚，而且没有青草味儿。从地里采摘回来，不用深加工，就跟平时的蔬菜一样洗洗做菜。一般凉拌比较多，也可以做成饺子馅儿。

还有头发菜，形状当然像头发；刺菜，当然叶子上带着刺，吃到嘴里都怕扎嘴，但也是野菜的一种；苦菜苗，当然是苦的，不过据说可以祛火；马绍菜，学名应该叫马齿苋，紫红色的梗上，密密长出肥肥厚厚的椭圆形叶子，生着也可以吃，酸酸的，用开水烫过，那股酸味儿也去不掉。

那些嫩嫩的绿绿的小麦粒，也做成了野菜，而且很畅销。只是那些麦粒不好做出来。本来就是没有长熟的小麦，颗粒远没有长熟时候的硬棒，拿一个麦穗儿在手，双手一搓，皮和粒一起被搓烂了。慢慢地，搓出技术来，使出合适的劲道在双手上，搓出的麦粒不破不烂，外形完好。只是，太费工了。

2013 年 4 月 18 日

补

人的一生，好像都是在补，补什么呢？缺什么补什么。

刚出生的婴儿，呱呱坠地，整个一张白纸。然后，就在今后的岁月中，不断地因为自身原因还是别人的原因，在这张白纸上涂上各种不同的颜色，直至涂满为止。

出生于乡村的人，总是向往那没有去过的大城市，觉得那里的日子应该会比自己所处的环境要好。那里有高楼大厦，有汽车飞机，有公园影院，有商场电梯。自己所在的乡村，看场电影都要到城里去。

出生在城市的人，节假日都想跑到乡村去。那里有蓝天白云，有燕语莺啼，有森林湖泊，有高山河堤。自己所在的城市，呼吸的空气都是脏了吧唧。

没有上过大学的人，总觉得那是自己人生的缺憾，在今后的工作和生活中，无论自己做出多么大的成就，都会孜孜不倦地学习了又学习。

没有去过的地方，总在吸引着自己，心底里总在好奇，那里会是什么样子？当然，别处的人，同样也在好奇自己这里，那里没有去过，什么样子呢？等有了机会，一定要去。

人从出生开始，便有了对周围世界的认知，自己的家人和邻居，还有身边所接触的各种东西。谁都没有闲着，只是见到的、说到的、想到的对应物不同而已。到了一定的年龄，乡村人接触的是乡村里熟悉的东西，各种动物、植物、劳作、节令、天气；城里人接触的是城里熟悉的东西，各种小吃、公园、游戏、电影、技艺。所在的环境不同，所认知的东西不同，心里的感悟也不同。对自己有过的经历，没有了好奇，没有了兴趣，甚至有些烦烦的、厌厌的，感觉总在一样的日子里过下去，没有任何的新意，枯燥、乏味，总想着，应该有点什么新的东西加入进来，才对得起自己。

于是，在节假日到来之际，工作劳累了太久的人们，便一窝蜂地走出去，去到不同的地方，看不同的人、不同的风景，吃不同的饭，受不同的累。即便是苦，即便是累，也乐此不疲。走那走不动的路，看那看不见的风景，吃那吃不上的饭，住那住不上的店。

每次在医院电梯里看到开电梯的人，那么枯燥地坐在凳子上，随着电梯的升降，机械地按着按钮，都会想，这就是村里人向往的城市生活吗？还有不停地忙碌在各行各业的人们。医生整日在医院的大楼里接待着源源不断的病人，店员整日在密不透风的商场里应付着来往的顾客，司机整日坐在狭小的空间里在大街小巷穿行，还有那风雨无阻的邮递员，街边那风吹日晒的摊贩。即便是那些机关里的人，也多是待在自己固有的房子里、固有的位子上，干着些琐碎的毫无兴趣的事。有多少人干的，是自己真正喜欢的事呢？

下了班，都像获得了解放似的，赶紧逃离。

其实，每个人的心中，都有对自己境遇的不满意，然后会想办法在自己感兴趣的地方找补回来，达到心理的平衡。

好多城里人到乡村去，游玩，嬉戏，拍照，野餐。玩够了，吃好了，心满了，意足了，离开了，身后却留下一片狼藉。这些城里人是标榜自己是文明人的，你看那网上遍地都是谴责别人怎么不文明的话语。可是，自己做得又怎么样呢？好多人不缺文明，缺的是对自身以外的东西的敬畏与尊重。其实，每个人都有意识地把自己用过的东西随手带走，并不是一件困难的事，只是举手之劳而已。人人带走自己用过的废品，那世界该是多么干净啊。其实这是一件人人受益的事，你带走了自己的东西，别人到这里来，这里还是干净清爽的，环境依然美好；别的人带走了他用过的东西，你到了那个地方，同样能享受到干净清爽、美好的环境。这个世界就是这样，自己所做的，最后会惠及到自己身上。

好多村里人到城市去，坐火车，游公园，逛商场，乘飞机。他们处处小心，生怕哪里破坏了人家城里人的规矩。然后回到家里，会跟街坊邻居讲起城里那些新鲜的东西。

人们总是对自己没有见过的东西感兴趣。

之前对家人态度不好的，后来承受的是家人因为身心受伤而对自己的慢待；之前对家人态度好的，后来享受的是家人对自己无微不至的关爱。前后都有一个因果补充的关系。

2013 年 4 月 18 日

马金卿老师

马金卿老师，是我在腰山中学读书时的班主任兼语文老师。高高瘦瘦的个子，瘦长脸，深眼窝，大眼睛，平头。他的女儿跟我们一般大，也在我们班上课。他相当节俭，穿的衣服好像就那么一两身，冬天穿自家做的棉袄，外套深蓝色的中山装，夏天就穿一件蓝色短袖上衣，裤子好像总是深颜色的，穿鞋好像就是自家做的布鞋，冬天是布的棉鞋，其他三季就是布的懒汉鞋和圆口布鞋，印象中，好像他没有穿过皮鞋。

很感激马老师，想想这么多年，自己身上好多好的习惯和好的品格都是那时候他苦口婆心教给我的，真是受益一生。现在写这篇文章，他的音容笑貌还历历在目。

蹲着上课。他习惯蹲在一个方凳子上给我们上课。当然，这个凳子也是老师平时坐着的凳子。凳子一般放在讲桌的左边，靠近教室门的位置。他常常蹲在上边，眉飞色舞地给我们讲课。有时候，他还会拿起事先裁好的小纸条，倒上烟丝，卷好烟卷儿，划根火柴点着，很有滋味地抽着。他有个习惯，就是随地吐痰。这一点不是我们应该学习的，当然，我们也没有学习这个坏习惯。因为，很多的文明公约首先提的就是不随地吐痰。大概抽烟的人很容易嗓子里生痰，所以，他会一边抽烟，一边吐痰。当然，他的吐痰在他的讲课问题上，是很次要的东西了。没有见过哪个同学对他的这个习惯提出过异议，因为，大家的注意力都被他有声有色的讲课吸引去了。

笑逐颜开。一个"笑逐颜开"，四个字的成语，他竟然用了半天的时间给我们讲。至今记得，他给我们演示笑逐颜开的过程。开始是笑了，然后是脸上的皱纹一层一层地推开去，就如——追逐一样，然后呢，就是颜面舒展开来。他一个字一个字地分析，直到把这个成语分析得明明白白、透透彻彻。这半天，他不都是蹲着的，当分析到兴奋的时候，他会站起来，手也舞起来，足也蹈起来。记得那个半天，我们好像是连着上下来的，就是没有课间休息。三间房的教室里挤着七八十个学生，记得下课的时候自己的脸颊都是热乎乎的。

节约用纸。老师非常痛恨那些浪费纸张的行为，他要求我们写作业要把本子的正反两面都用上，用了正面，直接翻过来用反面。如果有哪位同学用了正面，没有用反面，下一页用的又是正面，他就会当着全班同学的面，把那个同学叫到讲台前，狠狠地批评一顿。他说："你们家再有钱，再禁得起你用，也不能浪费，也得用了正面用反面。"清晰记得他站在讲台上，批评一个男同学没有按要求正反两面用本子。那次他是那么激动，态度非常严厉。直到现在，我用纸都是相当节俭。看到反面光洁没有用过的废纸片，都会把它放到抽屉里，留待有用的时候派上用场。我打印东西，也是尽量正反两面用，觉得浪费是一件很难做的事，节俭已经养成了习惯，成了自己生命中不可分割的一部分。

烧开水。我们住校生，晚上都要上两节晚自习。在冬天，下了第一堂晚自习课，马老师会给我们烧好一大壶开水拎到教室。同学们都兴奋地递过自己的杯子，喝上一杯热水。老师的脸上溢满了慈祥的笑容。他很少回家，或者说，我们在学校的时候，他都在学校陪着，他办公室的炉子上，总是烧着一壶水。有时候，同学们会自己到他的办公室去，把已经烧开的水拎到教室，倒完了，再把空壶给他送回去。

七分饱。饭要吃七分饱，不要吃得太撑，这是老师给我们反复说的。他还举了一个学校里特别精神的老师给我们做例子，说那个老师就是总吃七分饱，他的身材一直保持那样好，身体也倍儿棒，精气神十足。到现在，我也总是想着老师的这个教导，一直不让自己吃得太饱，体重一直保持在一个数值上下，身材也没有太多变化。保持身材不变还有一个好处，就是可以少买衣服，一件衣服只要不是破了或是不想穿了，肯定能穿好多年。对于自己来说，那是多么划算啊，衣服不用老是买，多年的衣服加起来也不少，可以把这些衣服轮换着搭配出不同的效果，还总会有出其不意的新鲜感。

上厕所不要带报纸。老师对同学们的生活方面讲得很细，曾经讲到有的人一上厕所就带上书或是报纸，结果在厕所里一蹲就是很长时间，那是一种非常不好的习惯。因为你上厕所本身是去解决排泄的问题，结果你的大脑开了小差儿，注意力被书或是报纸上的内容吸引了去，本应该做的事情却因为注意力不集中就耽误了，所以会拖延更长时间。应该怎么办呢？应该是干什么像什么，你去厕所就一门心思地去厕所，快刀斩乱麻，干巴利落脆，又节省时间，又养成好的习惯。

坐如钟，站如松，行如风，卧如弓。老师讲，站要有站相，坐要有坐相。坐着要像一座钟表一样岿然不动；站着要像一棵松树一样直立挺拔；走起路来呢，要像刮起一阵风那样快速麻利；侧身躺下，姿态要优美，身体弯曲犹如一张弓。老师的话，总是提醒着我，随时注意保持自己的形象。有一段时间，可能是太累了，总想缩着脖子哈着腰，背便显得有点驼。妈妈提醒我说，你看你，还没有谁谁直溜呢。于是，我又挺直了腰板。直到现在，我的腰板也是挺直的，走起路来也是快的。门口那个卖水果的小女孩，曾夸过我走路的姿势好看，她应该不是单纯为了让我多买她的水果才那样说的，因为她是一个很实诚的人。我听了她的话，心里挺美的，当然这个功劳应该归给老师的教导，是他的教导指引自己注意形体美的。

跑圈儿。下午下了课，离晚饭时间还早，用功好学的同学们谁都不动地方，都在自己的座位上看书。这时候，马老师总是出现在教室门口，很严厉地督促大家到教室外边去，到操场上去跑圈儿。他总是讲，上了半天课，大脑本身需要休息，还有教室里的空气也不太好，应该走出教室透透气，跑圈儿还锻炼身体，只有强健的体魄，才是刻苦学习的保证。那句话"身体是革命的本钱"，就是那时候学的。现在想来，马老师真是英明，他那么强调大家要锻炼身体，是他非常清楚身体健康和学习好的相辅相成的密切关系。想想有的老师就不是这样做，他们恨不能把学生吃饭的时间都压缩下来让学生们看书，吃饭时间只给半个小时，连打饭带吃饭，多么紧迫啊。想想正在长身体的孩子，课业负担那么繁重，吃饭时间还被压缩，真是可怜。

我很庆幸自己在初中这个人生关键时期遇到了马金卿老师，他就像一位慈祥的父亲，给我们指明了学习生活的方向，指引我们健康成长，积极向上。

2013 年 4 月 21 日

腰中记忆（1）

腰中，在这里指的是腰山中学。

腰山中学，在二十几年以前的完县，后来改名的顺平县，那是响当当的。就跟现在的衡水中学一样，在方圆多少里的地方，远近闻名。腰山中学是国办中学，师资力量强大，好学生云集。每年只招收两个班，通过统一考试，分数由高到低，把片儿内的尖子生收入囊中。县里有关系有门路的家长，也会想尽一切办法，把自己的孩子送到这里来做插班生。

那时候，还不时兴走后门，有不少有关系的家长，都不肯去做这样的事，孩子考上什么学校就上什么学校。我有个亲戚，在县里当着相当级别的领导，他的孩子跟我是小学同学，没有考上腰山中学，就安心地上了乡中。只是，乡中的教学秩序真的与腰山中学相差太远。一般的乡中，教学质量都不太好，人们对上了乡中的孩子的期望也便放低了。其实，有不少原本不错的孩子，因为在那种学习风气不是很正的学校里学习，而耽误了前程。因为那里的同学，太讲究玩乐了，比吃比穿的。而且，那里的老师也大都有点破罐子破摔似的感觉。当然，也有好学生脱颖而出，从乡中走出来，考入了高中，进而考上了大学，但那只是很小的一部分。而腰山中学，像我们那年，几乎是全班进入了高一级学校。

一个学校的学习风气真是太关键了。孩子在学习氛围浓厚的学校里，就会踏下心来好好学习，而在学习氛围不浓的学校里呢，好玩的孩子便有了用武之地，当然，也会带动那些意志力不太坚定的孩子，放松了对自己的要求。这应该就是为什么现在的家长，就是咬着牙，拿着高额的择校费，也要把自己的孩子送进名声比较好的学校的原因吧。

小学毕了业，我有幸考上了腰山中学。还没有报到，一天晚上在本村大队部外边的广场上看电影，旁边坐着我家屋后的姐姐。她问我："学校那么远，你还去上吗？"当时，我们村里也有去这所学校上学的，据说都是要走好长时间的路，而且，学校吃得特别差。我从来没有想过不去上学的事，很好奇姐姐怎么会问出这样的话。

我曾想，学校伙食再差，新生入学的第一天，也应该改改吧，就像家里来了客人，怎么着吃的跟平日的饭菜也不一样呢。没有想到，我到学校吃的第一顿饭，就是玉米面窝头。可能现在好多人都很爱吃玉米面窝头，金黄金黄的，就像宝塔一样，让人垂涎欲滴，一看就很有食欲。可是，那时候，捏在自己手里的窝头，怎么说呢？唉，上边是尖的，两侧是扁的，就是用两手压了一下的样子，上面很清晰地留着大师傅的手指印，底下是平的，中心有一个洞。而且，个儿也大，全不像现在超市卖的那样小巧玲珑。最重要的，是那窝头吃起来都扎嘴呢，就像里面掺杂着细碎的玉米皮。那时候，村里磨玉米，会先脱了皮，磨出的玉米糁子，熬的粥光光滑滑的，好吃极了。学校的玉米面谁知道是从哪里买的，从这方面看这里全没有自己村里先进呢。而且，那窝头，颜色深一块儿浅一块儿，也许是学校人口多，和面的时候不容易和匀吧，有的地方可能是碱面太集中了，咬到嘴里，还苦呢。不过，那第一顿饭，好像自己吃了两个窝头。和新同学一起打饭，一起吃饭，很新鲜，感觉到一种从未有过的美好。

那时候，学校食堂很少供应咸菜，同学们大都是从家里带。当时，每周上六天课，周六的下午放了学，住宿的同学们就可以回家了。周日下午，大家回到学校，个个带回大包小包吃的东西。带馒头的比较多，也有带大饼的。带的干粮，一般都是凉着吃，就着从食堂打回的菜汤和粥，主要是为了少吃一点儿窝头。因为学校每周六天里，只有五天的中午供应馒头，之外的早晚饭和其中一天的中午饭，都是窝头，再有就是早晚有玉米面粥，中午是菜汤。

记得一次开大会，学校领导很客气地向同学们道歉，说学校食堂的饭菜太单一，以后要改善。他的原话一直记着："早晨是粥饼子，晚上是饼子粥。"领导说的饼子，就是玉米面窝头。下边同学们爆发了一阵会意的笑声。当然，学校领导这么说，同学们很领情，大家也从来没有因为这个给学校出过什么难题。都是做什么吃什么呗，大家都这样吃呢。

那时候，家里的伙食已经改善得不错了，起码顿顿白面是没有问题的。因为农村实行了联产承包责任制，地里出产的粮食比以前多了很多。家在农村的孩子，连同家在城里的孩子，这么说吧，所有的住宿生，一般周末回家，都是带白面的干粮回校。带的干粮一般能吃到周三或是周四。同学们都是在教室里吃饭，干粮也大都放在自己的课桌堂里。打回的菜汤放在桌子上，顺手从课桌里拿出自带的干粮，吃得那才叫一个香。记得很清楚，一个女同学带的是大饼，她把大饼一卷，就吃起来，真带劲儿。也记得，那大饼吃到最后，都快长毛了，有了米粒大小的白点儿。馒头也是，馒头外皮可以看到一个个小白点儿。大饼就那样吃了，馒头呢，拣着有白点的地方，把皮撕掉，然后也照样吃。倒是也没有谁因为这个，闹出毛病来。

记得，当时菜汤吃的最多的是青菜、茄子和圆白菜，冬天就是大白菜，还有带着煤油味儿的豆腐。总觉得那豆腐带着煤油味儿，不知道是不是因为卤水点得过。现在想想，挺好吃的，虽然可以叫水煮菜。可能是学习太累了，饿得很，反正现在想想，除了那难吃的窝头，别的都还好。菜也便宜，一毛钱一份儿，一个大勺子倒下来，装满一小盆儿。菜只有一种，大家都一样，也没有个贫富贵贱的比较。真是，学校里给同学们提供的是平等的待遇，再有钱也没地方花，再没钱也过得心里踏实。

那时候，学校还用粮票买粮食，一斤粮票，供应 40% 的细粮和 60% 的粗粮。细粮也就是白面，粗粮一般是玉米面，也有大米和小米。农村的孩子，不用粮票，就用自家的粮食，小麦和玉米，按着 40% 细粮和 60% 粗粮的比例，换成转粮单，再把转粮单拿到学校后勤处，换取饭票。

在我们的教室前边，挨着讲台，靠近北墙根的窗子下边，两张课桌并排拼成一个方形的大桌子，全班同学带来的装菜用的瓶瓶罐罐都放在那里，还有打饭用的饭盆儿啊饭碗啊之类的东西。带咸菜的比较多，满满一罐头瓶咸菜，省着吃，能坚持到周末回家。咸菜一般也都经过了加工，有用油炒过的，有用香油和醋拌过的，还有同学带的肉丁炸酱。我那时候，经常带腌豆腐。每到过年的时候，家里都要做豆腐，做好了，在小缸里用盐腌起来，吃饭的时候，切上几片，就着喝粥。有一个城里的同学，带的是五香疙瘩头，吃一片在口，有一股子煮肉的香味。那时候，同学间都互相传换着吃东西，凡是好吃的，一般都坚持不到周末，就被瓜分完了。印象特别深的一次，我们连续三天没有咸菜吃，主要是早晚饭，中午饭还有菜汤可吃，早晚饭就只能干吃窝头和粥了。到最后，我们一起吃饭的一个同学从别的同学那里弄了一点咸菜回来，吃到嘴里，那个香啊。

2013 年 4 月 21 日

腰中记忆（2）

学校大门是向南开的，门前一条东西走向的沙石马路。马路对面是个有着椭圆形跑道的很大的操场。操场的北面，沿着马路南边，栽着一排高大的杨树。操场西面有一个小树林，树林南北两边都是村里的人家。操场的南面和东面，都是田地。

两株合欢树分别矗立在大门两侧。正值花期，满树粉嫩的小伞儿，衬托在一片绿叶丛中，甚是好看。合欢树伸展着枝叶，如同在欢迎大家来到这所学校，又如同是两个哨兵，在日夜守卫着学校的安全。

大门很有气派，有点古代城门的味道。有宽阔的门洞，门洞两侧各有一间门口开向走廊的门房。两扇厚重的红色油漆木门，分列在门廊的两侧，大门上钉着一排排巨大的金色铆钉。

门外两侧的影壁墙上，白地红字，各写着四个大字标语，好像不是"好好学习""天天向上"，这是小学的时候经常看到的。好像是"团结紧张""严肃活泼"？记不太清了，反正是很激励人的标语，很遗憾当时没有记下来。

大门正上方的门楣上，写着"河北腰山中学"的校名，白地红字。

进入大门，正前方是一个高高的影壁，左边和右边都是开阔的院落。

左边临街一排房子，是老师的宿舍兼办公室，门口朝北开向校内，门前栽着一排高大的白杨树。北边一排房子，与南边一排房子并列相对，门口向南开，从东向西有总务处、团支书室、校长室、教导处，紧靠西边的一间，是历史老师的宿舍兼办公室。

这排房子门前设有花池，用砖头砌出牙形的边。花池里种着各色鲜花，有高高的芭蕉、月季，还有低矮的指甲草、太阳花，高低错落，好看至极。

院子当中有水泥抹的乒乓球台子。

院子西南角，与临街的房子并排的位置，建有低矮的厕所，专供教职工用的，规模很小。

厕所往北，是一长条空地，西边一面高墙与村里的住户隔开，墙根种着一排白杨树。高墙往东，与东边房子的西山墙之间有一条约有一间房子宽的走道，一排高大的白杨树栽在走道与空地之间。

在历史老师住着的这排北房后边，还有三排房子，其中两排是教室，最北边的一排是老师的宿舍兼办公室。

北边那两排房子往西，连着那一长条空地，是一片比较方正的开阔地带，地上坑洼不平，长满了荒草。

开阔地北边一溜高墙，东边连着老师宿舍那排房子的北墙根，西头是一大排坐西朝东的厕所，男厕在北边，女厕在南边，各有一条走道与这边的校园相连。

开阔地的南边有高墙与村里住户隔开。这面南墙与南边的西墙连接，构成一个九十度的拐角。

进学校大门绕过影壁墙，向北直行是一条宽宽的甬路，甬路两边分列着整齐的教室，教室的山墙上有各班同学画出的黑板报。沿着甬路直行，穿过教学区，再穿过一条东西方向的宽宽的走廊，走过一个大门，就进入北面的区域了。

北面区域保留着原来腰山王氏庄园的老房子。

进大门，是一个很开阔的场地，里边栽着粗壮的大树。往里走，正对大门，是一个很气派的大礼堂。礼堂大门开向南边。场地东侧，是学校的宿舍区，西侧是县里其他单位占着的，自己知道的有体校和党校，别的机关就说不上来了。

进学校大门，影壁墙往东的院子里，紧挨甬路，有一个石头砌成的井台。井台上安着辘轳。同学们都是从这里打水。

院子南边，靠近大门的位置，一溜院墙绵延向东，把校园与外边的马路隔开。

院子东南边是高大的伙房和后勤处。

院子北边，是两排东西并列的瓦房，与甬路西侧的瓦房成一条直线。这里有教室，也有老师的宿舍兼办公室。

西边那排瓦房的北面，有与之并列的三排房子，同时跟甬路西侧的房子并列。

东边那排瓦房相对的南边，就是高大的伙房。到了吃饭的时间，同学们会在伙房门前的院子里排出好几溜老长的队伍。

这两排房子的门前也都有砖砌的花池，种着高高低低的花草。东边这排瓦房的前边，隔开花池和走道，种着一溜白杨树。这排瓦房的后边，是一个篮球场，南北两侧安着结实的铁质篮球架子。篮球场的西边，是跟南边的瓦房并列的几排教室，也跟西边的教室排成一线。教室房前屋后种着高大的白杨树。

篮球场的东边，是一大片田地。这片田地北端跟篮球场的北边篮球架成一直线，南端到了伙房的后房山，东边还有很远的距离。田地的南、东、北三面有围墙跟校外隔开。

这块地是自留地，大概每个学校里的老师都有份儿。地里有种菜的，也有种庄稼的，还有种小树苗的。

篮球场的北边，隔着宽宽的走道，是一排坐北朝南的瓦房，都是老师的宿舍兼办公室。我们的班主任兼语文老师马金卿老师就住在这排房子里。这排房子门前也都有花池，好像没有大树。

这排房子往西，跟王家大院儿原来的大门和围墙成一条直线。在王家大院的大门和围墙与南侧教学区的最北边一排房子之间，是一条东西走向的宽宽的走廊。走廊两边栽着高大的槐树。

这条走廊一直往西，直通到最西侧比学校那排西侧的厕所还远出好多的地方，可能是原来王家大院最西边的边界处吧。不过，路是死的，西边没有路可以再往前走，只是保留着这样一条宽宽的走廊。

在走廊的北侧，有原来王家大院的高大门廊和房檐，只是都是用砖封着的。在走廊的南侧，隔着甬路的两排整齐的瓦房，就是学校最北边的房子。瓦房西边紧连的，就是那片空地北边的高墙。高墙上还嵌着以前王家大院的高大的影壁。过了厕所的位置再往西，就是村子里老百姓的院墙和房屋的山墙了。记得厕所往西不远处的墙上，有一个豁口，豁口的墙根处堆积着已被踩实的砖头瓦块和黄土，我们经常从那里很容易地走过去，到村子里面去。

从走廊顺着瓦房中间的甬路往南直行，就到了学校的大门口；从走廊往北走过一个门口，就到了旧时王家大院大礼堂前的开阔空地。

我们的宿舍在空地东侧的院子里。顺着空地东侧最南边的小门走进去，沿着南屋的窗前，走过窄窄的夹道，穿过三面瓦房一面大门的小院儿，往东北角走过一个小门，就到了我们的宿舍，东边的耳房。

这个院子的西、北、南三面瓦房里住的都是学校的老师。他们大都是当年的知青，说一口流利而标准的普通话。他们在这里安了家，两口子都在这个学校里教书。

西侧的耳房是我们同年级另一个班的女生宿舍。

这个院子东面是一个大门，很讲究的大门，有门檐门槛门柱，还有厚重而古老的木门。

从这个门走过去，东边又是一个院子，很小。院子北侧是东边耳房也就是我们宿舍的南边房山，东侧又是一个大门直通到东边的院子里，南侧是两间瓦房，房子里住着一户老师。那天到腰山王氏庄园故地重游，这里南侧已经打通了，原来是梦和园的大门。

在我们宿舍的北侧隔壁，是一个正对西边小门的小屋，这里原来住着我们美丽的音乐老师，后来好像是因为这里不太安静，据说是夜里有人偷窥，然后老师就不敢在这里住了，就搬到前边的老师宿舍区去了。

在西边小门与这个小屋之间，是一个狭长的走道。这个走道的南侧是南边小院儿的北房房山，还有西边耳房的北侧房山，还有东西耳房门前的狭窄通道。

走道北侧是一个很大的院落，有高高的院墙和大门与走道隔开。大门开在正对南边小院儿北房房山中间位置的走道北侧。院子的东、西、北三面都是高大气派的瓦房，都有雕花的门窗、圆圆的门柱、高高的台阶。

这里也是女生宿舍，宿舍里都是木板的大通铺。

在院子的东北角，北房与东房之间，有一个窄窄的走道。穿过这个走道，东边有一个小门走过去，就到了东边的院子。这个院子，就是从我们宿舍南边的小院穿过去，跨过东边大门的那个院子。

这个院子，比较荒凉，虽然又盖起了一排北房做宿舍，但是院子一点也不平整，满地生长着杂草。只有房前和常走的小路，是平坦光滑的地面。我们后来就搬到了这排北房里。

这个院子的紧东边，挨着东墙根，是一溜厕所。据说，也有歹人曾经在这个厕所里偷偷待过，吓得同学们晚上不敢一个人上厕所。

这个院子的南边，就是篮球场北边那排房子。从院子的东南角，有一个小窄道，能走到前边去。

在院子中间，有一间很小的屋子，里边住着我们班里几个女生。

从美丽的音乐老师住着的小屋门前，沿着那个狭长的走道向西直行，跨过西边的小门，就到了大礼堂前边的空地上。实际上，是在南边老师住着的小院的西房两侧，各开着一个小角门，门里是相通的。

空地的北边是那个宏伟的大礼堂。礼堂内有多根粗壮的红漆木头柱子，北侧有高而宽敞的戏台。学校曾在这里举行过歌咏比赛，那个梳着学生头的漂亮学姐演唱的《哈尔滨的夏天》，还有本班小梅同学演唱的《妈妈的吻》，到现在还印象很深。

我们班还曾在这个礼堂里考过语文。快中考了，马金卿老师为了让同学们考出真实的成绩，就把同学们拉到这个礼堂里，离很远坐一个人，谁也别想看到别人的卷子。大家都搬着自己坐的凳子，放倒了，坐在窄窄的凳子边上，把卷子放在膝盖上答题。当然膝盖上也垫了厚厚的书本，书本是跟考试的科目没有任何关系的别的课本。

礼堂外边的空地上栽着高大的树木，有时候晚上放电影，就在这个院子里。记得刘晓庆演的《神秘的大佛》就是在这里看的，银幕挂在礼堂门前的两棵大树上，人们搬着自己的凳子坐在南边的空地上看。还有我们班的毕业照，也是在这个院子里拍的。全班同学背东朝西站成几排，前边的女生蹲着，中间教过我们的老师坐着，后边的同学站在地上一排，再后边就站到凳子上去。

在这个院子里留着我们太多的回忆。

当年非常火爆的电视剧《霍元甲》和《血疑》，都是在这个院子里看的。当时，住在西屋的老师，每到夜幕降临的时候，就打开他屋子西边的窗户，把电视机放在窗台上。我们下了晚自习，从这里走过的时候，电视里正在上演精彩的电视剧。我们会停下来，站在外围直看到电视剧结束，才赶紧走回宿舍去。当时的山口百惠真是太纯太美了，有她照片的明信片，可以说在视线所及的任一摊点都能买到。据说她正是因为和三浦友和演这个电视剧，两个人擦出了爱情的火花，然后结婚生子，甘做贤妻良母，从此淡出娱乐圈。

还记得曾经有电影公司拍电影《风云初记》，也在这个院子里。演员们穿着肥大的新四军还是八路军的军服，在西侧的那个院子里坐着，还曾想，现实中的衣服这么破旧难看，拍出电影来却挺好看呢。

2013 年 4 月 21 日

腰中记忆（3）

我们的教室位于历史老师办公室的后边。

开始的时候，同学们都回宿舍吃饭，从食堂打了饭，端着饭盆儿回宿舍去。后来，看到教室还是比宿舍离得近，有同学就直接打了饭回教室吃。慢慢地，同学们就都在教室里吃饭了。洗碗的水，开始是从学校门口的井里打，后来，水位下移，井里就打不上来水了。有一段时间，学校食堂边上的水管往外放水，人们就拎着水桶去那里接。后来，那里也不经常有水了，同学们就到学校外边的村子里去打。从学校大门走出去，往西不远的街角，就有一眼水井。我们经常是全班同学用一桶水洗碗。吃过了早饭，没有水洗碗，就把饭盆儿一个一个相对着扣起来，放在教室外边的窗台上，那样饭盆儿不会干。到了中午，班上的男同学从村里提来一桶水，大家就围着水桶洗早晨用过的饭盆儿。洗完了，赶紧拿去打中午饭。那一桶水还不舍得倒掉，留着中午吃完了饭再用来洗碗。

说起用水的艰苦，印象真是深。冬天，宿舍里生起煤炉，大家都没有管火的经验，炉子经常不温不火的。现在想想，那时候的炉子是怎么管的，一点印象没有了。只记得，冬天，很冷，脸盆里有一点水，还冻成了冰，同学们就砸开表皮的冰层，捧起那下边的一点水来洗脸。好像是全宿舍十几个人都是用那一点水洗的。当然，那时候洗脸根本不用香皂，也就是把脸用水抹一把。早晨5点半，大家就在起床铃的狂响声中从床上蹦起来，急急穿好衣服擦把脸，赶到操场上去跑操。

跑操的好处真是明显。刚到学校的时候，上体育课，跑800米，气喘吁吁跑下来，简直要摊倒在地上，成绩还不及格。坚持每天跑操之后，再上体育课，测800米，很轻松地跑下来，成绩还是满分，真是得意。而且，三年下来，从不感冒，好像同学中也很少有人闹毛病。

那时候跑操，都是在学校门外的大操场上。先是各班排好队，体育老师检查各班人员到位情况，然后一个班一个班地排着队，绕着操场转圈儿跑。有的时候，也跑到公路上去。从操场往南，沿着一条窄窄的田间小路，跑上南边的东西向公路。那时候公路两边都是庄稼地，没有一点建筑物，只在学校东南角的十字路口，有商店和邮局，还有修车铺。顺着公路往西跑一段路，再往北，顺着一条通到村里的笔直小马路跑回学校。有的时候，就从公路往东，顺着公路跑到商店那里，再顺着一条斜着的公路跑回学校。记得上初中三年级的时候，班主任马金卿老师总是督促着同学们去操场上跑圈儿，尤其是到了下午的课上完了的时候。那时候，同学们学习都非常刻苦，除了打饭和上厕所一般很少走出教室。老师总是提醒大家，身体是革命的本钱，只有健康的身体，才是更好学习的保证。

班主任马老师，高高的个子，瘦瘦的，平头，大眼睛，深眼窝，脸颊也是消瘦的，总穿一身藏蓝色的棉布中山装，夏天就穿一件灰色的半袖棉衬衣。他很不讲究穿衣打扮，爱抽烟，兜里总是装着裁好的长方形小纸条，还有烟丝和火柴。上课的时候，他爱蹲在凳子上给同学们上课，一边眉飞色舞地说着课，一边手里卷起烟卷儿。同学们都爱听马老师讲课，他讲课讲得精细，真是把东西掰开了揉碎了来讲，生怕同学们学不会。记得他讲"笑逐颜开"那个词，整整用了一个下午。他给同学们表演这个词，先是碰到开心的事，引得自己笑了，然后脸上的皱纹逐一展开。好像那天课间都没有休息，连着两堂课上下来。下课的时候，自己的脸都感觉热乎乎的。

记忆中，马老师很少回家，只要是同学们在学校里，他就一直也在学校里。凡是自习课的时候，他会在教室里待着。同学们都自己学习，没有说小话儿的。他就坐在讲桌旁备课或批改作业。他对同学们的要求很严格，比如节省用纸。他要求同学们写作业的时候，纸的正反两面都要用，就是用了正面，直接翻过去用反面，一页纸一页纸地这样用下去，不能只用正面，不用反面。有一个男生不知道是忘了还是自己家里有钱，觉得不用节省，他写作业的时候，用的都是正面。结果那天，正在上自习课，同学们都默默地在自己的座位上学习呢，突然就听见马老师发起脾气来。我抬眼去看，那个平日里很潇洒的男生正愣愣地站在讲台旁，接受马老师的大声痛批："你们家再有钱，也不能这么挥霍，节省用纸是一个人的道德品质问题，小看不的。"说得气愤，老师嘴唇都有些哆嗦。"以后再写作业，你必须两面都用，听见没有。"那个男生自觉理亏，低着脑袋，小声说："听见了。"

节省用纸的习惯，我一直就有。记得上小学的时候，我用家里用过的月份牌儿学习写作业，整整一个月份牌儿的背面写满密密麻麻的字。小学老师也是经常教导同学们要节俭，节省用纸，节省用笔。记得小学课本上有小萝卜头的故事，小萝卜头跟着妈妈被敌人关在监狱里，他很爱学习，用的铅笔都很短了，也舍不得丢掉。我用过的小铅笔头，只能用三个手指使劲捏着才能用。最后，实在捏不住了，就把铅笔芯取出来，把铅笔芯插在高粱秆里再用。总是想尽一切办法，不浪费一点东西。

马老师自己是相当节俭的，穿的衣服好像就那么一两身，冬天穿自家做的棉袄，外套深蓝色的中山装，穿的鞋好像就是自己家做的布鞋，冬天是布的棉鞋，其他三季就是布的懒汉鞋和圆口布鞋。印象中，好像他没有穿过皮鞋。他的二女儿也在这个班里上学，穿的衣服也都是家里做的棉布衣服，跟同学们一起从食堂打饭吃，在女生宿舍跟同学们一起睡木板做的大通铺，一点没有老师孩子的那种娇气，朴实得淹没在其他同学当中，显不出来。

2013 年 4 月 21 日

腰中记忆（4）

马老师对班里的同学们就如同自己的孩子一样，关心，照顾。冬天上晚自习，他会在他的办公室里烧一大壶开水，在课间休息的时候，拎到教室来。同学们会争着递过自己喝水的杯子，他的脸上满是慈祥的笑。

上课的时候，他教育同学们，吃饭要吃七分饱，他还以学校里一个身材很匀称、精气神十足的中年老师为榜样，他说那个老师就是这样做的，所以身体各方面都很健康，而且特显年轻。现在想来，他自己肯定也是这样做的，因为，他总是那么瘦，但是很精神。他告诫同学们要及时上厕所，不能憋着，憋着会憋出毛病来。还说，上厕所的时候，不要拿着书或报纸之类的读物，那样的话会分散注意力，让自己不能快速地解决本该解决的问题，只能是在厕所里蹲得太久，一来腿会酸麻，二来会养成坏毛病，影响身体正常的排泄功能，另外还很耽误时间。要养成早起排便的习惯，这样会健康一生。在坐卧立行方面，他要求同学们要坐如钟、卧如弓、站如松、行如风。坐着的时候，要像一座钟一样肖然不动；躺下的时候，身体弯曲，像一张弓；站立的时候要像一棵松一样直立挺拔；走起路来要像一阵风一样敏捷快速。

他督促同学们锻炼身体，每当下课的时候，同学们总是在教室里待着，不爱动。他会出现在教室门口，大声地把同学们轰出教室去，"教室外边的空气多么好啊，出去透透气，换换脑子"。或者是在下午放了学，离吃晚饭还有一段时间的时候，他会督促同学们到操场上去跑圈儿。他总跟同学们强调："身体是革命的本钱，没有好的身体，你干什么也不成啊，身体先是吃不消了。"他很骄傲同学们知道刻苦学习，但是，"同学们也应该知道，强健的体魄才是更好学习的基础和保证"。在他的催促和驱赶下，同学们都乖乖地跑到大操场上去。

他是一个很谦卑的人，尤其是相对于学校里那些比较吃香的老师来说，他总是那么笑眯眯的，很随和，很老好。印象中，他很欣赏我们的地理老师周老师，在课堂上，还曾经向同学们夸奖周老师的字写得好。那次自习课，他走进教室，黑板上留着周老师的地理板书还没有擦掉。他走上讲台，很认真地看周老师的字，并且笑眯眯地对同学们说，周老师写的字就是好，还在黑板上用粉笔临摹了几个字。

周老师是一名中年女教师，也是我们班对子班的班主任。她中等个头，稍胖，戴一副近视眼镜，圆脸，大脑门，很有风度和气质，也很有威严。她在我们班上课的时候，经常会露出甜美的笑容，很和蔼可亲。她的习惯性动作，是上课之前，把放在讲桌上的眼镜盒打开，从里边拿出她的眼镜，然后拿起眼镜盒中的眼镜布，很认真地擦拭两个镜片，还不时地把镜片对着光看一下，感觉擦干净了，就戴上，把眼镜布放回眼镜盒里。一系列动作那么纯熟，那么优雅。她说一口流利的标准普通话，讲地理课，就跟玩儿似的，那么轻松，那么随意，那么顺手。同学们也都有点儿怕她，虽然她从来没有跟同学们发过脾气，可是她的课，没有谁敢调皮捣蛋的。也许正是她的博学，她的风趣的课堂风格把同学们都镇住了吧。

周老师的爱人宛老师也在这个学校里，担任体育老师，也曾给我们班上过课。宛老师中等个头，不胖不瘦，很匀称很结实，穿衣打扮很利索，很讲究，也说一口流利的普通话。他们都是当年的下乡知青，来自哪里，没有问过，给人的感觉都特有型有范儿。宛老师还会照相，记得我们毕业的时候，毕业证上的照片都是宛老师照的，连照带洗，他一个人搞定。

周老师他们家就在我们宿舍那个小四合院里，他们住南边那三间瓦房，就是现在的腰山王氏庄园，进了梦和园的大门，往西走过一道门那个小院的南房。从院子里，要登上几级台阶，才到门前的平台上。那时候，宛老师把镶满照片的镜框摆在门外的台阶上，我们从宿舍到教室去，经常停下来看里边的人物。有一天，一个同学悄悄地告诉我，说我的照片也在那个镜框里呢。一种莫名其妙的感觉袭上心头，也不好意思马上就跑过去看，再过那里的时候，就留心停下来，多看上两眼。果然，自己的那张一寸黑白小照片就夹在那好些照片中间，不注意，倒也不太显眼。因为毕业了，同学们都互相留照片，几乎每个人都要把自己的照片加洗好多张，摆在镜框里的这张照片，应该就是自己在加洗的时候多洗出来的吧。那时候，根本不懂什么肖像权的，老师把自己的照片摆在镜框里，还觉得无比光荣呢，看到没有，老师把自己的照片摆在镜框里了，那肯定是自己那张照片照得好了，心里充满的是一种美好的感觉。

周老师在学校里很有影响力，也可以看出来，她是一个非常争强好胜的人。每当学校有什么重大活动的时候，我们班和他们班是一个年级的两个班，理所应当属于竞争对手，他们班在各个方面都压我们班一头。没有办法，不知道为什么，无论是篮球比赛、田径比赛，还是歌咏比赛，他们班总是排名在前。当然也有我们班胜出的时候，遇到那时候，我们班同学也会扬眉吐气、趾高气扬的，当然也会看到他们班的个别同学那眼神，那么犀利不饶人似的，好像我们赢了是多么不应该。

马老师却总是一副老好先生的样子，整天笑嘻嘻的，对各种的名次排位总是不以为意的样子。各种活动也都积极参加，也都积极争取好成绩，只是功利心不是那么强烈。有的时候，班上很要强的同学也是很气愤的，为了裁判的不公，为了班上同学的软弱表现，也只是私下里发发牢骚，左右不了大局。

马老师的注意力都在怎么着让跟着自己的这班孩子学习更努力些，身体更强壮些，道德品质更好些上。

2013 年 4 月 23 日

腰中记忆（5）

班上一个女同学学习非常刻苦。下了晚自习，同学们回到宿舍已经十点多了，大都很快就睡了。这个女同学不睡觉，她会在她的枕头前边的铺板上点上油灯或是蜡烛接着看书学习。早晨同学们被起床铃叫醒的时候，她不知道什么时候早又趴在床上点着灯看书呢。真不知道她一晚上睡没睡觉。

马老师可能是从同学们的嘴里知道了这个女同学这么好学的事，就在班上表扬了这个同学的刻苦学习的精神，并且把她树立为我们班上的一面红旗，要我们全班同学向她学习。小孩子一般都有点争强好胜，谁都不愿意被别人落下。马老师这一招真管用，全班同学都把心思用在了学习上，真有点比学赶帮超的架势。

后来，大家的学习热情都被调动起来了，就是课间人们也不愿意出教室了，利用起分分秒秒来学习。马老师看到同学们这么爱学习，心里肯定很高兴啊，但他又发现问题了，就是要同学们加强锻炼的问题。于是，到了课间时分，他会及时出现在教室门口，招呼同学们都到教室外面去，放学了，他会督促住校的同学们到操场上去跑圈儿，锻炼身体。

有的时候，被大家关注，并且被赋予学习的榜样，对当事人来说，应该是一件很光荣的事，很骄傲的事，是好事。可是，对于一个十几岁的小孩子来说，这份荣誉除了让她感到自豪之外，可能更多的是压力。她被尊敬的老师奉为全班同学学习的一面红旗，这可不是闹着玩儿的，自己的表现一定要对得起老师给予自己的这么高的评价，而且，同学们都加劲儿学习，自己如果懈怠的话，很有可能被同学们落下，那多不好意思啊。这个女同学依然那么努力地学习着，只能比以前更刻苦用功些。别的同学知道努力了是真的，但是没有谁像她那样晚上不睡觉，还那么早起。

后来，这个女同学就得了头痛的毛病，现在分析，应该跟她的睡眠极度不足有关系。体育锻炼能增强体质，这是不争的事实，长期缺乏睡眠，也会极大地伤害原本健康的身体。这一点，很少引起人们的注意，尤其是那些极度以升学为最高标尺的家长和老师，他们总认为孩子只要努力学习就是好的，孩子越是少睡觉，越是不睡觉才是好的，睡觉干吗，多么浪费时间啊，大好的时间都用来睡觉了，多么可惜。可是，身体是需要休息的，神经是需要休息的，只有经过了充足的休息，身体和神经的各项功能才能正常地运行。如果忽视了这一点，只能让身体受伤，严重的话，学习活动将不能继续。那个结果，肯定是家长和老师不愿意看到的，可是这是真的。

我有一个小伙伴，她有一个表姐，学习非常刻苦，成绩总是在班里排名第一。可是后来，她休学了，经常头疼，看不了书了，一看书，就头疼。现在想来，可能就是用脑过度吧。

我那位女同学后来休没休学，一点记不起来了，只记得她瘦瘦的小脸儿，瘦弱的身子，柔和纤细的声音，还有甜甜的笑容。她是一个很爱笑的女孩子，安静，雅致。只是她的小身子骨太单薄了，我的脑海里还有她在操场上跑步的样子，用弱不禁风来形容，挺恰当的。身体的羸弱应该跟她极度地用功有不少关系吧。

前些天去腰山王氏庄园故地重游，发现我们当年的宿舍依然安好，除了已经人去屋空，当年的整个框架没有太多变化。屋里地上几盏细长的红灯笼是当年不曾有的，西窗根下的小土炕还是当年的模样，只是当年我们在的时候，根本看不到土的，上面满铺着同学们的被褥。小土炕的对面，也就是进门正对的这面东墙根下，是一个用木板搭起的大通铺，同学们的被子叠起来都不能挨个放进去，只能是一个压一个地放，只有都躺下的时候，才觉得床铺是够用的，因为人是可以侧着身子躺着的。我当年就在正对门口的位置。在北墙根和我之间，还有两个同学，她们俩很爱吃东西，晚上熄了灯，还能听见她们俩咔哧咔哧地大嚼苹果。现在走进这个屋去，发现屋子原来这么小，怎么觉得当年那个屋子挺大的呢？

那位爱学习的女同学就住在靠西窗的土炕上，另外还有几个女生。

看见这个小土炕，很自然地想起那个趴在摇曳的烛光中发奋苦读的女生。她来自离学校不远的一个小村子，父母都是地道的农民，她能考上这所学校，本身已经证明了她是一个非常好学上进的孩子。如果她不是那么没日没夜地学习，而是跟别的同学似的，该学习的时候就狠命地学习，该休息的时候，就放松地休息，有张有弛，松紧适当，应该不至于把神经累得受不了的。想想，她的头痛，应该就是把脑神经累坏了。

翻出当年的毕业照来，搜寻了半天，也没有看到她的影子，也许是拍照的时候她没在，也许是休学了吧。后来，常从同学们口中听到她的消息，她是被同学们永远关注的，她在班里的影响力是永恒的。

2013 年 4 月 24 日

腰中记忆（6）

吴老师是我们的历史老师，他的办公室在进校门西边的院子北边那排房子的最西头，东边紧挨教导处，屋子后边就是我们的教室。他的办公室有一个很大的北窗户，正好对着我们教室的门口。他长得白净，中年往后的年纪，要说老年他又没有退休，可是他给人的感觉，就是有点老年人似的，头发已经白了大半，梳的是偏分头，前边的头发比较长，有的时候前边的头发掉下来，能遮到眼睛。好像没有戴眼镜，又好像有戴眼镜的影子在脑海里闪过，就是那种眼镜片滑落在鼻梁下，他抬眼从眼镜的上方看同学们的样子。也许是偶尔戴一下吧。中等个头，不胖，有点弱不禁风的书生气质。他应该不是本地人，说的也不是普通话，是一种大家都能听得懂的方言，我也不知道是哪里的口音，也没有留意问过老师是哪里人。

他非常随和，从没见他发过火，着过急，总是笑眯眯的，讲课语速也不快，声音也不大，总是那么不紧不慢地讲说着历史。为了让同学们能快速记住那些年代久远的人名地名，他总是想出一些小花样来帮助人们记忆。记得他讲到石达开的时候，就跟同学们说，你就想那石头一打就开了，所以石达开就记住了。到现在，一提到石达开，就想起老师的历史课。听同学讲，老师还因为他的这个比方在"文革"时期挨过批评，说是石达开那么伟大的历史人物，怎么能打这样的比方呢？这只是同学私下里念叨的，不知道是不是真的。不过，从给我们讲课的情况来看，他并没有受什么影响，依然是按照他自己的思路在授课。

不管是用什么法子，记住了那些名字总归是好法子。因为在历史课上，对于年幼的同学们来说，那些人名地名朝代名历史事件名真是太多太多了，一下子记在脑子里真是很费劲呢。能有一个好法子帮助人们记忆，该是多么好的事情啊。他经常把历史课上涉及到的问题归纳出几个要点，然后就那些要点再重点地要求同学们记住。他给大家整理出好多的问答题，一个问题一个问题地把答案整理出来写在黑板上。有的时候，他会让同学们自己整理答案，最后，他再把他归结的答案告诉大家。

现在我还保留着一个厚厚的笔记本，上边记的都是那时候的历史课笔记。

吴老师穿衣服也比较传统，经常穿蓝色的中山装。他穿衣打扮很干净整齐。他的办公室同时也是他的宿舍，从没有见过他的家人，也没有见他回过家，当然他回家的时候我们也不知道，另外我们也没有谁老盯着他。只是觉得，他老是在学校里，我们去打饭的时候，经常看到他端着刚打的饭往回走。他有一个干女儿，是学校里哪个班的学生，经常看到她从老师的窗户前走过，到老师的办公室去，或是到她的班里去。听同学们私下里念叨，这个女孩儿的家就在学校附近的一个村子里，吴老师还去过她家，她的父母很喜欢吴老师，也愿意让女儿认老师做干爹。这个女孩儿很漂亮，老师经常给她买礼物，她总是那么开心快乐的样子。

拿出毕业照来，吴老师笑眯眯地坐在同学们中间，头发梳得很整齐，穿着一件深蓝色中山装，精神矍铄，神采奕奕。

教化学的姚老师，住在临街的那排房子靠近西头的那间办公室。他是个大高个儿，身材魁梧，穿衣比较随意，已经成家，好像看到过他的爱人和孩子在他办公室门前走过。他应该是近视，因为他在讲台上讲课的时候，经常眯起眼睛来看下边的同学们。他的课讲得很好，好像从来不用备课，进教室的时候，手里总是提溜着一本书，走上讲台之后，把书往讲桌上一放，也许这一堂课下来也不再动它。他就是凭着自己的一张嘴，还有手里的一支粉笔给大家授课。

他的板书挺多的，那些化学元素的名字，那些分子式等内容，他会一边讲着，一边随手写在黑板上。他的课讲得那么流畅，一点没有卡壳的时候。有的时候，他也会走到讲桌前去翻下书，确认一下自己记的是不是完全跟书上的相符。同学们听课都挺认真，因为化学是一门全新的课程，生怕漏掉一点东西，自己就跟不上。

我的座位在教室第一排的最北端，挨着墙根的位置，距离讲台也很近。老师板书很快，边讲边板书。他有一个习惯，就是板书写好之后，过不了一会儿，就顺手用板擦擦掉了。他讲课的时候爱侧着身子讲，就是面朝南，背朝北，右手顺手就在黑板上写出了板书。对于教室里大多数的同学来说，他这样写是没有问题的，差不多都能跟着把笔记记下来。可是从我坐着的这个角度，却正好看不到他的板书，他写在黑板上的字，都让他宽宽的后背挡住了，我一点儿也看不到。另外那些板书写在黑板的南边，就是他转过身不挡着的时候，我也看不到，因为黑板的反光太厉害，那里一片白亮亮的，写上什么字也看不到。如果他擦得不那么快就好了，我可以欠起身子找个合适的角度，把看到的那些板书抄下来。可是，老师不给我这个机会，他总是很快地把板书擦掉。当然，这是一个习惯问题，肯定不是针对我的行为，我跟老师又没有什么过节，他还不愿意学生学得好啊？

渐渐地，我发现了这个问题的严重性，黑板上的字看不到，也不知道老师讲的是什么，笔记更无从谈起。于是，在老师上课又那样板书的时候，我心里敲着小鼓举起手来，声音颤抖着向老师提出了自己的建议，就是您写了板书不要擦得那么快，另外您可以把身体横过来面朝大家，那样的话，也不会挡住俺看不到板书。按说，学生提出的问题是事实存在，而且是学生想学习好才这样提出来的，对于那不想学习的孩子来说，管你怎么写呢，跟我有什么关系。可是，没有想到，老师好像对我这样给他提问题很反感，他还说了几句抢白我的话，好像是那黑板反光他有什么办法之类的。然后在接下来的授课当中，他依然故我，丝毫没有改变。

没有办法，在后来的化学课上，我慢慢地成了边缘人。老师嘴里说着什么，在黑板上写着什么，跟我好像再没有任何的关系了。因为他嘴上说的，就是黑板上写出来的，可是我根本看不到写的是什么。我只好自己硬着头皮去看书，然后死记硬背书上的东西。从此，化学成了我学习上的软肋。

2013 年 4 月 25 日

腰中记忆（7）

教数学的姚老师是个中年女教师，中等个头，稍胖，圆脸盘儿，大眼睛，有点严肃，不苟言笑。她教我们代数。代数对同学们来说是个新鲜的东西，它也叫数学，但是跟小学时候学的数学完全不是一回事。上小学的时候，我特别喜欢解数学题。老师出一道比较难的题在黑板上，我费半天劲把题解出来，拿到老师跟前去让老师判。老师很利索地给我打个对勾，我那时的心里别提多么美了。可是代数的解题方法完全是另外一个套路，我一下子还回不过弯儿来，虽然代数解题更容易些。慢慢地，忘掉了小学数学的路数，一门心思从代数的角度去考虑问题，分析问题，解题思路才慢慢打开，解题才更顺一些。

姚老师的代数课讲得非常棒，只是她比较严肃，同学们都比较怕她。她的爱人也在这个学校教书，姓什么，记不起来了，只记得他中等个头，身材匀称，平头，大眼睛，很随和。他曾经给我们上过音乐课，就是那个漂亮的女音乐老师不给我们上课之后，他曾一边弹着脚踏风琴，一边教我们唱歌。记得当年很流行的《我的中国心》和《小城故事》，都是他教我们唱的。后来，听到满大街唱这两首歌，觉得特别自豪，自己的老师那么早就教会我们唱这样好听的歌了。

姚老师的女儿跟我们是同龄人，在我们同年级的另一个班上课，长得很像姚老师，一双水灵灵的大眼睛，总是含着笑，小圆脸儿，非常漂亮。穿衣打扮很朴素，说话办事也很随和，没有骄气与傲气。

他们家就住在学校里。在学校最北边、甬路两侧的房子，都是宿舍。姚老师一家住在甬路西侧离甬路很近的一间大房子里。这里的宿舍可能是教室改造的，所以他们家显得很宽敞。我曾经到他们的屋子里去过，是去找姚老师问作业，还是当年做好事，自己与另外的同学一同打了水给老师送去，记不太清楚了。那位曾经住在我们宿舍隔壁的漂亮女音乐老师搬出来后，也住到了这边的一间宿舍里。

教我们生物的女老师，忘了姓什么，特别胖，因为生病吃药太多，激素的作用。据她讲，她原来挺瘦的，就是因为激素用得太多了，减也减不下去。她的手就跟面包似的那么胖，走起路来也是看着很费劲的样子。我们当年做好事，经常给他们家送水。她爱人长得挺瘦的，高个子。他们也住一个大屋，就在姚老师他们家住的这一排房子的最西头。门前种着好多菜，还搭起了高高的架子，上边挂着丝瓜。

我们班男生宿舍在甬路东侧的那排房子里，紧挨甬路的那个大屋子就是。教体育的陈老师，住在这排房子的最东头，挨着篮球场。陈老师还当着我们上届一个班的班主任。他是外地人，说标准的普通话，声音略带沙哑，方脸庞，宽脑门，大眼睛，大嘴巴，黝黑的皮肤，高个子，身材匀称，结实挺拔。总觉得他长得很像很红的电影明星王学圻。一次在百度贴吧偶然看到有帖子是寻陈老师的联系方式的，说有谁知道腰中的陈玉民老师的联系方式。看起来，陈老师给同学们留下的印象确实挺深的。他曾经给我们上过体育课，说话风趣幽默，虽然看起来很严肃认真的样子，倒是也不太使人害怕。曾经在他的门前看到过他的儿子，跟他长得很像。

前些天去腰山王氏庄园，这是我从中学毕业之后二十多年第一次走进这里。真如妹妹很痛心地跟自己说的那样，我们的学校已经拆了，拆得已经辨别不出原来的模样。从腰山王氏庄园的门前广场走出来，顺着公路往南走不了多远，会看到公路西侧，在被拆得七零八落的残垣断壁之间，有一条窄而破败的小马路斜着向西延伸，小路北侧是一段涂成白色的矮墙。顺着小路往西走不了多远，在一片废墟当中，我们学校的大门孤独地屹立在小路的北侧，大门两侧的影壁墙还在，写在影壁墙上的标语还在，门洞门檐还在，写在门楣上的校名还在。可能是某些人发了善心，不忍心把这牵动着太多从这里走出去的人的心魂的大门毁掉吧。学校内别的建筑几乎都拆完了，最北边的那两排作为老师和学生宿舍的房子像是留下来了。走近去看，还能看出那房子是老房子，就是当年我们在学校时候的样子。内部结构可能有所变化，外部框架一点没变。走在当年的校园里，脚下是一片砖头瓦块，依稀能辨认出自己班原来的教室位置。学校老师宿舍西侧那个大大的空地还在，围在学校周边的院墙还是老样子。

　　根据自己的辨别判断，姚老师他们家还有生物老师、体育老师陈老师、还有我们班的男生所住的两排房子都好好地保留了下来，现在只是改为他用而已。从腰山王氏庄园的大门走进去，顺着宽宽的走道往西，来到那一片老槐树旁，走廊左侧的房子就是了。在这排房子的东边，那个碑林的所在，应该就是当年我们的篮球场的位置，当然不是全部的篮球场的面积。碑林的东边，很荒凉的一片，就是当年老师们的自留地了。在碑林的北边，隔着走道，建起了游廊的地方，应该就是当年马老师他们的办公室所在的地方。

　　因为腰山王氏庄园的古建筑保存完好，所以现在开发成了旅游景点。现在想来，之所以保存得这样好，应该跟建在外围的腰山中学有一定的关系。腰山中学很好地遮蔽了古老的庄园不轻易被发现，所以便少了很多被毁坏的可能性。可是今天，为了突出这个古老的庄园，却把原先保护它的东西去掉了。作为物质遗产，庄园是该受保护和彰显的，可是，那所培养了那么多优秀人才的学校难道就不是很该保护的存在吗？它的文化内涵和底蕴是多少从这里走出去的人的心头所系啊。难道说，这些本身不是宝藏吗？

　　　　　　　　　　　　　　　　2013 年 4 月 26 日

腰中记忆（8）

张老师教我们几何，他个子矮些，但身材匀称，挺拔，穿衣打扮也很讲究，干净利索，梳寸头，头发根根直立，肤色白净，眼睛不大，很有神采，嘴唇稍厚，红嘟嘟的，透着一股子健康活力。他的办公室就在伙房北边的那排房子里，也是宿舍，打饭的时候，经常可以在他的门口看到他的爱人。这排房子的后边就是篮球场，东边就是那片很大的自留地。

张老师讲课很认真，课也讲得好，声音不大，清脆悦耳，他说话语速稍快，可能跟他敏捷的思维有很大的关系。有时候，他会停下来等同学们反应过来再接着讲。他板书的时候，总是有意识地身体紧贴住黑板，就如趴在黑板上似的，然后举右手在黑板上写字，可能他是为了让所有的同学都看到，不至于自己的身体挡住了哪个角落里同学的视线。有时候，他还会特意往自己身后同学的方向看一下，看那里的同学是不是能看到他的板书。

在讲到数学符号的时候，因为那些符号的中文称呼很新鲜，同学们第一次听到，会发出好奇的笑声。比如像阿尔法、贝塔、德尔塔、伽马、西格玛这类听起来怪怪的符号，他写出来之后，会有意识地强调下，"同学们注意下它的读音"，然后就读出来，然后他会也笑着等同学们感觉很新鲜的惊讶的笑，笑声过后，再接着讲下去。清晰记得他跟着同学们一起笑的样子，那么和谐，那么温暖。平时我们有不会的题，跑去他的办公室问他，他会不厌其烦地给我们讲了又讲，全不管那已经不是他的上课时间。什么时候到他的办公室去，什么时候给讲，一点不怕麻烦。而且他还说过："你有问题就问，老师是喜欢同学提问题的，你不问，老师怎么知道你不会呢？就以为你都会了呢。"因为这门课需要做大量的题，所以同学们会拿习题集来做，碰到不会的，就跑到他的宿舍去。他总是耐心地看题，看完之后，再给同学讲他的理解。他是一个非常有爱心的老师。

教英语的王老师也在这排房子里住，他是个高个子，身材匀称，白净，大眼睛，说一口外地方言，倒是也能听得懂。上自习课的时候，他经常到教室里转一圈儿，包括上晚自习的时候，碰到有问题的同学，就会停下来很耐心地给同学讲解。他是一个非常敬业的老师，对同学们有一种恨铁不成钢的感觉。他经常挂在嘴边的一句话是"脑袋"，用他重重的方言说出来，"脑"字在这里被他说成了四声（去声），"袋"字在这里被他说成了一声（阴平）。当他不满意同学的表现的时候，这个词就会从他的嘴里迸发出来，同学们便知道老师生气了。上课的时候，他有声有色地给同学们讲课，也很爱笑，笑起来脸上像乐开的花。严肃的时候，大家也挺怕他，尤其是当同学回答他的提问回答错了的时候，他便会很生气地说出"脑袋"两个字。然后是紧紧地盯着这个同学看，直看得这个同学心里发了毛。

　　教我们英语的还有一个刘老师，年轻女教师，高个子，身材很好，圆脸，大眼睛，小嘴儿，烫的披肩长发，很漂亮。她的声音很好听，教课也相当认真。清晰记得她高举着右手在黑板上迅速写出英文句子的样子。她脾气很好，从来没有见她跟同学们发过火，总是那么耐心细致地讲着课。她的办公室在哪儿，不是很清楚，也许在后边的王氏庄园里吧。

　　还有一个教英语的闫老师，是一个年轻的男教师，高个子，瘦瘦的，穿衣打扮比较时尚，记得夏天他穿一件当时特流行的透明的白色短袖衬衫，能看到里边套着的背心，好像他也穿喇叭裤，样子酷酷的。他的办公室在学校篮球场北边的那排房子最东头，跟马老师的办公室隔着几个房间，他的办公室外墙与东边的院墙之间，有一条窄窄的走道，可以从篮球场这边，走到后边的女生宿舍去。

　　他的课讲得挺好，说英语那么流利。他对同学的要求也挺严格，好像上课挺严肃的。因为一件当时很轰动的事情，他后来就调走了。那件事情，到现在我也说不清楚，因为当时我没有在学校，对事情的前因后果也说不出什么所以然来。只是觉得他教得好好的，就这么调走了，有点可惜。后来，在上师范的时候，一起读师范的同学找到我说，教我们英语课的闫老师来了，就在男生宿舍里。于是我就和另外的几个女同学一块儿前去看望。他跟在腰山中学的时候没有太大变化，还是很年轻潇洒的样子，有一种踌躇满志的神情。好像他是来保定进修的，他在教我们的时候就是很好学的。那天，他还鼓励大家一定要好好学习，只有好好学习，做到自身硬了，才能更好地适应社会，服务社会。那天会谈的气氛很轻松愉快，也没有待多久，闫老师就走了。

闫老师姓什么来着，曾经一下子蒙住，想不起来了，脑海里分明映现出他的样子来，那么清楚。后来，是同学的评论提醒了我。

学校的教导主任也教过我们数学，好像是哪个数学老师不能来上课的时候，他给我们代课。他的办公室就在我们教室前边的那排房子里，挨着历史老师的办公室，外间是一个两间房子大的会议室，里间一间房子，是他的办公室。他是个多面手，不管是哪一科的老师有事请假了，他都能顶上去代课。他比较胖，脸也是胖胖的，笑起来的时候，会露出嘴里的一两颗金牙。别看他是主任，一点没有架子，一点也不让人害怕，很和蔼可亲的样子。他讲课深入浅出，多么深奥的东西，从他的嘴里说出来，就是那么简单了。很喜欢他讲课的风格。他也经常在自习课的时候到教室里来，碰到哪个同学有问题了，就停下来讲一阵子。

教我们数学的还有一个付老师，青年男老师，中等个，身材有型，也穿中山装，梳寸头，大眼睛，面色稍黑，好像是刚从学校毕业的学生，浑身上下充满着青春与活力。因为年轻，同学们有点不怕他，有胆儿大的甚至敢跟他开玩笑。印象中，付老师总是咧开嘴乐呵呵的样子。他教课也非常认真，讲得仔细，生怕哪一点没有讲明白，同学们学不会。他跟教过我们政治也是学校团支部书记的王老师关系很要好，还有那个漂亮的女音乐老师，印象中，他们几个经常打了饭聚在一起吃。他的办公室好像也在姚老师他们住的那排最北边的房子里，跟那个漂亮的女音乐老师的办公室挨着，因为没有去过他的屋，印象不太深了，脑海里只有他从那里走过的影子。

王老师也正年轻，中等个，身材匀称，戴眼镜，白面书生样的，文质彬彬的。他也住在我们教室前边的这排房子里，他的办公室西边挨着校长室，东边挨着总务处，门口的墙上钉着学校团支部的牌子。他教过我们政治，时间不长。我们去打饭的时候，经常路过他的门口。有时候，正好碰到他刚端着饭盆儿走进门，我们看到他，随口叫一声"王老师"，他会扭过头返回身，答应着，面带微笑地看着我们，以为我们有什么事情。看我们没有停下来的意思，一路走过去了，他也返身进屋去了。

2013 年 4 月 27 日

腰中记忆（9）

教过我们政治的还有一个女的王老师，非常年轻，也许是刚从学校毕业就教我们了吧。她长得高个子，身材修长，穿衣时尚俏丽。记得她穿过短款的黑色上衣，裤子是同色系的长长的喇叭裤，越发显出她的身材高挑。皮肤白净，眼神清澈，小嘴儿，爱笑，一口整齐的洁白牙齿，梳两条搭到肩膀的小辫子。或许是太年轻了，她给我们的感觉就像个大姐姐。她习惯一边讲课，一边不停地掰粉笔，讲桌上往往留下一堆粉笔头，她的手指手心手背上也沾满了白色的粉笔面子。有时候，她看到哪个同学在下边做小动作，不好好听课，就顺手扔一个粉笔头过去，那个同学会立刻停下手里的活动，身体坐直，一副认真听讲的姿势。其他同学会顺着粉笔头落下的方向去找，看看又是哪一个调皮鬼在捣乱。有时候，她会抬起手来，用那没有粉笔面儿的手腕部分擦一下脸，使劲避免把粉笔面蹭到脸上。

也许是她过于年轻，讲课的时候也没有威严感，而且爱笑，班上哪个同学在下边做个故事眼儿，就把她逗得呵呵地乐。有时候，能看出来，她故意板着脸，也遮掩不住那发自内心的欢喜。同学们便越发地放肆起来，简直就不把老师放在眼里了，做小动作、说小话的屡有发生。班上有两个漂亮的小男孩，长得眉清目秀，鼻直口阔，很是好看。在王老师上课的时候，他俩比较活跃，经常被王老师请到教室前边去，分别站在讲台前边讲桌的两侧，很像两个站岗的哨兵。在全班同学的目光瞵瞵之下，他俩从容地站在那里，一点没有被老师罚站应有的那种不好意思的感觉，还有点笑嘻嘻的，手里拿着书本认真地看。

班上那个高个子男孩儿，是个篮球健将，长得英俊帅气，上课时也常有些小动作。他的哥哥也在学校里教书，打饭的时候经常碰见，也是高高的个子，很标致。王老师跟男孩儿很熟，看到他不好好听课，就大声叫着他的小名，含着嗔怒的口气说上几句批评的话，一点也没有让人害怕的感觉，反而觉得是那么可爱，就像平静的水面上跳跃着的美丽音符。

下课的时候，王老师也会跟同学们一起玩儿丢沙包的游戏，在篮球场上跟同学们一起打篮球，两个小辫子一甩一甩的，很是好看。

教我们政治的还有一个刘老师，中年男教师，中等个儿，身材有型，习惯穿西服、皮鞋，特利索齐整，平头，白发，面色稍黑，一口白牙，戴近视眼镜，走起路来，雄赳赳气昂昂地大步向前，腰板挺直，精气神十足。他的女儿也在这个学校里上学，比我们小一两个年级的样子。他讲课的时候，声音洪亮，眼神锐利，表情严肃，倒也没有批评过什么人，同学们都比较老实。他的教学风格总是那么一板一眼的，而且他的眼睛一直巡视着全班，让下边的同学都绷紧了神经，不敢有丝毫的放松，也不敢有玩闹的想法。记得他给同学们讲，做人一定要自尊、自爱、自立、自强、自信，还有五讲四美三热爱，讲了那么多，密切联系实际生活，感觉原来政治也挺有意思。他讲课的时候，经常站在讲台的边沿，也打手势，很有气魄的手势。总感觉他有一股子刚硬之气。

物理课对于我们来说，也是一门新的学科，在小学的时候没有物理课。不过，物理课上所学的东西大都是生活当中经常遇到的，所以学起来并不觉得有多困难。

教我们物理课的刘老师，是我们班上一个男同学的姐姐，中等个，将近中年，梳一头整齐的短发，一丝不乱。方脸盘儿，大眼睛，身材保持很好，穿衣打扮有些传统，但是非常干净整洁。她的衣服穿在身上，那么得体。她应该是一个很有品位的人，她的衣服经常是熨烫出折痕，就像新的一样。她很大气，有着一种读书人的端庄与雅致。讲课很严谨，对同学的要求也严格，虽然从不发脾气，可是同学们都很敬重她。讲课的时候，刘老师经常举出生活中常见的东西来做例子，所以她的课学起来一点不觉得费劲，很轻松就能学好。她的办公室在哪儿，到底不知道，可能也在后边的王氏庄园里吧。她爱人，也在这个学校里教书，只是没有教过我们。马老师很欣赏并不时向我们提起来要向他学习的那个很会养生的老师，就是他。在校园里见过他，确实如马老师所说，身材匀称，腰板挺直，很有神采。

　　胡老师是一个年轻男教师，教过我们体育，中等个，白净，身材匀称、挺拔。在篮球场上教我们打篮球，三步上篮，传球，怎么算犯规，怎么算出界，很详细，很系统。还教我们打排球，怎么样用双手的手指去弹起那排球。在体育老师陈老师的办公室前边的院子里，设有单杠和双杠，胡老师教给大家在单杠上做引体向上，在双杠上做体操的技巧。上师范的时候，体育课上也有双杠的技巧练习，有好多同学胆小，不敢上，我因为在这里就学过，所以特别得心应手，总是得满分，很为自己在初中就学习过而暗自骄傲。在校门外边的大操场上，胡老师教我们练习跳远、跳高、投掷铅球，在大操场东侧的地里，教我们练习投掷手榴弹、标枪、铁饼，可以说胡老师的体育课上，安排的活动非常丰富。

　　胡老师家所在的村子跟我们村是邻村，就在我们村东北几里的地方。一个周末下午放了学，我骑车往家走。路上碰上了胡老师也骑车往家走，我们正好顺路，一路走一路说着话。天渐渐黑下来了，本来他可以先下公路往他们村去的，可是他没有，一直跟我一路骑着车子，说着话。直到到了我们村子的村口，过了大渠的小桥，我就向西上坡到村子里去了，他就顺着村边的一条土路往北再转到他们村去。后来我想，胡老师其实是绕远了，或许他是给我做伴吧。因为天色晚了，我一个小女孩独自在路上骑车，他为了学生的安全，就绕远多走了许多路。胡老师并不说什么，只是一路说着话，一路到村口，然后在暮色中远去。

2013 年 5 月 1 日

腰中记忆（10）

教我们生物的还有一个中年女教师，个子矮些，额头较窄，梳齐耳短发，头发整齐地拢到耳后。穿衣很传统、朴素，说话也和气，讲课很认真，习惯在课上出考试题，考查同学们当堂课的重点是不是掌握了。她说话也是外地口音，不是普通话。她们家就住在我们宿舍那个院子的北房里，跟周老师他们家住对门。她爱人应该也在这个学校里教课，在她家门前经常看到他，高高的个子，很慈祥和蔼的样子。她有个儿子，当时也就七八岁年纪，经常搬个木质方凳，坐在她家门前的台阶上晒太阳。我们经过的时候，看到那孩子，会跟他说话，他会看着我们笑。

校门口外的大操场，是同学们活动最多的地方。早晨跑操，天还黑着呢，各班同学排队站成一大片。一个班一个班跑起来的时候，差不多能把操场围一圈儿。有时候做梦，还梦见赶着去排队，结果同学们都跑操往回走了，自己深觉不好意思。上体育课，也大多在这里，在跑道围绕的椭圆形场地内。跑道和椭圆形场地之间用砖头砌出牙子。跑道也是土的，只不过是踩实了的较光滑的地面，场地内的地面就松软些，有些不常用到的地方，还长起了草。体育课上，练习跳远、跳高、扔铅球、扔铁饼、投掷标枪之类的运动，大都在这里进行。有时候，也在地上摆上垫子，女同学在垫子上练习仰卧起坐，男同学在垫子上练习俯卧撑。

有时候，在操场上，可以看到体校的小孩子，他们手里往往拿着长柄的刀或剑。还有时候，会看到拉练的解放军战士，列队站在操场上，或是开着教练车从操场边的马路上驶过。

有一个村里的男子经常绕着跑道慢慢走，年纪也不大，不到中年，中等个，不胖不瘦，穿着朴素，倒也整齐。他总是低着头走路，嘴里不停地念叨着什么，好像在跟什么人说着话。可是，他的身边并没有别人。有时候，还能看到他微微地笑。没有见过旁的什么人跟他说过话，也没有见过什么人跟着他，就他一个人，总是在操场上绕着圈子，慢慢走。听同学私下里说，他是个大学生，很聪明，特有学问，好像是看书太投入了，还是看的书有什么问题，他受了刺激，精神就有点不同于常人了，于是就回了家，成了现在的样子。他跟别的人没有冲突，就只那么一个人独自走着，嘴里念念有词。

同学们上学放学，也经常是顺着跑道走，这时候，跑道就成了路。可以顺着东边的跑道，一直往南，穿过一条窄窄的田间小路，就上了南边的大马路。也可以顺着西边的跑道往南，再顺着村里人家的外墙往西，有一条路能通到西边的马路上去。

晚上演电影，也经常在操场上。幕布挂在操场北侧马路边的大杨树上，同学们都搬着自己的凳子坐在操场上。记得《知音》《火烧圆明园》都是在这里看的。

学校每年召开两场运动会，一场春季运动会，一场秋季运动会，都是在大操场上举行。每到运动会召开的时候，我的心总是慌慌的，好像心也想跳出来参加进运动场里去。特喜欢听运动场上空荡漾着的运动员进行曲，那么让人心潮澎湃，斗志昂扬。

不管这个同学平日里学习怎么样，只要在运动场上奋力拼搏，为班级争得荣誉，就是特别值得同学们钦佩的。那些运动健将们，之所以能够从那么多的参赛者中脱颖而出，是因为平时付出了比其他同学多很多的努力。他们把别的同学看书学习的时间用来训练，很是辛苦，但是他们的身体是结实的，精神是饱满的，性格是阳光的。

班上一个矮个子小女孩儿，是我们班的长跑运动员，她总能在赛场上获得好成绩，为班里争得荣誉。她的身体是那么轻盈，跑起来那么自如，好像一点也不费劲似的。因为个子矮小，跑在赛道上犹如飞奔的野兔般敏捷，招来围在跑道四周的各班同学的一致喝彩。

我曾经参加过铁饼比赛，一百米短跑比赛，哪一项都没有取得过名次，但是真用足了力气。清晰记得那次百米赛跑，跑道设在大操场的东侧跑道上，运动员们都站在跑道的最南端，那里是起点，终点是跑道的最北端，靠近学校门外的公路南侧的位置。平日里就经常训练的运动员都穿着脚底是钉子的跑鞋，不停地在原地扭动着身子，活动着双腿，做着热身运动。我也像模像样地活动着脚腕，好像也穿了钉子跑鞋，学校里有好多钉子跑鞋都放在跑道一边，运动员们都拣着自己合适的号码来穿。裁判老师吹响了哨子，参赛的同学各就各位，蹲下身子，双手拄着地面。听到老师大声喊出"预备"，赶紧弓起身子，做出要跑的姿势。耳边一声枪响，迅速蹬地起身，往前跑去。身边的同学快速地向前冲着，我也使出了浑身的力气往前冲。可是，那个同学越跑越快，我怎么使劲迈动双腿，都不能跟上她的脚步。可能是太想追上她了，我的上半身使劲向前，腿却跟不上，结果一下子摔倒了，重重地趴在了地上。那是一种刻骨铭心的痛啊，也深深地让自己明白，自身条件不具备，你心劲儿再高，也是无能为力的啊。于是，懂得了各人有各人的优势条件，各人有各人的劣势条件，用自己的劣势去跟别人的优势抗衡，是比不过的，必须承认这一点。然后，自己可以找出可以跟着自己心意走的方面，去发挥自己的特长。

很喜欢扔铁饼的感觉，老师教给我扔铁饼的技巧，还夸说我扔铁饼的姿势很好看。我的心也跟着飘了起来，全不去理会成绩如何，给赛场带来一份美的享受也是不错的啊。上了师范学校，开运动会的时候，我照旧扔铁饼，照旧被同学说姿势很美，照旧成绩到不了得分的程度。但是，自己依然满足，满足于自己也是运动员一族，满足于自己没有被健美的体育运动排除在外。

2013 年 5 月 5 日

腰中记忆（11）

后来，我们离开学校之后有些年，大操场上盖起了新的教学楼，成了新的教学区，那个大大的操场不复存在。现在，那个新的教学楼也不见了踪影，抬眼望去，一片废墟，等着建起新的模样。

除了两季运动会，冬天，学校还举行全校范围的越野赛跑，各班同学都踊跃报名，我也差不多每年都参加。从学校大门外的马路上排好队，体育老师一声令下，开始出发。都知道越野赛要跑老远的路，所以开始跑起来的时候，没有谁会撒开腿拼命跑，而是慢跑，这时候，比的是体力和耐力。跟着大部队顺着公路往东跑到玉山店那边，再爬上那座坡度较缓的小山，山顶上有学校的老师早等在那里给跑到的同学分发标志牌，同学拿到标志牌后，迅速转身下山，按原路返回学校。往回跑的路上，真不想再跑了呀，喉咙和胸口干疼干疼的，就停下来慢走，同伴儿也一块儿停下来慢走。路上走着的同学不少，三三两两的，稀稀拉拉的，走一段，跑一段，最后终于跑回学校。当然，我的名次不会靠前，一般前几名，是不会走走停停的，他们会一直坚持着跑下去，而且步伐比平时也小不了多少。

在跑越野赛之前，我从来没有爬过山，参加了越野赛，远跑和爬山都有了。现在从保定到顺平去，拐过那个通往腰山的三岔路口（路口通往三个方向，分别是保定、满城和顺平），经过一座桥，叫玉山店大桥，一直往西走，在右手边，也就是公路的北面，会看到一溜山峰，靠近山峰的西侧，有一个较矮的小山比较靠南，这就是我们当年越野赛爬的小山了。只是，现在映入眼帘的，已经不是那个脑海中的有着缓坡的小山，而是已经被开发得只剩半个山了。山的顶端及边缘，呈现出尖锐的断崖弧线，下面已经被挖成了很大的坑，露出惨白的石头。也许在不远的将来，这座小山也会如西边山东头的小山一样，化为乌有。山东头的小山，在我刚刚毕业参加工作的20世纪80年代末，还是很完整的一座小山。后来的岁月中，不断地看到它被开发得越来越小，现在从远处真的就看不见了。原来，一座小山的移除，也用不了太长时间。

学校经常举办篮球赛，在学校内的篮球场上。我还参加过篮球赛呢，进没进过球想不起来了，只记得曾经在篮球场上苦练三步上篮，跟着同班的队友们来回奔跑在南北两个篮球架子之间。还记得我们的篮球队长大声指挥同学的样子，还记得她抱着篮球飞身投篮的样子。也记得对子班篮球队长的样子，高高的个子，闯劲儿十足。

我们班里有一个高个子女生小英，也是篮球队的成员，长得非常漂亮，但是一点也不娇气。她在家里是老小，上面还有六个姐姐，姐妹七个都很好看，被当地的人们称为七仙女。因为我上学的时候，要经过她们的村子，所以我们经常做伴一起走。有时候，我到了她的家里，她还没有准备好，我就坐在她家炕沿儿上等她。她的妈妈和姐姐会出出进进地帮她收拾东西，主要是带着足够多的干粮和水果。还有一个漂亮女孩儿小贤，也是她们村的，个子也挺高。我们经常从这家出来，再到那家去，然后一起骑车到学校去。小贤的铺位紧挨着宿舍的北墙，小英和小贤紧挨着，我紧挨着她们俩。晚上熄了灯，经常听到她们俩一块儿吃苹果，一边吃着，一边说着话，还不时地发出咯咯的笑声。

小英的大姐在学校后边那条街上的乡卫生院有住所。有时候，我会跟着她一同去姐姐家。小英的性格非常开朗活泼，总是嘻嘻哈哈地乐着，那么开心。一次我们走进了学校后边那条街上的一家商店，到里边买什么东西忘记了，只记得，货架上摆着各种的点心糖果。她悄悄地对我说，等她长大了参加了工作，挣了钱，就天天买江米条吃。记得我对她说的是，等自己将来长大了，工作了，挣了钱，就天天买瓜子吃。

说起瓜子，我小的时候，上庙，路边摆摊的多是卖瓜子的，一两角钱一两。那时候去上庙，家长给自己的也就是几角钱，大都是买上一两瓜子，装在上衣口袋里，边走边嗑。

在学校里上学，因为要花钱买菜票，还要买各种学习用品，就自觉地少花钱，所以便不买瓜子，能省就省。班里有的同学，经常买瓜子吃，兜里总是装着瓜子，嘴唇也是被瓜子外壳的盐腌出一层的白色。

在我小小的心里，可能还是觉得那瓜子好吃，所以会有将来自己长大了，挣了钱，就整天吃瓜子的宏伟志愿。小英也是一样，在当时那个年龄，心里也就是记挂着什么东西好吃，所以会有等自己将来长大了，挣了钱，就整天吃江米条的伟大抱负。当然，现在看起来，这些想法是那么幼稚可笑。但是，这些想法又是那么真实、确凿地记录了当年小女孩儿的细密的心思，也表现了那个年代的孩子，是多么单纯、可爱。

自己真的毕了业，参加了工作，挣了钱，却没有真的整天吃瓜子。随着年龄的增长，自己心里的好东西也越来越有变化。而且，心思也不是完全都在吃上了。有时候，学习工作忙起来的时候，甚至觉得吃饭吃东西简直都是费时费力的事。甚至会想，如果人不吃东西也能活该多好啊。当然，这个不吃东西也能活的想法是那么荒诞，人是铁饭是钢是不争的事实。但是，这个想法，也是在各种工作生活学习的压力逼迫下，深觉时间不够用而产生的。

在不同的人生阶段，会有不同的内心追求。这也许就是人们本来怀着一腔的热情，为自己原来设计的远大抱负而努力奋斗着，当自己的愿望实现的时候，反而内心相当平静，一点没有了实现多年愿望的那种兴奋与激动的原因吧。因为愿望实现的时候，已经到了自己人生的另一个阶段，而在这另一个阶段里，内心的追求目标已经悄然发生了变化。

2013 年 5 月 5 日

腰中记忆（12）

刚开学的时候，马老师根据入学成绩，由高到低给班上每个同学排出了学号。排名1号的同学，就是小升初的时候，班级排名第一的学生。1号是个女生，2号是个男生。排在前十名的同学，有好几个都是来自一个村子的小学。这个小学的教学水平在当地叫得很响，不仅考上重点学校的人多，而且成绩也都靠前。那时候，我们村也就我跟我表妹两个人考上了这所学校，有的村子就考上一个，甚至有的村子一个也没有。而那个村子里来的学生，就有七八个之多，而且还个个靠前。据说，这所小学教学相当严格，按当时人们的话说，就是时间里滚，用足够多的时间，让学生去消化那些有限的知识。相比之下，我们上的小学要宽松好多，从来没有不按时放学过，也从来没有休息日补课过。完全是一种自然状态，就是该上课了上课，该下课了下课，绝不随便占用同学们的课余时间。

我的学号是十九号，在全班六七十个同学当中，还算是靠前的。心里有点沾沾自喜，学习上也不着意努力。

马老师派给我一个任务，就是给全班同学买饭票。同学们把粮票、转粮单和钱统统交给我，由我一个人前去总务处换取饭票。

总务处就在前边一排房子的最东头，紧挨甬路，只有一间办公室，总务主任坐在靠南窗的办公桌旁，面朝门口。屋里总是有好多人，都是前来换饭票的同学。只见他手里拿着一大沓子窄小的饭票，另一只手不时蘸着桌上浸了水的海绵飞快地数着。主任是一个年岁稍大的男老师，较胖，脸上也是胖嘟嘟的，说起话来面带微笑。有时候，他也抽烟，右手食指和中指之间，夹着燃着的烟卷儿，一点也不耽误数饭票。

买饭票几乎总是占去我一节课的时间。我都是在自习课的时候，跑去买饭票的。买前买后，还有一大堆的工作要做。在自习课的时候，或者课间休息时，班里的同学会把自己需要换饭票的粮票、转粮单和钱交到我的手里，我汇总后，再拿去总务处换。换回来之后，再发给同学。每周都是这样。

学期末了，学校组织了期末考试。考试结果出来，马老师按照各科的总成绩，重新给全班同学做了排名。这一次，我的名字排得很靠后了，第几忘了，只记得那个名次是那么震动了自己，给了自己一个深刻的警醒。

之前，入学的时候，我的排名比较靠前，心里有一种得意，觉得自己很聪明，不用努力也会学得好。所以，在平时的学习中，一点没有紧张的感觉，也不用功，只是上课听课，下课写作业，除此之外，再不用心。上课的时候，甚至经常开小差，老师在课上讲得风生水起，自己在下边听得云里雾里。再有，就是总是利用自习课为同学们买饭票，自己分析，这些额外的工作多少影响了自己的学习成绩。

我跑去马老师的办公室，向老师提出来不再给同学买饭票了，因为这个工作影响了自己的学习。为了把自己的学习搞好，还是别让我再给同学买饭票了。马老师同意了我的意见。回到班里，我心里踏实多了，调整下状态，决定把心思都用在学习上，看看自己到底吃几碗干饭。

马老师开班会的时候，没有说到不让我买饭票的事，真希望他说的下一个话题是这个呀。他走进教室的时候，向全班同学说话的时候，真希望他说的是这个事啊。可是，自始至终，他都没有说到这个话题，一直也没有说出不让同学们再找我给他们买饭票的事。

有同学又把粮票和钱放到我的桌子上，我不好意思地对他说，我不给同学买饭票了，这件事跟马老师说过，马老师同意了。这位同学有些不高兴地离开了。又有同学走过来了，把她的转粮单和钱交给我。她正待要走，我马上叫住她，告诉她，自己不再给同学买饭票了，马老师已经同意了。这位同学有些意外地拿上自己的东西走回去。如此这般，我又拒绝了好几个同学，慢慢地，就没有同学再找自己买饭票了。

知道了努力学习的重要，知道了光凭着小聪明是不能取得好成绩的，知道了有付出才有回报。老师课上讲的东西，都有意识地记在心里，不再是有一搭没一搭地对待学习了。老师让记住的东西，就使劲把它记住，心思都用在了学习上，没有什么其他的东西再分散自己的注意力。从不去在意别的同学穿什么，从不去在意别的同学说什么，从不去在意别的同学在做什么，只一门心思地搞好自己的学习。

终于，功夫不负有心人，第二个学期期末考试的时候，自己的学习成绩一下子就赶上来了。虽然不是前几名，但比第一个学期的情况好了很多。

这件事情给了自己一个非常重要的经验，就是天上不会掉馅饼，不付出一定的辛苦和努力，想取得好的成绩，那就是天方夜谭。而且，只要是功夫用到了，就会出成绩。

后来，自己很庆幸有过那次考试成绩太差的经历，因为只有那样的落差，才会给予自己一个强有力的震撼，才会给自己一个警醒，让自己认清自我，做任何事情的时候，都不要讨巧，都要脚踏实地地去做好，只要功夫做到家了，成功是自然而然的事。我也经常用这个例子来教育自己的孩子。当他考试失利的时候，经常拿这个例子来跟他说，考试成绩不好，没有问题，这是提醒自己哪些东西还没有掌握好，只要返回去把自己没有学习扎实的地方补齐了，就好了。考试失利不是坏事，其实，从长远来讲，是好事，它会时刻提醒自己需要时时努力，不能要小聪明，自以为是。这对自己今后稳扎稳打地做好任何事，奠定了坚实的基础。

2013 年 5 月 6 日

腰中记忆（13）

那时候，班上的同学们都努力学习，没有谁会在意别人的穿衣打扮，没有谁会因为别人的穿着不讲究而轻视别人。大家的注意力都在怎么样更好地提高学习成绩上。

那时候的学校，也不要求学生统一服装，入学的时候，除了买饭票和课本以及必需的学习用品，就没有别的地方用钱了。咸菜都是从家里带的，其他的东西都是根据自己的条件置办，学校不掺和。

被褥都是妈妈亲手缝制的，脸盆是家长在商店里买的，饭盆儿和饭勺也是自己在商店里买的。也有不买的，就用家里旧有的，稍旧点，用起来是没有问题的。用什么样的都有，大的小的，深的浅的，都随自己。穿的衣服也是，大都是自己家里做的，穿成衣的也有，也有穿的衣服非常时尚漂亮的，不过，没有人去攀比。

班里一个男孩儿虎子，经常戴个墨镜，穿喇叭裤，很酷的样子。据说，他家里很有钱。只是他有些不爱学习，上自习课的时候，经常迟到，全班同学都在座位上学习起来了，他却推门进来，不慌不忙地走到自己的座位上去，也不着急看书。倒是很安静，从没见他闹出过什么动静，只是有点漫不经心的样子。也不调皮捣蛋，也不跟同学打闹，只是跟班上几个要好的同学走出学校去玩儿。

班上有几个男生特爱打乒乓球，总是看到他们下了课，飞也似的跑出去。上课的时候，又风风火火地跑回来，满头大汗。

班上一个小男孩儿小辉，很活跃，下了课，经常跟别的同学闹着玩儿。一次课间，他走到讲台上，站在讲桌前面的正中央，面朝下边还有些许同学的教室，双手展开一条两尺多长粉红色的宽边卫生纸，嘴里大声地念着："奉天承运，皇帝诏曰。"那时候，卫生纸多是那种粉红色的宽边皱巴巴的样子，而且，一般人们平时也很少用，上厕所多用写过字的纸，那种卫生纸多是女孩子来例假的时候用的。不知道这个小男孩儿从哪里弄来的那么一条子纸，跑到讲台上去宣读"圣旨"了。他肯定觉得那纸多么像戏台上唱戏的人宣读的"圣旨"啊。

还是这个小男孩儿，他总是去招惹别人，跟别人发生冲突。班上一个叫刘东来的，他跟刘东来不知道因为什么事情闹翻了，跑到讲台上去，冲着教室里站在座位上的刘东来大喊："刘东爷，我是你来。"那时候，我看到他那么雄赳赳气昂昂地站上讲台，说出来的竟是这样的话，不由得笑岔了气，肚子疼得趴在桌子上。这一幕定格在我的脑海里，成了抹不去的记忆。

班里选三好学生，我和另一个男生小利的票数一样多，只能二取一，老师让同学们举手发表意见。同学们互相观望，大都保持沉默。这个小男孩小辉举起手来，站起来后，大声说出要选我，并且说出了几点理由。后来，我胜出，那个男生小利落选。总以为男生应该是向着男生的，我和这个小男孩儿小辉平时也没有什么话说，没想到他竟然在全班同学面前，那么明确地提出来要选我，也不怕得罪了那个男生小利。当然，那个男生小利本来就很优秀，他也不甚介意这些东西，也没有见他对这个男孩儿小辉有什么不恰当的举动。

这个小男孩儿小辉是多么单纯和率真啊。

班上还有一个男孩儿小东，他爷爷在学校食堂上班，老师们跟他都很熟，他跟老师说话也很随便，一点儿也不拘束。平时总是乐呵呵的，没有一点烦心事。他经常趴在桌子上睡觉。一次上课，老师把他叫起来回答问题，不知怎么，他一张嘴，就把"宦官"念成了"臣官"，后来同学们都管他叫臣官了，他也不恼，只是那么憨厚地笑着。

学校里经常停电。停电的时候，上晚自习，同学们都点上自带的煤油灯。也有点蜡的，蜡比煤油灯干净，没有黑黑的油烟，而且烛光比灯光要亮一些，只是蜡比煤油要贵很多，大多数的学生还是选择点煤油灯。

那时候，家里也经常停电，可能是那时候电能特别少，所以就用停电来缓解供电的压力。家里也是点煤油灯，那时候煤油灯是很常见的东西。一个像墨水瓶那样的玻璃瓶，盖子的中央竖起一截寸把长的铅笔粗细的铁管儿，这根铁管儿穿透盖子，在铁管儿中安着拧紧的线绳或布条，俗称灯捻儿，上边露出铁管儿，下边夆拉到瓶底。煤油倒进瓶子里，会被灯捻儿吸到灯管儿的顶端，划一根火柴，火苗靠近灯捻儿，油灯就点亮了。

晚自习的时候，如果停电，同学们就在摇曳的灯光中学习，满屋子的油烟味儿。有时候，那不断冒着的黑烟，会熏得眼睛睁不开，也会让嗓子感觉很不舒服。只是没有办法，谁都没有办法，也没有谁会不上晚自习，就那么在灯下看着书，背着要记住的东西，写着作业。

老师不在教室的时候，同学们也说小话，一般都是跟左右同桌和前后桌的同学说。也有串桌说话的，只是风险比较大，一旦老师推门走进教室，来不及回到自己的座位上去。可是，也经常有串桌的，比如看到不远处的同学说话说得比较兴奋，自己很好奇他们到底在说什么呢，说得这么带劲儿，于是，就赶过去，加入到那一伙人的谈论中。

老师有时候很狡猾。他走近教室的时候，先不着急进去，而是先趴在教室后边的门缝或是窗户往教室里看。一般同学们很少去注意那后边的门缝和窗户外边。离着后门和窗户比较近的同学，可能会微微地感觉到一点动静，便一声不吭地看起书来，很老实的样子。其他同学，本来跟他说着话的同学，一见他不理自己了，怎么回事啊，那个同学一个眼神，或是暗自手指一点，这个同学立刻心领神会，马上正襟危坐，很用心地看起书来。再旁边的同学，看到这里安静了，也有感应似的，意识到有情况，也就不再吵吵，赶紧手忙脚乱地找出自己应该看的书或是应该写的作业，像模像样地学习起来。很快地，安静一下子蔓延到整个教室，全班同学都很安静地学习起来了。老师推门进来了，看到同学们都那么认真地学习着，也不说什么，转个圈儿，出去了，或者是，在讲桌前坐下来，做着自己的事情。

老师也有发飙的时候，可能是他看到有的同学太不像话了，匆匆推开门走进教室，直奔那个同学而去，让那个同学站起来，用手里的书或是本子照着那个同学的膀子就是一下子。那个同学自知理亏，也不言语，只那么低着脑袋，等着老师的发落。老师气势汹汹地数落他一番，说到家长供他上学的不易，说到男儿当自强，说到只有好好学习将来才有出息。

　　班上的同学们很少看到老师这么激动，平时他总是笑眯眯地看着大家。大家的心里都揣着一只小兔子，猜测着自己刚才的小动作是不是也让老师发现了，是不是老师发威的下一个对象会是自己。教室里除了老师教训那个学生的声音，再没有任何响动，同学们都敛声屏气，恨不能缩小到尘埃里，好让老师看不到自己。

2013 年 5 月 9 日

腰中记忆（14）

那时候的同学，都特爱帮助人，有谁有问题问到自己了，都会很热心地给他讲解，直到他完全明白了为止。

《学习雷锋好榜样》，是小学的时候就会了的歌曲。上了初中，学校倡导学雷锋做好事，大家都踊跃地投入到大做好人好事之中去。我和要好的女同学小霞、红红组成做好事小组，放了学，就去给行动不方便的老师打水。水井就在进了学校大门的右手边，井台高出地面，井口也挺大，井台上安着辘轳和井绳。我从小学二年级起就开始从井里打水了，村里的水井还挺深，往往井绳要在辘轳上缠上一圈儿半。那时候，家里扁担两头的链子要在扁担上缠一圈儿，我才能把担子挑起来。所以，拧辘轳从井里打水这样的活儿，对我来讲，太简单了。有同学没有打过水，看到那阔大的井口，都不敢往井台上走，更别说站在井边去摇那辘轳了。从这点来看，我还算是皮实的。

班上一个女同学小珍，篮球比赛时扭伤了胳膊，我们几个一块儿吃饭的女同学就自告奋勇地担起了帮她打饭的任务。小珍特爱学习，我们去打饭的当口，她也不闲着，总是拿着书站在教室外边的西墙根下读书学习。我们打饭回来，再一块儿吃饭。后来，期末考试的时候，小珍得了第一还是第几，成绩很是突出。

晚自习的时候，马老师总是给同学们烧热水。我觉得老师那么辛苦，还提着开水走那么远的路给同学们送来，就自作主张课间的时候到他的办公室去取。把开水壶拎到教室，给同学们倒进水杯里之后，再把空壶给他送回去。小珍看到后，也主动加入进来，下了第一节晚自习，我们两个就一块儿去老师办公室拎水。再后来，我们一块儿吃饭的女同学小霞、红红也加入进来，我们轮换着去。

那时候，都觉得做好事是非常光荣的事，能为别人做点自己力所能及的事情，感觉很骄傲。

大眼睛，小圆脸，小嘴巴，你会认为这是一个男孩儿还是女孩儿？

班上一个小男孩儿小光，长着一双大眼睛，一张小圆脸，一个小嘴巴。他坐在我的座位后边，很活泼开朗，特爱笑，笑起来，一口整齐的小白牙。

一天正在上课，后边的一个同学举起手来，对老师说，小光肚子疼得厉害。我扭过头去看，小光趴在桌子上，满头豆大的汗珠直往下淌，看样子疼得实在不轻。

老师赶紧让几个男同学送小光去这个村子里的乡卫生院。后来听回来的同学讲，卫生院一看治不了，又赶紧把他送到县城的医院去。据说，幸亏送得及时，要是再晚两个小时，就会有生命危险了。小光得的是急性阑尾炎。从那个时候起，我知道了什么是阑尾炎，知道了刚吃饱饭不能做剧烈运动，做剧烈运动的话，最直接的就是有可能会得阑尾炎；也知道了同学间互相帮助是多么重要。多年之后，每当我的孩子去学校的时候，我经常提醒他不要在吃饭之后做剧烈运动，提醒他同学间要友好相处，互相帮助。我也经常这样提醒自己的家人。

冬天，宿舍里生起炉子，同学们不能把自行车放在宿舍了。于是，周六下午放了学，都由家长骑着车子来接。

一个周末，刚刚下过一场大雪，学校提前放了假。那时候也没有电话，离家远的同学也没有办法告诉家长马上来接，马老师就安排骑着车子的男生把离家远的女生送回家去。马老师布置完了，我邻桌的女同学红红发现老师安排送的人里没有我。她知道我家离学校有近二十里，比起老师安排送的那些同学也近不了多少，就举手站起来对老师说，我的家离得也远，也应该找个同学送一下。马老师听了，愣了一会儿，可能是实在安排不出人来了，因为骑车子的同学本来就没有几个。马老师就对她说，我的家离得不远，不用送了。本来听了马老师的安排，我已经准备走回去了，并没有在意老师有没有安排人送。红红这样一建议，老师这样一驳回，我的心里反倒像打翻了五味瓶，不是滋味起来。

拿着自己的东西走出校门，顺着操场的东侧跑道一直往南走，身边不断有骑着车子的同学过去，也有本班男生带着女生骑过去的，女同学坐在车子后边，还热情地朝着我笑笑。我想着刚才教室里的一幕，不由得一阵心酸，眼泪顺着脸颊滚落下来。走上南边的公路，红红坐在她爸爸骑着的车子后边超过了我。她回头看到了走着的我，笑着跟我打了个招呼，他们就骑着车子越来越远了。

我走着走着，呼吸着凉爽清新的空气，看着周围白茫茫的世界，就像童话一样，心情慢慢平静下来，没有了一丝那莫名的伤感，只把脚下的步子迈得更快一些。

猛一抬头，看到红红迎面骑着车子过来了，我正自诧异，以为她是丢了什么东西要赶回去拿。没想到，她到了我的面前就停下来，然后掉转车头，笑着说道："你上来吧，我带你一截儿。"原来，她是特意回来接我的。她爸爸在路上等着，让她赶回来接我。我怎么能让她带着我呢？她已经骑着车子跑了那么远的路，而且是为了接我。我的眼里噙满泪花，说什么也不让她带我。我说我的骑车把式比她强，就夺过车把，骑起车子带着她。

我们骑着车子到大恩村桥头的时候，我看到白皑皑的雪地上，红红爸爸正站在路边等着。到了红红爸爸跟前，我停下来，支上车子，伸手从红红手里去拿我的东西。红红爸爸直说让她先把我送回家，放下我再回去接他。我执意不肯，他们执意坚持，拗不过，我只好又骑上车子往前走。

又走了一段路，我心里老想着红红爸爸在路边等着的样子，就停下来，把车把让给红红，要她回去接她爸爸。她执意不接车把，说她爸爸看到没有把我送到，会说她的。没有办法，我们就又往前走，直骑到五郎村西了，我坚决停下来，说："可以了，这么一截儿不远了，你们还有那么长的路要走呢。"红红也知道这里确实离我们家已经不远了，就同意了，骑上车子返回去接她爸爸。

红红的家在县城，她返回去接上她爸爸，再重新走过我们刚刚走过的路，再到县城去，他们要走的路一点也不比我近。看着她骑着车子在光滑的雪地路面上远去，我的眼泪不由得又掉下来。

现在想起这段经历，我的喉头也会硬得生疼，双眼也会浸满泪水。

学校的井里打不上来水了，我们从村子里打了水给老师送去。后来，打水实在是件太困难的事了，才不再给老师送水。为了解决班上同学们刷碗用水的问题，马老师用班费买了个陶制的小水缸，放在教室外边的大杨树底下，由班长带人到村子里很远的井里去打来水，倒进水缸里，供全班同学刷碗。

2013 年 5 月 12 日

腰中记忆（15）

班长是一个男生，瘦高的个子，平头，古铜色的脸庞瘦而窄小，眼睛不大，单眼皮，眼尾有些上挑，眼神锐利，鼻子直挺，嘴唇稍厚，小嘴。他经常穿一身蓝色的棉布衣服。

他坐在教室最后一排的中间位置，紧挨着后边的墙壁，头顶上方，就是班里同学画的黑板报。

每当我扭头向后看的时候，经常看到他正抬着头看着前边，当然，也有低头看书的时候。

维护班级纪律是班长的职责，他很看重这一点。每当自习课的时候，发现有哪个同学没有好好学习，而是在跟周围的同学说小话，说与学习无关的话，或者哪个同学在跟旁边的同学动起手来，闹着玩儿起来，他会毫不客气地走过去，加以制止，声音很是严厉，表情很是严肃，眼神很是犀利。没有哪一个同学敢于违抗他的制止，都会乖乖地停止自己的小动作，马上很用心地读起书来。

当然，安静一些时候，有不安分的同学又会开始小幅度地动起来。他看到有同学在说小话，会马上走过去管，那个同学会无辜地辩解说，自己是在向同学请教问题。得到那个被请教问题的同学点头认可之后，得到旁边同学的证明之后，他会弯下身子小声对同学说，可以把声音再压低一点，不要影响了周围同学的学习，然后就走回自己的座位去。

有时候，他的手里会拿个细长的小木棍儿，用来对付那些上自习课不好好学习的同学。因为教室里的学生太多了，尤其是中间一溜紧挨着坐着四个同学，他要是管的话，经常是够不着里边的那一个。我想，他手中的小木棍儿，肯定是受了我们学的一篇课文里教鞭的启发。课文里的那个教鞭，只是老师教学的一个道具，是用来吓唬小孩儿的。其实，班长的小木棍儿，吓人的成分也多过真正打人的成分，他只是用它来敲打一下那个不听话的同学的后背，打不疼的。

经常在自习课的时候，看到他像个老师样地昂首挺胸，高抬腿，轻落步，慢慢走在教室里的过道上，眼睛左看右看，认真监督着每一个同学努力学习。

因为缺水，同学们吃过早饭的饭盆儿都一个扣一个地摆放在教室外边的窗台上，上午下了第四节课就是打中午饭的时间了。班长经常是在第三节课课间的时候，带上班里的一个男生，拎上水桶，到村子里去打水。下了第四节课，他们已经把水打来了。同学们从教室里跑出来，拿着自己的饭盆儿在水桶里（后来是小缸里）洗过，赶紧跑去打饭。班长站在一旁看着，嘴里大声说着："一个一个来，别着急。"

班长，多像一个家长啊。

快毕业的时候，老师不怎么上课了，都是让同学们自由复习，有什么问题的话，随时可以到老师的办公室去找老师。同学们有在教室里的，有搬着凳子坐到教室外边的，手里都拿着书，或是笔记本，嘴里不停地背诵着应该记住的东西。

我正在教室里学习呢，忽听一个同学说，班长要走了。我抬头看去，见班长正从门外走进教室里来。我离开座位，走到教室门口，看到教室门前放着一辆自行车，自行车的后衣架上绑着铺盖卷儿，还有用网兜盛着的脸盆。印象中，我好像从来没有跟班长说过话，也许说过，只是不记得说过什么了，反正说话很少。他走之前，我也没有说话，只是在心里想怎么还没有考试就先走了呢？听同学讲，他的学习成绩不太好，好像是不够参加统一考试的分数线，所以，就先毕业离开了。

后来到底怎样，就不得而知了。中考的时候，同学们是凭着准考证在不同考场参加的考试，同班同学都分散开了，消息也少。

后来，我跟我们班的另外八个同学考上了保定师范学校，据说还有另外两个同学也考上了，但是他们是吃商品粮的，不想上，就没有去读，而是直接上了高中，准备考大学。那时候，老师是很看不起中专的，总觉得应该上高中，再考大学是正经。可是作为农村的孩子来讲，考上了中师或者中专，就算是吃上了商品粮，毕业后就是国家干部，而且包分配，很快就能参加工作。再有，就是中等师范学校和中专只允许应届毕业生参考，往届毕业又复习的考生是不允许参加的，只允许参加高中考试了。这又是一个诱人的条件。总觉得不报考这个学校，多对不起人家对应届生的关爱啊。吃商品粮的同学，没有这个顾虑，他们本身就已经是非农业户口了，好像非农业户口的学生有接班一说，就是接父母的班，可以在父母的原单位找到一份不错的工作。所以，他们便觉得比农业户口的同学多了一份毕业后的保障，便不急于先参加工作，而是先考上大学最好。大学生参加工作，待遇各方面比中专毕业生要好不少呢。

我们班还有五个同学考上了保定农专，就是现在的保定职业技术学院的前身，还有几个吃商品粮的同学考上了保定职业技术学校，再有就是大批同学考上了本县高中，也有上职业中学的。据同学讲，我们班全班同学都升入了高一级学校，马老师因为我们班的成绩异常突出，后来评上了高级职称。这都是听同学说的。

有点怀疑班长是不是曾经真的走过，但是印象中，确实记得那辆停放在教室门外的自行车，还有班长站在教室外边那辆自行车前跟同学们说着话，还有同学说到他提前离开的那些话。真的跟做梦似的。

现在同学们谈论起来，依然会提起班长，提起他对班级做出的巨大贡献。如果没有他那么负责地维护班级纪律，那么认真地监督同学们学习，同学们的学习成绩可能会是另外的一个样子吧。都说马老师是个伯乐，特别识人，找到这样一个心甘情愿为班级付出全部心血的班干部。

毕业后，再没有见过班长，听同学讲，他过得不错，很成功的。是啊，像他这样的人，干什么事情，应该都会成功的。他不会耍滑，不会蝇营狗苟，有的只是一份担当、一份无私、一份奉献和一份坚持。

2013 年 5 月 15 日

腰中记忆（16）

之前还有一个班长，是入学的时候，老师安排任命的。也是一个男生，个子也比较高，瘦，座位在班里从后数二三排的样子，记忆中，他挨着走道坐着。也是寸头，脸型瘦而窄小，白净，单眼皮，眼睛不大，黑白分明，直鼻梁，小嘴。

他的学习成绩很好，曾经在一次考试中得了全班第一名，很是耀眼。不过，人很低调，一点不张扬，虽然是班长，很少爱管事，也不怎么跟同学闹着玩儿，只在自己的座位上看书学习。开始的时候，也见他管过人，好像他的态度比较温和，镇不住那些淘气的孩子，渐渐地，他也懒得管了。

后来，班里陆续有外学校的学生转来，大都是学习很好的学生，还有往届的毕业生到班里复习的，学习也都特别好，慢慢地，他的学习成绩就不太显眼了。

曾记得一个新转来的男生，高个子，浓眉大眼，鼻直口方，脸型也是有棱有角，非常帅气。他很受老师的器重。据说，这个男生的爷爷是某个乡镇学校的校长，曾在校园里见过他，好像是来送这个男生的时候，也是高高的个子，精神矍铄，慈眉善目的。老师在课堂上经常表扬这个男生，说他是个天才，聪明好学，在原来的学校里就是尖子生，还有一些别的方面的突出表现，很值得同学们向他学习。

当时，不知道别的同学怎么想，对于我来说，压力真是巨大，总觉得自己是那么渺小，那么微不足道，得努力呀，得用功呀，心里时时听到这种声音，再不用心，再不努力，怎么能站住脚呢？人家本身已经那么优秀了，还那样努力学习呢。我们要付出比人家多得多的努力，才能追得上人家啊。

也许，这也是老师的激将法吧。他给我们树立起一个一个好好学习的榜样，这些人就在自己身边，是看得见的，跟着学就是了。

这个男生真的很争气，初来的时候，考试成绩好像也是非常突出的，在班里很是风光了一阵子。不知道是同学们都太努力了，还是这个男生在老师的极力表扬之下骄傲了，开始贪玩儿了，后来慢慢地，他的成绩就淹没在全班同学之中，不再耀眼了。他也由一个会念经的远来的和尚变成了一个和我们一样的芸芸众生。

远来的和尚会念经，这是一个很常见的社会现象。

对于自己身边的人，不管他在某一个方面、某一个领域，做出了多么突出的成就，人们大都不会有景仰的感觉，总觉得他呀，不就是一个他吗？没有什么特殊的嘛。经常看到他，很平常的一个人，穿戴也不出彩，没有什么的嘛。他有什么了不起的？

对于外来的人，因为不知道那个人的底细，加之这个人身上带着某种荣誉和名号，当地的人们便很容易对他仰视，他的言谈举止都备受关注，甚至备受青睐。即便是他说的话当地人曾经说过，也不会说当地那个人多有见识，而是往往很认同这个外来人说的话，总觉得他说的话就是对的，他的见解就是那么高，他就是一个高人。

想想那些海归派，那些外聘的人才，应该都有一点这个意思。认真想一下，也是对的，他们带来的，其实是与当地的不同点，有时候，久在其中，便不会觉得有什么不对劲儿，反而是那些外来的人，很容易能发现当地的发展潜力在哪里，当地可供利用的资源在哪里。也就是当地的优缺点能看得很清楚，然后根据自己的优势，发展出不同的业绩。

很有意思的是找对象，人们对从小一起长大的人一般很少产生那种爱慕之情，因为总在一起，小时候的一些劣迹满在心里，挥之不去。反而是外边的人，因为不了解小时候的样子，只看见现在的这个人这样潇洒，这样漂亮，便觉很是满意，于是很容易谈对象成功。

我听说以前的小学男同学，找的媳妇个个漂亮。想到他们上学的时候鼻子下边挂着的鼻涕，穿着很不合身的衣服，而且还有点讨人嫌的小毛病，感觉很是诧异。小时候的玩伴一本正经地对我说："你不知道，他们跟上小学的时候可是一点不一样了，个子长得也高，穿衣服也讲究，可是标致得很呢。"

是啊，士别三日当刮目相看啊。可是，无论如何，脑海中总有那些小时候的影子。

说起谈对象，班里那时候，有的同学的心头应该也稍稍地有了那么一点点小情愫吧。

记得一个女同学，很漂亮的女同学，穿衣打扮比较讲究，因为个子高，座位在教室的后边。经常看到她进了教室门，一边从教室前边的走道走过，绕到她的座位上去，一边眼睛很自然地瞟向教室后边一个固定的位置，那里坐着班里一个很帅气的男生。顺着她的目光看过去，那个男生并没有看前边，而是低着脑袋在自己的座位上忙着什么。

这个女同学总是回教室比较晚，她的含笑的目光总是被早已坐在座位上等着上课的我看到，我想她的心中应该是很美的吧。

还有一个女同学，据说她是真的跟班里某个男生在谈朋友，她总是默默地走，低着头回到自己的座位上去，一点也不张扬，沉默寡言的，很少见她开怀大笑的样子，总是很文静地在自己的座位上坐着。

班上有几个爱玩儿的同学，有男生也有女生，据说他们经常跑到学校外边的小树林里去玩儿，上课的时候，会急匆匆地前后脚跑进教室里来。

在教室里，大家都老老实实地在自己的座位上坐着，根本看不出谁和谁更要好一些。

后来，不知道老师怎么知道了，就说他们是在谈对象，在班上很是大张旗鼓地加以挞伐。那时候，老师是那么兴奋，尤其是政治老师，还有班主任老师，上课总是谈什么要自尊自爱的话，谈什么要把心思都用在学习上的话。后来，那几个被认为是小团体的同学，便一个个悄然解散了。有的转班了，有的转学了，有的留下来了。

2013 年 5 月 23 日

腰中记忆（17）

在校园与后边的王氏庄园之间，有一条横贯东西的宽宽的走道。在走道的两侧，栽植着高大粗壮的槐树。夏季来临的时候，在浓绿的叶子中间，长满大串大串米粒大小的黄色槐花，空气中也充盈着涩涩的略带微苦的味道。

这里的槐树是家槐，也叫国槐，长的槐花又叫槐米，可以入药。

还有一种洋槐，洋槐的花比家槐的花大得多，一般呈现白色，而且是一串串的，犹如一只只娇嫩的蝴蝶。洋槐花味道香甜，把周围的空气都渲染得馥郁芬芳，而且可以吃，抓一把放进嘴里，满嘴的香气。还可以做成饺子馅儿，但是不能多吃，据说吃多了，会让人身体浮肿。

老家的西屋门前，曾经栽着一棵洋槐。小时候，每到开花的时节，我经常爬到树上去摘槐花。不用任何工具，只用两只胳膊两条腿，抱着树干三下两下就爬到树上去。树下站着仰着小脸儿看着我的小伙伴，我折下满是槐花的枝子，扔到地上去，小伙伴赶紧跑过去捡。

家里翻盖房子的时候，把槐树刨掉了。爸爸念叨着要刨槐树的时候，我真想跟他说，还是留着吧，那棵槐树，承载着我多少的童年记忆啊。可是，终究没有说出口，心里不免怕被别人以为自己太矫情。另外，因为它占着盖新房的地方，只好刨掉。我经常想起它，总觉得那么好的一棵树，刨掉了，真是可惜。好像是卖给了村子里有需要的人，用了很低的价钱。

下午放了学，班主任马老师带领着同学们来到大槐树下，剪槐米。男生都比较会爬树，很利索地爬到树上去，用剪子或是直接用手折那些槐米枝子。女同学们都站在树下拾，把树上扔下来的槐米捡到一起。不长时间，地上就堆起了很高的一堆。

后来，据说那些槐米卖给了做药材的，卖的钱做了班费。到了初三年级的时候，各科都进入了复习阶段，马老师就用那些钱给同学们买了复习资料，人手一份儿，包括后来转学来的同学都有。不用自己掏钱就有复习书到手，真有一种到了共产主义社会的感觉。

学校要举行歌咏比赛了，班里的空气也跟着紧张起来。自习课的时候，马老师到教室里来，让会唱歌的同学到教室前边去每人唱一首歌。小个子男生小飞唱的是《中国少年先锋队队歌》，他就像一个没有长大的娃娃，小小的个子，圆圆的脑袋，大大的眼睛，小圆脸儿，小小的嘴巴，平时很少说话，没想到他唱歌那么好听。清秀漂亮的女生小梅唱的是《脚印》，还有《妈妈的吻》，声音清脆悦耳，好听极了。她的家在县城，家庭条件应该很好，她唱的歌我都没有听到过。后来，她没有走唱歌的道路，如果她继续唱歌的话，应该不输杨钰莹吧。上小学的时候，因为参加六一儿童节的乡级学校会演，音乐老师教过我们唱歌伴舞《红梅赞》，我一直记着，就在班里唱了一遍。

比赛的项目有合唱和独唱两种，我们班的合唱曲目记不起来了，好像是《中国少年先锋队队歌》，也不一定。为了让同学们保护好嗓子，让嗓子发出更动听的声音，马老师给同学们拎来用胖大海熬制的水，让同学们渴了就喝。没想到，同学们有的开始出现头晕、心慌、恶心等症状，也有女同学的例假来得不正常了，很着了一阵子急。后来才知道，原来是喝胖大海的水造成的。胖大海，确实有保护嗓子的功效，但是它也有副作用，不是任何人都适合用的。

歌咏比赛在学校后边的大礼堂进行，赛前老师把全班同学都带到大礼堂里，从队列的练习，到歌唱的练习，一遍一遍地，认真仔细。礼堂里除了我们班，还有别的班也在练。礼堂内的空间很大，倒是也不受彼此的影响。

每当有什么赛事的时候，班上的同学们便格外团结，都恨不能使出吃奶的劲儿，来配合班级的集体行动，好让自己班的水平发挥得更好一些，取得让人羡慕的好成绩，为班级赢得令人刮目相看的荣誉。

正式比赛的时候，全校师生都集中到大礼堂里来。我们都搬着自己的凳子，分班级分区域坐好。一个班一个班地上台演出。哦，对了，为了演出时的效果好，班里还决定要统一着装，那时候，没有统一的校服，就决定穿白色上衣和黑色裤子，没有的就去别的班里找同学借。

也有的班是从文化馆借来的服装，看起来要正式得多，也光彩夺目得多。快轮到自己班的时候，同学们都从自己的座位上站起来，走到外围的过道上去排队，台上那个班的同学从台子的另一边走下去了，这个班再从台子的这一边列队走上台去。

记得好像是数学老师姚老师的爱人用脚踏风琴做伴奏，也有的班是用手风琴伴奏的。那个漂亮的学姐，梳着齐耳的学生头，很大气地站在台子中央，唱起《浪花里飞出欢乐的歌》，那么好听。后来我也学会了，还在上师范时候的歌咏比赛中，上台演唱过。班上那个清秀漂亮的女生小梅，演唱了《妈妈的吻》，我演唱了《红梅赞》。我们唱的时候，好像就是清唱，没有伴奏。音乐老师给每个班集体合唱的时候伴奏，已经很累了，个人演唱的时候，没有说好的话，便没有伴奏了。

比赛结果怎样，忘了，记住的，只有在准备比赛和比赛的过程中，那些零碎的片段。还有，就是通过比赛，促进了大家对唱歌的爱好，以及对音乐的兴趣和追求。后来，课间的时候，我就经常跟班上的小梅学唱新歌，她的性格那么好，两只水灵灵的大眼睛，总是含着笑，她总是毫无保留地把自己会唱的歌教给身边的同学们。

2013 年 5 月 29 日

腰中记忆（18）

　　一天上午，我们正在上体育课，在校内的篮球场上。好像是在打篮球，还是打排球，记不太清了。我在场内玩儿得正欢，被同学叫到场外去，说是有人找。我跑到场边一看，在大杨树底下，站着大伯家的大弟弟。他比我小一岁，还是个孩子。看到我跑过来，他也往前紧赶了两步，然后就说，奶奶快不行了，家里大人叫他骑着车子来接我。听弟弟一说奶奶，我的心就一哆嗦，腿也跟着发软。体育老师就在跟前，马老师的办公室也正在篮球场的边上，我赶紧向老师请了假，接过弟弟的车把，带着弟弟往家赶。

　　奶奶正处于弥留之际。姑姑看到我回来了，马上冲着躺在炕头的奶奶说："娘，你看看谁回来了，你的大孙女，睁开眼看看。"奶奶头朝外平躺在炕上，没有动静。我挨着门口的墙壁在炕沿上坐下来，守着奶奶，把右手五指伸开当梳子，去拢奶奶的头发。她的头发都白了，已经很稀疏，我手指划过的地方，露出白的头皮。我一下一下地，给她梳着头发，把头发整齐地拢向脑后，真希望她睁开眼睛看看我啊。可是，没有，她只那么静静地躺着，干瘪的嘴唇一动一动的，能听到她微弱的呼吸声。

　　屋子里的大人们都夸我是个好孩子，说："还是孙女知道心疼奶奶，你看她跟奶奶多亲啊。"

　　爷爷去世后，我在上初中之前，都是跟奶奶一起住的，还有大伯家的弟弟，当是给奶奶做伴儿。奶奶有腿疼的毛病，到了夜里，她经常喊我的名字，让我给她按腿。小孩子觉多，我正睡得香，朦胧中，听到奶奶叫我的名字，就赶紧爬起来，摸着黑爬到奶奶跟前，按照她的吩咐，给她按腿，眼睛还是闭着的。弟弟睡在奶奶和我中间，每次腿疼，奶奶都习惯叫我，不怎么喊弟弟起来，也许是看弟弟还小吧。

　　那时候，虽然也有电灯，却经常停电，就点煤油灯。油灯就放在土炕边的三屉桌上。

记忆中，我经常趴在枕头上，就着桌子上的微弱灯光看书，看课本，也看课外书。我曾经看过《聊斋志异》，是从二奶奶家借来的。二爷是村里的干部，很有文化，他们家有不少书。我们家里也有书的，只是很少看，只看到奶奶和妈妈用来夹鞋样儿。《聊斋志异》里讲的多是狐仙和鬼怪的故事，但是，在晚上看的时候，一点也不觉得害怕。我记得里边有一个藏金子的故事，说的是一家人的老爷爷经常带着孙子玩儿，他总是把细碎的金银埋进土里，或是藏在家里的某个角落，小孙子只是觉得好玩儿。后来，家里生活困难，实在揭不开锅了，那个已经长大的孙子，忽然想起爷爷带他藏金子的事，凭着记忆，再去原来藏金银的地方去找，果然还在，真是解了这家人的燃眉之急。还有一个故事讲挂在墙上的画中的仙女，夜里从画中走出来，为夜间苦读的书生做好饭菜。有时候，我经常幻想着画中的人真的能走出来，为我干些家务活。

　　奶奶裹过小脚，整个脚看起来，很像一个圆锥体，走起路来颤巍巍的。脚的前边尖尖的，只能看见一个大脚趾，其他四个脚趾被齐齐地折到脚底下，已经被踩得堆挤在一起了。脚面显得很高，脚后跟显得很大，好像一只脚有三分之二都是脚后跟，然后前边只一点点脚尖。

　　听奶奶讲过她裹小脚的事，都是家里大人在孩子小的时候干的，用长长的白布把脚裹起来，裹之前，先把除了大脚趾之外的四个脚趾踏到脚板底下，真是疼啊，孩子正是长身体的时候，脚也正是疯长的时候，就那么用布死死地缠住，不让它往大里长。脚上长期裹着白布，都生了疮，血和脓从厚厚的白布中渗出来，白布变成了黑布。奶奶说的时候，是当成闲话来唠嗑的，那份痛楚已经化成了过眼的烟云。二奶奶也是小脚，她们两个说起这个话题的时候，总是对身边的小女孩们说："你们多好啊，赶上好时候了，不用再受那份罪喽。"这时候，我总是低头看看自己的脚，是啊，还是解放了好啊。

　　奶奶一直跟我们家住一个院子，只是分家另过。爷爷去世后，奶奶曾经摔伤过腿，出门需要双手拄着棍子。年岁也越来越大了，就开始吃轮班饭。就是在我们家吃一个月，在大伯家吃一个月，她自己就不做饭了。大伯家离得也不远，轮到去大伯家吃饭的时候，她就在吃饭的时候走过去，平时还是住在老家的北屋里。轮到我们家的时候，爸爸妈妈或者是孩子们就直接把饭菜给她端到屋里去，或者单独给她做些软和的饭菜。

她的脚注定了干不了重活，她屋里的水缸，都是我们和大伯家给她挑满了水。奶奶的牙差不多都掉光了。我在家的时候，就给她把花生炒熟了，剥了皮，把豆子放在案板上，用擀面杖擀成面，盛在小碗儿里，拿给她吃。她喜欢喝粥，大人们就把芝麻炒熟了，上碾子碾成面，放进些盐，做成芝麻盐，让她就粥喝。我也给她包饺子，把馅儿剁得烂烂的，把面和得软软的，给她包的饺子她很爱吃，就是吃得慢一点。也做面条，也是把面和得软软的，擀成极薄的片，再切成极细的面条，奶奶经常夸我的面条切得细。

姑姑时不时地会给奶奶买些点心啊牛肉的回来，用草纸包了，放在挂在房梁上的篮子里。小孩子们都很自觉，都知道那是专给奶奶吃的，没有谁会去拿。有时候，那点心从篮子里拿出来，都变得硬邦邦的了，就在碗里用热水冲些麦乳精，再把点心泡进碗里，泡软了再连着那麦乳精一起吃。牛肉也是那么一小块儿，吃的时候，就用手撕下一小绺儿，放进她没牙的嘴里，一点一点地慢慢磨。剩下的，还用纸包了，放回篮子里。有时候，奶奶也会捏起一点放进站在身边的我们的口里，嚼起来，真是香。

大人们都大声地叫着娘哭起来了，我也跟着小声地叫着奶奶，嘤嘤地哭。大伯和爸爸顺着梯子爬到房上去，趴着烟囱，朝着烟囱口下边哭着喊娘。据说去世者的灵魂是顺着烟囱走的。奶奶真的走了，撇下了她疼着爱着的孩子们，到另一个世界，找爷爷去了。

政策规定，人去世了，要火化。大人们都说着有关火化的话题。姑姑说，奶奶生前说话的时候，透露过很怕死了被火烧。农村里的老人们多有怕死后火化的。按照老辈子的方法，都是死了用棺材盛殓起来，埋进土里。但是，上级部门管得很严，盯得很紧，据说，远处的村子里有家人把去世的老人偷偷地埋了，被上头的人知道了，连夜把尸首挖出来，倒上汽油，烧了。这下子，吓住了太多的人，谁家也不愿意自己的老人本来已经入了土，还再次被挖出来折腾。人们慢慢地接受了现实，都火化了。反正人也是死了，也没有了任何知觉。

奶奶的去世，给了我不小的打击，让我深刻地意识到，那个疼自己的奶奶再也见不到了，自己放学回到家，再想给她包饺子，已经是不可能的了，自己对奶奶的一片孝心已经没有施展的去处了。

奶奶的去世，让我深刻地感悟到人生的无常，一定要对自己的家人好啊，一定要对家里的老人好啊，趁着能对他们好的时候。最痛心的是，你想对她好的时候，她却已经不能感受到了啊。那种深深的失落感，是那么让人难过。

经常在梦里见到奶奶，总是她又活过来了，就住在北屋里。冥冥中，自己也记得她已经去世了，可是又见她活过来，心里别提多高兴了。真好呀，奶奶活着，自己又可以孝敬奶奶了。赶紧着，跑到奶奶身边去，问她想吃点什么，自己马上去做。真希望奶奶永远活着啊，自己的心也有个着落。

2013 年 5 月 31 日

腰中记忆（19）

　　在腰山村里，学校后边东西方向的马路上，路北边，有一家商店，就是那次我跟那个毕业后想整天吃江米条的漂亮女生小英曾经光顾过的地方。在学校东南方向的马路边，路北，也有一家商店，还有一家邮局。那时候的商店很少，还叫供销合作社，都是国营的。

　　一次，我跟几个同学走出校门，顺着门前马路往东南走，来到供销社买东西。这里有各种日常用品：锅碗瓢盆毛巾刷子肥皂，油盐酱醋茶糖点心，还有布鞋，还有五金电料，还有瓜子，也有咸菜。那时候，学校的食堂连咸菜都没有。那个总是用含笑的眼睛看向她心向往之的男孩儿的女同学，就特爱吃瓜子。她的上衣口袋里总是装着瓜子，她的下嘴唇经常被瓜子外皮的盐分腌得白白的。

　　我站在柜台边挑选着自己要买的东西。柜台内的营业员是个中年妇女。她一边给我们拿东西，一边朝着我们身后的一个人说着话。听着身后那个说话人的声音来自脚底下，我便回头看去，发现在刚进门口左侧的地上半躺着一个中年女人，比较胖，她的上半身斜倚着门旁的墙壁，两条腿直直地向前伸着，两只胳膊无力地耷拉着。她的身边放着一个包裹。听她与营业员的对话我了解到，她走了太长的路，实在是走不动了。

　　作为一个十几岁的中学生来讲，身上有着用不完的劲儿，对于这种累得走不动了以致在半路上躺下来歇脚的事情，还是第一次碰到。

　　一天早晨，学校组织全校师生在操场上集合，排着队走到距离学校20里的县城去参加公捕公判大会。当然，老师是可以骑着车子的。一路上，同学们的兴致很高，说说笑笑地排着队往前走，一点都不觉得累。到了目的地，在临近汽车站的地方，公路的南侧，很开阔的一片空地上，西边搭着一个高高的台子。台子上站着人，空地上也已经有好多人了，在台子前边站成一大片。我们到得晚一些，排队站在外侧，踮着脚看着前边。

后来，就有人上台去讲话，是县里的干部，说是要严肃处理违法犯罪的行为云云。然后，就有几个被绳子反手捆住胳膊的人站到台上去。他们的胸前都挂着一块牌子，上边写着他们的名字以及所犯的罪行。有偷了人家牛的，有赌钱的，有对别人实施了不轨行为的，也有侵犯了别人生命权的。又有一个人走上台，对这些人进行了宣判。然后，这几个犯了法的人就被带到停在场外的大卡车上去。第一辆卡车上只有一个人，他犯的罪在这几个人中是最大的，判的刑也是几个人中最重的。后边的卡车上就有两个人的，也有三个人的了。卡车一辆一辆开走了，扬起了漫天的黄土。

到此，公捕公判大会就算结束了。我们原来的队形早已没了。因为站在后边的人们看不到前边的情况，就慢慢地跑到前边去了，前边的人也是寻找着能够看到台子上情况的缝隙不断地变换着位置。大会主持人宣布大会圆满结束之后，同学们就解散了，各自往回走。

太阳渐渐有点往西斜了，我们汗流浃背地在路上走着。从早晨在学校吃了一个玉米面饼子，喝了一碗玉米面粥，到现在，一口水都没喝，肚子开始不停地咕咕叫起来，腿上也越来越像灌了铅，往前迈出一步，都觉得很吃力了。来的时候走了 20 里，在台下站了半天，又饿着肚子再往回走 20 里，真是感受到了什么叫作筋疲力尽，什么叫作"走了太长的路，实在走不动了"。我们坐在马路边上，着着实实地体会到了歇歇脚的美好。好像都下午两点多了，我们才回到学校，同学们也都陆陆续续地走回来了，嘴里都喊着真累呀。

我有过一次在教室里待一宿的经历，跟几个要好的女生一起。记得第二天要考试，下了晚自习，同学们都不舍得走，还在自己的座位上坐着学习。慢慢地，同学们三三两两地离开了，教室里剩下的人越来越少，后来就剩下我们几个在前边坐着的同学了。后来，看看自己一点困意没有，教室里的灯管照得教室一片雪亮，我们几个就说，干脆咱们别回宿舍了，就在教室里待一宿吧。于是，说了就算，几个人都安心地在原地坐着不动，继续复习。过了一阵子，坐着太累了，就站起来在教室里溜达。猛地，似乎听到教室外边有动静，我们也胆大，就走出教室去看，也不见什么人，又走到教室后边去看。那时候，教室后边堆着好多砖，一垛一垛的，可能是哪里要施工用。我跟另外一个女生小霞就跑到砖堆那里去，嘴里还说着，不会是有人偷砖吧，咱们一定要看好这些砖，不能让小偷偷了去。好像真的看到有人影在砖堆那里闪过，我们真是胆大，就围着砖堆转个圈儿，到底没有看到人。因为有教室里的灯光照出来，教室后边的院子里也不太黑。看看确实没有人，我们就又回到教室里边去。

可能到了后半夜了，开始感觉到越来越冷了，真没想到夜里会这么冷啊。我们趴在桌子上，想小睡一会儿，可就是太冷了，真是让人受不了的冷，又没有可以御寒的东西。使劲把身上的衣服裹紧些，再裹紧些，仍是冷得心上发紧。把两条腿蜷起来，双臂抱紧了膝盖，稍稍暖和些，可是后背还是觉得阵阵凉气袭来。看看周围的木头桌椅，那么生硬，一点也帮不了自己御寒。教室这时候显得那么大而高，更加觉得身上的热量都被偌大的空间吸了去。想到别的同学都在温暖的被窝里睡着了，真觉得还是宿舍里好啊。有过回宿舍去的念头，与其这样受冻，还不如就回宿舍去。可又一想，这个时间回去，又会打扰同学们休息。算了，忍忍吧。寒冷的夜真是漫长啊，真没想到不休息的夜是这么难熬。干脆就背书，正好还有好多地方自己没有复习到。

天渐渐亮起来了，终于一夜过去了。

第二天，头脑异常灵敏，精神状态很好，一点没有受一夜没睡的影响，也不犯困，考试也很顺利。

2013 年 6 月 8 日

腰中记忆（20）

学校放暑假的时候，乡中（乡级中学）却不放假，他们还是按着农村学校的老套数放假，就是放麦假和秋假。麦假是麦收时节放的假，时间比较短，一般也就两个星期左右；秋假是秋收时节放的假，因为秋收的农作物种类要多些，时间相对来说也长些，一般也就一个月左右。寒假和国办中学放的差不多就一样了。

本家妹妹和我同岁。我们俩小学是在一个班上的。妹妹本来学习成绩也很好，只是没有考上腰山中学，就上了本乡的五郎中学。我们的小学同学大都上了这所学校。

妹妹放学回家，跟我说，他们学校里有我们学校的学生去做旁听生了，她建议我也去他们学校上课。我想一个暑假两个月都在家里待着，也怪没有意思，倒不如就去他们学校上课，还能多学习东西。于是，第二天，我就背上书包，骑上车子，后衣架上带上一个木质凳子，跟着妹妹到五郎中学去。

五郎中学设在五郎村北边。从完县（后来改名顺平县）县城到保定的东西方向的公路南侧，有一条林荫路直通到五郎村里去。五郎中学就在路东，校门朝西开向南北走向的林荫路，学校周围都是空旷的庄稼地。校园里几排整齐的砖瓦房教室坐北朝南。教室后边都栽着高大的白杨树。教室前边都有用砖砌起的花池。东西两排教室中间有一条南北走向的甬路。甬路两侧的教室山墙上，有同学们自己办的黑板报。校园的最南边有宽阔的操场，东南角有一排厕所。

妹妹的班级教室，就在进校门的左侧。她跟她的老师说了一下我在这里听课的事。老师并不反对。正好教室后边靠近门口的位置有空着的桌子，我就搬着凳子坐到那里。教室里的学生不像我们班似的那么多。坐在后排的同学也不必紧挨墙壁。教室后门是常开着的。我们腰中的教室后门是经常锁着的。因为在后门那个角落里，坐着好几个同学，他们的桌子凳子把后门堵得严严实实。我坐在这儿的教室里，后背离着门口还有一些距离，同学从后门出出进进，一点不觉得局促。上课的时候同学们也有在下边做小动作的。也许是我在教室后边坐着的缘故吧，教室里同学老师的动静都能尽收眼底。

这里的同学都比较活跃，穿衣打扮也比较入时。妹妹有几个要好的女同学，都去城里照了明星照。也有男女同学谈恋爱的，真的谈。有一对儿还干脆就不上学了，直接就结婚了。他们的年岁也比同年级的孩子稍大一些。

同学们给各个任课老师都起了外号，根据每个老师上课时的不同表现。记得一个中年男老师，好像是教数学的，手腕上戴着一块儿很耀眼的金色手表。

透过教室的玻璃窗，我看到我们腰中的一个学姐搬着凳子坐在前边教室后边的大杨树底下，低着头静静地看书。她身材不高，稍胖，梳着齐耳的短发，衬着一张圆圆的小脸儿。她是我们上届的学生，在学校里很出名，因为她每次考试几乎都得全年级第一。她平时总是文文静静的，很少见她跟别人眉飞色舞地谈笑。或许妹妹就是看到她在这里学习，才建议我也来这里的吧。

班里也有几个我们小学的同学，也有学习成绩相当好的。他们学习也很用功，并不受其他爱玩儿的同学的影响。某种程度上讲，这些爱学习并且学习成绩很好的同学，跟我们这些在学习风气很浓的学校里学习的同学相比，他们的耐力和定力应该更好一些，他们身边有着那么多玩乐的诱惑在时时进行着，而他们却能够做到视而不见，听而不闻，这要多么坚强的毅力才能够战胜心中那个蠢蠢欲动的小鬼呀。

记得我们的班主任马老师在上课的时候，经常跟我们谈起毛泽东主席专门在闹市读书的事。他说毛泽东主席为了培养自己专心读书的能力，特意在吵闹的大街上读书，一心沉浸在书里，完全忘了自己身处闹市。马老师经常教导我们也要有这种身处吵闹的环境而不受影响的定力，只有这样才能够干成大事，有所作为。

确实是这样。如果满心都在书上，耳朵里就真的听不见别的声音了。除非你把心思分一些到周围的事情上去。当然那又是另外一回事，干起事情来便不专心了。

现在有不少家长，为了自己的孩子专心学习，在家里不敢看电视，也不敢大声说话，总是小心翼翼地维护着家里的安静。记得在媒体上看到过一个报道。说是一个小女孩上了大学，跟几个同学共同住在一个宿舍里。她简直受不了宿舍里的那份吵闹与繁杂。睡觉的时候，有一点点的声音都不能入睡。她一时不能把自己从从小已经适应的安静环境中转变过来，结果因为在宿舍长期休息不好而得了神经衰弱，只好休学。相反地，如果家长不那么特意给孩子创造那么安静的环境，在家里该干什么干什么，孩子的适应能力是很强的，他会随着自己所在的环境而锻炼出适合自己的生存方式。就像毛泽东主席似的，故意在闹市读书，为的就是锻炼自己专心致志的能力。家里的孩子也是这样，他有那么多的作业要做，有那么多的课业要学习，他同样会调整好自己的心思，专心于自己的学习中去，外界的一些声音，只要不是太过分的噪声，他都是能够任其存在而不受影响的。

现在，我总是本着这样的思路在家里。我们两个大人在家里是爱做什么做什么的，当然不会吵架，看电视啊，说话啊，都没有特意去照顾孩子的学习而不为。有时候，电视演到很精彩的时候，孩子也会从他学习的屋子里跑出来，嘴里一边说着"妈，我喝水"，一边拿着水杯到饮水机那里去接水喝，眼睛却很自然地瞟向电视，那水杯里的水流到嘴里的速度那么慢那么慢。现在还记着孩子蹲在饮水机旁喝着水眼睛瞟向电视的画面，总觉得实在有趣。

在五郎乡中上学的我们的小学同学，有好几个考上了大学，他们应该都是那种非常有自制力的学生。妹妹因为比较爱交朋友，所以受那些不爱学习的同学的影响要深一些，所以没有上到更高一级的学校去。其实，按她的素质，如果好好读书的话，肯定会有不错的发展的。后来，家里在外地的亲戚给她找了工作，便辍学出去工作了，也便与学校断绝了关系。她其实是很爱读书的，记得她曾经让我给她捎买过琼瑶的小说，那时候，我还正在上学，她已经参加工作，挣钱了。

班上有一个女同学跟我大姨是一个村的，一次下午放了学，我便跟她一起到大姨家去了。现在想着，应该跟妹妹说好了，让她回家后跟妈妈说一声。在大姨家住了一晚，第二天再从她们家直接到学校去。大姨起得早，我睡醒了起来的时候，大姨早做好了早饭。吃饭的时候，我听大姨说，我妈来过了，走到村口正好碰到了去地里干活的大姨，知道了我确实在大姨这里，她也没有进家，就直接走回去了，说是还要给家里人做早饭。当时，我妈是走着来的，那时候，她还没有学会骑自行车。从我们村到大姨他们村，要穿过两三个村子，来回也有十几里地。妈妈或许是不放心我吧，听妹妹说是来大姨家了，但是，还是自己亲自确定一下，更妥帖些。妈妈总是话不多，她的心里却时刻牵挂着我们几个孩子。

在五郎乡中上课，课堂上讲的我们大都已经学过了，而且到了雨季，总是碰上刮风下雨的天气。过了几天，我觉得听着已经学过的课也没有多大意思，碰上雨天，更觉得没有必要再到学校去，倒不如自己就在家里学习，根据自己的情况，哪里需要补习，哪里便下点功夫，都随自己。于是，就干脆把自己的凳子也带回家，没有再去。

2013 年 6 月 15 日

家做板面（2）

板面真是好吃，比起挂面要好熟，而且又软又薄，到口即烂，做起来还省事省时间。

头天晚上和好一块儿面，不用太多，只拳头大小就可以，两个人的话足够了。

先把一小碗儿面粉倒进稍大点儿的盆里。如果这个盆子刚刚用水洗过，盆壁上还沾着不少水的话，那么这些面粉会很容易粘在盆壁上；如果不去管它，会粘得越发结实，和面的时候，会觉得很不清爽，面团总也揉不光滑，总是往盆壁上粘，疙疙瘩瘩、拉拉巴巴的。

如果在倒进面粉的同时，在那面粉还没有粘牢盆壁之前，很快地用手指带着面粉把整个的盆底盆壁都擦一遍，你会感觉那盆底盆壁是如此光滑。先少用一点面粉把盆子擦一遍再把多的面粉放进去也可以。这样处理过之后，再和面，就不会粘盆了，非常管用。

如果这个盆子本来就是干的，倒进面粉可以直接和面。在和面的时候，就要留心那些浸水之后粘在盆壁上的面了，如果粘上了，不马上用手从盆壁上弄掉的话，会粘得非常结实，过了那个时间点，就真不容易弄下来了。所以必须时刻注意那些粘在盆壁上的面，随时从盆壁上清理掉，那样的话，和面的时候，会感觉很爽利，面团不会总往盆上粘。清理粘在盆上的面，就是用手带着干些的面粉去擦，趁着粘在盆上的面还湿着的时候，如果干了，就很不容易弄掉了。只好再沾点水上去，弄湿了，再用干面粉去擦。

用勺子或碗接点水，用手指把面粉稍稍拨拉出小坑小窝，把水倒在那坑洼处，再用手指去把旁边干的面粉往这有水的地方搅过来，不断地搅动，直到面粉把那些水都吸收了。看看还有干的面粉，就再在干的面粉上倒上点水，再搅动，同时把这些被水浸湿了的面疙瘩往一块儿捏。手指把那些零碎的面疙瘩聚拢到一块儿，再用手掌心往下压，掌心压一下，手指拢一下，掌心压一下，手指拢一下，直到把所有的零碎面块儿都拢到一起，成了一大块儿面疙瘩。然后，就是不断地用手掌心去压那块儿面，压一下，用手指把压扁的边缘往上收一下，再压，再收。如此反复，那面团儿就越来越瓷实了。

刚和好的面表皮不光滑，疙疙瘩瘩的，内里也是软硬不均。没关系，就是这样的，让面在盆里多放一会儿就好了。可以在盆子上扣个小盆儿小碗儿，或是盖上一个合适的锅盖，或者是一个盖帘儿，主要是为了不要让那面被风吹干了。

好了，可以洗手干点别的了。

过些时候，想起那面，再到厨房去。掀开盖子，看到那面有些松散的样子。伸手去揉，感觉掌心压下去软塌塌的。用手指把下边的面往上翻，再压下去，再翻，再压，不断地揉，你会发现，这时候的面是那么细腻，表皮光光滑滑的，全不像刚和出来的时候那么粗糙了。这就是我们平常俗语说的饧好了。面和好了，都要有一个饧的过程，饧好的面，会更细腻，更筋道，可塑性更强。这里的饧，其实就是把面多放一些时间，让它变软。

千万不能小看这饧的过程，刚和好了面就用的话，无论是烙饼还是擀面条，或是包饺子，那面都不会好用。你会发现，这面怎么这么不听使唤，你想把它擀成圆片儿，它会不往圆里走，只往一个方向延伸，别的方向不好使。擀开了，你还会发现那边儿是那么不整齐、不规则，而且擀出来的面也不细腻、不匀实，还没有韧劲儿。包饺子做饺子皮的时候，饧好了的面又揉过，也不适于当下用，还需要再稍放一会儿，那面才好拉开，才好滚出那个圆圆的长条，擀出那个圆圆的面皮。

面和好了，放进碗里，碗口蒙上保鲜膜，或是扣上一个更大些的碗，为的是让面保持水分，表皮不干。然后，再把碗放进冰箱里冷藏。

第二天早晨起来，剥开一头大蒜，蒜瓣切成片，放进一个小碗儿里。再准备几个干红辣椒，几粒花椒，放在另一个小碗儿里。洗一个大点的西红柿，个儿小的话，就洗两个或三个。西红柿切成小丁，放进盘子里。切丁为的是炒的时候容易烂。

锅里放少许油，烧热，放进花椒和辣椒，花椒和辣椒变黑了，用铲子铲出来，只留下油，再放进蒜片，用铲子搅动，蒜片微黄，放进西红柿丁，翻炒，再放入少许酱油、少许盐，西红柿慢慢炒烂，成了浓浓的汤汁，再放入适量的水，盖上锅盖，等着锅开。

从冰箱里取出面来，放到案板上，稍稍揉一揉，让面更筋道。如果不揉，直接擀开的话，那面会没有劲儿，容易断。如果揉得时间长一些，那面又会太筋道，擀不开，或者是擀起来费点劲，抻面的时候，也不容易抻开。把揉好的面擀成片儿，用刀切成一个个约两厘米宽的长条，放在盖帘儿上。

锅开了，拿开锅盖，双手拿起一条面，举在滚开的热锅上方，以不让热气嘘到手为宜。也不能举太高，太高了，面片掉进锅里的时候，会把热汤溅出来，会烫着自己。把面放在左手上，一端搭在手心，另一端搭向手背，左手食指支撑，拇指固定，把面稍稍提起来，右手从左手手心这一头的面开始往下抻。这时候，两手中间的面片迅速被拉长变薄，变薄的面片开始耷拉到锅里，最好是让它往汤汁滚开的地方掉进锅里，那样不容易使接连下到锅里的面片粘连。看着锅里的面片够吃了，就停手，如果还剩下面片，就揉一揉，还放进碗里收起来。

锅本来就是开的，面片放进去，也不影响锅开，面一直煮着，所以，面抻完了，稍过一会儿，就可以关火了。出锅的时候，往锅里放点嫩绿的香菜，或任意一种绿叶菜。盛到碗里，红红的汤汁，白白的面片，绿绿的菜叶，看着就引人食欲，吃起来，那才叫一个香呢。

2013 年 6 月 20 日

脆枣

雪小禅的新书《小喜》，朋友红梅刚买来还没有看，就先让给我了。读到《小美可观》那一篇，文中提到枣的特殊用法，说是将枣"放在火炉的盖子上，将其外表焙煳，这时有很香的味道了"，"沏茶的时候，将煳枣掰开，放入茶中，既香又补血气"。

突然就想到上小学时的那个同桌小男孩儿来。我们在上小学四年级的时候是同桌，那时候的桌子都是用土坯垒起来一个台子，外面再抹上一层白石灰的皮，一般两个人占着一个这样的桌子。我们的座位在紧挨教室门口的第一桌，左边紧挨着窗户。小男孩儿坐在靠窗的位置，我坐在外边靠近走道的位置。前后两张桌子之间的空间很窄，只够放下一把凳子，每次他从座位上站起来要往外走的时候，我都要先站起来，给他让出走道。他经常会用两手分别挂着前后两张桌子，身体往上一纵，把两只脚一并提起来，从我的凳子上跳过去。他有一双那么清澈透亮的眼睛，黑白分明，干净爽利，圆乎乎的小脸儿，柔和瓷实，笑起来露出一口细碎的小牙，说起话来，奶声奶气。

他的书包里经常装着脆枣，课间的时候，他会掏出一个来，放进嘴里，只听嘎嘣一声脆响，香甜的枣味儿便飘散在周围的空气中了。

有时候，他会掏出两个来，一个递给我，一个放进他的嘴里。那个枣拿在手里，干干的，硬硬的，一点也不柔和。快速放进嘴里一咬，嘎巴一声脆响，满嘴都是酥香的枣屑。没想到那干硬的枣那么容易就咬碎了，而且是酥的，嚼起来一点也不费劲，好吃极了。

自己家里也有枣树，也有晾干的大枣，只是那枣捏在手里都是软软的，很肉头。记得在自家北屋的房檐底下，高高地挂着两边用绳子绑在房檐椽子上的笆子，笆子是用高粱秆连缀成的一个长而扁的犹如江中的竹排样的东西，挂在房檐上，上下通风，晾晒大枣，不会发霉。大枣也有晒得很干很硬的，但是吃到嘴里，是那种咬起来特别费劲的牛劲儿，得用牙齿使劲地咬才能嚼烂的那种，绝不会晒成这么酥脆。

他这个枣，看起来和普通的枣没有什么区别，外皮也是红红的，有光泽，没有煳，可是咬到嘴里却是酥脆的，一咬就烂，满嘴枣屑。我好奇地问他，这个枣怎么会变成这样？他说，秋天，家里枣树上的枣落了杆，奶奶把晾干后的枣，铺在炕上紧挨灶台的那一头，压在炕席下边贴着土炕皮，慢慢地，就变成这么酥脆的了。以前和之后，都没有吃到过那种脆枣，这真是他家的一个创举。

那时候，农村人家里都是用土炕，由一块儿一块儿的土坯垒起来的。垒的时候，里边会留出烟道，烟道的这头连着屋子外间的灶台，那头连着屋顶的烟囱，在土炕与烟囱之间，有烟道从墙体穿过。一般盖房子的时候，那烟道都是留好了的。

垒土炕的土坯也是特制的，不同于砌墙盖房子的土坯，俗称水坯，就是用黄土和上碾压得成了柔韧的皮了的麦秸，这里叫滑秸，浇水搅拌成泥，然后再把这个泥装进地上已经摆好的坯模子里，表面抹平。这个模子，是用四根相同尺寸的木板钉起来的一个方形的框子，厚度跟平时盖房子的砖的厚度差不多。等坯稍干定了型，再去掉模子，这叫脱坯。一块儿一块儿脱好的坯晾晒在大场里，等干透了，就可以拿来垒炕了。这样的坯因为加进了有韧劲儿的滑秸，不容易断裂，应该跟现在的钢筋水泥是一个道理。

那个麦秸必须经过碾压才能使用，不能直接拿来用，因为没有经过碾压的麦秸很脆，一掰就折，不适宜。只有经过碾压的麦秸，就是滑秸，只剩了薄薄的一层皮，很是柔韧，才适合。

农家一般都是烧火做饭，一日三餐，抱过一捆柴草放在灶台前，先点燃一小绺放进灶里去，再一点一点往灶里添加干柴，那烟就带着热顺着烟道飘向烟囱里，那烟道上边的炕头，每次做饭的时候，都会很烫很烫，那铺在炕皮上的大枣儿也在慢慢地焙烤着。

不做饭了，炕就慢慢凉下去，枣也慢慢凉下去。再次做饭，再经过一次由烘烤到凉透的过程。于是，就锻造出了那么好吃的脆枣。

一个很爱吃零食的同事，一天下午下班时，说要去超市买脆枣，我也顺着嘴儿说："是啊，现在的脆枣是好吃，刚下树。"她知道我误解了，便说是干的脆枣，不是新鲜的刚下树的脆枣。她眉飞色舞地说，她最爱吃某某牌子的脆枣了，酥脆酥脆的，特好吃。

一次去超市，看到货架上摆着脆枣，也有同事说的那个牌子，塑料袋包装，里边一个个枣张着嘴巴，去了核。拿上一袋，交款，回到家，第一件事，就是迫不及待地打开包装袋，捏一个脆枣放进嘴里。嗯，是挺好吃的，硬硬的，脆脆的，只是全没有小时候那个同桌小男孩递给自己的那个那样好吃，有的枣里仍旧带着一股子干硬，不好嚼烂，全不像小时候吃的那样到口就酥，而且香甜。

雪小禅的书中又说："现在不好找火炉，可以一次性焙一些，放着慢慢用。"想想，是不是也可以用电饼铛来焙，还有，可以在开成小火的燃气灶上，放上厚底的锅，锅底放上枣，慢慢焙，不知道效果是不是一样。

现在冬天有地暖了，直接把枣放在供了地暖的地上，放到一定时候，就会出来酥脆的效果。我试过，很好。

2013 年 6 月 25 日

伴儿

一般在晚上特别需要伴儿，比如走夜路，一个人走在漆黑的路上，即便是打着手电，前边的路照得雪亮，心里也不免胆儿小，怕在那亮光照不到的暗处，会藏着什么吓人的东西突然蹿出来袭击自己。如果有个伴儿，就好很多，两个人或三个人，可以说着话，起码把那些让人胆儿小害怕的念头排挤在外了。那些念头是那样直入内心，能够打败一个外表十足强壮的人。

如果没有伴儿，那就干脆不要去走那夜路，省得提心吊胆，胆战心惊的。让自己的内心始终保持平静，不那么一惊一乍，不失为保护心脏的一个绝好方法。

即便不走夜路，晚上睡觉的时候，熄了灯，四周依然是一片黑暗。如果屋子里只有一个人，也不免要胆儿小，怕那暗中会有什么东西正对自己虎视眈眈。所以，人们普遍喜欢找个伴儿，来驱走那害怕的感觉。

孩子很小很小的时候，曾经救过我一次。

家属院里有一个老太太去世了，她家住在公共厕所的旁边。晚上去厕所的时候，看到她家门口的墙上挂着大串的白纸，她家院子里的树上挂着很亮的灯，把四周照得一片通明。

自家院子紧靠家属院的主路，跟去世的那个老太太同在路的西侧，只是她家在路的最北端，自己家在路的最南端。

一溜三间北房，我们住在最东边的一间，东侧隔壁就是南北贯通的那条主路。屋子南侧的墙上开着一扇门和一扇窗，门在西侧，窗在东侧。北侧的墙壁中央靠近屋顶的地方，开着一扇两开门的小窗，为着南北通风方便。在小窗的外边，安装着手指粗细的铁条护栏，窗子只能开向屋子里。靠着南侧的窗户，沿着东墙根，摆放着一套组合家具，挨着家具，屋子的东北角放着双人床，床头向北，正好就在北窗的下边。床的对面，挨着西墙，放着一张写字台，写字台的南边，放着两个单人沙发和小的茶几。

习惯在睡前把门窗锁好，那样睡觉会很踏实。

晚上正睡得香，猛然感觉头上忽地一下，什么东西扑开窗户飘进屋子里来，吓得自己瞬间惊醒。心脏狂跳，如同在敲鼓，又像有一只兔子要快速地从胸口蹦出来似的。站起来去摸那小窗，好好地关着呢。屋子里一片漆黑，什么也看不见，真盼着天快点亮起来，天亮了，人们就都出来了，就有伴儿了。可是，眼前如墨一般，真不知道这漫长的黑夜该怎样度过。

时间过得真慢啊。

正自害怕，耳边传来了轻微的呼吸声，很均匀，是睡在身边几月大的孩子发出来的。哦，孩子正睡得香呢。这个小小的人儿啊，他在给自己做伴儿呢。真喜欢听到他的呼吸声啊，这个声音打破了周围无尽的静寂，轻快地在空中跳着舞，宣示着生命的强盛。狂跳的心脏慢慢平静下来，心内一阵欢喜，自己是有伴儿的，这个小小的娃娃就是自己的伴儿啊，他的均匀的呼吸声把自己从强烈的担惊受怕中解救了出来，感觉到自己并不孤单。没有了害怕的感觉，睡意袭来，踏实睡去。

读过一本李叔同的书，他说人们平日里可以经常念一句"阿弥陀佛"，会对自身很有好处，究竟为什么，没有说。

很喜欢李叔同的歌："长亭外，古道边，芳草碧连天。晚风拂柳笛声残，夕阳山外山。天之涯，地之角，知交半零落。一斛浊酒尽余欢，今宵别梦寒。"

他说的话应该是没有错的吧。

孩子读大学去外地了，老头儿工作忙也离得远了，晚上一个人，就念"阿弥陀佛"，脑海里一片空旷，心底里一片沉静。

一天晚上，正熟睡间，忽觉什么东西扑到床前，猛然惊醒。睁开眼睛，周围一切正常，什么也没有，心脏怦怦地跳得厉害，要从胸口蹦出来似的。这个感觉是那样熟悉。那一次，身边躺着熟睡的小儿，是他的均匀的呼吸声把自己从胆战心惊中救了出来，使自己感觉到了有伴儿陪着，不用害怕。那时候，老头儿也是为了工作，远在偏僻的大山里。

这一次，只有自己。静寂的夜里，些许路灯的微光透过厚厚的窗帘照进屋子，稍能看清屋里的一切。轻轻地闭上眼睛，脑子里默念起"阿弥陀佛"，跟着床头小闹钟的嘀嗒的节奏，一句一句念下去。胸口的狂跳慢慢平息，一点没有害怕的感觉。沉沉地，重新睡去。

2013 年 6 月 30 日

热毛巾

热毛巾的好，对我来说，已经深入骨髓了。

几年前的一天中午，在食堂吃过饭，回到办公室，看看离上班时间还早，就趴在桌子上睡着了。朦胧中听到同事在对面的屋子里谈论一件自己很感兴趣的事，就立刻起身迈步往外走。没想到脚底下像踩了棉花一样，一脚踏空，脚腕部位重重地疼了一下，耳朵里也清楚地听到了一声很清脆的"咔吧"和自己下意识发出的"哎哟"。原来是趴在桌子上时间太久，脚麻了。右脚的脚腕像针扎样地疼起来了。再不敢往前迈步，只好退回到座位上坐下来。

听到声音的同事很快聚拢来了，都关切地询问怎么回事。我望着很快肿胀起来的脚腕，跟同事说了刚才受伤的经历。任谁去想，都觉得不可思议，脚下的地面那么平整，怎么竟会扭伤了脚。

一个下午，脚面都肿起来了。下班的时候，每走一步路，脚腕都会刺痛一下。坚持着下楼，一瘸一拐地走向公交车站。本来很短的一段路，竟然觉得怎么这么远啊。

家里有正红花油，是以前买了放在家里的。前些年因为腰疼去医院，医生给开了这个药，说是腰肌劳损，涂涂就好了。确实是，涂过之后就不疼了，所以对这个药的效果很相信，一直留着备用。家里还有朋友从香港带来的保心安膏，也是治疗跌打损伤的，还有蚊虫叮咬什么的，很好用。有这两样法宝在手，心里很确定要不了几天，脚就会好的。也没有请假，一直坚持着上班。

婆婆听说我脚崴了，就说可以用热毛巾敷，特别管用，还说起她早年曾经扭伤过手腕，就是用热毛巾敷好的。还说，她曾经把盐炒热了，用布袋装起来，去敷患处，也非常好。这些方法都是街坊邻居告诉她的。

我的心里却不以为然，认为有正红花油和保心安膏那两样法宝，都是自己亲身体验过的，效果简直太绝了。婆婆说过几遍用热敷好，我也没有太在意，只想着，还是用药涂吧，涂涂就好了。

一遍一遍地涂药，涂了这种涂那种，开始的时候，似乎管用，好像肿得略微轻一些了。可是，时间一周一周地过去，脚腕还是疼，肿也还是肿，不见完全消退。

去医院看医生，医生说需要静养，少走路。开了假条，也不去上班了，在家养着。仍旧涂药，脚面上开始长出米粒大小的疙瘩，痒得难受。心想，可能是涂药涂得时间太长了，过敏了吧。

总也不好，前前后后两个月过去了，脚腕还是肿的。

心里开始犯嘀咕，莫非是这药失效了吧，放的时间太长了，也或许是这次崴得太厉害，不能一下子好利索。婆婆几次三番地说热敷好，不如就试一下，看看效果到底怎么样。

在燃气灶上烧开一大锅水，端到沙发前边。再拿来一个脸盆，一块儿毛巾，一把大勺子。毛巾折叠成方块，放在脸盆里，勺子放在锅盖上。在沙发上坐下来，左手掀开锅盖，右手用勺子从锅里舀出少半勺水，盖上锅盖。勺子里的水淋在脸盆里的毛巾上，刚好浸湿毛巾。把勺子放好，双手拿起毛巾的两头，拧出多余的水分。毛巾很烫，需要捏住两头，慢慢拧。把拧得稍干的毛巾，敷在肿胀的脚腕上。很烫，稍稍提起来一下，让热气跑跑，再放上去，达到自己能够承受的热度。毛巾慢慢凉下去了，再从锅里舀出半勺水，淋在毛巾上，拧干了，敷上去。盆里的凉水渐渐多起来了，从锅里舀出的热水，淋在毛巾上，也不是特别热了。就又拿来一个盆子，把原来盆里的水倒在这个盆里，把毛巾放在空了的盆子里。这时候，再从锅里舀了热水，淋在毛巾上，毛巾又是很烫很烫的了。

如此这般用完了一大锅热水。

第二天早晨，惊奇地发现，脚腕的肿胀消下去了。虽然没有消失殆尽，可是比前些天消退的进度快多了。

真是一大发现，热毛巾的效果原来这么神奇呢。激动地马上向婆婆汇报，婆婆依然向我讲起她曾经用热毛巾敷好了扭伤的手腕，依然向我讲起是谁谁告诉给她的这个方法。在我扭伤了脚的两个月的时间里，她说了那么多遍这个方法，我到这时候才去用，她一点没有说：

"你要是早听我的话，说不定早好了呢。"只是一味地说着这个方法的好。耳朵里听着婆婆絮絮地说着那些自己差不多都能背下来了的话，油然地，一股对婆婆的好心与包容的由衷敬意，像丝丝甘泉从心底涌起。

只热敷了两天，脚腕的肿就消失了，持续了两个多月的脚伤终于有了好转的迹象，疼痛的感觉，也渐渐没有了。

发现了热敷的好，经常兴奋地向身边的亲戚朋友谈起，如同婆婆绘声绘色地说起自己这一发现的经历。愿意这个好的方法能够被更多的人使用，减少更多人的痛苦。

前些天，两个膝盖疼起来了，尤其是下楼的时候，简直不能打弯。开始的时候，也没有太在意，觉得过两天就好了。可是，总也不好，总是疼。朋友说，膝盖疼可不是闹着玩儿的，必须引起高度重视，因为膝盖的两个半月板是不能再生的，必须保护好。

心里开始着起急来，希望膝盖快点好起来。

又想起热敷。烧一大锅开水，拿来两个脸盆，一块毛巾，一把勺子。坐下来开始。热气打进骨头缝里去了，感觉好舒服呀。

早晚两次，坚持着。不出一个礼拜，膝盖完全好了。

后来，听医生讲，扭伤了的部位热敷，需要等到受伤24小时之后，在24小时之内，应该冷敷。

又有文章说，在扭伤之初，迅速用手指掐紧受伤部位的血管，会减少肿胀的发生。这个没有试过，不知道效果如何，理论上应该是对的。

2013 年 7 月 9 日

汽车

现在年轻人结婚，大都要买一辆私家车，贵贱不用说，只依着自己的能力，市面上多少钱的车都有。汽车几乎成了一个家庭必备的大件。

也是，在街上走，尤其是尘土很厚的地方，就怕过汽车，汽车呼啸着开过去了，车后卷起漫天的黄土，呛得路上的行人呼吸不得。要是坐在汽车里去走那路，就免去了这份烦恼。

还有刮风下雨的时候，风刮起来，顺着风走还好，要是逆着风，无论是骑车还是步行，都很费劲。要是坐在汽车里，就好多了，快慢不用说，只那遮风挡雨的作用，就让人松心不少。

买了汽车才知道，养一辆车的费用真不少呢。

首先是上保险，交强险和车船使用税是必须要交的。为了加强对车辆的保护，对自己和车上其他人的人身保障，还有路上行人的保障，都要花些银子来垫底。

然后，大宗的开销就是加油。车子要开起来，没有汽油是不行的，每动一下，都要消耗一定量的汽油。除了平日里能计算的正常用度之外，还要有不少预算外的开支。比如周末跟朋友一起到外地自驾游，来回消耗的汽油可能是自己一周或更长时间的用量；还有平时陪朋友绕个弯儿啊，参加个什么活动啊之类都需要延长行驶里程。

汽车给人的感觉似乎总是好的，太多人都愿意拥有自己的汽车。可是，汽车带给人们的，也不都是美好，甚至还有无可挽回的伤痛和遗憾。

比如那个刚刚学会了开车，在倒车入库的时候，鬼使神差地把自己和丈夫的生命都葬送在车库的妇女；比如那个好心指挥倒车，反被汽车撞倒毙命的年轻人；比如那个被遗忘在校车里，再也不能还阳的幼儿园的孩子；比如那个正在缠绵的一对情人，生命双双休止于密闭的车库里开着空调的汽车里。更别说那一起起惨烈的重特大交通事故，都是被行驶着的汽车，瞬间夺走了人们宝贵的生命。

凡事有利就有弊，汽车给人们出行带来了美好的感觉与便利，同时，稍有不慎，又会给人们带来无尽的痛苦与烦恼。

不过，又不能因噎废食。为了怕有麻烦，就不使用汽车，那汽车的好处体会不到，也是一种人生憾事。只要多加小心，常怀敬畏之心，谨慎驾驶，就会减少那些不必要的麻烦。

一个傍晚，天空下着小雨，听朋友说她家老人住了医院，便匆忙跑到医院去看。到了医院，给朋友打电话，问她们在哪个病房，朋友就是不愿意说，一直说着不必去看了，没有什么大问题。我也是执拗，一直坚持着说要去看看，最后，朋友说，如果我实在要去的话，老人就该生气了。话说到这里了，自己的倔强也就刹住，人家并不是客气，而是实在不太愿意让人去看啊。后来想想，一般看病人应该在上午比较好，好像传统中不应该在下午或是晚上去看病人，尤其是老年病人更是如此。但是，为了表示自己的热心，听到消息就去看的话，那也是常有的事。

跟朋友结束了通话，想想此行到此结束，家里还有孩子等着自己回家做饭，立刻发动了车子，倒车。就听车后"咣"的一声巨响，同时感到身体猛地一震，嗯？怎么回事？一下子就愣住了。有什么情况发生了？把挡位挂回驻车挡，下车去看，好嘛，自己车的后屁股已经牢牢地吻住了后边车的大鼻子。原来自己倒车的时候，根本没有去看后视镜，挂了电话，就直接发动车子，挂倒车挡，踩下油门，快速倒车，还想着自己的驾车技术多么熟练啊。根本没有想到，很流畅的一串动作，就是缺少了最该做的先看车后边情况再倒车这一个关键环节，结果捅了这么大一个娄子。下来想想，真是后怕，要是后边站个人，或者是更多的人，会怎么样啊。莽撞，这是多么重大的失误啊。

后边的车上没有人，四下里也不见一个人影。天空依然下着连绵的细雨。我又回到车上，抬眼看下后视镜，车后边的挡风玻璃一片迷蒙，什么也看不清楚。车窗外边的两个倒车镜，也被雨水蒙上了一层水膜，镜子里边什么也看不到。

给老头儿打了电话，告诉他自己的情况。他让我就在车上待着，不要乱动，他马上就过来。心里踏实下来了，无所事事地在车上坐着等。车子外边陆续来了不少人，也有几个脖子上戴着粗大的金链子剃着光头的小伙子。我走下车去看，他们也不说什么，只是歪着脑袋看车子碰撞的地方。有一个年轻的女人，看样子是被撞车子的车主，我向她表示了歉意，她也没有得理不饶人的表示。

老头儿来了，跟对方谈妥处理办法，就一起到汽修厂去。后边的车子开起来没有问题，只是前边的保险杠撞坏了。自己的车子开起来也没有问题，只是后边的保险杠需要修理。到了汽修厂，按照修理人员开出的修车价格，当场赔给了人家，事情就结束了。

再开车的时候，每发动汽车，都会前看后看左看右看，看到周边没有东西，再挂挡，开动。

报纸上曾报道过一位爸爸倒车的时候，把车子后边站着的自家孩子撞倒毙命的事，想到他肯定是倒车倒得太急了，没有注意到车子后边的情况。想来，车子后边真是一个危险地带，看到有人上车要走的时候，千万不要站到车子后边去，包括好心给司机做倒车向导。好像站在车子的侧面更安全一些，因为车子只会向前或向后，而不会侧着走。

车子从外边上了锁，车里边的人打不开车门，想下车都难，除非用锤子打碎车窗玻璃，或者拿着钥匙的人回来，用钥匙打开车门。

一天晚上，跟着朋友外出办事。朋友下车去办事了，留下我一个人在车上等着。朋友离开的时候，我特意告诉他把车门锁上，那样自己在车里待着感觉安全些。看了一会儿手机，有些眼疼，另外，实在也没有什么想看的了。坐在车里觉得无聊起来。随手拉一下车门，平时一拉就开的车门纹丝不动，那个把手是可以动的，就是门打不开。再去拉驾驶位旁边的门把手，也打不开门。去按门上的开锁键，不管用。知道无济于事了，没有车钥匙，自己在车里是不会打开车门了。不死心，又去扳每个车门的把手，仍是没有用。只好安静地坐下来等。

有好些时候，家长离开车去办事，把孩子留在车上，好像不经意地就在外边随手锁上了车门，哪里知道，这是一个非常危险的举动。那一锁之间，已经给车里的孩子带来了潜在的生命危险。尤其是烈日炎炎的夏天，车子暴晒在太阳底下，密闭车窗的汽车里温度激增，足以夺走人的生命。被困在车里的人想出来而不能，那将是一种多么残酷的煎熬啊。

到了夏天，坐在汽车里，都会很自然地打开空调，凉爽的风徐徐地吹着，好不惬意。这种舒服的享受是要看周围的环境的，如果是在外边通透的环境中，开一天空调都没有问题，可是如果在密闭的空间中，一般是在单独的车库中，是不能开着空调的，那样的话，宝贵的生命会在不知不觉间溜走。

好多年前的一个夏天，县里一个领导的司机，因为天热跑到车库里的车上吹着冷风休息，终究没有醒来，说是一氧化碳中毒。

前些天，网上也有消息说，某个地方的一对情人，因为在地下车库里缠绵，而双双殒命于开着空调的汽车里。

都说是一氧化碳中毒，那一氧化碳从哪儿来呀？好像是汽车的空调开着要燃烧汽油，而汽油的不完全燃烧会释放出一氧化碳。在密闭的空间里，那些不断释放的一氧化碳排不出去，空气中的毒气浓度越来越高，最终达到令人窒息的程度。

待在密闭的车库里开着汽车空调休息，是一件绝对危险的事。

2013 年 7 月 11 日

抓泥鳅

　　那次抓泥鳅，离现在已有十几年了。那时候，自家住在易县城南一个紧挨河套的小村子里，村子南边紧挨的那条河就是历史上有名的易水河。每到河边，总会不由得想起"风萧萧兮易水寒，壮士一去兮不复还"的壮烈诗句。

　　在河的南岸，易县县城的西南方向，有一个荆轲山村。这个村子的西南头有一个不大的小土山，名叫荆轲山。山上不长什么树，只有些疏疏落落的野草和小的灌木丛。山坡较缓，很容易就能爬到山顶。山顶上矗立着一座年代久远的塔，名唤荆轲塔。塔周伸向空中的八个角上，挂着不知经过了多少年代多少风雨的风铃。有风吹过的时候，风铃会摇动起来，悦耳的铃声便随风飘向远方。塔基南边的地面上，距离塔基不远的地方，立有一块石碑，石碑上刻着"古义士荆轲里"的字样。据说石碑的下方，有一块蛤蟆石，用石头敲击它，塔里面会发出"呱呱"的青蛙叫声。我们从地上捡起小石块儿，在碑座周围的地面上随意敲打，然后侧耳细听，到底没有听到那蛙声。或许是我们没有找对地方吧。

　　在荆轲山的西南方向不远，有连绵起伏的一溜山峰从北向南延伸。山前有个血山村，挨着村子的血山上，高高矗立着一座跟荆轲塔相类似的塔，名叫血山塔。据说这个塔是为了纪念战国时期跟荆轲同样著名的樊於期而建造的。当年荆轲为了刺杀秦始皇，向樊於期提出想用他的项上人头作为与秦始皇的见面礼，樊於期二话不说，自刎而死。虽然刺秦没有成功，但是，历史上却留下了荆轲和樊於期这样仁人志士的千古佳话。血山塔和荆轲塔，一南一北，一高一低，比邻相望，默默相守，共同演唱着那首慷慨激昂的燕赵悲歌。

　　从我们住着的村子南边的河套里，沿着河床往西看，就能遥遥看到矗立在山顶的荆轲塔和血山塔。

　　夏末秋初的季节，河套里的水不多，一洼一洼的，好多人都下到水里捉鱼。一个星期天，吃过早饭，天已不早了。待在屋子里也没有什么事干，老头儿突发奇想，很兴奋地对我跟孩子说："咱们去抓鱼吧，怎么样？"孩子还小，也就刚上幼儿园的样子，正是爱跑出去玩儿的年龄，当然立刻响应，马上就拉起大人往外跑。什么都没有准备，用什么抓鱼呀？没有筛子，以前我们都是用筛子去捞鱼的，可是家里没有这个。看看家里只有铁锹还算是一件工具，老头儿就扛上铁锹，我的手里拿个脸盆，孩子在前边跑着，往河套里去。

从村子到河套的路，坑坑洼洼的，满布着条条细沟。路两边的庄稼地高出路面近一米，说是一条路，其实，在雨天的时候，就是一条排水沟，村子里的雨水，会顺着这条路奔腾着流进河套里。道旁的地里种着比人还高的玉米，也有刚刚刨过的花生地，地的表面能看到星星点点的白色花生皮。我顺着斜坡，走到高出路面的花生地里，弯腰捡起那白色的花生皮，捏在手里的，却是颗粒饱满的整颗花生。地里被人们丢掉的花生，经过雨水的冲刷，有不少都露出了地面，低头去找，不一会儿就能捡起一大捧。真想回家拿个小铲出来，干脆倒花生【注】好了。

老头儿和孩子在路边等得不耐烦，直劲儿催着我别捡花生了，他们的兴致还是在捉鱼上。看看地里有不少露出地表的花生，真想多捡一些，真舍不得就这样离开啊。他俩已经不再等我，径自往前走了。我看他们一点也没有商量的余地了，赶紧从花生地里下到路面上，跑上几步，追上去。那块花生地，只好任它有多少的花生白白丢了。

生活条件就是好了，对于地里丢掉的那点花生，人们已经很少去在意，很少再倒花生了。每次经过一片刚刚刨过的花生地，我总会不由自主地走近前去，看看土层表面会不会有露出的白色花生皮，总想停下脚步，找寻那丢在地里的花生。或许这是自己小时候倒花生留下的后遗症吧。

河套里的人还真不少呢。我们凑到一个人多的水洼处，觉得人多的地方，鱼应该会多一些。眼瞅着人家一条一条地捡起鱼来放到自家的小桶里，我们就是不开张，每次铁锹翻开的沙土上都是干干净净的，不见一丝鱼的影子。换一个地方，还是见不到。又换一个地方，还是见不到。

那天的天气格外好，强烈的阳光毒辣辣地照在头上，感觉头皮都快被烤焦了。真是考虑欠周到，除了带着铁锹和脸盆外，竟然忘了带上水，当然也没有戴帽子。不知不觉间，太阳已经有点儿偏西了。

挖了半天泥，人也累了，口也渴了，肚子也饿了。没想到，这时候，泥鳅开始多起来了。一铁锹下去，会翻出两三条泥鳅来，有时候，还有长长的黄鳝。孩子高兴得不得了，两只手一起抓。真是有意思，在你想离开的时候，泥鳅反而多起来了，好像是在挽留自己，不让走似的。

第一次抓泥鳅，伸手去抓，泥鳅滑滑地从手心里溜掉了，快速钻进泥里去。泥鳅表面原来这么光滑啊，怪不得有那句俗语说人像泥鳅一样滑呢。慢慢地，找到了捉泥鳅的窍门，必须用巧劲儿才能让手里的泥鳅不会溜掉。铁锹翻开的灰黑色沙泥里，白亮的泥鳅不停地钻动，真是让人看着激动。

真是舍不得走啊，泥鳅太多了。可是，人也是太累了，又饿又渴，简直一点劲儿都没了。太阳都偏西好多了，干脆罢手，不挖了，还是赶紧回家吧。那次挖了有半脸盆的泥鳅。

回到家，吃了点东西，喝够了水，也顾不上休息，开始鼓捣这些泥鳅。先是往盛泥鳅的盆里放上盐，为的是让泥鳅吐泥，让泥鳅把肚子里的泥都吐出来。看看盆里的泥很多了，估计吐得差不多了，就拿去炖，炖了整整一小锅。可是，当鱼香飘满小院儿的时候，我突然想到孩子是不能吃鱼的。

本来鱼是孩子最爱吃的东西。一次邻居家炖鱼，还不会走路的他硬是伸着胳膊往邻居家趟，抱着他的我只好顺着他的指引一次一次地跑到邻居家去。那次邻居家的鱼还没有出锅，已被我们吃去一半儿了。这一次，炖了这么多，应该好好地过把瘾了，可是，却不能吃了。因为孩子的头前两天磕破了，传统的说法是要忌口，不应该吃发物，而鱼是很重的发物。怎么办呢？我们一致认为，干脆家里人都别吃了，因为鱼要是上了桌，孩子看到了肯定会馋的，不让他吃又不好，看不见，也就不会要了。于是，我们把做好的鱼都送给了邻居。孩子居然真的连问都没问。

虽然没有吃上，但那次抓泥鳅的经历却深深地记在了心里。现在的人们可能很少有这种经历了，因为河套里到处开起了沙场，一个大坑一个大坑的，平日里已经很少有人去河套了。

【注】倒花生：当地俗语，是指在刨过花生的地里，用小锄儿等工具翻开土，把遗落在地里没有被刨出来的花生找出来。这里的"倒"读四声。

2013 年 8 月 1 日

酒

　　酒，是一个让人又爱又恨的东西。

　　一般招待客人，都要有酒，有酒才觉得上档次，有酒才显得对客人尊重。

　　酒与水的区别就在于它的辛辣与甘醇，也正因为它的味道对口腔味蕾的刺激，还有它对人本身内部神经系统的麻醉，让人有了一种超然于物外的感觉。

　　没有喝过酒的人，对外部世界不是太敏感的人，应该对酒的诱惑拥有一种天然的抗拒。

　　说起来也挺奇怪，比如每次家里有人出门去吃饭的时候，别的家人都会嘱咐了又嘱咐："少喝酒。"脸上还不免带着点恨铁不成钢的样子。因为总是出门嘱咐，总是喝多了酒回来，心里便也多了些无奈和怨怼。要出门的那个人总会很爽快地说："知道了，没事儿。"顺便着，还要调皮地向家人做个鬼脸，一副很让人放心的样子。

　　所有的人应该都不希望看到自己的亲人喝多了酒回家吧。可是，到了酒桌上，大多数人还是会积极地劝酒，积极地喝酒，全不管喝多了酒之后身体是多么难受和痛苦。

　　有时候，真的很矛盾。谁都不想喝酒，谁都知道喝多了酒难受，但是，在一定的宴席上，又做不到真的就不喝酒，而是要看着人家的面子，多喝，以便让别人高兴，让别人也多喝，大家都多喝了，才觉得这顿酒喝得尽兴，喝得好。

　　没有谁喝完酒之后跟着别人回家，大家都是在酒店的门口握手告别，各回各家。只有家里人才知道喝多了酒回家的那个人是多么狼狈和难受。口里不停地说着难受，几次三番地跑到卫生间去吐，又无功而返，想吐又吐不出来，只能眼睁睁着那些烈酒在肚子里翻江倒海地折腾，人也随着肚里的烧灼而翻过来倒过去地不知道怎么待着好。家里人看在眼里，急在心上，急也没用，什么忙也帮不上，只是那么眼巴巴地瞅着，心里憋闷着一股子坏脾气。心里有气也不能发作，他那里已经很难受了，你再说气话，又管什么事呢？只会让空气变得更紧张，让心情变得更糟糕。

酒喝多了的人其实是把自己的生命置之度外了，也可以说是不要命了。因为在醉酒的状态下，他的头脑是不清醒的，能平安地回到家里已经不错了，喝多了酒找不着家门在哪儿的，看看晚上躺在马路边，旁边倒着一辆自行车的那个人就知道。想想真是可怕。现实中也确实有在冬天因为躺在外边睡着了，而再没有醒过来的。据说，最近有的地方兴起了一个风气，就是如果同一酒桌上的某个人因为醉酒没有醒过来，那么在这个酒桌上一起吃饭的那些人，都要拿出一定的钱来补偿这个人的家庭，因为这些人对这个人的醉酒负有不可推卸的责任。

总觉得酒既是好东西，就应该喝得恰到好处，既不能影响大脑的反应，也不能伤害身体的某些器官。直喝得想吐了，那么好的东西，都吐出来，浪费东西不说，对身体也会造成太大的伤害。没见单位体检的时候吗，几乎大部分男同志都有或轻或重的脂肪肝，一问怎么会这样，大家会异口同声地说："当然是喝酒喝的。"那么确定，一点儿也不觉得意外，一点儿也不觉得不应该。还有一种说法，是喝酒喝成胃下垂的。真是不知道说些什么好。

人生在世，应该惜福。有酒慢慢喝多好，细水长流着，每天喝一点。据说，每天喝一点酒的话，对心脏是有好处的。想想也是，酒的热烈应该能够促进血液循环，血液循环畅快了，心脏当然也不会有多大问题。话又说回来，还是适量的好。

在酒桌上总有那么一种人，很喜欢别人顺着自己的意思行事，喜欢看着别人多喝酒，却不管这个人的酒量到底能不能胜任酒力。那种强迫别人喝酒的行为，总觉得是对别人的一种冒犯和不尊重。当然，能够在酒桌上做到说一不二，让谁喝谁就得喝，不喝就是不识抬举的人，有可能是这个酒桌上的老大。老大嘛，就有这个范儿，就得是一言九鼎，吐口唾沫砸个坑，嘿嘿，让你喝杯酒是看得起你，怎么着，还不领情咋的？可是，又觉得既然做到了老大的位置，应该有老大才有的度量和雅量，应该为着大家的身体健康着想，怎么想办法让大家少喝酒，喝好了为止才是正经。而且，少喝了酒，也有利于每个人的家庭和睦与幸福。可以想见，没有几个人是愿意看见自己的家人喝多了酒回家的，喝多了酒耍酒疯的不说，就说喝多了酒直接躺到床上睡觉的，也使原本正常的家庭秩序被打乱了，更别说总是喝多了酒，还会伤肝伤胃。

有多少个家庭因为其中一个人老是喝得醉醺醺的不省人事而解体啊。那个离开了家庭的人，仍旧看到酒就喝，喝了酒就醉，醉了就找不到家。家已经没有了，到哪里去找家呢？可能在他清醒的时候，也会为了自己的处境而心碎吧。心碎了，感觉不到家庭的温暖与幸福，又去喝酒，喝了酒，又醉，真正做到了醉生梦死。只是害苦了生他养他的爹娘。爹娘已经偌大年纪了，本来应该是颐养天年的时候，却还要为他操心，整日里提心吊胆的，无时无刻不在牵挂着这个不争气的孩子，生怕这个孩子喝多了酒找不到回家的路，躺在哪个角落里受人欺负。

交警部门严查酒驾是一件利国利民、大快人心的事。每到中午和晚上，城里主要十字路口就会有交警拿着测酒器等在路边，红灯亮起的时候，他们会一辆车一辆车地检测驾驶员是不是刚刚喝过酒。这在一定程度上对喝酒的人们给予了震慑，一般人们在酒桌上也不再强制别人喝酒了，说是自己开车呢，也便可以不喝酒。很明显，因为酒驾造成的交通事故，一下子减少了，人们走在马路上，心情也放松了。

酒是好东西，我们应该把这好东西用得恰到好处。

从我做起吧，出门不喝酒，大家都轻松。

2013 年 8 月 8 日

下班了

下班了，女同事们都快速地拿起自己的包，冲出办公室，跑向电梯间。电梯门口早有同事等在那里，向下的箭头已经亮着了。男同事们却不着急，一个个稳坐钓鱼台似的，对下班这件事，并不热衷。

一般女同志都比较恋家，或者说，对下班的热情要高过上班的热情。下班了，总是那么欢欣鼓舞的，行动也快速敏捷。先去菜市场买菜，心里早盘算好了接下来的这顿饭该做点什么好吃的。或者先去接孩子，正上小学的孩子早放学了，正在小饭桌的院子里等着呢。或者跟朋友约好了去逛街，有一件很漂亮的衣服早看好了，让朋友去做个参谋，看值不值得买下来。

不着急走的男同志慢条斯理地坐在自己的座位上玩电脑，或者踱着很四方的步子到隔壁屋里去找人聊天，再或者，凑够了几个人，玩起扑克牌，大呼小叫地争个不休。

能够按时下班的人们是幸福的，他们可以随意享受下班后的空闲时间。只是这时间太过匆匆，下班后想做的事情又太多，总觉得时间不够用。

有些人不能按时下班，也许是单位历史上留下来的传统；也许是刚刚换了部门领导，刚刚树立起来的新风；也许是单位里的事情实在太多，下班了也做不完，必须加班加点才能完成工作任务；也许是因为想躲清闲，下了班不想去买菜，也不想去接孩子，就等着回家吃现成的饭；再也许是那些以单位为家，一天24小时都属于单位的人，他们根本没有下班一说，根本没有家庭一说，所有的时间都给了单位，家庭只不过是一个可以给他补充睡眠的地方，可以给他提供换洗衣服的地方，可以给他提供家庭温暖的地方。

一般恋家的人都希望按时下班，或者说家庭责任感比较重的人都比较恋家。一个家庭的存在，并不像想象的那样简单，它需要家人付出一定的辛劳才能正常地运转。

别的不说，单说小孩子，一个小孩子从出生开始，家里的事情就多了很多。首先要看护他，随时注意不能让孩子受到伤害。还要照顾他的吃喝拉撒睡，还有玩儿，还有教育。上了幼儿园，上了小学，要想着上学的时候送，放学的时候接。当然有老人帮着带孩子要轻松好多，但是老人帮着带孩子已经很累了，做饭啊，洗衣啊，买菜啊，收拾屋子啊等一些琐碎的家务，就不能都等着老人去做。都等着老人去做，那老人不成了家里的苦力了吗？

现在农村的老人最辛苦。孩子生了小孩儿大多不自己带，而是抱给老人带。老人既要带小孩儿，还要下地劳动，到了家还要操持家务。年轻人好像只顾自己轻松，较少换位思考。

城里带孩子的老人一般就不工作了。当然也有老人不能帮忙带孩子的，就得年轻人自己想办法，除了工作，还要带孩子，还要操持家务。所以下班了，会急急忙忙地往家赶。在单位是下班了，在家庭，又是上班了。当然家庭方面是比较随意自由的地方，可以换下那穿着不舒服的工作服，穿上自己喜欢的漂亮衣服，做上自己喜欢的饭菜，吃上自己喜欢的食物，看上自己喜欢的书或电视节目，陪着自己喜欢的家人。心里是幸福的，苦了累了，都是次要的。

最急的时候，是下班了，该接孩子了，单位里又有事了。心里想着孩子孤零零地站在学校的院子里等着，真如百爪挠心，心神不宁。快速处理完事情，飞快地跑去接孩子。到了学校，看到孩子好好地在那儿等着呢，一阵欣喜一阵轻松掠上心头。就怕赶到学校却不见孩子，老师也不见，那份心急火燎，简直可以把房子点着。先到孩子的教室去找，再到老师的办公室去，再到厕所去，再问看门人，脑子里飞速旋转，猜想孩子最有可能会在哪里。正自心焦，老师领着孩子从校门外回来了。因为等得太久，老师在校门外见了个人，就领着孩子一块儿去了。真是虚惊一场。看到孩子笑嘻嘻乐呵呵的，心头溢满了幸福。

下班的时间一来是供给人们享受生活的，二来也是为了工作休养生息的。上了一天的班，体力和脑力都付出了很多，最需要的是补充营养，补充能量。回到家吃上一顿像样的饭菜，陪家人好好地乐一下，放松身心睡个好觉，第二天才有充足的精力和体力投入到工作中去。

工作和生活，其实是相辅相成的。好好工作，在工作中体现了自己人生的价值，享受到了工作带给自己的快乐，同时挣了报酬供应自己好好生活。好好生活，在生活中享受到人间的至情至善至美，美的食物、美的景物与美的情感滋养身心，为工作积聚起饱满的热情与能量。

有的人心中只有工作，忘却了生活。他们简直是工作的机器，脑子里满是工作啊工作。家人想跟他一起享受生活的乐趣，却不可得。他没有时间。有的领导觉得加班加点地上班才能体现敬业，只有下班了不回家的同志才是好同志，才值得嘉奖。可是，人的身体如同汽车一样，或者说如同机器一样，也是需要加油才能工作下去的。汽车没有了汽油，是万万开动不起来的。人也一样，也是要有营养啊睡眠啊娱乐啊等的滋养，才能够正常地运行下去。如果把人当成了干活的机器，不知道保护，不知道还要吃饭穿衣娱乐睡眠，那人是要生病的。那样做，相当于对人身体的过度消费，过度损伤，从而透支人的生命。这种消耗，外表上或许不明显，但是从身体的健康状况，以及反应的敏捷与迟钝上，是能够看出来的。

有的领导似乎太过敬业，总是在快要下班的时候，给手下人安排一大堆的工作，还规定必须当天完成。或者在快要下班的时候，安排大家开会，会开起来就没了结束，大家都还饿着肚子。

在这样的人手下工作，简直是一种煎熬。总在想，这样的领导要不就是家庭生活不幸福，要不就是思维方式不对头，当然，也有工作压力大的原因。他把大家下班后的时间都占用了，肯定会影响大家的家庭生活。谁不希望自己的家人下班后按时回家，好好享受家庭生活的美好啊？可是，他的做法，无端侵占了本该属于家人的幸福时光，把家人享受家庭生活的安排彻底打乱了，那么家里人的心绪能平静得了吗？不免会愤愤然。

等大家忙完了手头的工作，疲惫不堪地赶回家的时候，看到的不免是家人投过来的极不满意的目光。那么想想看，家庭生活不是也被波及了吗？碰到家里人好说话的还好，心里憋屈着也不发作，还努力维持着家的和乐气氛。可是，心里毕竟也是不快乐的啊。

就是领导自己的家庭生活也一样受影响啊，他也一样那么晚回家，家里人只能当他是个可有可无的人了。在也好，不在也好，都不会影响大家的好心情。但是，那还谈什么家庭的温暖与幸福呢？总觉得家的温暖，是在家庭成员互相关爱之中产生的，如果都变得非常冷漠了，还有温暖吗？

当然这样的领导还是少数，但是让谁碰上了，真是一件难过的事。大部分的领导还是很开明的，下班了，就是下班了，大家都下班自由活动了，他也可以放松身心，好好享受一下休闲时光。

下班了，就是下班了。

2013 年 8 月 14 日

水饭

　　水饭是我们家乡夏季里的主要饭食，一般是小米水饭和大米水饭，也有高粱米的，但是少。小米和绿豆一起煮，捞出来的水饭，叫小米绿豆水饭，在炎热的夏天里，吃上一碗，很是消暑。

　　水饭，顾名思义，就是过了水的饭，跟干饭是相对的。干饭，蒸熟了之后，或者焖熟了之后，那饭是干的，不见一丝水星。

　　水饭，是先在火上坐上一大锅水，比熬粥的水要多出一两倍。这样做，主要是为了那煮熟的米不黏稠，好往外捞。锅开了放进米，等米熟了，再用一个大点的盆子盛上凉水，把锅里的米用笊篱捞到大盆里。那米粒在盆里颗颗散开，个个独立，绝不粘连。捞出来的米放进盆里的时候，那盆水会很快变烫，锅里的米都捞进盆里了，那盆子也很烫了。如果喜欢吃热的，这样过一遍水就行了。如果喜欢吃凉的，还要再过几遍水。可以把笊篱插进盆子里靠近盆壁的地方，把盆子向锅里或是洗菜池里倾斜，把多余的水分倒掉。笊篱会挡住米粒，使它不至于被倾倒出去。然后，再往盆子里倒进新的凉水，用勺子搅拌一下，舀起一点来尝一尝，看温度是不是合适。温度是凉是热，全看自己的喜好。如果觉得常温的还不够凉，可以提前用保鲜盒或瓶子或小盆儿盛些凉水放进冰箱里，等把用凉水过凉了的水饭滤去水分后，再从冰箱里取出这些冰水倒进盆子里，那水饭就是冰凉的了。

　　夏天的时候，村里的人们大多在院子里做饭。村里人手巧，三下两下，用不了半天时间，就能用泥捏起一个小小的炉灶。这种炉灶大家都叫它行草儿。它的肚子圆圆的，空空的，是放锅的地方。这个肚子有一定深度，除了能容纳下锅体之外，还要能容得下填进去燃烧的干柴。这个深度很有讲究，如果太深的话，那柴草放进去燃烧的时候，火力会离着锅底较远，不容易做熟饭；如果太浅的话，又填不进多少柴草，锅底会压着火苗着不起来。炉灶肚子正下方留出一个圆形的小口，口中横担着几根铁条，这是为了通风，柴草燃烧起来更旺，又能挡住柴草不至于掉下去，而且，柴草燃烧过后的灰烬，会从铁条的缝隙中跌落到炉灶下边的地面上。它有三条腿儿，团团围住中间的小口，支撑着炉灶屹立不倒。它的脖子是个管形的烟道，从肚子斜斜地向前上方呈 45 度角伸出去，嘴巴就是出烟口了。它的嘴巴不能仰脸向天，要稍微地向下弯一点，以防下雨的时候雨水灌进灶里。

在家的时候，我就经常用这样的炉灶做饭。做水饭的时候多，因为一般在夏天的时候才用这样的炉灶在院子里做饭。过了夏天，就搬到屋里做饭了，屋里有烧大锅的锅台。而且，天凉了，就不再吃水饭了。

记得小时候，奶奶爱喝小米粥，不想吃水饭。我就在米熬熟了的时候，先给她盛出一碗来，再把其他的米捞出来做水饭。

好像保定市吃水饭的地方不多，夏天里去饭店吃饭，问服务员有没有水饭，大多数人会瞪大了眼睛，不知道水饭为何物。偶尔有服务员说有，会感觉好亲切，终于碰到了同类。

不吃水饭的人有一种理论，以为那营养都在煮了米的汤里，如果把米捞出来，把汤倒掉，就会损失掉太多的营养。所以，就只吃干饭。想想，这种说法很有道理。只是，为了好吃，便不顾那么多。在炎炎夏日里，还是凉爽清口的水饭更对胃口。

一般吃水饭，最好的搭配是清新爽口的咸菜。腌制好的白萝卜或是芥菜疙瘩，切成极细的丝，丝丝晶莹剔透，支棱棱，水灵灵。先在凉水里泡过，滤去过多的盐分。捞出来后放进小盆儿里，切上一点葱丝，一点嫩绿的香菜，撒上一点芝麻，倒上少许醋，点上点儿香油。用筷子拌一拌，尝一口，嗯，味道好极了。装在小碗儿里端到餐桌上，吃一口水饭，就一口咸菜，那真是赛过神仙的美味。

印象中吃过的最好吃的水饭，是十几年前，在易县南城司乡的一个小饭馆儿里吃的。

那一次我跟着单位的领导和同事到南城司乡去，有一个对口帮扶项目需要我们帮助实施，我们去做一个实地考察。

那一天，正在暑期，天空万里无云，烈日炙烤着大地。连续几年干旱少雨，河套里的水都少。我们走在村边的石子路上，路两边地里一人多高的玉米低垂着长长的叶子，显得无精打采。大家边走边聊，规划着帮助村里修路打井的事。

头顶烈日忙到中午，滴水未进，走回乡政府，已是口干舌燥。

乡里有同志领着我们到附近的一个小饭馆儿去用餐，端上桌的尽是些乡间野味。有切成半块儿的水煮腌鸡蛋、煎腊肉面鱼儿、小葱拌豆腐、韭菜炒河虾、葱花炒柴鸡蛋、凉拌山野菜，主食有大饼，还有小米水饭。随着小米水饭上来的还有切得极细的咸菜。水饭用当地的粗瓷大碗盛着，每人一碗。因为口渴，我先喝下一口浸泡水饭的水，啊，沁凉沁凉的，一股凉爽直冲到心底。那水饭，颗颗米粒沉在水底，吃到嘴里，粗粗拉拉的，也是透着股子沁入肺腑的凉意。侵扰了自己一上午的干热一扫而光，那份幸福，真是妙不可言。

问过店家，他们的水饭怎么能够做到这么凉。他们说是用刚从井里打上来的水过几遍做成的。

那份清凉，那份粗粝，还有那碟小咸菜，一起促成了那份好吃的水饭。

真是难忘。

2013 年 8 月 19 日

窗外的声音

"哒哒哒哒……哒哒哒哒……"

很像小时候村子里开过的拖拉机的马达声，"哒哒哒哒……哒哒哒哒……"那么强劲地响起。略停片刻，又是一阵发力，"哒哒哒哒……哒哒哒哒……"慢慢地，便听不到了，可能是机器开远了吧。

"嘀——嘀——"清脆的；

"吱——吱——"细细的；

"嘀——嘀，嘀"；

"嘀嘀——"

各种节奏的、不同分贝的汽车喇叭声，有的只是"嘟"一下，很快地响一下就不响了，有的是一连串地响四五秒钟，拉起长长的尾音。

在这不同的喇叭声中，可以听出汽车的品牌的不同，也可以听出操作汽车的人的脾气、性格、心情的不同。

"当嘟嘟嘟——"一阵铁器撞击地面的声音，或许是钢筋吧，或者是三角铁，附近有一座新楼正在崛起。

"哒哒哒哒，哒哒哒哒……

哒哒哒哒，哒哒哒哒……"

声音由弱到强，再由强到弱，那样持续地响起来。或许是运送砖石的拖拉机吧，也或许车上拉的是钢筋、铁条，也或许是沙子、水泥，需要狠命地发力才能够拉得动。

"咣——当，当，当，当"，好像是锤子在砸什么东西；"当当当当"，脆脆的，像是木头的撞击；"咚，咚，咚"，有点闷闷的，像是敲在土上。

"喵——喵——"远远地，不知从哪个方向传来了几声猫叫，弱弱的，细细的。眼前浮起那只经常在楼梯上看到的胖胖的小黄猫的影子，没有见过有谁抱着它，也没有见过有谁跟着它，或者逗逗它。它只那么老老实实地蜷缩在楼梯的拐角处，静静地看着人们匆匆走过。

它，倒是不瘦，身上也很干净。想起来，小猫是爱用舌头舔身上的毛的。楼下有家KTV，大概它是饿不着的。有一次，我的包里正好装着一个吃剩的火烧，走过了它，听到它喵喵地叫，又转回去，把火烧掏出来放在它脚下的楼板上，它只低头咬了两口，并不很急的样子。

"哒哒哒哒……哒哒，哒哒哒哒哒哒……"

那辆拖拉机那样勤奋地响着，隔一段时间，那响声便成为主角，把窗外所有的声音都压下去，只有它那么强劲地、有节奏地、旁若无人地响着。或许是为新盖的楼在运送沙石吧，或者是别的建筑用的东西。

2013 年 9 月 25 日

心的力量

心的力量是非常大的，大到我们难以想象的地步。

已经入冬了，自家小区还没有供暖。业主们纷纷自想办法。有烧起简易火炉的，楼道里堆起了码放整齐的蜂窝煤。有用电暖器的，有开空调的，还有干脆搬到别处去住的。

朋友帮忙买回了带有加热功能的床垫子，只是垫子连着包装一起放在了客厅的地板上。本打算让送货人帮忙把垫子抬到床上去，在他们送货到家之前，自己已经把床品移到别处，留出光光的床板。可他们却说，他们也不知道该怎么使用。看他们的意思，没有再帮忙抬床垫的打算，也不好强求人家，只好道声谢谢把人家送出门去。

转回身，看着客厅地上稳稳躺着的大大纸盒子，发起愁来。这么老大的一个东西，自己一个人，体重还不到一百斤，怎么能够把它搬到床上去呢？蹲下身子，伸手到垫子底下，往上抬了抬，感觉好重。心想，还是先把外包装拆开，看看垫子再说吧。

跑进厨房，拿出剪刀，把床垫的外包装剪开。床垫的最外边，包着一层纸板，纸板里边，是一层发泡塑料膜。床垫有五六厘米厚。我围着垫子转了一圈儿，也没有发现可以接电的地方。旁边倒是有一个像是电机的小盒子，只是不知道这个盒子和这个垫子应该从哪里连接在一起。觉得，两个东西分着，应该不会产生加热的作用。包装盒里也没有带着说明书。给朋友打电话，朋友说，他也没有用过这个东西，应该在垫子边上有电源接口。再找，终于发现，床垫子侧边有一溜拉链，拉开拉链，在靠近拐角的地方，有衬布包着电源接口。这里只留着接电源的一条缝，不特意扒开那布，根本看不到里边的接口。重新拉好拉链，还是想办法怎么把垫子往床上弄吧。

我伸出两手使劲往上抬垫子，抬起的一边颤悠悠地离开了地面，另一边还死乞白赖地拖在地上。看样子，凭我一人之力，是不大可能把垫子抬起来，顶到床上去的。

把抬起的这头放回地上，起身走向卧室，看看光光的床板，又走回客厅，看看地上躺着的垫子，重重地叹口气。心想，这可怎么办呢？脑子里开始盘算着，要是有个人帮忙就好了。脑海里闪过一个一个人的身影，觉得人家都有事做，能不麻烦人就不麻烦人吧。要不就先这样放着好了，等老头儿回来再一起搬。但是，又一转念，要是老头儿晚上不回来，我还得把床品原封不动地铺回去，那不白折腾了吗？再有，真怕老头儿喝多了酒回家，要是他喝了酒回来，而床却没有铺好，那该有多么麻烦啊。

思来想去，下定决心，还是趁着白天，自己把垫子弄到床上去吧。"我一定要把它弄到床上去。"心里暗自说着。

从客厅到卧室，要走上三级台阶，靠着台阶的一侧，是一面墙。我俯下身去，慢慢抬起床垫的一侧，再用身体支撑着，让整个床垫直立起来。真不错，垫子立起来了。我站在垫子的一头，边用身体支撑着垫子不让它倒下去，边用手拽起垫子，靠着身体的力量，朝着台阶的方向拉。垫子在地板上滑动起来，非常顺畅，我的心里一阵窃喜。看样子，自己的设想能够成功。把垫子移到台阶边，正好前边靠住墙体，那垫子便直立着戳在地上。我腾出身来，俯下身去，抬起地面上靠近台阶的那个垫子角，把这个角放到第一级台阶上面去。很容易，成功了，真不错。然后，转身到垫子的尾部，使劲把垫子往前推。垫子往台阶上移动，移到第二级台阶处卡住了。我又转回台阶处，俯身抬起垫子角，把它移上第二个台阶。又转回后面去推，垫子移到第三个台阶处又卡住了。我又转回来，把垫子角移上第三个台阶，又跑到后面去推，把整个垫子都推到台阶上面的平台上了。哎呀，真是太好了。垫子贴着墙走，自己使劲推着后边，垫子很顺畅地在地板上滑行。就这样，把垫子直推到床前的地面上，然后，直直地把垫子放倒在床上。大功告成了。

这次行动中，在心的指引下，办法很自然地就想出来了。这里出力的，除了一个我之外，还有地面、墙体、台阶的支撑。虽然不见第二个人，但是，确实是一个合力把垫子移到床上去的。当然，在这里，作用最大的，还是心的力量。

心的力量，真是无穷大。如果你下决心去完成一件事，总会有办法的。

记得刚搬家到保定的时候，装电话，卧室墙体里的电话线本来留得很好，一根细铁丝顶端弯个小圈儿，乖乖地在输线管外露个头。当我拿起这个小圈儿，准备往外拉线的时候，不知怎么手就一松，那根铁丝就滑进输线管里去了。滑得也不深，还能从管口往下看到那个小圈儿。真是好事多磨。自己这个后悔，怎么就这么不小心呢？要是稳稳地抓住，那线头就不会掉下去了。可是，再怎么后悔有什么用呢？那线头已经在里边了。

没有办法，电话还是要安的，还得用那个缩进管子里去了的线头往外拉线。如果不用它也行，就是得从客厅接一根明线到卧室里来，那又多么碍手碍脚且杂乱无章啊。还是想办法把线头钩出来吧。于是，自己就找了个细铁丝，顶端弯了个小钩子，把这个带着小钩子的铁丝慢慢伸进输线管里去，用顶端的钩子去钩那个小线圈，好把线钩出来。

一次，钩住了，屏住呼吸，手上动作很轻地往上拉，生怕那个钩子脱了钩。还真是，快钩上来的时候，离着管口很近很近了，手一抖，脱钩了，线圈又掉下去了。长长地叹一口气，再试。这一次，那个钩子怎么也钩不住那个圈儿，总也不合适，真是大气也不敢出啊。眼睛瞪得老大，连眨眼都觉得是件添麻烦的事。自己蹲在墙边，脚都蹲麻了。手上老是握着那根铁丝，又得用巧劲儿，手也酸得很。真是心烦啊。但是，心里想，我一定要把它钩上来。哎，真是，当自己这样想的时候，就那么镇定下来，好像有神助一样，不一会儿，就真的又钩住，而且很成功地把线拉上来了。

心的力量，真是无穷大。

2013 年 9 月 25 日

上庙

小时候，经常跟着大人上庙。这里的庙不是平常人们理解的那种烧香拜佛的地方，而是当地老早流传下来的一个集会，也叫庙会。

庙会在一年里不同的时间，开在不同的地方。我上的最多的，有县城的庙，还有白龙庙和大恩村庙，都在距离我们村子不远的地方。

完县城里一年中有两个庙，分别是四月初八庙和九月九庙。这两个庙，一个在春天，一个在秋天。

春天，人们脱掉了厚重的棉衣，穿上轻薄的衣服。麦苗开始茁壮成长，还不到收获的时候。四月初八的庙会，给丰收在望的人们，带来了春的喜悦。庙会上，人们都穿上自己喜欢的新衣服，再去买一些需要的东西回家。那时候，经济远没有现在这么发达，除了赶集和庙会，平日里大街上没有卖东西的，只有供销社卖一些日常的生活用品，样数还是有限的几种。

秋天，忙过了秋收，天也开始转凉了。人们开始闲下来，也开始置办些生活和劳动中必需的东西。九月初九的庙会，正赶上九九重阳节，人们可以尽情地享受亲友的相聚，享受秋收带来的欣喜。

在庙会上，有存车子的，卖汽水的，卖冰棍儿的，卖瓜子的，卖糖果的，卖气球的，卖当地盛产的荆条编的篮子和筐的。篮子有大有小，筐也有大有小，有带树棍儿弯成的提手的，有不带提手的。还有卖各种农具的，像铁锹、铁镐、铁锄，钉耙、竹耙、扫帚，簸箕、笸箩、筛子等，还有卖石板和石笔的，还有带着几只猴子耍猴的……

那时候，汽车很少，摩托车也少，人们用的最多的还是自行车。存车子的地方，一般都设在庙会的外边，临近路边的地方。看车人手里拿着大串的拴着小线绳的小竹条，来一辆车子，就把一个竹条绕在车把上，顺手把另一个配对的竹条交给存车人。存好了车子的人们，便一身轻松地去庙会上转了。

上庙的人们走路很慢，眼睛不停地看过来看过去，看有什么东西是自己感兴趣的。小孩子上庙一般没有目的性，只是用大人给的一两角钱买上一两瓜子，装在衣服口袋里，随走随吃。顶多，再央求大人给自己买一个风车，高高地举在手里，随风旋转。

卖汽水的人，大都会在台子上戳一个直立着的圆盘，很像我们常见的飞镖盘。那盘面上也画着几个大大小小的圆圈，圆圈上标着数字，好像是转一下那个圆盘，圆盘停住的时候，那指针指向几，就给几杯汽水。我没有买过汽水喝，也不知道自己猜想的对不对。

卖冰棍儿的，一般是骑个自行车，在车子的后车架上，用绳子绑住一个木板钉成的箱子，箱子外边裹着厚厚的棉被。箱子上边只留一半儿的盖子能打开。卖冰棍儿的人，只把一只胳膊伸进箱子里去拿冰棍儿。拿出来之后，马上盖上盖子，并用棉被包严箱子，以便那冰棍儿不至于化得很快。也有摆着冰柜卖冰棍儿的，那场面就显得气派很多。

卖瓜子的，一般都是推个平板车，车子上放一个或几个筐篓，筐篓里盛着各种味道的葵花子。一般五香的最多，还有奶油的，也有干炒的。有买瓜子的人来了，卖瓜子的，会拿个小秤，用秤盘从瓜子堆上一划，瓜子便薄薄地铺满秤盘，秤好重量，用个报纸卷成的杯子盛起来，交给买瓜子的人。或者直接就用秤盘把瓜子倒进买瓜子的人用手撑开的衣服口袋里。

卖糖果的，一般推个小推车，车子上摆着一个大而扁平的木板盒子，盒子里边再隔成好多个小的方格子，那些花花绿绿的糖果就分门别类地装在这些小格子里。有切成小圆墩儿的乳白色的麦芽糖，有切成小圆棍儿的上面粘了好多芝麻的芝麻糖，还有外形像小西瓜的小圆球糖，还有乳白色的小糖球。这些糖大都没有包装，只那么本色地摆在那里。

小孩儿们最喜欢的是卖石板和石笔的。

我们上小学的时候，用得最多的是石板和石笔。每个同学的书包里都带着一块儿小石板，一些石笔，还有一个妈妈用布和棉花缝起来做成的擦子。薄薄的黑色小石板，六寸来长，四寸来宽，四个边上镶着白色的窄条木框。也有不带框的，大都是那框坏了，拆掉了，只剩下一块儿薄薄的石板，同学还照样用着。也有青色的石板，比较厚实一些，一般都是哥哥姐姐用过传下来的，也都没有了木框。石笔，就是裁成细长条的白色滑石笔，还有形似长条形的边缘不太整齐的土黄色石笔。那种白色的滑石笔，因为规格尺寸都比较一致，而且适宜使用，写出的字也是白色的，看着好看，还有，也或许是那种东西出产较少，或是比较费工，所以价格要贵些。那种土黄色的石笔，好像就是随便从哪个山上抠下来的碎石块儿，只是这种石块儿的硬度较软，而且呈现土黄色，很容易在小石板上写出字来，虽然有时候，也会碰到比较硬的地方，把小石板划出一道道划痕，但是这种石笔要便宜好多，为了经济，人们使用最多的还是这种石笔。各种石笔，一小堆儿一小堆儿地摆在庙会的道边，卖石笔的人在摊位后边蹲坐着，看着摊子。一小堆儿石笔一两角钱，买回家，够用上好一阵子呢。

上课的时候，老师在教室前边的黑板上写出生字，同学们就在自己的小石板上用石笔练习写字。写好之后，再拿着自己的小石板到讲台上去给老师看。写得好的，老师会举着小石板让全班的同学看，以示鼓励和褒奖。做算术题也是，老师在黑板上出了题，同学们在自己的小石板上写出算式和答案，然后，再拿给老师去判对与错。对的，老师会在小石板上用粉笔打个对勾，错的，在小石板上打个叉。

石板写满了，就用妈妈给做的棉擦擦掉。棉擦大都是圆形的，上下两块儿裁成圆形的棉布，中间填上棉花，周围一圈儿缝起来，再把一条窄的布带两端分别缝在擦子的两头做提手，手指可以伸过带子与擦子的中间去，用起来很顺手。

庙会上还能看戏，有搭起戏台敞开式演整出戏的戏班子，也有用布把四周围起来买票才能进入观看的马戏班子。

印象中，我跟着爸爸看过马戏表演。马戏团用布围起一个很大的场子，赶庙会的人，只能买票，从开着的一个小门口走进场内去看。记得票价好像是两元钱一位。场内中央设一个跑马场，跑马场四周设有看台。跑马场上不时有演员骑着马从后台跑出来。只见那演员，在围着戏台不断奔跑的马上，上蹿下跳，不断变换着姿势和动作。他能站到马背上做出各种让人提心吊胆的动作，还能钻到马的肚子下面去，一只手紧握着马背上的马鞍子，身子横着贴在马的肚皮上。

白龙，是家乡人们的口语，书面上是叫白云的。白云是一个村的名字，这个村子所属的乡政府就坐落在这个村子，于是乡政府的名字也叫白云。

每年的三月初五有白龙庙。我的姑姑家在白龙，每当白龙庙的时候，我们一家大小都到姑姑家去过庙。记忆中，姑姑会在盆子里发些绿豆芽，饭桌上，总能吃到她做的凉拌绿豆芽。豆芽顶端长着尖细的嫩绿小叶子，豆芽的茎却是那么白嫩脆生。在当年那个物质缺乏的年代，能够吃上一顿豆芽菜，也是很美的一件事。所以，每到白龙庙的时候，我总会想到姑姑发的绿豆芽。

小时候，有一个时期，国家不允许随便做买卖。按说，过庙的时候，是人们进行物资交流的最好时候，可是，做买卖的人们都是偷偷摸摸进行的。如果做买卖被逮住，就说是搞资本主义。那时候的说法，好像就是割资本主义尾巴。记得，自己跟着妈妈顺着乡村土路走进村口。村口的路其实是一条沟，沟的两边是高出路面的土坎，土坎上又是小片的田地。村口已经聚集了很多上庙的人，路两边的土坎上站着好多手里拿着成把的麻的人。麻是我们当地家家用得着的东西，人们脚上穿的鞋，都是用麻搓成了细绳，纳的鞋底，上的鞋帮。人们日常捆绑什么东西，也经常是用麻绳。庙会上，妈妈也总是买些麻回家，预备着搓成细绳做鞋用。

那麻有细的，有粗的，有光滑些的，有粗糙些的，一把多少钱，也是有分别的。正自挑选，忽然听到远处有吵嚷的声音，抬头看去，远处的人们慌乱地奔跑着。眼前的人们也都惊慌起来，卖麻的人快速收起自己的麻，跑开去。我和妈妈也跟着卖麻的人跑进了附近农户的家里。大家都躲在农户的大门洞里，不时地向外张望。见远处那阵慌乱之后，逐渐恢复了平静，人来人往也归于正常。有从那边走过来的人经过门口，一打听，原来刚才那边有一头牛受惊了，吓得人们到处乱跑。真是一场虚惊，人们都以为是有公家的人来管了呢。那时候，私自买卖东西算是违法的。看看没有什么不好的动静，渐渐地，卖麻的人重又聚拢回来，人们接着买卖。

记得见过一个卖麻的妇女，瘦高的个子，肩上背着、手里拿着麻站在路边。她的脖子特别粗，像是挂着一个大肉球。当时觉得很奇怪，这个人怎么长得这样啊？妈妈说，那个挂在脖子下边的肉球叫瘿袋。后来，上学后，才从课本上知道，人缺了碘会得大脖子病。想想那时候上庙见到的那个人，肯定是缺碘造成的。好像粗脖子的不止一个人，那时候，大脖子病在人群中算是比较常见的。

每年的白龙庙，都会搭起戏台唱戏。戏台经常搭在一个大沟里，那个沟的面积很大，戏台搭在最北边，戏台下或坐或站地挤满了人，沟沿上也站满了人。我经常站在沟沿上看，前边一点遮挡也没有，很容易就看到戏台上的演出。印象中看过河北梆子《打金枝》。骄傲的公主被驸马爷打了，因为公主在婆家没大没小，耍脾气。她哭哭啼啼地跑回娘家，要皇帝爸爸给自己出气，严惩驸马。皇帝和皇后两人，倒是通情达理，想方设法让公主认识到了自己的不对，开开心心地跟随驸马回家去过甜蜜的小日子。真是啊，家家有本难念的经，即便是皇帝大人，也免不了为儿女亲家之事烦恼。《打金枝》教示人们，做人应该通情达理，不能仗势欺人，以大欺小。只有敬老爱幼，日子才会过得幸福美满。

大恩村庙，是每年的四月二十。因为姥姥家的村子挨着大恩村，去大恩村上庙，其实也是去姥姥家。在姥姥家吃过饭，我会跟着妈妈和大姨小姨妗子她们到大恩村的庙上去。印象中，路边的小吃摊子很多，大多是卖炸果子的，打烧饼的，卖凉粉的，还有卖水果的，卖甜棒的。当然，还有卖日用小百货的……

炸果子的，在街边架起一口大锅，锅里烧着滚开的油。炸果子的人从锅边的案板上拿起一条一条的面放进锅里去，锅里顿时泛起白色的油花，那条面也随着膨胀开来，变得金黄。他们也经常往面上抹上糖稀，炸出来的果子表面颜色深浅不一，有糖稀的地方颜色深红，没有糖稀的地方，颜色金黄，吃到嘴里，又香又甜。还有好多炸得酥脆的细条馓子，成堆地码放在旁边的笸箩里。

打烧饼的，会在街边支起一个泥糊的炉灶，炉灶呈扁的圆筒形，外边用黄泥糊满，侧边顶上斜着开出一个筒形的烟囱。烧饼都是贴在炉灶的内壁上，炉灶的下边生着火。在炉灶的旁边，有架子支起的案板，打烧饼的人，站在案板后边，系着围裙，挽着袖子，不停地揉着面。他把面揉好之后，搓出一个擀面杖粗细的面条，再用手一小块儿一小块儿地往下揪。他揪得小块儿面很匀实，不用秤，大小都差不多。小面块儿像排兵布阵似的一个个摆在案板上，横平竖直，队列整齐。揪完了，他再拿起一个面块儿，按在手掌心不停地捏，直捏到那面团表皮光光滑滑，呈一个球形。再把手里攥着的一个尾巴揪掉，那个成形的面团重又放回案板上。再拿起另一块儿面来不断地揉捏。如此这般，揉过所有这些面团，再拿起擀面杖擀过每一块儿面的表面，使其变得扁平。然后，再从第一块儿面做起，一只手按住面皮的表面，另一只手捏住面的边缘转着圈儿捏出棱角，上边和下边都捏出棱角，上下边缘之间，约有一厘米的厚度。做好之后，再把这个面饼放在撒了一层芝麻的案板上，让这个面饼的一面粘满芝麻。然后，就把这个面饼没有粘芝麻的一面贴到炉灶的内壁上去。从炉子里取出的烤熟的烧饼，鼓鼓胀胀的，外形很像一面镜子。这个烧饼，有三个面，上下两个圆形平面，中间一圈儿的环形面。吃起来，脆香脆香的。从烧饼侧面掰开一条缝，往里边的空堂里填进当地盛产的熏肉或熏肠，就成了当地有名的美食——烧饼夹肉。

卖凉粉的，会在路边搭个凉棚，凉棚里放上几张小矮桌，沿桌边放几条矮板凳。走累了的人们，会坐下来，要上一碗凉粉，又解渴又解饿。凉粉切得极薄极细，过了水，装进粗瓷大碗里，浇上店家事先准备好的蒜末香油酱油醋调配好的汤汁，吃在嘴里，有滋有味。

也有卖甜棒的，就是甜秫秸，或者叫甜高粱。一捆一捆地戳在路边，翠绿翠绿的秸秆，很招人口水，几分钱一棵，经常有人围着买。记得姥姥家种过甜棒，秋天甜棒成熟了，就埋进院子里靠近南墙根的土里。

我们冬天去的时候，舅舅或小姨，姥姥或姥爷，会拿个铁锹，费力地铲开埋在地表的土，挖出一些带着白色冰霜的甜棒来招待我们。这些甜棒都是在他们的自留地里种的。记得我当时很羡慕他们有自留地，我们村里没有自留地，所以就不能随着自己想的爱种什么种点什么，所以，我们从来没有种过甜棒。

我们经常在庙上买一把小红萝卜，一边往回走，一边拿在手里剥着皮吃。好像只有在庙会的时候，才能买到这种小红萝卜。小红萝卜三四寸长，一个一元硬币粗细（当然，当年好像还没有这种一元钱的硬币），萝卜头上连着翠绿的萝卜叶子。红色的萝卜皮光滑透亮，很容易剥下来，里边的瓤子细腻白嫩，吃到嘴里甜甜的，一点也不辣。

好像那时候，跟着大人去上庙，就是为了吃上一碗凉粉，一个烧饼果子，一根甜棒，一个小红萝卜。

大人们边走边说话，小孩子一会儿跑到前边，一会儿又落在了后边。路边的麦子都抽了穗子，空气中弥漫着带有青草味道的麦香。不由得跑到路边的地里去，揪下一个麦穗来，拿在手里揉。尖利的麦芒很扎手，也咬着牙忍着。揉得差不多了，小心地往手心里吹口气，把揉开的麦芒吹掉，嫩绿的稍稍揉破了皮露出白浆的麦粒托在掌心，伸出舌头去舔着吃。甜甜的，嫩嫩的，滑滑的。

2013 年 10 月 7 日

当爱走远

　　当爱走远，是一个让人难过的话题。

　　当爱走远的时候，原本相爱的两个人，爱的火花不再燃起，眼里没有了脉脉温情，心也跟着远了。

　　回家打开电脑，网页上赫然爆出王菲的微博："这一世夫妻缘尽至此，我还好，你也保重。"媒体猜测，可能是王菲与李亚鹏的婚姻出现了问题。

　　很快，网页上内容更新，爆出李亚鹏的微博回复："我要的是一个家庭，你却注定是一个传奇，怀念十年中所有的美好时光。爱你如初，很遗憾，放手——是我唯一所能为你做的。希望你现在是快乐的，我的高中女生。

　　"另为了避免大家的臆测，在此公告所有关心我们的朋友：

　　"1. 我们的女儿李嫣以后会跟我在一起生活，还请大家关照。

　　"2. 我们从恋爱到结婚，财务一直是独立的，所以也不存在财产分配的问题。

　　"祝大家一切都好，明天太阳会照常升起！"

　　很喜欢听王菲的歌，她的声音，透着一股子纯真与净朗。看她的采访，也能感受到她是一个那么本真的人。当杨澜问她"你相信爱情吗？"的时候，她不假思索地马上回答："相信啊，当然相信啊。"她还用手势比画着说："爱情是有的，一刹那，唰唰唰，小火花。"这种爱的感觉，是她真切体验过的吧。相信，她与她的前夫窦唯的爱情，肯定也少不了那耀眼的烟花灿烂吧。只是，她又说，"我觉得爱情这个东西，就是那种激情的东西，确实是不会长久的，确实是。如果你，就是一定要抓住这个东西，一直到老的话，肯定会失望的。所以，爱情完了之后就是，"她看了下李亚鹏，接着说，"我刚才说他们是《将爱情进行到底》，我那个是将爱进行到底。所以呢，是一个升华。这种爱情的热烈不会持续到永久，而是，慢慢地会——"

她没有说下去，只是歪着脑袋笑着看向李亚鹏。

前些日子，某高官在庭审中自我暴露曾经有过婚外情，并说道，他的外遇直接导致了其妻子带着儿子远赴外国读书，并且在外陪读多年之久。又爆出，其妻子和另一个人关系如胶似漆，他烦透了。

从这位高官的话语中看出来，他还是爱着妻子的。只是这份爱，已不再甜美，而是苦涩的了。不知道，在他妻子的心目中，她对他的爱还有几分。不管怎么说，她当年与他的爱是甜美的，幸福的。只是她的幸福和甜蜜，因了他的外遇而遭到破坏。

网络上也报道了他的前妻被动离婚的事情。他的前妻，那个痴情的女子，为了心中对他割舍不掉的爱恋，不断地做着于事无补的努力。她只是陷在自我的爱意里拔不出来了。

当爱情不再热烈，当澎湃的激情淡去的时候，生活慢慢归于平静。或许，其中有一方耐不住这种波澜不惊，又抵挡不了外部世界中再次袭来的电光石火的冲击，心便溜开，爱便远走。

当爱远走的时候，原本幸福的家庭，将面临无爱的烦恼。

那个将爱心远离的人，迫于社会规则的压力，或是家庭责任的压力，还要按部就班地回到家里，回到那个对于他来说，已然不再爱了的家里。从这个人的角度来说，回家是一件多么让人难过的事啊。这里已经没有了吸引他的地方，他的心早已飞到了别处，回到家的只不过是一个没有了灵魂的躯体。可以想见，这样的一个人走进家里，这个家里的气氛该是什么样子。他看家里什么地方都不顺眼，原本温柔的家人笑脸相迎，在他的眼里也变得那么面目可憎。他总是没有来由地发脾气，动不动就大发雷霆，家人总是在莫名其妙中领教这个人的乖张与暴戾。原本怀有一腔热情的家人，一次次被他突如其来的暴躁所惊扰，渐渐地，温暖的心也慢慢变凉。久而久之，家里仅有的一点热气也慢慢消散，只留下让人不寒而栗的冰冷。

当爱走远的时候，是果断地放手各自重新开始新生活好呢，还是为了那剪不断理还乱的情缘苦苦挣扎呢，还是各自检讨一下，重新发现自身的不足与对方的优点，让走远的爱再回过头来，山重水复疑无路，柳暗花明又一村呢？

放手离开，是不容易的。因为曾经有过的那份情，是那么刻骨铭心，动肝动肺。有多少人的恋爱结婚是虚情假意呢？大家走入婚姻的殿堂，应该都是经过了魂牵梦绕的相思与难舍难分的爱恋才决定牵手一生的啊。

就是那破坏了别人的家庭，夺取了别人的爱人的人，也同样会希望自己的爱情能够天长地久，从此云淡风轻吧。只是，他又哪里有能力做到自己的爱情能够长久而不衰呢？就是那忍心抛开原本热爱的家人，重新被爱的欲火击中的那个人，又哪里能够断定自己所做出的伟大决定能够给自己带来永久的幸福与欢愉呢？

正如王菲说的，爱情是有的，唰唰唰，小火花。那火花是灿烂夺目、摄人心魄的，所以会惹得陷进其中的人神魂颠倒、乐此不疲。可是，之所以叫作火花，也断定了它的转瞬即逝。

最可怜的是那无辜的孩子。孩子本来是两个人爱情的结晶，是原本相爱的两个人情意绵绵的历史见证。可是，当爱走远的时候，孩子是不能打包退回的。这个爱的天使，这时候，却变成了爱的累赘。

有时候，孩子又是俩人的纽带。不管大人爱与不爱，孩子总归是自己的，两个人的心里还都是要牵挂孩子的。于是，这个孩子，在这里，又变成了两个大人重新和好、重拾爱情的纽带。

曾经看到过一则新闻，说的是某个外国人，因为他的助理太过性感迷人而决定把助理辞退。这个人的道理是说，他在助理面前，完全把持不了自己，完全被助理的魅力所迷惑，他怕自己真的会对助理产生爱情，而伤害到深爱着他的爱人和家人，影响了自己原本幸福美满的家庭。

很欣赏这个外国人的处事方法，既然自己把握不了，那就切断这份干扰好了。生活是如此美好，还是不要因为自己的一时冲动，而做出杀伤力极大的破坏吧。

这是一种大爱，一种伟大的契约精神。既然做出了给予对方婚姻的承诺，就不能视同儿戏，就应该遵守自己这份爱的契约。其实，家庭生活，你说平淡，它就平淡，你说快乐，它就是快乐的。全看生活在其中两个人怎么去把握，怎么去发挥了。

一个人的心，或者说，一个人的精力和体力是一定的。如果他的心始终在家里的话，他会为了自己的家庭付出全部的心思、精力和体力，当然除开工作和亲朋的交往之外。这样的话，他所营造的家庭氛围应该是温暖而舒服的，家人生活在其中就会是幸福快乐的，他自己也同样会感受到来自于家人所奉献出来的爱心与行动，他的身心也是幸福快乐的。所以，有科学论断说，家庭和谐幸福的人健康长寿。

想想身边的人，也确实是，家庭和谐幸福的人，身体很少闹毛病。当然，也早就有论断认为，人身体的毛病多是从气上生的。这气从哪来呢？当然有多方面的因素，比如工作中的，家里的，社会交往中的。来自于家里的当然是家人之间在相处中所发生的冲突与不愉快。那么冲突从哪儿来呢？当然是一种不容易调和的矛盾引起的。那不容易调和的矛盾，说到底还是缺少了彼此的关照与疼爱。

如果心中有爱的话，就会看着自己的爱人怎么着都是可爱的，就是他的一个小过失一个小缺点，都觉得那是所爱之人的一个亮点，就如同孩子似的天真无邪。情人眼里出西施嘛。可是，对于缺乏了这种爱的人，却是相反了。如果他的心被别的晃眼的东西摄走了，那他的爱心就少了。爱心少了的话，就不会迁就别人了。当然日常当中的一些行为举止也便缺少了爱的表达。没有了爱的表达，对方接收不到爱的信号了，只是单方面地爱着，那热量必是有限，更何况还有可能会有厌烦与不屑的眼神的冲击呢。有多少爱能够承受这种毁灭性的冲击呢？慢慢地，这种爱的火花，渐渐熄灭。

当最初不爱的这个人，突然意识到对方也没有了热情的时候，他可能也会慌张，也会不知所措。或许，在他的心目中，始终觉得，家里那个人，是会对他不离不弃的，是会死缠烂打地缠着自己的，所以才会那么不屑与嚣张。他会在这种自己无论怎么无理取闹都会得到宽恕的家庭里，感到自己是多么被人需要，多么受人欢迎，多么魅力四射，多么有力量。他能够主宰别人的情绪，别人会围着他转，一切的一切都会按着他的意志而转移。他指东，别人就不会朝西。

慢慢地，他的私欲不断地膨胀，他忘了别人对他的迁就完全是出于一种对家人的关爱。但是，这种关爱是在心中有爱的情况下才会顺理成章地发生的。如果心中的爱被长期地无视和践踏，被误认为是自己的一厢情愿或者是自轻自贱，那么又有谁愿意总是委屈自己而换来不对等的东西呢？到头来，这个人，也只能是一厢情愿。当他感到自己的光环不再耀眼的时候，他会有种怅然若失的感觉。是啊，早先那份甜美的和谐与幸福，是多么令人神往，多么令人留恋啊。

　　但是，世上没有后悔药。

　　当爱走远的时候，想想自己心中的爱还有多少，想想自己最想要的是什么，静下心来，理出头绪，让那份干扰自己心绪的烦恼尽快走远。

　　把心思都用到孩子身上吧，把心思都用在自己身上吧，把心思都用在自己的父母亲朋身上吧。唯一不能把心思用到的地方，就是那个让爱走远的人。

　　既然爱已走远，就让他走远好了。原本自己就是一个优秀的人啊，原本自己就是一个美丽的人啊，原本自己就是一个优雅的人啊。何不趁此机会，还原回原来那个优秀美丽优雅的自己呢？

　　最不该做的，就是让自己的内心沉浸在失去爱情的苦水中拔不出来。如果任由自己去伤感，去流泪，去废寝，去忘食。想想看，再有靓丽的容颜、健康的体魄，又能禁得起几多这种折磨呢？站到镜子跟前，看到镜中那个形容枯槁、精神萎靡、瘦弱不堪的人，自己会心生爱意吗？真是自己糟蹋自己啊。

　　当爱走远的时候，就放下那爱吧。既然走了，就让他走吧。他找到了自己新的甜美幸福，他是快乐的，作为那么爱他的你来说，难道不愿意看到他快乐吗？既然你爱他，就让他快乐好了。不管他的快乐来自于哪里，只要是快乐的，就够了。至于自己呢？自己本身就是制造幸福快乐的源泉，还怕没有自己的幸福吗？

　　当那个还在爱着的人，一如既往地坚持自己的时候，这个家或许不会瓦解。但是，要有耐心，等着那个将爱走远的人，他的爱情之火慢慢平息，正如面对家里这份感情一样，慢慢归于平淡，然后又会出现爱的走远。这次爱的走远，或许又走回了家里，也未可知。

比如成龙，他的爱不知道走过了几个来回，终归感动于林凤娇的不离不弃，他也终归鸟儿倦飞，回归了家庭。

那个相守于家庭的人，或者说，那个始终忠于原爱的人，如果也被外在的感情所困扰，也会将爱走远。当这个人也将爱走远的时候，这个家，就变得异常危险了。因为，原本家里两个人的心，都跑到了别处，心都不在了，情也不在了，那谁还会为捍卫共同的情感而努力呢？两个人的内心，或许已然只有对对方的怨和恨了。如果一个家庭没有了温暖，反而多了怨和恨，那这个家该是一个多么可怕的地方啊。

其实，没有了爱的家庭是冷的，住在里边的人不管物质条件丰富与否，感觉上是压抑的，不愉快的。因为爱走远了，心便冷了，情也没了，剩下的，还有什么呢？

如果爱走远了，原本相爱的人，好说好散，各走各路，不再纠结，或许各自会有崭新的生活在前面等着。

如果爱走远了，原本相爱的人，为了拉住那走远的脚步，死缠烂打，不依不饶，只会败坏了自己的形象，捣毁了各自的好心情，让彼此的心离得更远。

如果爱走远了，原本相爱的人，不想破坏掉完美的社会形象，或者是依然在心中怀有对对方不舍的爱恋，双方各自都检点自己，查找漏洞与不足，做出改变，让自己变得更符合对方的审美要求，重新找回各自深爱的感觉，那世上就多了一对白头偕老的模范，多了一份天长地久的爱情。

如果爱走远了，原本相爱的人，不想破坏掉完美的社会形象，还想保持现有的婚姻关系，只是心里开着小差儿，或者私下里还搞着些小动作，一些伤害对方的动作，那么这个家庭就存在着太多的不确定性和危险性。

感情是最不能伤害的一种东西。

2013 年 10 月 13 日

管得宽

小时候，村里家家安着小喇叭。我家的小喇叭，安在卧室屋里挨着窗户靠近房顶的墙壁上。小喇叭，外边是一个木质的方形小盒子，约有半尺见方，一寸来厚，表面是一个大大的五角星图案。每天一定的时候，都会从小喇叭里传出播音员的声音。其中，有一个叫《管得宽，拉家常》的节目，印象很深。经常是一个男的播音员扮演管得宽大叔，一个女的播音员扮演另一个社员，两个人会像走路碰上似的开始聊起天来，聊的话题经常是村里人们遇到的问题，好像有点教育人们讲文明、树新风的意思。那个管得宽大叔，经常为了排解各家的矛盾啊，纠纷啊，纠正村子里发生的一些歪风邪气啊等事情忙碌着，潜移默化间，教化着现实中的人们向文明看齐。

这个管得宽大叔给我的印象是那样助人为乐，而且说起话来，总是那么慢悠悠的，以理服人，还有，他的声音非常好听，那么悦耳。总之，这个管得宽大叔，在我的印象中，是那么可爱。

生活中也经常有这样管得宽的人，看到一些不公平的事情，就爱站出来说个直理。小区中上了年纪的老太太和老大爷，退休了，身体还硬朗得很，在家里憋得难受，就爱在小区里转悠，碰上熟人就停下来，说会子话。

经常见我们小区有个老大爷修剪路边的绿化树，拿个老大的剪子，一手拿一边，两只手一起用力，两只胳膊一开一合的，很有节奏。咔咔咔，咔咔咔，眼瞅着小树尖儿就被他修剪得平平整整的了。在他不远处，经常有个老太太，推着一辆小三轮车，忙着把剪下来的树枝子树叶子扫到一起，装进小三轮车里。听不见他们两个说话，都是各忙各的，倒是合作很和谐。

一般来讲，管得宽的人，都是些热心人、外场人。生活在一个小区里，还真是需要有这样的人，为了大家伙儿的事情张罗着。比如，楼道里的灯坏了，大家都觉得那是公用的，别人会管的，所以就会任那灯坏在那里，也不着急去修一下。如果是自己家里的灯坏了，早就着急地不是自己修上，也会找人修了。因为，自己家的事情，自己不着急，是没有别人来管的。而公共的东西，就没有那么热心了。于是，有可能，头一天晚上那楼道里是黑的，路过的人知道了楼道里的灯坏了，摸着黑，或是打着手电，或是把手机打开，靠着微弱的光走过楼道。进了自己家门，打开灯，一片光明，也就忘了楼道里边的黑。第二天晚上，再走过楼道，还是黑的，心里会想，这楼道里的灯也没有人管啊。于是，又摸着黑，或是打着手电，或是打开手机，照着亮进了自家的屋子。第三天，有可能就有那耐不住性子管得宽的人去管了。

单元门坏了，大家出来进去的，都知道那门坏了。心里也都嘀咕着，这门怎么又坏了，真该修修。可就是没有一个人站出来去揽这个活儿。也是，都上着班呢，谁有时间去管啊？再说了，谁又会修啊？于是，出来进去的，那门就在那儿坏着。终于，有一天，楼下的大姐站在楼门口，对过往的本单元住户说："这门坏了，是修一下呢，还是买一个新的呢？"这样征求大家伙的意见。有人提议买一个新的，带可视对讲系统的，那样的话，楼下站着谁，就会看得一清二楚了。有人说了，还是修一下得了，买新的，挺贵的，还要摊好多钱，修一下，毕竟用钱少些。最后达成一致意见，就修一下得了。还是那大姐找的修理工，修好了，拿着修理工开出来的发票，一户一户地收修理费。

也是，管得宽了，就意味着牺牲，牺牲自己的时间、精力、体力和脑力。

当然，管得宽的人，在人们心目中的威信一般是高的，是受人尊敬的。

管得宽的人，自我感觉一般都良好。他们经常是人群中谈笑风生的那一个，因为感觉自己比别人优越，所以就觉得在别人的问题上，很有发言权。他们在说别人什么的时候，一般也很少去关注别人是不是能够接受，很少去发现自己的说法是不是伤害到别人的自尊心。

其实，管得宽的人，自己的事情未必都样样比别人好，只是他们的心总是盯着别人的事情，总爱替别人的事情发愁，却很少想过自己的事情有没有问题。

也有管得宽的时候是不得人心的。比如，谁家的孩子大学毕业了，还没有找到工作。出来进去的，总有那热心的人问："找着工作了吗？""在哪儿上班啊？"每个月的工资是多少啊？""上班都干什么啊？"等等。

有大龄青年，最怕碰上那管得宽的人了。"你今年多大了？""还没有对象吗？""你想找个什么样的呀？""怎么今天回来这么晚呀？""上哪儿玩儿去了？"等等。

有一个老人的老伴儿去世了，他想再找个老伴儿，一来自己不用再一个人孤单地生活，二来也让自己的孩子们放心。谁知道，家里人还没有提出什么意见，小区门口那个老大爷倒提出了反对意见。也不知道他从哪儿听到的消息，他见到这个老人，就扯着嗓子朝他喊："你可不能对不起你老伴儿啊，你要是再找个老伴儿，就是对不起你去世的老伴儿。"闹得这个老爷子没法没法的。

凡是自己能够解决的事情，一般不大愿意别人管得宽，说得多。凡是人家能够自己解决的事情，别人最好也少插嘴去管，就让人家自己去处理好了。如果管得宽的人总是在一旁指手画脚地说啊，倒闹得人家烦烦的，听也不是，不听也不是。

人家今天穿了一件新衣服，自己觉得好看就行了呗，可是，管得宽的人不这么认为，他总要发表一下自己的看法。他会说这个人这样穿衣服不好看，没有品，低俗。这谁愿意听啊，人家本来觉得是自己很得意的一个创举，这里倒让别人说了一大堆的不是，你说那心里会是什么滋味？高兴吗？谁愿意人家说自己不是呢？不高兴吗？又不好发脾气，发脾气的话，又显得自己太没有涵养了。真是，你说人家穿一件新衣服，招谁惹谁了？

哪里人家离婚了，管的宽的人也会站出来分析个所以然。可能是经济原因，也或许是婆媳关系问题，也或许是夫妻感情出了问题，也可能是第三者的问题。分析得头头是道，不由得人不相信。那当事人一方，真是没有办法，真是恨不能脱离开地球，到那谁也不认识的地方去。

这种管得宽的人，容易给别人造成不必要的压力与烦恼。

我们可以做那种助人为乐的管得宽的人，不做这种讨人嫌的管得宽的人。

2013 年 10 月 22 日

静夜

闹钟，嘀嗒嘀嗒，
清清的，
脆脆的，
弱弱的。

空调，嗡嗡嗡嗡，
浊浊的，
闷闷的，
强强的。

汽车，呜呜哗哗，
急急的，
徐徐的，
碾过雨后的路。

2013 年 10 月 22 日

健康真好

同学的父亲去世了，
留下了年迈的母亲。

大姨前年去世了，
留下了姨父一人。

丧礼上遇到不少同学，
大都变得有些沧桑。

同事的母亲去世了，
父亲娶了后老伴儿。

每天同去公园儿，
踢毽子，打羽毛球。

健康真好，
两位老人幸福相伴。

2013 年 10 月 23 日

你的声音

你的声音，
甜甜的，亮亮的，
好喜欢。

你的声音，
柔柔的，美美的，
好喜欢。

你的声音，
轻轻的，碎碎的，
好喜欢。

你的声音，
重重的，沉沉的，
好喜欢。

你的声音，
磁性满满，
好喜欢。

你的声音，
似甘泉流入心田，
好喜欢。

2013 年 10 月 27 日

看电视

　　我第一次看电视，是在还没有上小学的时候，闹不清自己当时几岁了。那一年，村里来了勘探队，他们住在我大伯隔壁家的院子里。那家人住在山西阳泉，很少回来。我家跟大伯家也是隔着一道墙，大伯家在我家的东边，那户人家在大伯家的东边。按照乡亲辈，我管那户人家的女主人叫奶奶。

　　他们家的院子很大，有几间北房，几间东房，大门口开在东南角，门口朝向正东。在东房的后边，有一条胡同南北走向，往北一直通到北房后边东西走向的大街上，往南通到他家南边的空院子。这个空院子也是他们家的，只是空着，没有盖房子。院子东边连着门外的胡同，西边延伸到了我家南墙外面的大沟。院子里种着些大大小小的树，树种很多，有椿树、榆树、枣树、桑树、槐树、杨树，还有一棵杜梨树，树下满是灌木丛，显得乱乱的，他们也不管。院子没有完全的围墙，平日里，打此路过的行人踩出一条条小径，通到南边、东边和西边的人家去。

　　勘探队就住在他们家的东房里。

　　勘探队在我们村西边的地里支起架子开始钻井，从地底下钻出来一截一截圆柱形的灰色石头。我跟小伙伴们一起跑到地里去看过，也没有见他们打出什么别的东西来，只见那一截截的圆石头柱子，杂乱无章地堆在井架旁边的地上。

　　他们带来一台电视机。从现在来看，电视机的尺寸很小，还是黑白的。可是，在那之前，我们是没有看到过电视的。到了晚上，他们把电视机放在东房外边的桌子上，电视机顶端，拉起长长的天线。电视里有那么多人唱戏、演节目。当时，感觉真奇怪，那么小的一个盒子里，怎么能装得下那么多人呢？村里人都赶过来看电视，院子里挤满了人。电视机前的一小片地方，经常是勘探队的人坐在小凳子上看。还有离家近的人，来得早，也搬着凳子坐下来看。往外围扩散开去，人们就是站着看了。在人群外边实在看不到电视画面的时候，就容易发生拥挤了。人们拥挤起来的时候，就如同平静的水面上，突然被风吹起了波澜，一浪一浪地往前涌。站在前面的人，不由自主地跟着后边挤过来的力量往前靠。我都是搬着小板凳去，人少的时候，就坐下来看，人多的时候，就在人群外边，站到凳子上去看。有一次人们拥挤起来，把我挤倒了，我坐在地上，抬起头看向周围林立的人墙。那一次，把妈妈急坏了，她一下子找不到我了。还不错，我好好地在地上坐着呢，一点也没有受伤。村里人是善良的，他们是不会去踩坐在地上的孩子的。为了维持秩序，勘探队的人，经常手里拿个长长的树条儿，去悠那用力推搡前边不好好看电视的人。

当时，在电视上看过戏曲《李双双》。

一天傍晚，我去得较早，院子里还没有多少人，只见大队里平时演戏的那些人早来了，他们坐在电视机前的小凳子上，等着看电视。那时候，电视还没有打开，听他们说电视里要演《李双双》。后来，村里没有演过《李双双》这部戏，或许是没有排练好吧。倒是演过《夺印》，是评剧，过年的时候，在大队部外边搭起的戏台上唱过。

后来，大队部也买了一台电视机。电视机放在大队部院子里北房台阶下边的桌子上，人们吃过晚饭，就搬着小凳子赶过去看。当时上演的《敢死队》很吸引人，好像是一部外国的片子。还演过舞台话剧《哈姆雷特》。那时候，我还不知道《哈姆雷特》是一个名剧，印象中，哈姆雷特王子穿着白色上衣黑色长裤，很彷徨地站在舞台中央。他的父亲（当时也不知道是他父亲的鬼魂，后来，学了中文，才想起来，应该是这样的。）出现在城楼上，跟他说着话。还有两个鬼魂出现在他的面前（好像是无常），那鬼魂的眼睛圆圆的，如同戴着圆圆的玻璃眼镜。看了那个剧之后，那两个鬼魂的样子在我的脑子里纠缠了好长时间，越是在天黑的时候，脑子里越是清晰地出现他们的影子，闹得我晚上都不敢一个人出门。后来，大队部在大队部东房的东墙上开出一扇窗，电视机就放在窗口的桌子上，荧屏对着大队部外面的空地，每天晚上由专人管理，按时打开电视，让全村人看。大队部外面的空地很大，过年的时候，也是在这片空地上搭起戏台唱戏。还有，小时候，村里演电影，也是在这片空地上。

慢慢地，村里有钱的人家也开始买回电视了。这些人家也都是把自家的电视搬出来放在院子里看，街坊邻居的，也赶过去看。这时候，看电视就比较舒服了，不用挤，也不用担心看不见，还能坐下来，跟街坊邻居唠着嗑，说着话。

演《射雕英雄传》的时候，电视就更多了。人们看这部电视剧，简直着了迷。在地里干活的时候，嘴里念叨的也是电视里的人物与剧情。有时候，村里停电，到了演电视的时间，电还没有来，急得人们什么似的。有聪明的，就把电视搬到村子外边去，从村子外边的高压线上接出电来看电视。还真是不错，一集也落不下。

在腰山中学上学的时候，下了晚自习，回宿舍的路上，经过老师的窗外。老师总是把电视机放在他们家的窗台上，荧屏对着窗外的院子。大家都在院子里坐在凳子上看。我们路过的时候，电视剧还没有演完，就停下来站在外围看会子。那时候，看过《血疑》和《霍元甲》。《血疑》中山口百惠扮演的幸子与三浦友和扮演的光夫是一对恋人，他们俩虽然相恋，却是相互影响着积极向上，给人留下了太多的阳光与温暖。这种恋爱观很直接地影响了那时候还懵懂的我，在今后自己也陷入恋爱阶段的时候，就想到他们，提醒自己，要积极向上，不能把心思都沉浸在儿女情长里。那首慷慨激昂、振奋人心的歌曲《万里长城永不倒》就是电视剧《霍元甲》的主题曲，曾经风靡大江南北，鼓舞过太多中华儿女的爱国热情。

在保定上师范的时候，看电视就少了。晚上有晚自习，两节晚自习上下来，就回宿舍洗漱休息了。到了星期天，学校里隔两周，会发一次电影票，大家就去看电影。没有电影可看的时候，大家就自由活动。我去的最多的地方，是琴房和美术教室，去琴房做脚踏风琴的指法练习，去美术教室画素描。也有在教室里待着的时候，看书或是写毛笔字，也比较充实。有同学到了星期天就去市里边转着玩儿，两三个人一组，到市里没有去过的地方转。我没有去过，所以，在保定待了三年，保定的大街也只认识那么一两条。

自己家里也买了电视的时候，差不多邻居家家都有了电视，也不用把电视机搬到院子里去看了。这时候才发现，那电视机搬起来其实是挺沉的。

　　现在，电视已成了每个家庭必备的电器，而且都是彩色的了，甚至是平板、超清的，越来越先进，看电视也成了人们在家娱乐的常规选择。现在，人们说的最多的，是那电视演到半截儿，正看得起劲儿的时候，就停了，开始演广告。人们是不大愿意看那广告的，一来它无端地截断了人们正在好奇往下看的电视剧情；二来，也没有那么多要买的东西。可是，那广告就是那么不讲理。你不想看，哪里能由得了你呢？真是让看电视的人难过。就如同好好走着自己的路，突然前边出现一堵墙，把自己往前迈着的脚步，生生地卡在那儿了。从某种意义上说，那广告，真的有点给人添堵，让看电视的人心情有一种受挫感，不舒展。

　　听朋友讲，现在有些人家，客厅里就不摆电视。当然，现在好多的年轻人，手机电脑都能上网看电视，所以对电视机的需求便显得不再那么迫切。另外，真正想干出点什么名堂来的人，也是不大看电视的。如果整天坐在电视机前看那些长长的肥皂剧，确实是太耽误时间了。有时候，那剧情就像冻住了似的，总也不往下发展，你就是出去办点事，回来再看，也能接上茬儿。有一种说法，是注水，或许是为了拉长剧情，故意在拖延时间吧。于是，人们的大好光阴，也便被注了水，白白地耗费掉了。

　　现在，我也很少看电视了，不看，也不去想它了。有时间的话，浏览一下网页，看有什么新鲜事发生了。再有，找几本自己感兴趣的书来读，没有那些无孔不入的广告的打扰，随心所欲地安排时间，自主、随性、愉快。

　　不看电视了，时间也不够用。这时间，真是一种稀缺资源，大家都在抢。

2013 年 10 月 31 日

肉丝面

总也忘不了那一碗肉丝面。

那是二十年前的事了。一个深秋的周末，老头儿要去易县坡仓乡教委办事，我没有去过那里，正好在家休息，也便跟了同去。

坡仓乡，位于易县西南方向的大山里。

吃过午饭，我们赶到车站，坐上县城通往坡仓去的班车。翻山越岭，一路颠簸，大概两个多小时以后，到了坡仓。

这是一个依山傍水的小镇，马路从镇子中间穿过，路两旁是参差错落的人家。马路不是很直，有着缓缓的拐弯，也有不太陡的斜斜的坡。马路一侧的坡下边，一条小河缓缓流过，河岸上的坡地，种着些时令的庄稼和蔬菜。山里边地少，老百姓格外珍惜土地，只要是有土的地方，哪怕是只够种上一棵玉米，也会不失时机地把那里点上种子。所以，你会看到一棵庄稼独占一隅的画面。马路的另一侧，依傍着一座小山，山洼里，也种着低低的大片庄稼，大概是红薯。马路两边，有高大的白杨树，哗哗地抖着肥硕的叶子。

坡仓乡教委就在马路边，我们到的时候，已将近傍晚，估计单位也没有人上班了，就在附近的小旅馆住下来，等着第二天再去办事。

小旅馆紧挨马路，沿街的店铺开着饭店，里边有个院子，院子里有个二层小楼，是客房。

颠簸了一路，真是饿了。走进饭店，要了两碗肉丝面。至今还记得，我们靠着门口的小桌子坐下来，里边有一桌客人正在吃着饭，唠着嗑，偶尔从那边桌子上传过来"乡村女教师"的话语，大概那桌客人在谈论教师吧。不由得想到自己，自己本身就是一个不折不扣的"乡村女教师"啊。不知道是自己的出现引出了他们这个话题的议论，还是他们本身就在谈论这样的一个话题。有时候，一个人的职业身份，是从自身的形象气质上带出来的。

热气腾腾的肉丝面端上来了，满满的一大碗，连汤带水，不稀也不稠，刚刚好。那肉丝，切得那么细，那面条也是极细，那味道，又鲜又香，真是好吃。

面吃完了，就到客房休息。第二天，去坡仓教委，正好是我们保定师范的一个男同学负责接待，处理完了事情，他又跟着我们到了旅店谈了会子话。那个男同学师范毕了业就分到了这里，穿着打扮很朴素，说话也是一口的乡音。当我们对他的热情接待表示感谢的时候，他总会说"真呐"，好像就是"真是客气"的意思。

此后，我就爱上了肉丝面，每次去饭店的时候，总会要上一碗。可是，再也没有吃到过那么美味的肉丝面了，总是各家有各家的做法，各家有各家的味道。

后来，过了几年，我们又到坡仓去，一路上我念念不忘的就是肉丝面。到了那里，还不错，当年吃面的那家店还在，我们径直走了进去。坐下之后，服务员走过来，问我们吃什么，我简直抑制不住自己的兴奋，很爽快地说："要两碗肉丝面。"店铺内的摆设也没有多少变化，只是少了那桌谈论乡村女教师的客人。肉丝面端上来了，放在面前桌子上的那碗面，怎么跟自己想象的不一样呢？那肉丝一点也不细，面也有些粗粗拉拉的，看着就欠精致。吃到嘴里，也没有了当年那份鲜香。正自纳闷，老头儿已经问起店家，怎么这肉丝面跟以前吃着不一样了？店家说，他们换了厨师。怪不得呢。

也不知道做肉丝面的那位厨师到哪里去了，反正从那以后，我再也没有吃到过那么好吃的肉丝面了。

我跟老头儿也探讨过这个问题，那碗肉丝面怎么那么好吃呢？老头儿说，那肉丝可能是羊肉的，而且是很嫩的羊肉，那厨师把肉丝切得极细，提前用调料喂好了，锅开了就出锅，肉丝细滑而不老，出锅的时候，点上了香油和醋，还加了香菜，所以会鲜香无比。

后来，我们就自己在家做肉丝面。依着老头儿说的，用新鲜的羊肉，切成极细的丝，再用姜末、盐、生抽和香油拌过，装进大碗里喂起来。吃的时候，就在锅里放上水，锅开了，煮上挂面，等挂面快熟的时候，把喂好的羊肉放进锅里，用勺子搅拌匀实，等着锅开。锅开了，把切好的葱花放进锅里，就关火。把面连汤带水盛进大碗里后，再在表面撒上点香菜，倒上些醋。喜欢吃辣的，也可以撒上些胡椒粉。嗯，不错，鲜香无比的肉丝面就做成了。

肉丝面很适合做早餐，早晨时间很紧，急着上学上班。起床后，先到厨房把锅坐到火上，倒上适量的水，等着锅开的当口，可以去洗脸刷牙。洗漱完毕，那锅也开了，煮上挂面，切几片葱花，一两棵香菜，把喂好的羊肉放进锅里，搅匀，锅开了，放进葱花，倒些醋，关火。盛到碗里，再放香菜。热热地吃上一碗面，一上午的精气神都是足足的。

羊肉还有温补的功效，冬天里多吃一些羊肉，会增强人的体质，身体热量充足，就不怕冷，不容易患感冒。

2013 年 11 月 6 日

此文 2019 年 11 月 28 日在《保定日报》A3 多彩人生版滋味栏目发表。

聪明的蟑螂

蟑螂真的很聪明，
我从这边堵，它从那边跑，
我从那边堵，它从这边跑，
跑得迅雷不及掩耳。

打开抽屉，
发现一只蟑螂，
拿开一个袋子，
发现一群蟑螂。

它们先是不动，
然后四散奔逃，
我顾了这只，
顾不了那只。

我轻轻地盖上纸袋，
蟑螂没有了动静，
它们喜欢躲在暗处，
有一个小东西，
下边都有可能藏着一只。

2013 年 11 月 9 日

唱戏

小时候，我们村里经常唱戏。唱戏的演员都是村里的社员，都是那些爱好唱戏又有这方面的天分，而且长相气质也是村子里拔尖的人们。敲锣打鼓打钹敲梆子吹唢呐吹笙吹笛子拉二胡的，也都是村里人。这些人，有农民，有老师，还有在外边上班的。他们平日里都是各忙各的，只是到了晚上或农闲的时候，就被招到大队里排练节目。不知道那时候大队里给他们什么待遇，有可能挣工分吧。后来，改革开放以后，土地实行了联产承包，自家种自家的地，也没有了挣工分一说。后来，村子里就没有再唱过戏了。

那时候，临近过年，村子里会在大队部的东墙外搭起戏台，连着唱上好几天戏。要唱戏了，小孩子们都会提前跑去占地方，搬着自家的凳子摆在靠近戏台处。来得晚的，就自动往后排，往边上排。这时候，也是村里人互相打照面、互相交流的时候，人们一年里都是在自己的生产队活动，也就这几天能在大队里聚齐。

有时候，白天没有听到要唱戏的消息，也便安心地该干吗干吗。到了晚上，正吃着饭，就听见大队部那里传来咚咚锵咚咚锵的敲锣打鼓的声音，心里马上慌慌起来。碗里的饭三下两下扒进嘴里，扛起家里的凳子就往外跑。结果到了那里一看，戏台底下还没有多少人，戏台的顶棚上挂着很亮的灯，戏台上的北侧，靠着幕布，摆着几张小凳子，小凳子上坐着几个人，正在兴致勃勃地敲着鼓，打着钹，闹得响声震天。也正是这一通的响声，把村子里四面八方的人们都召集到这里来。

印象中，村里演过评剧《夺印》，戏里的何书记是我的本家大伯扮演的，他长得方头大脸，双眼皮，大眼睛，很有气派。村里的玲儿扮演那个地主老太婆，在化装化得粉白的脸上，鼻子头旁边，点着一颗大大的美人痣。她端着一碗元宵追着送给何书记，记得她唱元宵那一段很长很绕口，就像绕口令似的：

"哎呀，我的何支书，原来您在这儿啊，把我给找得好苦哇。从东庄到西庄，我到处把您找，找了这么大半天才把您找着。您看我这两只脚，走起了泡，衣衫湿透了，我这周身汗水浇。嘿……原来您在这儿亲自劳动，哎呀呀，我的何支书，哎哟哟，我的书记哟，干这样累的活，您怎么能够吃得消哇，吃不消哇，吃不消哇，我给您搓了一碗元宵。擦擦汗，您快歇一会儿吧，您看看，这是一碗，又热又黏又香又甜滴溜溜的圆哪团团转，黏米面儿的白糖馅儿的大个儿的元宵。"

玲儿是我们村里出了名的美女，她多才多艺，后来去了县文化馆上班，还给当时上小学的我们排演过节目，带着我们去参加公社的六一儿童节文艺会演。当时，她给我们排的歌伴舞《红梅赞》，到现在，我还记着。

村里还演过《甜蜜的事业》，也是评剧。那时候，国家开始推行计划生育政策，村里街边墙上经常看到大字标语"计划生育，利国利民""只生一个好"。可是，村里的人们对这项政策有些抵触，《甜蜜的事业》应该就是宣传这项政策的吧。戏里边演的故事，跟现实生活很接近，人们茶余饭后，也把戏里的故事说了又说。两口子生了四个女儿了，还想再生个儿子，给孩子起名字都是想着下一个是儿子。大女儿叫招弟，二女儿叫来弟，三女儿叫盼弟，四女儿叫梦弟。这种情况，在村子里也很普遍。一般前边生的是女孩儿的，大都会再接着往下生，直到生个男孩儿为止。这应该跟农村种地需要劳动力有关系。那些很重的体力活，都是需要壮劳力才能胜任的。家里没有男孩子，干不了重活儿，做家长的总觉得心里不踏实。在这部戏里，梦弟是最小的孩子，在剧情的结尾才上场，而且话也不多。其中，有一个动作是梦弟被大人高高地抱起来转圈儿，那是大人们都想通了，决定响应国家的计划生育号召，在梦弟之后，不再要孩子了。

这个梦弟的角色，还差点让我去演呢。

一天，我正在胡同口跟小伙伴们玩儿，我家屋后的哥哥从街上走过。屋后的哥哥，长得阳光帅气，高个子，大长腿，黑脸庞，大眼睛，笑起来，一口整齐的白牙。村里每次演戏都有他，而且净是演主角，他在《甜蜜的事业》里也有一个角色。他停下来对我说，大队里需要找个小孩儿演梦弟，他觉得我很合适，问我愿不愿意去。我当然愿意去，因为，在这之前，村里已经演过这部戏了，戏里的梦弟是由哥哥的妻妹扮演的。那个小女孩儿可漂亮了，梳着齐齐的刘海，穿着好看的衣服。只是不知道她有什么事情，不能再接着演下去了。哥哥说，他去跟大队里商量一下，演的时候再叫我。

打那儿以后，放了学，我就总在胡同里待着，跟小伙伴玩儿，或在胡同里溜达，眼睛不时地看向胡同口，生怕哥哥走过的时候，找不到自己。可是，哥哥走过去了，并没有跟我说什么。又走过去了，又没有向我走过来。我的心里很想知道他跟大队里商量的结果，又不好意思去问。后来，在学校里，听同学说，小静去演梦弟了。小静跟我同班，有一天她没有来上课，有同学说，她去演戏了。小静的哥哥是学校的老师，她们家条件比较好，她穿的衣服也挺时兴，印象中，她有一条卡其色的裤子，很合体好看，穿在她很标致的身上，可洋气呢。我知道了大队不会再找自己去演戏，心里也踏实了，再不用每天都在胡同里玩儿了。心里还想呢，这样也好，要不然穿什么衣服还得发愁呢。印象中，好像还想好了，如果让自己去的话，可以把奶奶的那双丝袜借过来穿一下。只是，心里总有那么一点不得劲儿，是希望过后的失望，还是哥哥说过之后没有了下文，给自己留下的悬疑呢？说不清楚，只是那件事情给我留下了深刻的印象，大人说过的话可能早忘了，小孩子可是很当事的在等着呢。

《甜蜜的事业》演出结尾的时候，为了表示大家的喜悦，演员要向台下扔喜糖。那时候，糖还是很招人喜欢的东西，到了扔糖的时候，台下的人们都活跃起来，纷纷举起手来去接那从戏台上抛撒下来的糖块儿。没有接住的，又弯下身去，到地上寻找。总归是台上台下一片欢腾，皆大欢喜。

挺怀念村子里唱戏的，那些爱好戏曲的人们自娱自乐也好啊。唱戏，既丰富了人们的业余文化生活，又能倡导好的社会风气。现在，人们农闲的时候，没有什么事做，就是聚到一起打麻将。打麻将当然也是丰富业余生活的一种，但是，总归是单调一些。

2013 年 11 月 14 日

沟

对于在平原上生活的人们来说，沟可能是一个比较陌生的东西。人们也大都不太喜欢沟，总觉得好好的平地上出来一道沟，走起路来都要上来下去的，挺麻烦的。所以，人们也经常把生活当中出现的一些不如意，比喻为人生路上的一道沟，会觉得，沟的出现，不如平坦的路让人心里舒服。沟，总是人们不大愿意看到的东西。

我的家乡处在半山区，村子里边和外边都是沟，人们的房屋都建在沟岸上，或者说平地上。平日里，在村子里走路，也要有下坡和上坡。不过，习惯了，也不觉得那沟有什么难走。村子外边的沟里，也都跟沟岸上的平地里一样，该种什么种什么，哪块儿地都种着庄稼，不分沟不沟的。只是那沟里的庄稼，往外运的时候，要费些力气，需要人力推着小推车，沿着沟岸上修出的斜斜的坡路运到平地上来。或者赶着驴车骡子车来运，就是不如平地上顺当。

不过，遇到下大雨的时候，就显出那些沟的好处来了。我们都知道，水往低处流。天下起大雨来，院子里的水顺着墙根下的水沟流到街上去了，街上的水顺着地势流到低洼的沟里去了，沟里的水也顺着地势流到更低的坑里去了。所以，不论下多大的雨，村子里的人家都是不用担心屋子里进水的。有的时候，那雨特别大，村子外边的坑啊沟啊都满是水了，那水都把那些沟的慢坡填平了。人们都跑到那沟边去看，那大水汪汪洋洋的。到了晚上，沟里响起阵阵青蛙的叫声："呱呱"，"呱呱"，"呱呱"。在岸上住着的人们，晚上睡在干爽的家里，心里是踏实的。

我们村的南头有一条水渠，天旱的时候，会有水从西边上游的水库里放下来，人们用水泵从水渠里把水抽上来浇地。雨天的时候，村里的水也会顺着水渠流到下游去。那水渠，其实就是一道沟，是人们用人力挖出来的一道沟。只不过是这道沟更长一些，连接的地域更广大一些。我们村子东头有一个大水坑，坑里常年有水。这些水多是夏天存储起来的雨水。这个水坑跟南边的水渠隔着一道堤，堤上是一条土路。土路下边的大堤底部，有一个管道与水渠相通。在管道口，还设有闸门，可以控制坑与水渠之间的水流。到了冬天，那个大坑里的水结成厚厚的冰，村里人自己做成冰床，在冰面上玩耍嬉戏。印象中，村子西头也有这样的一个大水坑，只是那个坑的规模要小一些。现在想想，其实，那些沟的存在应该是有历史原因的，应该来讲，并不是天然形成的，或许那是老一辈的人们为了调节雨季的大水而特意挖的吧。

为了解开这个谜，我特意问了问我爸爸。他说，那些坑都是人们用土的时候挖的。生产队的时候，要经常往猪圈里边填土垫圈，村子里就开辟出专门的土场，人们用土都到土场去挖土。人们盖房子脱坯，也都要用土。慢慢地，土越来越少，坑也越挖越深。

把周围村子的情况想一遍，也真是，几乎每个村子的周围都有那样的大坑，都有那样的大沟，而在村子外边的田里，那沟就少了。

不管是什么原因形成的这些大沟大坑吧，它们确实是那么好的一种现实存在。当雨季来临的时候，人们不用担心那雨水没有地方可去而汪在家里，因为经年累月的修理，村子里已经慢慢形成了一种慢坡的地势，那水会顺着一定的走势，乖乖地流进村子外边的大坑里去。村子的东西南北四个方向都有水路通到地势低洼的大坑，那大坑在这时候，着实成了村子排水的功臣。那大坑把那些雨水都存起来了，很好地免去了人们浸泡于水中之苦。

到了旱季，坑里的水又可以供给人们洗衣浇地之用。村里孩子们学游泳，也都是在大水坑里学会的。

突然对大水坑感起兴趣，就问老头儿："你们村里有大水坑吗？"他饶有兴趣地说："有啊，我们村子周边东西南北四个方向都有大水坑，我们小时候都是去大水坑里洗澡，人们都是在大水坑里洗衣服。"

看样子，那些大水坑都是与当地村民的生活息息相关的啊，它们确实有着它们本身存在的现实价值。可是，现在的人们对大坑的这种认识越来越小了。因为多年的干旱少雨，好多村子的大坑已经多年无水，慢慢地，新生代的人们越来越感觉不到那些大坑的存在价值了。

人们把当年的大坑填上土，盖起了房子，甚至连同水库里人们也盖起了房子。沟填平了，坑填平了，都盖起了房子。当大的降雨来临的时候，那些肆虐的雨水无处可去，到处泛滥，到处汪洋。于是，人们口口相传，这是多少年一遇的特大洪水。

去荷兰旅游，看到那里到处是溢满了水的沟，沟岸上是大片的草地，草地上是悠闲吃草的牛。据说，荷兰这个地方，本是一片沼泽地，是生活在这片土地上的先人发挥自己的聪明才智，把这片本不利于人生存的地方，变成了现在这样芳草萋萋、风景优美的人间天堂。仔细想来，其实也不复杂，只不过是他们顺应了水的特质，把原本平坦的地面，挖出了一道道相互连通的沟，那沟挖到一定的深度，一定的密度，足够把这片土地上渗出的水分存住，就够了。而且，从沟里挖出来的土扔到旁边的地面上去，也相应地把地面的高度增加了，这相对来说，又增加了沟里的存水量。慢慢地，就达到了一个平衡，一个水面和地面的平衡。地里的水都流到沟里去了，地面上慢慢地也变得干爽起来，很适宜牧草的生长，很适宜人类的生活。于是，大片的草场旁边，有连绵不断的注满了水的沟渠围绕，这样的生态环境就形成了。

读丰子恺的《缘缘堂随笔》，看到当年他们生活的地方，就是水乡，住家的后边就是河，出了后门就坐船，所以他们很不惯于走路。可以想见，当年的河，其实也是低于地平面的沟啊，因为那里地势低洼，所以就容易积水，南方雨水多，那些低洼的河流其实很好地把那些雨水积蓄了起来。沟多了，雨水都流到了沟里，便成了河，人们都住在河岸上，两两相安，互惠互利。

据说，原来的苏州、扬州城里也都是有很多河的，大大小小的河，纵横交错，城里的住家门口就是河，小桥顺河而建，小桥流水人家的美景，随处可见。只是新中国成立后把好多的沟啊河啊填平了。现在想想，不知道当时为什么要填平那些河，其实那些河的存在，应该说是历代祖先留下的宝贵财富啊。那些河，把地面上多余的水都保存住了，既供给人们日常生活之用，又免去了人们的洪涝之苦。

现在，每到雨季来临的时候，人们都很担心洪涝灾害的发生。几平每年电视上都会播放解放军官兵奋力抗击洪水的报道。不知道为什么这些年的洪涝灾害这么多。我们其实也可以未雨绸缪，在旱季的时候，开挖河道，把阻塞河道的一些东西尽早清理出去，使河道的蓄水量更多一些。也可以在村子或城市周围，多开挖一些彼此连通的沟渠，当雨季来临的时候，那些雨水都流到低洼的沟渠里去，人们可以不受那暴雨的浸泡之苦。而且，那些沟渠又能够使那些雨水尽量地保存下来，当雨季过去的时候，还能够有足够的蓄水供应人们平时的工作生活之用。

2013 年 11 月 18 日

头发

　　头发已经坚持一年多不染了，前边露出很多白发，看到的人总会热心地劝我说："不好看，还是去染染吧。"

　　开始的时候，就是平时染发的时间到了的时候，曾在心里纠结过。时而想道：就这样吧，还是不染了吧，总是去染，怪麻烦的，从时间上身体上，都很不情愿付出太多。但是，每当看到镜子中那些白发，又觉得还是白色的没有黑色的显精神，白色的头发就是显老。也曾使劲坚持着，就是不去染，到后来，白发更加明显，评说的人更多，自己也越来越感觉不像样子，实在坚持不住，还是去染了。

　　这一次，坚持的时间最长，而且还顶着白发过了年。该见的人都见过，大家都知道了自己白头发是什么样子，除了一致建议自己去染发外，别的倒是一切正常。自己也开始不再去关注这白发，而且，也敢于把白发往上梳，梳出一个很利索的发型。原先，梳头发的时候，主要出发点是遮盖白发，就是怎么样在前边看起来不显白发怎么梳。当然，那样的话，梳不出好看的发型来。现在好了，白发很有型地在头顶闪亮着，再没有那种不能见人的感觉了，心里非常轻松。也不用每过两个月就去一趟理发店了，真受不了那染发药水的味儿。

　　好像那药水有刺激白发生长的作用。听小区门口卖水果的那个年轻女人讲，她有次染发，过了些天，新长出来的是黑头发，发尖上的也是黑头发，就是中间一段是白头发。或许那一段白发，就是染过之后药水起副作用的那一段吧。

　　我也是，刚开始染发的时候，头上白发只那么几根。当时染发，有追求时髦的因素。理发师说，原来的头发是黑的，不容易染出颜色来，必须脱色，把原来的发色都脱掉才好上色。看着经过脱色的一头银发，也挺好看的。只是，又进行了染色，于是，头发就变成了黄色。当时，家属院里上了年岁的邻居见了，还曾经说过："黑头发多好看呀，染成这个颜色，不好看。"自己心里也知道一个人一个看法，上了年岁的人眼光都比较传统，所以，对于新生事物不大容易接受。还好，头发是自己的，爱怎么整怎么整吧，别人说什么，只是他们的一厢情愿。

后来，就开始老染发了。一段时间之后，新长出的头发白得那么刺眼，染发更勤了。慢慢地，新长出的头发怎么都是白的了？白白的，与早先的头发比起来，简直是两个世界。走在大街上，也经常见到这样的头发，发根部一层的白色，上边的头发却是黑色或是红色或是棕色的，就像头顶落了雪。观察发现周围的同龄人大部分也是这样的。有人说，白发是血热；有人说，白发是遗传。我觉得都有一点，不过，经常染发应该也算是一个因素。

早先在"水清云淡"的空间里看到过治疗白发的食疗办法，当时看了也没有太在意。现在不想去染发了，又有点不甘心年纪轻轻的就白发飘飘，很自然地又想到空间里的方法，决定照着试一下。于是，又到"水清云淡"的空间里去找那篇文章。还好，找到了，她是转的"快乐流星"的。打开"快乐流星"的空间，发现这篇文章的标题《请试试每天吃一碗：你的白头发不见了》后边，有个小括号，括号里边两个字"转载"。或许，这篇文章也是转载的吧，只是没有列出转载自何处。

方法是这样的：取黑豆 1 小把，黑米 2 把，黑芝麻 1 小把，百合10 片，薏仁 3 把，核桃 2 个（也可换成花生米），大米 2 把，红糖（这里博主没有注明用多少，暂且用适量），一起熬粥。这是两个人的量。每天中午把这些放碗里泡好（红糖除外），晚上洗碗的时候开始熬粥，锅开十几分钟，水变黏稠的时候就可以了。关火，盖上盖子焖。第二天早上，加点水，放红糖，热两分钟就 OK 了。

也没有把方子抄下来，只是凭着记忆，去超市买了黑豆黑米黑芝麻薏仁，回家就开始熬起粥来。当然，每种食材的用量也没有按着方子里说的，而是各自放了一点点。家里有核桃，砸开几个放锅里，有花生米，也抓一把放锅里，还有一点芸豆，也抓一小把放里边。可能是没有经过浸泡，那米和豆真是不爱软。看着锅里的水越来越少，而那米和豆还是硬的，只好不断往锅里加水，不断接着熬，直熬到那米和豆软了为止。只是，到最后，那粥也没有黏稠。后来，就往锅里又调上一把燕麦片，很快，那粥又黏又稠了。

虽然没有完全按照方子说的去做，断断续续地这样熬粥喝，头顶的白发却真的在日渐变少，黑发日渐增多。那白发的颜色，也越来越不那么刺眼，慢慢变得发灰了。

熟识的人，过些天再见，会笑着说："你真有毅力。"还有的朋友说："我以为你特意染成这样的呢。"有次在电梯里，一个女孩子突然扭头对我说："姐，你真漂亮。"说的我真是心花怒放，口里说着："是吗？谢谢。"心里可是憋不住的乐。看样子，白头发也没有什么不好看呢。

心态轻松了，加上坚持吃黑米黑豆黑芝麻薏仁粥，还有每天不定时用梳子梳头，还有每天坚持早晚说20遍"每一天，在每一个方面，我正变得越来越好"。还有从今年春天开始，在同学好友的强烈催促下，很感兴趣地打起了乒乓球。方方面面都在起作用，头上的白发越来越黑。

或许严格按那个方子熬粥，效果会更好吧。周围好多人都说，我的头发变黑了，她们也不染了。

2013 年 11 月 22 日

家

雨刮器开到了最快，急切地左右翻飞着。可是，刚刚划过的地方，又迅速被雨水淹没，不留一丝缝隙，眼前仍是一片迷蒙。雨刮器已经失去了它应有的作用，只是徒劳地舞动着。

这场雨来得好快好大啊。

下午下班后去了趟老人家。这个周末因为有事没有去，心里觉着像有什么任务没完成似的。中午特意去了趟超市，买了点儿蔬菜水果等吃的，趁下午下班的时间，赶过去看了下。

两个老人生活很有规律，都是自己在家做饭吃。上午和下午，天好的时候，相伴着去附近的小公园遛遛弯儿，去菜场买买菜，很是和谐融洽。

婆婆经常跟我说："家里什么吃的都有，你来的时候，什么也不用买。"

可是，总觉得还是尽着自己的心意给他们买点新鲜的东西心里舒服。觉着他们毕竟上了点岁数，出来进去地买菜拎着也怪沉的，自己给他们买点儿回去，他们就可以省点力气。其实，买东西花不了多少钱，只是那东西里面包含着自己对老人的一份爱心。老人也不缺什么东西，只是他们看到这些儿女花心思买回的东西，能够感受到小辈儿人对他们的疼爱，从而心里会感觉到来自于儿女的温暖。这份温暖，会一定程度上减轻他们生活的压力，心情会变得轻松愉悦。心情轻松愉悦了，身体自然健康。这好像有点蝴蝶效应啊。

坐着说了一会儿话，我从沙发上站起来。也不敢多待，小区的停车位紧张，车子停在楼下，生怕车位的主人回来着急。老人原本正在做饭，韭菜馅儿合子已经烙好了摆在案板上。见我要走，婆婆嘴里说着"在这儿吃了再走吧"，并从沙发上站起来。像是想起什么来，又说："我烙了合子了，韭菜馅儿的，可好吃了，给你拿上两个，你回家省得做饭了。"一边说着，一边指挥着老爷子："快点儿啊，你快去，快去拿个塑料袋儿装几个合子。"老爷子边起身往厨房走，边嘿嘿地乐着："行喽，听你的。"

从老人家出来的时候，天还亮着呢，只是看到有乌云从西北的天空压过来。不多久，天就黑上来了。很快，雨点也噼噼啪啪地落下来。刚看清楚玻璃上那几个铜钱大小的雨点，那雨就像瓢泼一样倒下来，覆盖了那几个印子，就像那几个雨点击出的印子根本没有存在过。

还刮起了风，街边的树被风吹得东倒西歪的。

幸好，前边的车子动得很慢。大家都开启了车灯，一点一点地向前挪。远远地，能模糊看到信号灯已然由红变绿，前边的车子却纹丝不动。信号灯又变绿了，车子又没有前进多少。塌下心来慢慢蹭吧，反正这雨这么大，前边的路也看不清。

扭头看向窗外，路面已积了很多水，那些雨水欢快地向着有下水道的地方流着。不断有人骑着单车从自行车道上冒雨而过。大人们多数都骑着电动车，身上披着雨披，飞也似的。也有身后座椅上带着孩子的，孩子紧紧趴在大人背后，大人身上的雨披后摆，严严地罩住了孩子。也有大人骑着自行车，一只手握着车把，另一只手撑着雨伞的。也有身穿校服的半大孩子，背着书包，什么雨具也没有，缩着脖子，弯着身子，很快地蹬着车子。

所有被雨淋在路上的人们，都行色匆匆。大家急急赶路，目不旁视，一心向着一个目标，自己心中那个温暖的地方——家。

是啊，家，那个温暖的地方。

所有的人都在往家赶，在这狂风暴雨中。老人，孩子，工人，农民，教师，学生，军人，职工，忙人，闲人，高人，矮人，大人，小人……所有的人，在雨中，心思都那么出奇地一致，都想快快地离开雨中，回到家中。

家中，应该是何等温暖啊。在这凄风苦雨的侵袭下，人们的身体感受到骤然的冰冷，太需要家的温暖了。打开家门，一股温暖的气息扑面而来。赶紧脱下被雨淋湿的衣服鞋袜，换上干爽暖和的衣服，喝上一杯热水，吃上一碗热饭。啊，家，多么温暖，多么幸福的家啊。

家，应该是温暖幸福的啊。可是，是不是所有人，回到家里，都能确实感受到家的温暖与幸福呢？

应该不是，因为，确实有的家庭不是温暖幸福的。

有的人，在家里总是唯我独尊、妄自尊大，家里人哪里会放在眼里？即便是从外边冒雨赶回来的家人，也没有什么可心疼的。大不了，打声招呼"回来啦？"或者，看到走进屋的人，脚上鞋子沾了很多水，把本来干净的地板弄脏了，就恼怒地大声说着："你怎么这么不小心，赶紧把鞋换了，把地板擦干净。"身上的衣服被雨淋湿了，正自上牙打下牙，那里却又说了："你看你，都成落汤鸡了，怎么就不知道在半路上躲躲呢？快，快，快把衣服换了去，看着就来气。"

也有回到家里，冷冷清清的，本该回来的人却没有回来。回来的这个人，还要提心吊胆地担心着那个没有回来的人的安全。

也有家里有病人的，回到家里，看到的是唉声叹气的家人，原本寒凉的身体，又增加了一丝寒意。

不由得开始思索，自己所创造的家是温暖的吗？自己所建设的家有没有对得起刮风下雨急急往回赶的家人呢？有没有辜负掉家人对这个家的殷殷希望呢？

有一点不足，就是自己太过自由，做家务不是很勤快，所以家里的环境相比那勤快人来说，要差好多。

去过勤快人的家，家里哪里都是干干净净的，窗明几净，地板也泛着亮光。而且，女主人特会打扮自己的家，把家里打扮得跟童话世界似的，满是浪漫与诗意。走进那样的家里，真是一种享受。看到哪儿，都是一处养眼的风景。

女主人不用保姆，并没有那种娇气，头上、手上也不戴什么贵重的首饰，但是周身上下，干净清爽，脸上也不化妆，也是干净清爽，手指细细长长，白白净净。穿衣也不讲究什么名牌，随意的棉布家居服，可是无论颜色，还是款式，都能体现出主人的涵养与气质，那么优雅、端庄、大气，给人感觉好舒服，那么柔柔的，暖暖的，亲亲的。

那家的男主人应该是一个多么有福气的人啊，听女主人讲，男人在家是什么也不做的，她很体谅丈夫在外奔波的辛苦，希望他到了家，就好好享受家的温暖，好好休息。多么温暖可爱的小妇人啊。

这个小妇人也是多么有福气啊。她很知足，不去追求外界的众星捧月，也不去追求外在的华丽服饰，只追求一个人内在的安稳和舒服。她的工作很清闲，经常在家，一个人也不觉得孤独寂寞。除了把家收拾得整齐干净，就是经常到公园河边看书、拍照、刷微博。人长得本就漂亮，加上心态的平和，家的幸福滋养，真的就像花儿一样。

好些时候，外边的诱惑实在太多。如果把心思都用在追求那种种的诱惑上，就会把自己搞得身心疲惫。到头来，或许在外边确实很风光，很潇洒，很痛快，很惬意，很自得。可是，回到家呢？或许已筋疲力尽，已身心憔悴，哪里还有心思照顾家人和孩子？到家的感觉就是"真该好好歇歇了"，"你们都离我远点，别惹我，烦着呢"。如果经常是这种状况，从别的家人的角度讲，家的温暖在哪儿呢？从自身的角度讲，自己给予家人的关爱有多少呢？从自己的角度讲，家就是一个休息的地方，一个温暖的地方，自己只能去享受，却没有心思与精力去创造了。那样的话，自己有没有感觉到对家人有所亏欠呢？还是毫不愧疚的感觉，自己从家人那里得到温暖是那么天经地义呢？

让家变得更温暖些吧，别辜负了顶风冒雨赶回来的家人殷殷地期待。

我也赶紧着，打起精神来，像那个勤快的小妇人学习，回家好好做些家务，让家变得更整齐一些吧。

2013 年 11 月 24 日

海市蜃楼

上保定师范的时候，曾看过一部电影《海市蜃楼》。剧中男主角是于荣光扮演的。男主角随着骆驼商队行进在大漠上，突然在远处的天空中出现了一位美丽的女子。他被这女子迷住了，决心前去找寻，让她成为自己亲密的爱人。

还不错，茫茫人海中，他真的找到了这位美人。可是，在随后的漫漫荒漠中，在炎炎烈日下，他们两个没有一滴水的时候，那个美丽的女人，却露出了血腥的残忍面目。她张口咬破了男主角的肩膀，去吸他的血来保持自己身体的水分。

想起来，自己小时候在天上看到的美丽宫殿，应该就是海市蜃楼。只是那时候，根本不知道天上出现的美景叫这个名字。

那是上小学一年级的时候，下课了，我们在学校厕所外边的空地上玩儿。厕所在学校的东头，西头是我们的教室，在教室和厕所之间，有一片空地，我们经常在那里玩儿。

当时，我们班里有一个小男孩儿，长得特别好看，好多女生都喜欢追着他打。其实，也不是真的打架，就是动手动脚的那种，表示很喜欢他的那种。他招架不住大家的纠缠，总往厕所跑。看着他跑进男厕所里去了，小女孩儿们也知道不能再追了，就停下来。好半天，他也不出来，大家也便不再等，就各玩儿各的了。

那天，我们正在玩儿着，是拍皮球，还是踢绣球，忘了玩儿的什么了。我不经意地抬头看了下西边的天空。

我们教室后边还有一排教室，两排教室之间，有一片开阔的空地。在厕所边的空地上，能从这两排教室之间看到西边的天空。

呀，在西北角的天上，出现了宏伟的宫殿，宫殿外边的街上，还有马车在走。当时，我想，这是哪儿啊，怎么跑到天上去了？同学们都跑过来看，老师也从办公室里跑出来看。只是，不长时间，那个宫殿就不见了。记得老师还遗憾地对我们说："你们怎么不早点告诉我啊？再看到了，记得快点告诉我啊。"我们也很纳闷，那到底是哪里啊？在那个方向的村子里，是我们村的加工厂，莫非是加工厂的影子到天上去了？但是，又不完全像，那个官殿比我们加工厂的瓦房要壮观得多呢。

后来，自己就总留心看天上，希望在天上再次看到马车跑过。有时候，那云飘过去了，有些像，但是，不清晰，要知道，那天在学校里看到的，可是非常清楚呢。可是，后来看到的天上的云，只是那么的一个轮廓。

后来，再没有在天上看到过海市蜃楼。只是，有时候，去野外游玩，在晚上，能够看到美丽的夜的灯景。那一次，去野三坡，晚上，走在路上，远远地看到天上有亮起的灯，还有美丽的图画。那景是现实中真正存在的，只不过是在远处的山上，在晚上看过去，就如同那亮丽的夜景在空中似的。

现在，城市的夜空，也能看到这样美丽的夜景。在黑黑的夜空中，远远的有一个美丽的明星脸，或有一个美丽建筑的图案，就如同夜空中出现的海市蜃楼。

我们班那个漂亮的小男孩儿，后来就转学走了，不知道转到哪里去了。只记得他在我们班待得时间并不长，好像连半年都不到。但是，那个眉清目秀、干干净净的小男孩儿的样子，却深深地印在了脑海里。像在记忆的天空中出现过的海市蜃楼一样，只那么一瞬，便不见了。

2013 年 11 月 27 日

骨头子

　　小时候，经常跟小朋友一起玩儿抓骨头子。骨头子，是猪和羊两条后腿的关节处的一个小骨头。这个小骨头，本身就是一件艺术品，那么圆滑周正的一个小物件，浑然天成。它有四个面，分别呈现不同的构造和图案。这四个面，每个面都能稳稳地戳在地面上而不倒。我们玩儿抓骨头子，就是利用了它有四个面的特性。

　　把一堆骨头子摊在地上或炕上，摊在什么地方要看大家在什么地方玩儿。在炕上玩儿，炕上铺着炕席，干净，不会把手弄脏。就是炕席上难免会有一些细小的毛刺扎到手。在地上玩儿的时候比较多，大家经常是在大街上或哪个小朋友家的院子里玩儿。那时候，大街和人家的院子里，都是土地面，小朋友们不怕土。

　　先扔一个骨头子到空中，眼睛也跟着那颗扔起来的骨头子看向空中，同一时间，参与游戏的手可不闲着，立刻伸到地上先前看好的那颗骨头子上，把它拿起来翻个个儿，把它翻成想要的那个面朝上。翻好了，那颗扔到空中的骨头子也落下来了，正好用手接住。参与游戏只能是一只手，一般是用右手玩儿，也有用左手的，就是左撇子。如果在扔和翻的过程中，一个没翻好，或是没接住，就算是输了，就轮到别的小朋友玩儿了。

　　这只是游戏当中的一个环节。玩起来，手上可以做出好多种花样。比如，扔一颗骨头子到空中，扔的时候，手心是朝上的，扔完了手心顺势翻转朝下，手背朝上，用手背去接住掉下来的骨头子。手背没有接住的，就算是输了。手背接住了，再用手背向上弹起骨头子，再翻转手心朝上接住掉下来的骨头子。也有扔两个骨头子到空中的时候，也是手心手背换着接。还有，就是扔一个骨头子到空中了，手迅速把地上的骨头子翻个个儿，可以一次翻一个，也可以一次翻两个、三个或更多。要想一下子翻转好几个，需要先把那几个骨头子并排在一起，要一个一个地去摆列，扔一下，摆一下，扔一下，摆一下，再扔，再摆，再接，再扔。哪一个环节没有做好，就算结束，由别的小朋友开始玩儿。

一头猪或一只羊身上，只有两个骨头子。村里人家一般一年只养一头猪，快过年的时候把猪拉到村子里专门杀猪的地方杀掉，猪肉用盐腌起来，吃一年。有的人家要用钱，舍不得自己吃肉，就把整个猪肉拉到集市上卖掉。也有卖掉半片儿猪肉的，我们家就经常卖掉半片儿，只留下半片，还有其他的猪头猪下水之类的，也够省着吃一年。

最高兴家里煮骨头了，一年就煮一次猪骨头。煮肉煮骨头要用劈柴，那劈柴烧起来的时候，可以一根木头塞在锅底，烧好长时间不用管。平时做饭都是烧麦秸和棒子秸，或是干草，只有煮肉的时候才找些劈柴来烧。我们家都是爸爸负责煮肉，我们出去玩儿，回到家，肉就快煮好了，爸爸会用筷子从大锅里夹起一根排骨或是大棒子骨递给我们，我们就拿着肉骨头守着锅台啃起来。吃了一块儿，爸爸再给夹一块儿。这时候，也是爸爸妈妈最快乐的时候，看着自己的孩子们吃得那么香，他们的心里应该很满足吧。

一大锅骨头里，只能找出两个骨头子，真是太稀少了。别的骨头，不是长，就是短，而且一点也不圆润，也没有规则。只有这两个骨头子，以一个那么完美的姿态存在。有时候，大人们在剁骨头的时候，没有注意，那骨头子被刀或是斧子砍破了一个角，那个骨头子就算是破损了。我们玩儿的骨头子里边，经常发现有缺了一个两个角的，缺的不多的话，也能照样玩儿。

我们经常到同学小静家去，他们家有那么一大堆骨头子，每个骨头子还都染了色，有的染成红色，有的染成蓝色。他们攒了多少年才攒起那么多啊，真羡慕他们家有那么多的骨头子。

现在，平时都可以吃上煮骨头了。有时候，家里煮了羊骨头，吃着吃着，会吃出一个骨头子来，那么小巧的一个骨头子，真是好看。舍不得扔掉，就把它清洗干净收起来。每次看到那些攒起来的骨头子，就会想到小时候的游戏，想着攒多了，自己可以抓着玩儿。

玩儿抓骨头子，有很多好处。首先，练习眼力。每次扔一个骨头子到空中，眼睛都要一眨不眨地看着。有时候，也耍酷，会偷瞄一下地上要翻动的那颗骨头子。那也只是一瞬间的事，很快，目光就得回到扔出去的那颗骨头子上，因为还要接住它呢。

其次，练习一心两用的能力，手眼协调的能力。那里眼睛盯着扔出去的骨头子，这里手上还要准确无误地翻转地上的骨头子，还要不耽误接住空中落下来的骨头子。这要很好的手眼协调能力才能做好。

另外，还能锻炼颈椎。在扔骨头子到空中的时候，眼睛会随着一上一下地看，头也随着抬起来低下去，不停地活动。

手指胳膊也都参与了运动，身体各个部位都配合着使劲儿，真是又健身又健脑。

小朋友手中有好多骨头子的人并不多，大家没有骨头子可以玩儿的时候，就玩儿小石子。从河套里捡回来比较圆润规则的小石子一小堆儿，也是跟玩儿骨头子一样，先扔一颗到空中，在那颗石子掉下来之前，快速伸手到地上，抓起一个或两个或多个小石子到手心里，再接住空中掉下来的这颗小石子。抓得不够多，或是抓起来了没有接住上面掉下来的，都算输。

我们没有挨着河套，石子也是稀缺的东西，砖头瓦块倒挺多。那时候，人们住的多是青砖青瓦的房子，墙根下、大沟边，经常有人们扔掉的碎砖破瓦。这些东西，在小孩儿们眼里可是宝贝。用有尖角的小石块儿，把碎砖破瓦裁成大小一致的小块儿，磨去棱角，就成了可以抓着玩儿的小石子了。

还有桃核、杏核。桃核没有杏核好，桃核外形大而粗糙，还有锐利的尖角。杏核小而圆润，拿在手里光溜溜的，一点也不扎。

现在，杏子熟了的时候，我吃过杏子，那核总也不舍得扔掉，总是把它们装在盒子里，预备着自己什么时候有兴趣了，可以抓着玩儿。

2013 年 12 月 1 日

绣球

看到绣球两个字，肯定不少人立刻想到一个画面，就是富家小姐抛绣球选女婿，这是老辈子戏曲里常有的剧情。

这里说的绣球，不是那个绣球，是我们小时候做游戏经常用到的玩具。

绣球有大有小，有实心的，有空心的，都是用家里做衣服剩下的碎布头，里边装上五谷杂粮缝起来做成的。

实心绣球由六块儿相同大小的正方形布连缀而成。六块儿布可以是同一布料，也可以是不同布料。用针线把一块儿布的四个边分别与其他四块儿布的一个边两两对接，缝成一个立方体。缝到总体还有一个边儿没有合拢的时候，把立方体的里子翻到外边来，那些缝制的针脚毛边就翻到里边去了。这时候，往立方体里装进玉米粒或别的颗粒状粮食。装的东西不能太轻，太轻了，往上抛的时候会飘忽不定，不好掌控方向；也不能太重，太重了，拿在手里沉甸甸的，抛起来再接住的时候，会砸伤了身体。一般装玉米的时候比较多，因为玉米属于比较便宜又多产的东西，装进袋子里拿着玩儿也不觉得太可惜。也有装高粱米的，装黄豆的，装黍子的。装黍子的绣球手感最好，因为黍子颗粒细小而光滑，拿在手里软绵绵的，很舒服；抛起来再接住，也是柔柔的，砸在手上脚上身上，都不会生疼。装东西不能太满，太满了没有弹性，要留有一定的空间让里边的东西自由流动。装好了，就封口。这时候，就不能像已经缝好的那些边那样毛边在外那样缝了，而是把两块儿布边往里折，用针在一个边的折印里缝一针，再在另一个边的折印里缝一针。这样缝，线是在折印里边走的，布与布之间，只留一个细细的针脚。这样缝好之后，一点看不出哪个边是最后缝上的，做工会显得很精致。

空心绣球是由六个实心小布袋连缀成的。小布袋用大小相同的两块儿正方形布四个边两两相对缝起来。做的时候，也是缝到最后一个边要把里子翻出来，往里边装进粮食再封口，粮食也不能装得太满。

小布袋都做好了，再把每个布袋的四个角分别与其他四个布袋的一个角缝在一起，每相邻三个布袋的三个边形成一个正三角，这样连缀成一个中空的球体。

空心绣球因为中空，而且是由六个小布袋做成，所以玩儿起来不如实心绣球灵便，会显得疲沓。但是，拿在手里的感觉要比实心绣球更柔和些，弹性更大些。

我们玩儿得最多的是踢绣球，花样跟踢毽子差不多。或者说，因为我们没有毽子，所以就把绣球当成毽子来踢了。说实话，好多年后，我见到了毽子，也踢了几下，感觉那毽子踢起来跟踢绣球的感觉差远了，只那毽子的硬挺就没有绣球的柔软来得让脚上舒服。

几个小伙伴围在一起玩儿，每人手里一个绣球。准备好之后，一声"开始"，大家就踢起来。先是把绣球抛向空中，接着在绣球往下落的时候，右脚向内侧抬起，用右脚的内侧把落下来的绣球接住并踢向空中。右脚落下蹬地，左脚抬起，眼睛看着绣球飞起的方位，调整左脚的落地位置和朝向，再次抬起右脚，把落下来的绣球再次踢起。如此重复动作，看谁踢得次数多，踢得时间长。绣球落下来的时候，右脚没有准确接住并踢起来，这个回合就算结束。真有小朋友踢起来没个完的，别人都踢着踢着那绣球便不听使唤似的，掉到地上去了，这个小朋友还在那儿很有节奏地踢呢。真是踢得气喘吁吁、满头大汗，也停不下来。

踢绣球的花样很多，比如把脚往内侧抬起用脚的内侧来踢；把脚往外侧抬起用脚的外侧来踢；把脚直直地向前上方抬起，用脚尖来踢；把脚向身后抬起，用脚后跟来踢；把脚往地上一蹬，另一只脚迅速从身后抬起来，用脚的内侧来踢；两只脚交换着踢，左脚踢一个，右脚踢一个，内侧踢一个，外侧踢一个。不管怎样，就是变换着姿势，增加着难度，享受着运动的兴奋与乐趣。

在学校里好多同学一起玩儿。先在一定空间两侧的地上，分别画出一条长长的线，参与游戏的同学分成两队，一队站在线内做防守，一队站在线外扔绣球进攻。

　　线内的同学都面朝线外拿着绣球的同学这边，退到离这边尽可能远的地方，但是不能超过背后那条线。线外拿着绣球的同学，使出浑身力量把绣球朝着线内的同学扔过去，希望绣球能够打到某个同学。线内的同学都尽量躲避着那飞来的绣球，尽量不让它打到自己身上。如果打到身上，又没有用手接住的话，就算打中。打中了谁，谁就从中间的防守位置退下去，退到线外扔绣球。那个原先站在线外扔绣球的同学，就跑到中间去做防守。两个人做个互换。如果双手接住了绣球，就不算打中，就把绣球扔还给进攻方，游戏继续。线内的同学一会儿跑到这边，一会儿跑到那边，随着绣球的飞来，齐刷刷地横空跃起，那绣球便从同学们的脚边滑过。同学们又齐刷刷地跑到另一边去，面朝着绣球，做好腾空跃起的准备。

　　这个游戏我们上初中的时候都在玩儿。下课了，在教室前边的空地上，远远画出两条线，两拨儿人就开始行动起来。我们也经常在教室西边的空地上玩儿，西边的空地很大，跑得更开。往往是玩儿得正欢，上课铃响起，同学们很不情愿地迅速收起绣球，跑回教室。下课了，大家赶紧从座位上站起来，跑到外边去，接着玩儿。有时候，年轻的任课老师提前来到教室，就把教案夹子放在教室外边的窗台上，也加入到左右跑动的同学之中去。拿绣球的同学，见老师也上阵了，就特意把绣球朝老师的身上扔。老师也像其他同学似的，机灵地跳起来，躲开那飞过来的绣球，同时，咧开嘴嘿嘿地笑着，跟别的同学一起，跑到另一边去。印象中，那个年轻的王老师，经常轻快地跟同学们一起玩儿，两条搭到肩头的小辫子，也一上一下地舞动起来。还有那个年轻的付老师，也是身手矫捷，那么欢快地跟同学们在一起玩儿。

2013 年 12 月 3 日

墙头

"墙头"这个词，对当今城市高楼大厦中成长的孩子们来说，应该越来越生疏了。至于《墙头马上》《墙头记》这些戏曲，如果不是家里有人特爱听戏，或者长大了学的是中文戏曲之类，可能生活中，更不会涉及。

小时候，在收音机里经常听《墙头记》。村里人也大都知道《墙头记》的故事，谈笑间，经常说要好好教育子女，千万别到老了唱了《墙头记》。

《墙头记》讲的是一个老父亲张木匠，年老力衰，靠两个儿子大乖二乖轮流养活。张木匠老伴儿去世早，他对两个儿子非常疼爱，真是捧在手里怕摔了，含在嘴里怕化了。把俩孩子拉扯大，各自成家娶了媳妇，自己也老了。谁承想他的两个儿子和两个儿媳妇，都不孝顺。说好每家生活半个月，碰到大月的时候，为了多出来的那一天，两个儿子经常发生争执，谁家也不想多养这一天，都觉得多养老人一天是吃了一天的亏。到了日子，大乖把老人送到二乖家门口，里边却不开门。大乖就把老人放在墙头上，还说"要掉就掉到墙里边，掉到墙外边可没有人管饭"。还是老人先前的好朋友王银匠，想出了一个办法。王银匠跑到大乖二乖家去，说张木匠早先经常在他那儿化银子，还该着他钱呢，让两个儿子感觉张木匠是有钱的，引得这俩儿子反过来抢着要养张木匠，争着比着对他好。

村里一对生活富裕漂亮俊朗的年轻人，生了两个儿子。他们给孩子起名字，大的叫大乖，小的叫二乖。两个孩子都长得乖巧漂亮。我在村里教学的时候，正好教的是二乖，大乖在同年级的另一个班里。现在还清晰记得二乖圆圆的脸蛋儿，大大的眼睛，腼腆地一笑，很招人喜爱。

"墙头草，随风倒。"是讲人的想法摇摆不定，没有主见，很容易跟着别人走。

在农村，每家每户的院子都用围墙圈起来，墙头是再常见不过的东西。而且，那高高的墙头，还是小孩子们逞强玩闹的好地方。

小时候，我家的大门开在东墙上。东墙外是一条胡同。这条胡同隔开了我家和二爷家的院子。二爷家的门口开在西墙上，比我家的门口稍微朝北，我们两家门口错开。这条胡同，北边通着我家北房后边东西走向的大街，南边通着二爷家东边奶奶家长满了树的空院子。南边胡同尽头，有一截跟我家南墙相连的短墙，把胡同跟空院子隔开。这截短墙，东边垒到二爷家南房后边就断开。二爷家南房后边，靠着东南角，有一个猪圈，猪圈西边，靠近胡同这边，有一小片空地，用来堆放垫圈的黄土和从猪圈里起出来的粪。这截短墙，也跟二爷家猪圈的南墙成一直线。只是在短墙与猪圈之间，有一个开口，行人可以从胡同走到南边的空院去。这截短墙，隔开胡同与空院，同时也做了胡同的影壁。

我家和二爷家门口格局一样。二爷和爷爷是亲哥俩，两个院落，一个在东，一个在西。原先的大门都有门洞。门口用青砖垒起来，上端垒成半圆形。门洞上边都有砖砌的檐子。那砖经过精心打磨，打磨出柔和的圆弧和图案。门洞上边，还有墙垛。墙垛中间，有一面长方形白墙，白墙上画着花鸟画。从胡同走进门洞，迎面一个影壁墙，二爷家画的是松鹤延年，我家写的是大大的福字。

我家院落四周是这样的：

北边三间正房接着东西两个矮些的耳房。东边的耳房比正房略微低一点。西边的耳房比正房低出好多，但是又比家里的院墙略微高出一点点。西房三间。西房和北房中间，有一条窄窄的夹道。家人可以从院子里，通过这个夹道，到西边的耳房去。西房南边一个小空地，安着一台碾子。碾子南边，是一个猪圈。这个猪圈是大伯家的。猪圈棚盖在紧挨碾子走道的猪圈北侧。穿过碾子走道，挨着西墙根，连着圈棚，是一个下边连着猪圈的茅厕（方言读 máo zi）。院子南侧，贴着南墙正中，有一个方正的柴棚。柴棚与院墙一样高，有用木头椽子搭起的顶棚。棚顶上抹着白石灰的顶子。柴棚门口朝西，正对西南角的猪圈。柴棚和猪圈之间，有一小片空地，平时堆着黄土，以备垫圈用。院子东南角，也有一个猪圈。这个猪圈是我们家的。猪圈棚也在北侧。挨着东墙根，有一个连着猪圈的厕所。这个猪圈和正中的柴棚之间，也有一片空地，也是平时存放黄土和起粪用的地方。猪圈棚往北，隔着一个走道，贴着东墙，盖着一个柴棚，门口朝西。紧挨柴棚的北边，就是我家的大门洞。门洞上也盖着白石灰抹过的顶子。柴棚北侧墙壁向西延伸出大约一米多，再转向北，垒出一截短墙，是影壁。影壁西侧的地上，有一个菜窖和一个红薯窖。门洞北边，挨着东墙根，有一小片空地，空地上有一个菜窖，和一个红薯窖。再往北，又是一个柴棚，这个柴棚是大伯家的。柴棚北边，有一个较宽的夹道与北房隔开。一棵不算很大的石榴树，挨着夹道靠近柴棚的墙壁生长。除了房子和棚子，院子外围连接的就是院墙。

小时候，我最喜欢做的事，就是串墙头。

院子里，西房门口北侧，一棵粗壮的枣树，第一个分叉正好靠近门口旁边墙壁上的窠台儿[注]。我上房去，从来不用梯子。都是从台阶上，一手撑着枣树树干，一手撑着墙体，左脚蹬着粗糙的树干，右脚蹬上墙上的窠台儿，左脚再蹬上枣树的分叉，双手攀着树枝子，三下两下就爬到房上去。西房后边也有好多枣树，枣树枝子都搭到房顶上来。西房与北房之间的墙头，离西房顶很近，只消用手挂着房顶，趴在靠近墙头的房檐边，就可以把脚牟拉到墙头上去。脚蹬着了墙头，也便松手，慢慢转回身，串着墙头小心走几步，就到了北边耳房处。耳房的房顶很矮，很容易就爬上去。耳房到大房上，也只需用手挂着房顶，一纵身，翘起右脚往上抬，用右脚扒住房顶，一蹬，身子便轻松地爬上去。

从大房到东边的耳房很容易，只需一迈步就可以。东边的耳房房顶，距离下边的东墙高出很多，一看就是不可以走过去的，所以，我也从来没有尝试过这样走。就是家里的大人，也从来没有见谁那么走过。所以，要到东边的墙上去，只有从西房往南串着墙走，绕过去。这样，需要走过长长的西墙和南墙。靠近碾子这一带的墙头，还比较好走。最惊心动魄的是走过西南角猪圈边上的墙头。这一段墙的外边，是一道很深的沟。墙的下边，也有用石头垒起的高高的地基。从墙上望出去，下边有些让人眼晕。这段墙的里边，又是深深的猪圈坑。坑里满是黑黑软软的烂泥，还有站在泥里吭哧吭哧叫着并不断抬头向上看的猪。走在这段墙上，心思需要格外放平，呼吸都不敢使劲，把气喘匀了，把脚踩稳了，把眼盯住脚底下，两只手平举起来，上下忽悠着，掌握身体的平衡。走的时候，根本不敢抬眼看向别处。紧小心，慢小心，还怕有个不留神，脚踩不稳。走过了这一段，上到前边的棚子顶上，赶紧跑到开阔的棚顶中心去，跺着脚地蹦起来。真是好开心，为了自己的勇敢和成功穿越。棚顶的面积比墙头大得多，给人的感觉也安全得多。西房到西墙上，倒是很容易，只要先把屁股坐到房边上，慢慢把脚往墙上送，脚很容易就搭到墙头上了。这样，就走上了串到东边去的路。

一般串墙头，都是去房上摘枣，或是房上晒着花生，到房上去拿。东边柴棚边上，靠近影壁墙，种着一棵杏树。杏树不大，每年能结很多青青的杏子。只是，从杏花开放到花落长出嫩嫩的小杏子，我们小孩子都眼巴巴地瞅着。杏子长到豌豆大点的时候，我们就串到墙头上去摘着吃了。我家的杏子没有长熟的时候，总是等不到长熟，就已经摘完了。

走台上高，好像是孩子的天性。现在的孩子很少串墙头了，家里大人看得紧，你还没有上去呢，那里大人早在一边着起急来了。记得，我家孩子小的时候，很喜欢上到沙发靠背上去走。每次看到他站上去，他奶奶准会吓得什么似的，赶紧过去扶住，把他抱下来。

后来想想，自己很沾串墙头的光。上学的时候，体育课上，老师教同学们练习单杠双杠的技巧。我很轻松攀上去，一点也不怕，也很容易照着老师的动作把技巧完成。有的同学就不成，攀上了双杠，胆儿小，动作做起来也欠流畅。或许，这样的同学，就是小时候没有串过墙头吧。

【注】窠台儿：早先村子里房子门口两侧的墙壁上，都会预留出一个上

下高左右窄的长方体凹槽。凹槽下方，贴着外墙，安上一块儿土坯或是砖头。里边形成的洼处，垫上软和的麦秸。是专门给鸡下蛋和母鸡孵小鸡留出的地方。那鸡也都知道那里是给它们准备的，下蛋的时候，就飞到里边去。也有鸡不认这个，随便把鸡蛋下到什么地方。家里老太太就留心看着那只鸡，看它像是要下蛋了，就把它抓住，抱到窠台儿里边去。那只鸡很有记性，也可能是那里比起外边地上要舒服吧，下次再下蛋，就主动飞到窠台儿里边去了。

2013 年 12 月 10 日

碾子

现在，生活中很少见到碾子了。有时候，到偏远山区旅行，会在街角路边看到碾子。油然地，会有一股子亲切袭上心头，就像见到了久别的好友。条件允许，总会特意走过去，用手摸摸碾盘，摸摸碾棍，摸摸碾砣，挨着碾子拍下照片，久久不舍得离去。

小时候，家里就有碾子。

村里也不是每家都有，一条街上，总有几家有的。没有碾子的人家用到碾子，就用簸箕端着需要碾的东西，到有碾子的人家去。也有碾子很忙的时候，见有人正用着呢，后来的人，就要么在一边等会儿，或帮着人家推会儿碾子，要么再到别家去找空着的碾子。有的人家院子里有两台碾子。院子里住着已经分家另过的哥儿俩，碾子分给了哥哥或弟弟。有一天，那个没有分到碾子的哥哥或弟弟的媳妇要用碾子，刚把粮食端出来，放到碾子上，就被那个分到碾子的哥哥或弟弟的媳妇看到，立刻喊话说，她马上要用碾子，意思是，你先等等再用吧。如此这般地发生过几次，那个没有分到碾子的哥哥或弟弟，就赶到集市上买回一个新碾子，安上，自己用自己的，再也不用受谁的气。

碾子的结构是这样的：用整块儿厚厚石板雕刻成的大大圆形碾盘，稳稳放在地面上鼎足而立的三个石头柱子上，碾盘表面刻有斜斜的细纹。碾盘中心钻孔，一根戳在地上的木棍从孔中穿过并直立在碾盘正中。碾砣是用整块儿石头雕刻成的圆柱体，一般直径六七十厘米，长度略小于碾盘半径，表面也刻有细细的横纹。碾砣两端圆面中心，雕刻出圆形凹槽，凹槽表面镶嵌钢铁铸件。碾框是厚实木料做成的方框，围在碾砣四周。碾框左右两边的中心内侧，分别有凸起的钢铁铸件，与碾砣两端中心凹槽的钢铁铸件咬合对接，使碾砣能够随着碾框的运行而滚动。靠近碾盘中心的碾框外侧中间，有一个钢铁铸成的圆圈儿套住碾盘中心的木棍。这样，就把碾砣固定在碾盘上不至于滑脱，而且，能够让碾框带着碾砣以这个木棍为中心自由转动。碾棍是从碾框前边横木右上角和后边横木左下角直着向外延伸出去的两截木棍。前端的碾棍短些，因为挨着碾道，距离碾框很近。后端的碾棍长些，因为要越过碾盘延伸到另一端的碾道上去，距离碾框远些。

碾盘下边用三个石头砌起的柱子支撑，是基于碾盘已经足够大的情况。如果碾盘比较小，为了扩大碾盘的使用面积，以便上面多放粮食，就垒出一个碾台。碾台从平地上用石块儿垒起来，圆形，约有一米来高。里边是空的，只在外围垒起来一圈儿矮墙。矮墙上留孔，能够容纳一个人钻到里边去。碾台上覆盖碾盘。碾盘外围，用水泥或石灰抹出一截边儿。

那时候，家里吃的玉米糁子，都是整颗玉米粒倒在碾子上碾出来的。还有荞麦去皮，碾成粉；麦子碾成面；谷子去皮，碾成小米；小米黄米碾成面粉；给坐月子的人做芝麻盐，也是把炒熟的芝麻，拿到碾子上来碾碎；还有红薯干碾成面，榆树皮碾成面，绿豆碾成面，黄豆碾成面，等等。

碾子总是很忙。有的人家，一次碾一天吃的，每天都要端着簸箕推碾子。推碾子可不是个省劲的活儿。小时候，我就经常推碾子。有时候，还是自己和小伙伴儿一起去推碾子。

推碾子，就是推着碾棍往前走，其实是推着那个沉重的石头碾砣往前走。推碾子时间的长短，要看碾的东西多少以及需要碾成的粗细程度。推碾子需要带的工具有笸箩、簸箕、笤帚、箩床、筛子和箩。筛子有粗细之分，箩也分成粗箩和细箩。

先把粮食均匀撒在碾盘上，一般是撒薄薄的一层。然后，就推着碾棍往前走。当然，这里的"前"没有尽头，只能向前向前再向前。因为前边的路是一个圆圈儿，走起来就是绕着碾道不停地转圈儿。刚开始顺着碾道走的时候，有可能不适应，会感到头晕目眩。习惯了就好了。迈步推起碾子，很费力，需要迈出去的那只脚死死蹬在地上，狠命用力蹬地，两只胳膊也使劲向前推着碾棍。推着向前走起来了，因为惯性的作用，也便省些劲儿了。

如果是一个人推碾子，这个人一般是推那个距离碾砣远的碾棍。这个碾棍推起来比那个短的碾棍稍微省劲儿。推起来的时候，还要不时用笤帚把散落在碾盘外侧的粮食扫到碾盘中心去，以便所有粮食都能被均匀压过。这有点像用刀剁肉馅儿，拿刀把肉剁得一大片，我们会不时把边沿的肉馅儿往中间堆。那样，剁出来的肉馅儿会很匀实。拿笤帚扫过的地方，就在粮食边上出现一个小波浪。再次扫过，又留下一个小波浪。那些小的波浪，那么匀实有规律地围着碾盘滚动起来。接下来，在行走的过程中，再用笤帚尖端轻轻划过碾盘上的粮食表面，使粮食能够均匀受力，均匀碾磨。小时候，自己心里羡慕极了大人们用笤帚在粮食表面划来划去的样子，一边走，一边划，像在舞蹈，又像在作画，好美。而自己挥起笤帚，可能是不太会用力，往往把粮食一下子就扫成一个大疙瘩，要不就扫开一大块空地，总也扫不均匀。

　　如果是推靠近碾砣这边的碾棍，因为碾砣占着一定位置，所以，就不容易边推边用笤帚扫碾盘上的粮食。这时候，就显得胳膊有些短，够不着了。还有，尤其是小孩子，在推这边的时候，那手千万不能伸到碾盘上边去，因为一不留神，那碾砣就溜过去了，很容易伤到手。妈妈说，她小时候推碾子，就被碾砣压过手。

　　看着碾盘上边的粮食慢慢碾碎，就开始用笤帚从碾砣刚刚压过的地方扫开一条缝，并且跟着碾砣碾过的地方不停地扫过去，直到把碾砣推到没有粮食的地方停住，粮食也扫成了一堆。这时候，用筛子或笸箩盛了碾过的粮食，架在笸床上筛一下，那些精细的粉末都被筛到碾盘上或笸箩里，留下那些还比较粗的渣子倒进簸箕里。再用簸箕把粮食里边掺杂着的皮壳簸掉。

　　双手端住簸箕两边，先是左右摇晃，那些皮皮壳壳都顺着簸箕的晃动浮到表面上来。再前后晃动，表面的皮壳都冲到簸箕前边去。再伸长胳膊，让簸箕离开身体远一点，上下颠簸簸箕，那些皮壳就随着粮食跳起落下的舞动，迎风飞出去了。慢慢地，簸箕里只剩下纯粹的粮食。把这些经过颠簸剩余的粗些的颗粒倒在碾盘上，再次推起碾子，再次像之前那样重复操作，直到所有粮食都碾得粗细适当为止。

　　碰上大活儿，要一次碾好多粮食，就在碾棍上套个小毛驴，把小毛驴的眼睛用布蒙上，让小毛驴拉着碾棍绕着碾道转圈儿走。小毛驴很实在，就那么不声不响地闷头往前走，不急也不慌，一个节奏地迈着步子。干活的人，跟在小毛驴后边，手里拿着笤帚，很有规律地把碾过散开的粮食往碾盘中心扫，或在粮食表面用笤帚轻轻地画圆圈儿来摊薄。

有时候，小毛驴走着走着就停住，把头扭过去吃碾盘上的粮食。后边跟着扫粮食的人，就会大声呵斥小毛驴，并且伸出笤帚疙瘩去打小毛驴的屁股。小毛驴也不反抗，很听话地不再吃粮食，扭过头去接着走。走着走着，冷不丁地，又停住，很自然地扭过头去又吃粮食。跟着的人，又会大声呵斥，又会用笤帚疙瘩去打一下小毛驴，小毛驴又会老老实实地接着走。当然，这种情况不常有。

听妈妈讲，小毛驴一般都是借生产队的。碰到使用人家多的时候，还要排着日子用。轮到自己家用的时候，就把小毛驴从生产队里牵出来，拉到碾子旁边套在碾棍上。用完了，再给生产队送回去。送回去的时候，用簸箕端着半簸箕粮食送给生产队，当作是酬谢。

后来，村子里在龙王庙上建起了加工厂，加工厂的宽敞房子里安上了磨面机和碾米机。还是机子快，只见加工厂的师傅在墙上合上电闸，屋子里就响起机器轰鸣的声音。师傅把需要加工的粮食倒进机子上边的槽子里，很快就从下面的漏斗里流出磨好的面或碾好的米来。

开始，机子加工的玉米糁子很扎嘴，因为玉米皮没有去掉，直接碾成碎末混在糁子里边了。后来，技术改进了，那玉米先过下水，碾出来的糁子就是脱了皮的。再熬粥，光光滑滑的，口感极好。

有了电机，碾子就用得少了。慢慢地，村子里的碾子就不多见了。

2013 年 12 月 15 日

解读《春宴》（1）

　　《春宴》是安妮宝贝的小说，是自己读过的她的第一本书。经常上网，知道安妮宝贝的名字很久了，网络上称她是美女作家，当然也是畅销书作家。不知道为什么，一直以来，没有读过她的书，总觉得那是小孩子们（当然不是儿童或幼儿）看的，自己已经不再青春，还是读些相对大人看的东西吧。

　　《春宴》是朋友红梅刚买的，书的枣红色扉页上赫然写着"2013.4.1图书大厦"，当然还写着她的大名。她的手边正有一堆书在读，就好心让给我先看。

　　书读起来不很顺畅，贯穿全书也不是在讲一个故事，似乎是在表达作者的某种人生感悟。书中把人物的一些生活片段，一些思维活动，不经意地串连起来，给读者一个想象空间，可以自己去把人物形象做一个整合。

　　感觉这是一本写给所有女人和男人的书，它那么真切赤裸地揭示了男人女人在感情与性爱生活当中的细节，有火热的缠绵，也有冰冷的对峙。它把人生的各个阶段都包括在里边了，可以让人透视到人生当中的每个细节，可以让每个年龄段的人找到自己所在的位置，从而做出自己应有的判断。

　　真没想到，作者的观察这么独到与精细，而且是那么一针见血，丝毫不留情面地把人物像剥洋葱一样一片一片剥给人看。真是世事洞明。

　　书中人物不多，主人公似是庆长，因为写庆长的篇幅最多，而且，庆长也是书中的写作者"我"小说中的主人公。信得的篇幅也不少，从她的童年记起，直到做了两个孩子的母亲，又回到单身，并且，在书的结尾再次出现。当然，还有一个"我"。写作者"我"是贯穿本书始终的一个人物，她把自己创作的人物和现实生活中存在的人物巧妙地连接在一起，给人一种如梦似幻的感觉。

庆长和信得都出身于社会底层，正值青春年华。她们都有自己独特的童年经历，养成的性格也有些与世俗社会格格不入。她们都与自己的原始家庭彻底绝缘，身无挂碍，心无挂碍，只身闯荡江湖。身上都有一种追求自我心灵需要的冲劲儿，全不理会社会流行的普遍价值。当然，她们有些与世俗社会不相调和，时常行走于社会边缘，保留自我，保留真实，纯粹而执着。

庆长爱上了许清池，许清池也爱上了庆长。

许清池是三个孩子的父亲，其中一个孩子还正在他妻子冯恩健的肚子里孕育。他还有一个年轻的模特情人，长期专属于他，受他资助供养。他还有多个露水情人，长期保持暧昧关系，不远也不近。当然，他是一个成功人士，是社会上备受推崇的人才精英。外表儒雅高大，浑身散发着迷人魅力。

庆长来自二线小城云和，到上海立足，靠的是一段历经一年同居半年的婚姻关系。因为婆家人对她的不认同和歧视，本来想好好生活的庆长走出了婚姻。

她跟庄一同相识在前往黄山旅行的客运汽车里，"他们座位排在一起，都是独自出门旅行"。"他们一起游览黄山，度过5日。看日出，找餐厅吃饭，黄昏时坐在山岭上喝啤酒，互相拍照，在旅馆共宿集体房间，互道晚安。""他知道她读过很多书，她可以写东西。如果有机会，她想去大城市的广告公司工作。临别时，他说，你来上海。上海有很多广告公司，你会找到工作。""她是天性灵敏的人，心里已有直觉和掌握，沉着问他，我们可以结婚吗？这样，我可以去上海找你。""他说，可以。"于是他们很快结婚。"他们结婚，不过各领一本结婚证。没有戒指，没有婚宴，没有祝福，再无其他。""她没有父母出面，更无陪嫁。"庄一同是一个离不开自己原始家庭的人，就像一个没有长大的孩子。"她需要感情，无法得到，只能伪装自己不需要感情。"

跟许清池认识之前，她正跟定山交往，只是与定山之间没有那种炙热的爱恋感觉。其实，定山是一个很合适的结婚对象。"定山28岁，在张江从事 IT 行业，工作稳定，薪水丰厚，状态单纯。他是南京人，母亲早逝，父亲重建家庭。一直独自在上海工作，在浦东早早买了房子。""他除了阅读专业书，看体育频道，听古典音乐，别无爱好。对工作勤恳专注，还能做出一桌饭菜，手艺不俗。"他对她那么真诚相待，明明知道庆长的心思没有完全在自己身上，没有完全归属于他。可是，他并不要求她什么，只是那么顺其自然地陪伴在她的身边。他只是喜欢跟她在一起，他想尽力去照顾她，保护她。仅此而已。

庆长与许清池第一次见面就感觉似曾相识，然后就如同亲人般信任，依赖，爱恋。他们有过那么美好的相遇，相知，相爱，相守。他们在各自内心留下美好的印记，期待着永久保持住这份美好。但是，许清池在跟庆长交往的同时，依然与妻子冯恩健、情人于姜及其他喜欢交往的人保持联系，并且，为了表明自己对庆长的坦白，他在接她们电话的时候，并不避开庆长。庆长不能忍受这种多边关系，要求许清池做出明确决定。在不断地争吵打斗中，慢慢消耗着彼此的能量。庆长也曾主动退出过，因为她看到许清池对他们关系的维系实在没有诚意，因为她从于姜的网络空间里发现，他带着于姜去了巴黎。她换掉手机号码，换掉住址，彻底从许清池的视野消失。

经过了昏天黑地醉生梦死甚至与死神擦肩而过的煎熬，闯过了失恋的难关，与定山结婚，生活趋于平静。因为定山父亲需要钱治病，在阔别将近三年之后，她又想到了许清池并与他取得了联系。"她见到他，还是这样亲。再无撕心裂肺的恨意纠结，只有山高水远的安宁无恙。"许清池帮她解决了问题，他们又重燃爱火。她跟定山离婚，并随许清池前往香港定居。

朝夕相处的日子里，许清池的另一面显露无遗。不做家务，东西随便乱放，要求别人围着自己转，却很少对别人用心。以前的儒雅风度在家里也不复存在，因为工作的压力劳累，还有来自于他的家庭和于姜的压力，来自于庆长的压力。庆长坚韧不拔地向他要求自己的独有关系，他对她敷衍、拖延，他们的关系再次出现危机。这次危机，以于姜怀孕，许清池飞往北京结束。庆长收拾自己的东西，彻底离开。

在这里，许清池对庆长是爱的，而且爱到骨头里。可是，他有千般柔情，并不想伤害任何一个爱着他并且他也爱着的人。只是，他的不想伤害是发自他的内心，他不想让他爱过的人对他失去依傍，他想保护并给予她们优质的生活。可是，从现实情况来看，他的谁都不想伤害，却恰恰是谁都被他害得伤痕累累。爱情是自私的，拥有爱情的人，恨不能一刻也不与相爱的人分离。可是，许清池的爱，分成了这么多份，让每一个爱他的人，都不能感受到完整的爱的滋润。爱情当中，出现了空缺，谁都没有那份完整的踏实，谁都在怨，在离别的痛苦与猜疑中艰难度日。这该是多么可怜可笑又可叹可气啊。真难为了身处其中的所有人。

爱过了，切身感受到了那份五味杂陈的爱的滋味，或许也不后悔走此一遭吧。不走过，怎么会了解呢？原来，美好的东西背面，也有着不堪回首的复杂。

2013 年 12 月 21 日

解读《春宴》（2）

  庆长性格的形成，应该受她小时候生活经历的影响。那年她5岁，跟随26岁的母亲前去临远与一男子喝茶约会。她母亲化了妆，不很协调，但很艳丽。她母亲让那男子在一个香烟壳纸上写字，他用服务员记账的笔在纸上写出："世事一场大梦，人生几度新凉。"

  庆长6岁时，母亲为了追求自己的幸福，提出离婚。父亲不能接受这样的现实，陷入痛苦困境。祖母与父亲坚决不让母亲把她带走，母亲只好净身出户，远走他乡。她由祖母抚养，祖母去世后，跟随叔叔婶婶度日。她与婶婶相处不太融洽，最后长期寄宿学校。母亲也曾回来看过她，给她留下现金，在她熟睡中亲吻她，流下与女儿生离死别的热泪。

  庆长对心之向往的执着追求，应该很受母亲的影响吧。她从小失去了母爱，便感受到人间的冷暖薄情。她的内心深处，是那么渴盼亲人的长相厮守，不再别离。她的内心，是那么渴盼人间真情，可以凭靠，可以依赖，感觉到一种归属的真实。

  当她期待已久的那份感觉到来的时候，她便死死抓住，再不想放手。

  不知道在跟许清池享受恩爱浪漫时光的时候，她是否曾经想过那个身怀有孕的冯恩健这时候最需要丈夫的疼爱与相守，她与许清池的如胶似漆，恰恰是对他本来家庭的残忍剥离。她曾亲眼见过父亲在失去母亲的时候的那份难堪与落魄，应该也不难想到冯恩健在即将失去丈夫时的痛苦与煎熬。她也曾在电话里听到过于姜的发作与尖叫。她的好友Fiona早对许清池虎视眈眈，并且曾经跟他上过床。只是她在等待，等待合适的时机，得到属于自己的幸福。

  这些人的存在，在庆长的眼里，远没有许清池守在她的身边重要。她爱许清池，许清池也爱她。他们俩是这样心灵契合，难分难舍。她必须坚守自己的心灵需要，她必须毫不妥协，直到把许清池逼得身心疲惫，自己也落得竹篮打水一场空，落得身体与情感千疮百孔。

经过了一段时间的心理疗伤之后，庆长跟心理医生宋有仁注册结婚，并前往瑞士定居。这一次，她真正找到了专属于自己的那份亲切与安稳。

Fiona是庆长的女性朋友，也是同乡，曾以全省第一名的成绩考入复旦大学中文系，毕业后不想再回去，现供职于上海一份销量庞大的时尚周报。她采访的对象，多为成功人士，经常出入名流圈子，被各种时尚元素熏陶浸染，逐渐成为大都会的摩登女郎。那些成功人士是她的心之所属，她渴望能够通过他们过上更上层的生活，超越于她自己现在的生活层面。她现在的生活本已富足，依靠自己的力量过上有房有车的日子，一点都不成问题。所以，她也不急于成婚，只是向着自己的梦想行进。

"阅人无数的Fiona得出过结论，成功男人基本上早婚。婚姻对象多为门当户对的大学同学或青梅竹马。妻子相貌平平但聪明有才识。婚姻会维持稳定并且生儿育女。但对婚姻之外的女性，他们从不放弃征服的机会。

"征服模式，基本上是批量式追求。所有女性一视同仁，带去吃饭的餐厅，住过的酒店，买的礼物，喝咖啡的露台，说起的音乐、书、电影……分享的内容没有两样。情感的表达、语言、行为也是有迹可循的复制，用相同形式派发给不同对象。这个无限制造的包装盒子里，排列各种形式精美操作简易的产品，位置和间距都自动成行：照顾、关心、赞美、沟通、精美礼物、热烈性爱、甜言蜜语、异域诱惑、兴趣风雅、见多识广。对方接过盒子，以为得到的是量身定做的珍贵限量版，实质却不过是批发生产的零售品。

"终极目的是上床。目标得逞之后，会迅速撤离，保持高度警觉，以冷漠回避让女人自动失去期望。有些会让他们的兴趣保持持久一些，渐渐发展出感情和生活的形式，如同于姜。有些则只能昙花一现，如同Fiona。"

于姜，是一名稍有名气的年轻模特，从17岁开始跟随许清池。许清池与庆长交往的时候，她20岁。她经常在她的网络空间里晒出她的宝贝：漂亮服饰，出国旅游照片，一些参加活动的照片。她年轻，漂亮，有朝气与活力。在许清池跟庆长在香港定居的日子里，庆长能够听到她打给许清池的电话，在电话里有开心快乐的汇报，也有歇斯底里的发作。也是在这个时候，她第三次怀孕，并且不想再打掉孩子，这一年，她25岁，跟随许清池第8个年头。许清池被迫前往北京，庆长离开。于姜为许清池生了一对双胞胎，他们后来结婚并定居温哥华。

冯恩健是许清池的妻子，他们是大学同学，他们之间没有什么不可调和的矛盾，相处和谐融洽。只是对于许清池来说，可能感觉日子过得有些平淡，缺乏了激情与活力。当冯恩健发现了于姜的存在的时候，也曾试图挽救婚姻，她不惜40岁高龄再次怀孕。但是，她的努力没有能够拉回已经走远的许清池的心。她平静地与他分手离婚，带走3个孩子，长住纽约。

信得5岁时，因为家乡地震，她成了孤儿。沈贞谅领养了信得。

沈贞谅是一个单身姑娘，曾与一个有妇之夫产生感情，并且怀孕生子。只是她的孩子被那个有妇之夫抱走，并一去不回。她被托付给那个人的朋友许熙年照顾，并且给予她一大笔钱。她医好了心理问题之后，领养了信得，带着信得游走于世界各地。

她们的生活完全随心所欲，贞谅对信得的教育也是完全放任，让她自由发展。上学不要求她取得多么好的成绩，只要开心快乐就好。也不给她提出什么要求，只是顺其自然。

她们认识了琴药。琴药"不算高大，但却俊美，身形匀称。肌肉因运动和劳作而饱满结实"，皮肤黝黑。"琴药不外出旅行，精通日常生活。他能做很多事：种树，送货，烹煮，搭篱笆，架凉棚，木工，园艺，刷墙，修车，修电器，酿酒，理发，种菜，割稻，做灯笼，做漆器……没有什么能为难他。只是从来不做稳定工作，没有稳定居所。赌博为生，大赢大输。赢了，日子阔绰，出手大方，在餐厅里呼朋唤友摆流水席，谁来谁吃。输了，帮别人在园艺或建筑等项目里干活，赚点闲钱。然后再赌。""不定时，他看望她们，带着钓到的硕大鲈鱼或采掘的新鲜野菜，做晚饭，整理花园，聊天喝酒。随心所欲，对感情不纠缠，也无归宿。"

琴药虽是山野村夫，但是感情细腻，生活技艺丰富，很懂得享受现实生活的美好。他不喜欢参与那些客人有关人事政治方面的谈论，他会带着信得去郊外花园喂猫，用竹管做成的尺八吹奏古曲《月山梅枝》，爬到树上摘大捧的桑葚给信得吃，并且会"伸出舌头，展示紫色汁液留下的痕迹"。开车带她们上清远山赏花。

贞谅爱上了琴药，想让琴药给她一个安稳。琴药生性自由，也无力承担她的期望，他不想背负起这些世俗的责任。他也爱她，他只想追求当下的美好，不想长相厮守，手脚遭受束缚。贞谅想最后抓住琴药，给自己一个踏实的结果，却没有能够如愿。她提议琴药把车子开上结冰的湖面，不想行驶中冰层断裂，车子落入水中。琴药本想救起贞谅，把她托出窗口。不想，当他把手伸向她的时候，她不是顺势向上，而是死命用手拖拽住他不放。当他意识到危险的时候，费力地挣脱了她的手，自己浮出冰冷的水面。他已经没有力气再下到水中去救起她了。

三年后，汽车浮起，警方再次调查，琴药对事实供认不讳。

"就在他们于法庭见面的一年后，这个男子死于肝癌不治。"

信得在贞谅失踪之后，由许熙年照顾，送往国外读书。她的心里，也喜欢琴药。她从小无拘无束，与男孩儿的交往积极主动。她对性没有禁忌，只追求那份荡气回肠的美好。当有天她跟踪并发现她的丈夫跟别的女人入住酒店的时候，她曾经感到束手无策。她看到丈夫痛苦的表情，选择了离开，也留下了两个孩子，从此回归到原点，独自一人。

许熙年是一个很有修养的成功人士，他受朋友之托照顾贞谅。在许熙年的眼里，沈贞谅真的很美，他也很喜欢跟她在一起，只是他发现了存在于沈贞谅身上的那股子破坏力而不敢靠近。他没有敢于对沈贞谅表现出自己对她的喜爱，只是默默地行使着照顾者的责任。在这里可以看出，许熙年是一个理性大于感性的人，他虽然对沈贞谅心生爱意，但是，在自己不能给予出完全之爱的时候，他很负责任地控制住自己的感情不再泛滥。

定山跟许熙年有点相似，他很爱庆长，但是不去霸占，他只付出他的那份爱心，对所爱的人并不造成身心的伤害。

相比之下，许清池便显得不负责任。他只图自己的心灵需要得到满足，却不去理会别人的内心需要。他任凭他的情感随意泛滥，凡是被他控制在手的女人，便只能专属于他，却不去想他会专属于谁。情感还是需要克制才更安全。

庆长、信得与"我"，三个人，都是女性，都是独来独往，行走天涯。在她们的行走中、经历中，揭示出人类普遍存在的性的本质。

性，给人以欢愉，也给人以伤害。它不是人生的全部，人生中，还有很多其他重要的事。

2013 年 12 月 21 日

豆角（1）

中午去北国先天下六楼吃饭，看着一溜大排档，真不知道想吃点什么。换过美食卡，漫无目的地走过一个个档口，眼睛瞟向摆满各色小吃的台面，极力搜寻着能引起自己食欲的饭菜。

在蜀湘风情的招牌下边，台面上摆满了盛着各色菜肴的紫砂小碗儿。台面是一个大大的蒸盘，热气从蒸盘上没有被小碗儿盖住的孔隙不断冒出。小碗儿里分别盛着做熟了的红烧肉、西红柿炒鸡蛋、炒豆角、米饭、鸡蛋羹，还有别的炒菜。我被那碗炒豆角吸引住了，紫红色的小陶瓷碗儿里，浅浅盛着寸把长的绿色豆角。那豆角因为已经熟了的缘故，显得肉肉的，软软的。旁边还有用小白瓷碗盛着的黄黄的鸡蛋羹。嗯，要一碗豆角，一碗米饭，一碗鸡蛋羹，这顿午饭就够了。

或许是因为豆角的肉质较厚，味道合口吧，在所有蔬菜里边，我更偏爱豆角。

小时候，生产队的菜园子在大渠南边的地里，有社员专门负责管理，种着各种时令蔬菜。有茄子、豆角、黄瓜、西红柿、辣椒、土豆、白萝卜、红萝卜、胡萝卜、大葱、小葱、大蒜、芹菜、韭菜、菠菜、茴香、芫荽（通称香菜），应有尽有。那豆角长长的，软软的，很一致地垂向地面，就像一根根绿色面条。摘下一根细嫩些的，塞进嘴里一嚼，甜甜的，肉肉的。

生产队分菜的地方，在我家西房后边不远处，水井旁边的街边空地上。这里也是生产队集合社员劳动的地方。临到分菜了，生产队会有人敲钟，伴着当当的钟声，还有分菜人扯开了嗓子喊出的"分菜了，各家来个人"的拉着长音的吆喝声。陆陆续续地，每家每户都有一两个人，挎个篮子，或背个筐，赶到这里来。人们很自觉地排起队。分菜的人，按着各家的人口数，给人们称出应该分得的菜的重量。有时候，也不称，就在地上分出好多堆，来一户，拿一堆。这时候，人们会看看这堆，看看那堆，总有看着顺眼的堆，也有看着不太入眼的堆。

其实都差不多。那分菜的人，会均匀地把菜分到各堆去。哪堆里都有看着顺眼些的，也有看着不顺眼些的。

豆角可以分成好多种。那种细细长长柔柔软软的豆角，生着也能吃的，我们叫菜豆角。那种粗壮一些又短一些还挺棒一些的豆角，白白胖胖的，我们叫架豆。架豆也不都是白色的，也有绿色的，还有紫色的。在易县农村，有好多紫色的架豆，平时种在玉米地里，豆秧缠着玉米棵往上长，豆角挂在玉米秸秆上，紫色的外皮，油亮油亮的。这种豆角，放到锅里一炒，遇了热，就马上变成绿色的了，也不知道为什么。超市里很少见到这种豆角。今年十一假期，去易县蚕姑坨爬山，看到路边当地人摆着这种豆角在卖，在外地上班的妹妹很想买一些回去。可能是看到了这些豆角，想起了小时候的感觉吧。

还有一种宽宽扁扁的豆角，有叫扁豆的，我们都叫它木耳豆。它的样子，也确实有点像耳朵。这种豆角，特别多产。一般都是种在家里的墙根下边，沿着墙根，靠墙竖起几个细木棍儿或是竹竿，它的藤蔓会顺着爬到墙顶上去。整面墙都是绿色的藤蔓、绿色的叶子，中间开出好多小花，还有好多绿中带紫的豆角。记得我家就种过一棵，在院子南边的柴棚边上，只那么一棵，天天摘着吃，也吃不完。只是它的皮有点薄，肉质欠厚，吃起来显得纤维多一些，皮皮刺刺的。

后来，有了新品种，叫芸豆。这种豆角，不用搭架子，就跟绿豆红豆黄豆秧似的，矮矮的豆棵，豆秧枝条比较挺实，豆角直直地挂在豆秸上。只是摘的时候，人要蹲下去，或是弯着身子，用手扒拉开上面的叶子，时间长了，也很累人。听妈妈讲，这种芸豆，一般在清明前后种上，地表盖上塑料薄膜。地表覆盖塑料薄膜，主要是让种子早些发芽，早些生长，早些成熟，早些上市。

不过挺费事的。当芸豆的小芽钻出地面的时候，就要一个个把小芽上面的塑料薄膜弄破，让小芽钻出塑料膜来，并且把小芽周围的塑料薄膜用土压实，以便那塑料不容易被风吹起来。塑料膜要是被风吹起来了，又会挡住新长出来的小芽，等于没有弄破塑料膜。如果不及时挑破那层膜，让小芽钻出来，就会因为阳光强烈，塑料膜里边温度太高，把娇嫩的小芽晒伤。那层塑料膜，有给豆苗所处的地面保温保湿的作用。这种豆角因为上市比较早，很受市场欢迎。只是，它在嫩着的时候还比较好吃，如果稍微长得时间长点，就老了，做熟了咬着也显得费劲。别的豆角就差点，即便是长得老点，吃起来也不像这个似的那么皮。

豆角好吃，就是做的时候，一定要注意让豆角熟透了才能出锅。如果豆角不熟透，会有很强的毒性，那毒性强的，能夺走人的生命。听说过几起因为吃了不熟的豆角而中毒的事件，比较多的是学校的学生，吃了食堂做的不熟的豆角，出现中毒症状，好多人被送往医院急救。也有是办红白事的，好多人聚在一起，大家吃了没有炒熟的豆角，而发生了群体中毒事件。

最喜欢吃妈妈做的豆角焖面了。一般都是用菜豆角做。把豆角洗净切成一寸来长的段，要多准备豆角，需要让豆角把面托住。像平时炒菜一样，先把大量的豆角炒一下，喜欢吃肉的，也可以做成肉炒豆角。锅底放油，烧热，先放入切好的肉丝，煸炒，待锅底油变清亮了，放入葱花姜末大料，喜欢吃辣的，还可以放几个干辣椒，炒出香味，倒入酱油，放适量盐，翻炒，倒入切好的豆角，翻炒，往锅里加水，水量以略低于豆角平面为好，搅拌一下，盖上锅盖。锅开了，把面条揪短了均匀撒在豆角表面，盖上锅盖。估摸着面该熟了，就揭开锅盖，锅里的汤也少了，用筷子先把面条拨拉开，再用铲子把豆角和面上下搅和，搅拌匀实了，锅里也没有汤汁了，面和豆角都干干的，就可以出锅了。一家人，也不用做菜，豆角焖面，饭和菜都有了。拿碗从锅里直接去盛起来吃，每人都要盛两大碗。

菜豆角打卤面也很好吃。这或许是我们家的特色做法，因为跟人说起的时候，人家总说没有那么做过。同样地，把豆角洗净切段儿。喜欢吃肉的，切点肉丝准备好。洗一两个西红柿，切成块儿放在一边。大料葱末姜末蒜末也提前准备下。锅底放油，烧热，放入肉丝，煸炒，待锅底油清亮了，放入大料葱姜蒜末，爱吃辣的，放几个干辣椒，炒出香味，倒入酱油，放盐，用铲子不断搅拌，放入切好的豆角和西红柿，搅拌匀实，加水适量，以刚刚没过豆角为准吧，盖上锅盖。锅开了，改为小火，等锅里的豆角熟了，就可以关火，这卤就算做好了。另外，再剥几个蒜瓣，先在案板上用刀拍碎了，切成蒜末，放在小碗里。再用小擀面杖的一端，把蒜末砸成蒜泥。之后，再往这个小碗里倒点生抽酱油，放点醋，点点香油，做成一碗蒜泥汁子。面条在另一个锅里煮熟了，加点水，捞出来，就可以盛了。先在碗里盛上面，再把豆角卤放在面上，再浇上点蒜泥汁子，不等搅拌匀实了，那香味就会馋得你直流口水了。

菜豆角放时间长了，会慢慢变老，做别的不好吃，可以用来做疙瘩。把豆角洗净切成小丁，盛到盆子里，再往上边撒点盐，用手搅拌均匀，再放些白面或玉米面，面不用太多，稍稍粘在豆角表面一层就行。蒸锅放上水，烧开，把蒸屉放好，上面铺上棉布，把盆里粘满面粉的豆角均匀撒在上面，盖上锅盖蒸。再准备一碗蒜泥和生抽香油醋调配好的汁子。疙瘩做熟了，蘸着蒜泥汁子吃，真是美味。

2013 年 12 月 26 日

豆角（2）

爱吃豆角的人很多，就像好友岸芷汀兰说的"怎么做都好吃"。没想到默犁小时候却是不爱吃豆角的，那么好吃的东西，怎么就不喜欢呢？哦，他说了："不爱吃豆角，觉得有股味儿。"细想一下，确实是，有股子豆腥味。这股子豆腥味，也就是豆角的本来味道吧。

记得我小时候，特别不爱吃芹菜，总觉得那芹菜有股子药腥味儿，别说吃了，就是闻一下，都觉得费劲。我们家的人也都不爱吃，生产队里分了芹菜，我们就都送给大伯家。记得大伯家做好了芹菜，装在盘子里，端到饭桌上吃饭，他们一家人吃得那么有滋有味，看着都香。我在他们家的屋子地下玩儿，他们把小饭桌放在炕上吃饭。那盘芹菜绿莹莹的，支棱棱的，他们用筷子夹起来，送进嘴里，咯吱咯吱地嚼起来，好香呀。我这心里真是纳闷，那么好吃的东西，怎么自己就接受不了呢？怎么我们一家人都不喜欢呢？

可是现在，我已经非常喜欢吃芹菜了。去菜市场买菜，还特意买那种当地产的家芹菜，因为家芹菜味大。买的时候，还要抓起芹菜送到鼻子底下闻一闻，看看芹菜味儿够不够大。回到家，把芹菜洗好了，拿到案板上一切，那股芹菜味很重地飘起来，真恨不能一口把芹菜吞到肚子里去。

真是，习惯了，就好了。习惯了，反而越发地喜欢了。

豆角真是怎么做都好吃。比如菜豆角吧，可以凉拌，可以肉炒，可以打卤，可以做馅儿，做炸酱面的时候，还可以用来做菜码儿。

做菜码儿最简单了，把豆角洗净了，放开水里煮熟了，捞出来在凉水里过一下，切成一寸来长的段，装在盘子里摆上桌就行了。这时候，煮豆角需要看火候，煮得过了火，那豆角就太软了，再软些就烂了。当然，煮软些适合牙口不太好的人，但是对于牙口正常的人来说，还是喜欢吃些脆生点的东西。或许这些菜码儿本身，除了营养成分之外，就起一个这样的作用吧。要想煮得恰到好处，就得看着点锅，看那豆角都变了颜色，不再那么鲜绿，而是颜色慢慢变暗，本身也不再硬挺，用筷子夹起来尝一下，豆角内外都熟透了，没有不熟的地方，没有了生豆味儿，就该捞出锅了。要想煮熟的豆角还保持住那份诱人的鲜绿，可以在锅里放点碱面，煮出来的豆角就绿莹莹的了。碱面不能放多，多了，又会破坏豆角原有的味道。

凉拌也容易，就是在做菜码儿的基础上，另外准备些调料，把煮熟切段的豆角拌一下。调料有适量的盐、生抽、醋、蒜泥、花椒油（或香油）。觉得做凉拌菜，用花椒油比香油要好吃，只是花椒油要费点事。炒锅内放少量油烧热，再把几粒花椒放进油里，喜欢吃辣的，还可以同时放进一两个干辣椒。其实，如果不把干辣椒弄破，那油也辣不到哪儿去。这时候，尤其要注意那油有可能会爆，可以用锅盖挡着点前边，锅里花椒即便爆裂，也不至于烫着手和脸。看着花椒变了颜色，由红变黑了，辣椒也是，由红变黑了，就可以了。不爱吃花椒和辣椒的，可以用铲子把花椒和辣椒从油里铲出去，再把油倒在豆角上去拌。如果爱吃花椒和辣椒，可以把油连着花椒和辣椒直接倒在豆角上去拌。

肉炒和打卤不用说，先说做馅儿吧。

用豆角做馅儿可以先把豆角在开水锅里烫过，再切成丁，也可以先洗净了切丁，再在热锅里炒一下，炒个半熟就可以。第一种做法，那馅儿容易水浸儿，喜欢吃素的人很合适；第二种做法，那馅儿因为用油炒过，比较干香，喜欢吃油的人合适。我平时都是用第二种做法。先把豆角炒出来，盛在一边，再在锅里把切成丁的猪肉也炒一下。看着猪肉变了颜色，锅底油也清亮了，再往锅里放进葱姜蒜末、盐、酱油、五香粉，搅拌匀实了，关火。再把盛在一边的豆角放进锅里，搅拌均匀，馅儿就做好了。

前边已经讲过打卤了，肉炒跟打卤差不多，只是不往锅里加太多的水而已。锅里放油，烧热，放进切好的肉，煸炒，看着肉变了颜色，锅底油也清亮了，放进葱花蒜片和姜末，用铲子拨拉两下，炒出香味，倒进酱油，放点盐，倒入切好的豆角，翻炒，如果火大，很容易煳，可以把火调小一些，慢慢炒，也可以少量地放点水，只要锅不煳。看着豆角的鲜绿颜色没有了，颜色变暗，样子也不再挺实，尝一口，熟透了，就关火出锅。

架豆，一般在家炖着吃的时候多。架豆买回来，需要先把豆角两侧的筋儿去掉。左手拿着豆角，右手揪住豆角的尖头，顺势往一侧一掰，那一侧的筋儿就跟着扯下来了；再顺势揪住豆角的尾巴，轻轻一撕，这一侧的筋儿也跟着掉下来了。这样把豆角都处理过，放进盆子里用水洗干净，再放在案板上切段，或直接用双手把豆角掰成几截。也有人先把豆角切了段或是掰成几截之后才去洗，自己觉得那样豆角的养分会随着断面的增多而流失，不如先洗了好。

把架豆角和切成大块儿的土豆、茄子、西红柿、豆腐一块儿炖，再放点粉条猪肉，那味道做出来会更好一些。这或许就是俗话说的乱炖吧。

2013 年 12 月 28 日

2014年

作品

山的那一边

　　小路两旁，紧挨山根，种着谷子和黍子。正值收获季节，谷穗儿和黍穗儿都沉甸甸地低垂着，粗壮、饱满。拐一个弯，走上沟坎岸边的小路，左边是我们刚刚走下来的高山和农田，右边，是一条不算很深的沟。路旁矗立着很多枣树，大枣红彤彤的，在绿叶的衬托下，分外惹眼。没有人摘，大枣极稠密，压弯了枝子，垂到了地面。沟对面的土坡上，几棵花椒树，结满红红的花椒，珊瑚球样的，咧开了嘴儿笑。远处山坡上满是枣树，坡下是挨门挨户的房屋院落，院墙内外长着高高的大树。小村庄掩映在一片葱茏之中。

　　路上不见人，只我们几个山外来客。我好奇地左看右看，不由得从心底发出赞叹，原来，山的这一边是这样的啊，真像传说中的世外桃源，那么安静、祥和、富饶和幽远。

　　山的那一边，到底是什么样的？从小生活在山这边的老头儿，每每望见村北的大山，都会在心里这样问自己。随着年龄的增长，自己的孩子都已经长大，这个问题还没有答案。寻求答案的念头在心里慢慢滋长，越来越强烈。直到几年前的一个夏天，孩子放暑假了，老头儿重又提起这个心愿，我们才一家三口，跟上村里经常放羊的童年伙伴大国，爬过大山，走到了山的那一边。

　　早晨 8 点钟，我们从山脚下开始步行上山。脚下是仅供一人走过的羊肠小道，道旁满是高高的白草。

　　看到白草，不免想到涞水的旅游景点白草畔。

　　白草畔，初听这个名字，脑海中会想到一片水，然后想到水的岸边满是茸茸细草，还有点缀其间的星星小花。光是听，容易把"白草"当成"百草"，想象中，白草畔应该就是水边的一片青草地。

　　后来，去过一次白草畔，发现那里跟自己想象的完全不搭边。原来景区是一座很高很高的山，山腰处还有缆车，可以直达山顶。由于海拔很高，山上气候呈现不同层次，山上植被随着气候的变化，也呈现出不同树种的阶梯分布。山下是阔叶林，山上便是针叶林了。山上植被保护很好，置身其中，如同走进了原始森林。哦，对了，它本身就是原始森林啊。

山顶上是一片开阔地，地上长满莹莹绿草，也有白草，还有竞相开放的各色小花，还有错落有致的灌木丛，景致真美。天阴着，不远处的景色若隐若现地笼罩在一片白雾之中，让人感觉似到了人间仙境。人们正玩儿得高兴，突然就下起雨来。本来山高气温就低，下起雨来，就更冷了。人们个个冻得嘴唇发紫，晃动着身子，纷纷躲到缆车房里去。

那天我第一次认识白草。

现在，我们走在山脚下，柔和的小风轻轻地吹着，白草不断摇晃着长长的叶子，犹如在向我们招手。

不觉间，已经转过一个山口。爬上缓缓的山坡，眼前呈现一片草原。高低起伏，远近所见尽是低矮的小山。坡势较缓，山坡，满披茸茸细草；山谷，错落点缀着几棵松树。满眼的，如同城市里专人负责修剪的草坡绿地，也如同风景如画的塞北草原。

斜刺里，在我们右侧的小山脊上，远远看到一个扛着铁锹的中年男人向着我们这边走来。大国扯起嗓子朝他喊："哎——，今天上山昂——？"很快，那边传来回答声："啊哦——，你也来啦——？"大国又喊："看见大秋了吗——？"那边又回答："没有——，有两天不见他了——。"真是想不到，他们两个人隔着山头都能对话。

大国扭回头对我们说，那个人是邻村的，他们俩是放羊认识的，那个人也有一群羊放在这山里。

左前方的山沟边上，就有几只白色的小羊在低头吃草，不细看，还以为是几块儿白色的石头呢。大国走过去，看看地上，又走回来。说道，那几只羊就是他的，昨天他刚来过，给羊带了些盐。我很好奇，第一次听说，还要给羊吃盐。他说，羊缺了盐，会没劲儿，就走不动道了。也是，我们人也缺不了盐的啊。

山里空荡荡的，除了我们几个，再不见人。有时候，能见到几只放养的小山羊，站在很陡的山坡上吃草。不经意地，听到小羊"咩咩"

地叫，很快，不远处也传来"咩咩"的叫声。大国说，那是一对母子在互相打招呼。我说，小山羊站在那么陡的地方，真担心它们会掉下去。大国说，有时候，小山羊是会掉下山涧去，几乎每年都有掉下去的。

又走过一个小山头，太阳明晃晃地照在头上。大家停下来，各自找块儿大石头坐下。听，蝈蝈在叫，就在离我们不远的草丛里。大国慢慢走过去寻找，不一会儿，就逮住了两只嫩绿的蝈蝈。蝈蝈肚子鼓鼓的，张起嘴巴咬人的手指。我们把矿泉水瓶里的水喝完，把蝈蝈装到瓶子里。不敢盖上盖子，怕蝈蝈闷坏。又怕敞着瓶口，蝈蝈会跑出来，就抓一把绿草，塞住瓶口。草塞得不严，还可以透气。

继续往前，走过一条斜着向上的山坡。两边地势较高，这里是峡谷。我们沿着山坡，坐在石头上休息。大国从他的背袋里掏出苹果来，一人一个。苹果个小，但是咬在嘴里真有嚼头，就像是压缩的一样。都说吃水果或是鱼虾，要吃小个的。因为个儿小，它里边的东西都是浓缩的，都是精华。个儿大了，只是被膨化放大，它里边的细胞组织并不会多。那个小苹果，可是吃了好一会儿。

大国的背袋是他自己做的，平时进山，就用这个袋子装吃的和水。背袋用一个盛过化肥的塑料编织袋和一根细绳做成。细绳的两端，分别系住编织袋底部的两个角，绳子的中间部分，挽住袋口，打一个结，就做成了一个双肩背袋。袋子里的东西都掏出来了，只需随手把袋子一叠，就成了一个小方块儿。真是方便。要不说劳动人民的智慧是无穷的呢。废物利用，还很实用。

大概是老头儿看着大国的背袋太艰苦，就随口对我说："下次咱们再来的时候，把孩子不用的双肩背包给大国带来，那个肩带较宽，肩膀不会太勒得慌。"大国听见了，咧开大嘴，嘿嘿乐着说："那敢情好。"不过，我想，或许他自创的这个更经济实用吧。因为不用的时候，把袋子叠起来，只那么巴掌大一块儿，一点不占地方，还不重。用起来的时候，整个编织袋儿都可以装东西。东西少，就把袋口往低里扎；东西多，就把袋口往高里扎。那个口袋的容量真是比双肩书包大得多呢。

后来，回到家，我把孩子不用的书包找出来，一看，这个东西自已凑合用还行，要是送人就显得不好了，因为书包的边角已经磨破了好几处。再怎么不讲究，把它送给人家，也觉得不合适。后来，去商场的时候，就买了一个新的，再回家的时候，就带上送给他。当然，这是后话。

沿途山坡上，总能看到一架架野葡萄。葡萄藤缠绕着小树，搭起一个个不小的葡萄架。只消停下脚步，跨过沟涧，那一串串的野葡萄就摘到手了。这是我第一次看到野葡萄，它们挂在葡萄藤上，颜色深紫，颗粒较小，已经熟透了。看样子，到山里来的人就是少，要不，这些好吃的野葡萄，早应该被人摘走了。

终于到了山背后，脚下根本没有路。大国带着我们，上蹿下跳，踩着大石头，往山下走。其实，也可以说是路，因为脚下有行人走过的痕迹，石头缝里还有好多羊粪。大国说，这都是放羊人走过的路。他也是在放羊的时候，认识的山背后的人家。这次，他领着我们去他认识的人家吃午饭。临来之前，他先给这家人打了电话。

我们走过满是谷子和黍子的农田，又走过满是大枣和花椒的小路，就到了那户人家。房子盖在山脚下，门口开在东北角。走进院子，大国就扯开嗓子喊起朋友的名字。朋友一家人很快从南屋里迎出来。院子里有一溜三间南房，还有三间西房。我们跟随朋友，一同走进南边的屋子。屋子里没有隔墙，是敞开的一个大屋。正对门口的墙根下摆着冰箱、斗柜。斗柜上放着大尺寸的彩电。靠着东墙根，一溜衣柜，衣柜前边，一个大席梦思床。圆桌放在门口左侧的地上，窗子下边摆放着长条沙发。桌上已经摆好了几个冷蝶，有切片的猪头肉、切片的灌肠、油炒花生米、切成半块儿的水煮腌鸡蛋，还有凉拌蔬菜。当地男主人陪坐，女主人还在厨房里接着做菜。

饭桌上，大家边吃边谈。从朋友的口中得知，这个村子隶属于涞水县，只是距离县城太远，交通也不太方便，平日里，村里人去县城的机会很少。他有两个孩子，大孩子是女儿，已经去县城上学了，因为离得远，平时住校，节假日才能回来。还有一个小儿子，正在村里上小学。这就是了，我们进家的时候，就看到一个不大的小男孩跑进跑出的，笑呵呵地看着我们。我们在院子里站着说话的时候，他很快地顺着梯子爬到西房顶上去，我也跟着他爬了上去。站在房上，能看到村子里其他住户的房顶，还能看到不远处的西边，有一个河套。这个村子，四周被高山围绕，只村子所在这一小片洼地，倒是树木茂盛，土地肥沃。

看着小男孩儿虎头虎脑的，也很爱跟我们说话，我的心里真想送给他一只蝈蝈。只是那蝈蝈是大国逮的，看他没有要给的意思，我也不便多说。后来一想，或许是因为蝈蝈本是乡间常见的东西，他以为孩子不会稀罕吧。又或许，他以为孩子很容易在地里找到蝈蝈，就不用把我们喜欢的东西送人了吧。

朋友说，他没有想到我们会舍得让这么小的孩子爬这么高的山，走这么远的路，要放在他身上，他是舍不得的。也是，我们从上午八九点钟从山的那一边出发上山，到了山的这一边，已经是下午一两点钟了。整个行程走下来，大概用了五六个小时。因为我们平时经常爬山，倒是也没有觉得特别累。孩子也好，一路走下来，没有喊过一声累。

朋友涛子在山的那一边把我们放下，就开车赶到了山的这一边。吃过午饭，我们便坐车往回返。真是，回来的路，太不好走，公路大都开在半山腰，而且路面净是石子路，没有铺柏油。有一段路，是从一个半圆形的山洼里经过，车子绕过半个圆圈，再继续向前。走到半路上，天就黑下来了。

我们去的地方，名叫长安庄。

两只蝈蝈拿回家后，养在了客厅的阳台上。我从东风桥市场买回两个竹子编的蝈蝈笼子，把蝈蝈分别装到里边去。楼下院子里，有好几处地方盛开着嫩黄的丝瓜花和倭瓜花，下班的时候随手摘回一朵就够它们吃的了。蝈蝈很勤奋，别人都睡着了，它们还在那边卖力地唱。不知道是在想念家乡，还是在感激我对它们的喂养。

2014 年 1 月 10 日

井

现在很少看到井了，水都从自来水管里流出来，还用去想那井在哪儿吗？

幼小的孩子，刚认字的孩子，应该从图画书上能看到。地面上画着一个圆圆的井口，井口旁边空白处，写着一个大大的"井"字。"井"字上边，还要注上拼音。至于那井口下边是什么样子，图画里边一般就不画出来了。

我最初认识的，是我们家附近那口井。因为上了学才识字，所以，"井"字是上了学才认识的。记得，小学课本上有一篇课文，叫《吃水不忘挖井人》，讲的是瑞金的一口井，是工农红军路过瑞金的时候，看到老百姓连水都喝不上，连夜帮老百姓挖的。所以，当地老百姓念念不忘的是"吃水不忘挖井人"，口口相传、生生世世念叨的是共产党的好，工农红军的好。

我家西房后边，隔着一道沟，对岸住着大伯家。大伯家的北房后边是东西走向的大街。大街在这里向西北方向倾斜，再转向西。在这个拐弯的大街东北角，有一块三角形空地。这块空地高高隆起，沿街种着高大的杨树，东边和北边都是人家的院墙。井就设在空地的东北角。

井口用大石块砌边，井边空地也铺着已经磨光的大石块。在井口边，往南往西，都有小沟槽延伸开去，从井里打上水来，洒出的水都顺着沟槽流到远处去。井口西侧，有两块儿错开点距离、并排竖起的大石头做井栏。这两块石头，表面就像鹅卵石样的，已经磨得溜光。小孩子跟着大人来打水的时候，经常攀着两块石头中间的木头杠子玩儿。大人们在等着打水的时候，也爱侧身靠在井栏上，跟正在打水的人和周围等着打水的人，慢慢说着话。一根圆形木棍，横着贯穿两块大石头，并且向东伸出一截到井口上方。这截伸出的木棍上安装着圆滚滚的辘轳。辘轳用木料做成，左右两端箍着结实的铁条。右侧边缘，铁条下边，伸出一根略微弯曲的长长的铁棍儿做把手。粗粗的井绳，一头牢牢系住把手靠近辘轳的根部，一头拴着结实的铁链和铁扣，中间部分，则一圈一圈紧密地缠绕在辘轳上。

我们村地势较高，水井很深，一般井绳缠在辘轳上，要一圈一圈缠满辘轳，还要返回来，在绳子上面再缠好几圈儿，大概再缠半个辘轳那样，井下的水桶才能被拉到地面上来。

大人们打水很潇洒，经常把水桶拴在绳子上，随手往井口一扔，水桶就悬空。由于重力的作用，水桶便坠着井绳往下滑，井绳也带着辘轳旋转起来，辘轳上的把手，也飞快地画起圈儿来。打水的人，也不惊慌，双脚叉开，一只或两只手掌轻轻按住辘轳表面，以便掌握辘轳旋转的速度，不至于水桶一下子掉进井里去。这时候，把手旁边绝不能站人。如果站着人的话，那飞速旋转的辘轳把手，非把他打到井里去不可。听到井下遥遥传来"咚"的一声，知道水桶碰着了水面。这时候，飞速旋转的辘轳也停住，把手也奔拉到最下边，井绳也正好挂在把手根部。打水的人，右手扶住把手，左手去拽一下井绳。感觉井绳一绷，重重一沉，便知道，水桶已经进水，并且装满了。于是，左手把井绳绕住辘轳右端，右手抓起把手往上拽，转动辘轳。井绳紧紧套在辘轳上了，再双手握紧把手，往上使劲提，提到顶端，再调整方向，使劲往下按。按到下边，再往上提。如此这般，一按，一提，一按，一提，人的身体也跟着很有节奏地弯腰，直起，弯腰，直起，那辘轳也"哒哒""哒哒"有节奏地转起来，井绳也一圈一圈绕着辘轳往上走。

井绳一般会沿着一个方向在辘轳上缠绕过去，但是因为井深，井绳缠到辘轳边缘了，水桶还没有提上来，下边垂着的井绳还有很长一段。这时候，就要把井绳往上搬一下，让井绳再顺着辘轳绕回来，也就是绕第二层。如果看不到，那井绳有可能就滑到辘轳下边那根横木上去了。那样，辘轳就转不动了。还需费劲把绳子从横木上拽到辘轳上来。那样的话，因为下边坠着一桶水，拽动绳子就很不容易了。所以，需要一边拧辘轳，一边留心看着井绳，不让它滑到辘轳外边去。

水桶拉到井口上边了，打水的人，要右手扶住辘轳把手，左手伸过去握住水桶提梁，把水桶抻离井口。左手抻水桶的同时，右手顺势把辘轳往回转，以便井绳松开一些，水桶便顺利落到井口旁边的石板上。如果不往回转辘轳，那井绳很紧地缠在辘轳上，水桶距离井边还有一些距离，是抻不到井边来的。水桶落地了，这时候，可以把这一桶水，提起来倒进旁边空的水桶里，接着再打；也可以解开井绳，把井绳绑在另一个空桶上，接着再打。

印象中，我是从小学二年级的时候，开始打水的。那时候，看着大人们挑水，扁担压在肩上，一颤一颤的，真像蝴蝶的两个翅膀。他们甩开胳膊，迈起步子，随着那扁担的一颤一颤，身体也一扭一扭，脚步那么轻盈，那么有节奏，简直像在跳舞，也像刮过一阵风。有时候，还能听到扁担发出的"吱吱""吱吱"的歌声。幼小的心里真是痒痒的，羡慕极了。

顾不得那扁担链子太长，挑起扁担，水桶还牢牢地长在地面上。简单，把扁担两边的链子绕在扁担上，一圈儿不行，再绕两圈儿，恨不能直接把水桶穿在扁担上。挑起水桶，也学不了大人的大步流星，那扁担根本颤不起来，因为那水桶和地面之间实在没有多少空间。那也上瘾。从开始打第一桶水，家里的水缸一般就是自己包了。放学后第一件事，就是放下书包，跟大伯家的小坤一起，挑起水桶，到井边去。

我们拴好水桶，把水桶提起来往井口放的时候，可不敢向大人似的那么扔。我们没有大人那么高，整个身体也就刚刚超过一点点辘轳，可不敢用手去按着辘轳。只有小心地把水桶轻轻放开在井口上，另一只手紧紧攥住辘轳把儿，再一圈一圈慢慢转动辘轳，把水桶放到井里去。其他动作都一样，只是因为我们力气小，转动起辘轳来要慢得多。

大伯家的小坤跟我同岁，我们俩同上一个班，长得个头也一般高。后来，私下总结，我们俩之所以没有长起高个子，都是小的时候挑水压的。只是，那时候，没有科学常识，根本不知道小孩子挑水有什么不对，只觉得挑水是那么美的一件事。不过，歪打正着，反而落了个"小巧玲珑"的雅号。

小时候，妈妈哄我们入睡，嘴里总是哼唱着小曲儿。其中，有一首说到井的《酸枣树》，印象极深，到现在都能背下来。小曲儿是这样的：

酸枣儿树，

叶叶儿多，

把女儿聘（方言读 pìng）到西山坡。

白天叫我打柴火，

黑夜（方言读 jie）叫我纺棉花（方言读 niànghuǒ）。

饥又饥，

渴又渴，

趴着（方言读 zhōu）井台儿要水喝。

井又深，

辘轳又高，

抬头望见娘家（方言读 jie）的柳树梢。

柳树梢上落（方言读 lào）着一只小黄鸟，

黄鸟黄鸟你别叫，

给你个信儿，

你给我捎到。

爹听了（方言读 liao），

拍拍心，

跺跺脚，

把我女儿聘错了（方言读 liao）。

娘听了（方言读 liao），

拍拍心，

跺跺脚，

把我女儿聘错了（方言读 liao）。

嫂听了（方言读 liao），
拍拍心，
跺跺脚，
叫她丫头片儿经经儿吧（方言读 bāo）。

2014 年 1 月 14 日

傻小子

　　小时候，妈妈经常给我们讲傻小子的故事。现在，妈妈也经常把傻小子的故事讲给我的小侄子听。妈妈说，那些故事都是她小时候听姥爷讲的。那时候，孩子们也多，姥爷特别爱给小孩儿们讲故事。他总是拿着一本书，一篇一篇往下念。他的身边经常围着一小群儿孩子。

　　姥爷读过书，他有好多线装书，"文化大革命"的时候，烧了一部分，留下了一些，姥姥用来夹鞋样。小时候，我经常住姥姥家。姥爷看到我去了，就给我出算数题考我。四角号码查字法，也是姥爷教给我的。他用的就是一本四角号码查字的字典，那么厚的一本，纸都发黄了，跟块儿砖头似的。记得当时，学校里没有教过四角号码查字法，遇到查字典的时候，我就用这种方法查字，特别快。我心里别提多么骄傲了，为了有这么一个伟大的姥爷。

　　下边就是妈妈讲的一个傻小子的故事。

　　有一个傻小子，要上他老丈人家去，他的小舅子要娶媳妇。他媳妇提前两天先去了，走的时候，一再叮嘱他："那天人多，你一定要穿得光溜点儿，带得沉重点儿。"

　　他心里不断琢磨着媳妇的话，"你一定要穿得光溜点儿"，这光溜点儿，可让他犯了难。穿上这件，看着不光溜；穿上那件，看着也不光溜。穿穿脱脱之间，突然发现，什么衣服也不穿，最光溜。得，就这么着吧。

　　再一想媳妇的话，还有一句"带得沉重点儿。"什么东西沉重呢？手里拿起这个，掂一掂，觉得不够沉重；拿起那个，掂一掂，也觉得不够沉重。他看到了墙边放着的两个石头砘（dùn）子，费劲地提起来，哦，不错，还是这个最沉重了。就这么着吧。

　　于是，他就光着屁股，手里提溜着两个砘子去了。

　　到了丈人家，小舅子迎出来一看，"哎呀，姐夫，你怎么没有穿衣服呀？你手里拿两个砘子干什么呀？"傻小子很认真地说："你姐姐说了，让我穿得光溜点儿，带得沉重点儿。我试了试，穿哪件衣服也不光溜，拿哪个东西也不沉重。后来发现，就这样不穿衣服是最光溜的，拿这两个砘子是最沉重的。"

小舅子张了张嘴，不知道说点什么好。真是没有办法，把姐夫领家里去吧，又怕街坊邻居亲戚朋友们看到了笑话；不把他领家去吧，他已经来了，这马上就该开饭了，让他回去也太不近人情了。小舅子思来想去，终于有了主意。他找来一个筐，让傻小子蹲到筐里，对傻小子说："我给你安排个好地方，一会儿就给你开饭。"傻小子听了很高兴，心想听了媳妇的话真是好，小舅子对自己这么优待。他很听话地蹲到筐里，小舅子用绳子系住筐栏，把筐连同傻小子送到了菜窖里。菜窖里冬暖夏凉，比外边待着还舒服呢。

大家都吃过饭了，傻小子的媳妇还没有看到自己的丈夫，就到处寻找。找来找去，找到菜窖那里。低头往菜窖里一瞅，"哎呀，亲爱的，你怎么跑到菜窖里去啦？"傻小子见到媳妇来了，嘿嘿地笑着说："嘿嘿，我听你的话真是没错，你看我穿得光溜不？"媳妇看到光着屁股的傻丈夫，心疼得什么似的，嘴里说着："光溜，光溜。""我还带了两个砘子，你说沉重不？""沉重，沉重。"媳妇无奈地说，"你做得真好。不穿衣服冷不冷啊？"傻小子说："不冷，这里边可暖和呢。""那两个砘子拿着来的时候沉不沉啊？""不沉，我在地上滚着来的。"媳妇白了傻小子一眼："这么说，你还挺聪明的。"傻小子嘿嘿乐着说："那当然了，我是谁呀？"媳妇说："你还没有吃饭吧，饿了吧？"傻小子使劲点着头说："嗯，是饿了。"

媳妇赶紧跑到厨房去，给傻小子端来一碗饸饹。傻小子津津有味吃起来。

小舅子这时候也想起了被他送到菜窖里去的姐夫，心想这个傻小子不知道在菜窖里干什么呢，过去瞅瞅。他走到菜窖跟前，低头一看，傻小子正端着碗吃饸饹呢。他心里一直很别扭，心里话，我这大喜的日子，你什么衣服也不穿就来了，还拎着俩没用的砘子，这不是成心给我丢人现眼吗？你还好意思吃饸饹，我让你吃，我让你好好吃。

他脱下裤子，撅起屁股，朝着窖口下边就拉起屎来，一边拉屎还一边撒尿。只听下边的傻小子说话了："多放饸饹，少放卤。"

接下来，讲的是另一个傻小子的故事。

有一个傻小子，去他丈人家串亲戚。丈母娘看到姑爷来了，高兴得不得了，不知道拿出什么东西来招待，就端出来一盘子核桃。傻小子看到盘子里的核桃，也不客气，伸手拿起一个来，放到嘴里，使劲一咬，嗯？怎么回事？只听"嘎嘣"一声，把牙给硌坏了。

回到家里，媳妇问他："你的牙怎么了？"

傻小子说是吃了丈母娘给的东西硌了。

媳妇就问他丈母娘给他吃的什么东西。

傻小子说："我也不知道那是什么东西，也叫不上名字来。只知道是圆咕噜嘟的，硬邦邦的。"

他媳妇听了，说道："我娘给你吃的，那是核桃。下次你再去，带上个锤子吧。吃的时候，用锤子砸一下，就硌不了牙了。"

过了不久，傻小子又到他丈人家去。

这一次，丈母娘给他端出来一盘柿子。她一边把柿子放在桌子上，一边嘴里说着："上一次给你拿出来的是核桃，硌了你的牙了。这一次，给你吃点柿子吧。"

傻小子看到丈母娘端出来的，又是圆圆的东西，也没有细听丈母娘说的话，先在心里暗自高兴。这次来的时候，早早就把锤子揣在怀里了。这下子，终于派上用场了。他偷偷把锤子拿出来，照着盘子里的柿子就砸了下去。只听到"噗"的一声，锤子重重地砸烂了柿子，汁子溅得满地都是。

傻小子愣住了，很不解地冲着砸得稀烂的柿子说："上一回你硬，这一回你软，给你一锤子，你溅了我一脸。"

2014 年 1 月 16 日

蝈蝈

从山里逮回来两只蝈蝈，又去东风桥市场买回来两个细竹棍儿编的蝈蝈笼子，把蝈蝈分别装在笼子里。

小小笼子下边有一处栅栏是活动的，能够随意拉开，露出一个小窗口。可以从这个窗口，把蝈蝈放进去，也可以把蝈蝈拿出来，还可以给蝈蝈喂食。笼子顶上，有一个铝质挂钩，可以把笼子挂在高处。笼子底部，用的是平滑的竹板，圆圆的，平平的。周围有一圈竹篾围住，箍紧，可以平稳地放在地上。

阳台上有一盆蟹爪莲。开始的时候，只有一根茎，因为养的时间长了，经过经年累月的生长分蘖，已经长成老大一盆。我们在盆子上边，加固了两圈儿铁棍儿，那蟹爪莲的枝枝杈杈便在铁圈儿的支撑下，随意向周围的空间伸展。晴天的时候，阳光照在叶片上，越发显得叶片绿得晶莹剔透，犹如翡翠一般。蝈蝈笼子，就挂在铁圈儿上。笼子上边是随意伸展的蟹爪莲叶子，周围满是温暖的日光，蝈蝈应该会有身在草丛的感觉吧。

每天早晨，我们都是在蝈蝈的清脆歌声中醒来；每天晚上，也是在蝈蝈的悦耳鸣唱中睡去。

蝈蝈爱吃胡萝卜。这是东风桥市场那个卖蝈蝈也卖蝈蝈笼子的老太太告诉我的。之前，我都是给蝈蝈吃大葱叶。老头儿说，给蝈蝈吃大葱叶，蝈蝈会爱叫，而且叫的声音要好听。我还给蝈蝈吃倭瓜花和丝瓜花。这是听孩子奶奶说的，她说，早先在老家的时候，经常喂蝈蝈吃倭瓜花。

我们小区的院子里，有好几处人家种着丝瓜和倭瓜。那娇嫩的黄色花朵，盛开在一片绿叶丛中，甚是好看，当然也甚是惹眼。我路过的时候，就随手摘取一朵，拿回家，喂蝈蝈。当然，从人家的角度讲，我不该去摘人家的花。现在想想，倒是也没有人说，而且，只摘那一朵，也影响不了多少丝瓜和倭瓜的生长。妈妈说，丝瓜和倭瓜都特别能长，只种一棵，就能长十几甚至几十个。我摘一朵花，就当是给它疏花了吧。（疏花：是为了让果实长得个大而好，把多余的花摘掉，只留下合适的数量。对应的，还有疏果，就是等花谢了，果实长出来，把多余的果实摘掉，只留下合适的数量。这样，土里的养分都供应给留下的花朵和果实，那果实会长得更大更好些。）

　　每天早晨，我除了给家人做饭，就是给蝈蝈喂食。放在冰箱里的胡萝卜拿出来，冰凉冰凉的。切下一片来，剩下的部分，重新装进塑料袋，放回冰箱里保鲜。再把胡萝卜片切成条，在案板上晾着。过一会儿，感觉胡萝卜的温度和室内温度差不多了，再拿去喂蝈蝈。蝈蝈经常伸着长腿，攀爬在笼壁上。笼子的底板上，还躺着一小截吃剩的胡萝卜，外围已然变了颜色，也有些干枯了，只中间一点，依然保持着新鲜胡萝卜的模样。还有一些干干的不规则颗粒，颜色也是胡萝卜的橘黄，那是蝈蝈的粪便。把笼子从铁圈儿上摘下来，翻转90度，那些粪便颗粒和那已然干瘪的胡萝卜残渣，便哗啦哗啦地掉进花盆里，做了花肥。当然，这些粪便，什么气味也没有。

　　蝈蝈用细长的脚攀住细竹棍笼壁，长长的须不停地摆动，丝毫不受笼子翻转的影响。我把笼子放在小桌上，打开笼子下边的小栅栏，把新鲜的胡萝卜条放进去。再把栅栏关好，笼子挂回铁圈儿上。

　　有一次，我没有把笼子挂到铁圈儿上去，而是放在了沙发上。我想，沙发上阳光更充足些，还是让它多晒晒太阳吧。天越来越冷了。不想，下班回到家，发现蝈蝈笼子少了一个，沙发上只有一个笼子了。这是怎么回事呢？家里并没有人来。纳着闷走过去，欣然发现，沙发旁边的地上，歪歪躺着蝈蝈笼子。可是笼子里是空的，蝈蝈不见了。我的心猛一揪，蝈蝈笼子怎么跑到地上去了？蝈蝈会去哪里呢？它又是怎么跑出来的呢？

　　尽管疑虑重重，我还是赶紧东找西找，希望在沙发下边或是附近地上找到蝈蝈。可是，终究没有发现。重重的失落感填满内心，真希望奇迹出现，我再次走到蝈蝈笼子跟前去的时候，会发现它好好地待在笼子里，并没有离开。

我把那只空笼子敞开着栅栏，放在沙发旁边的地板上，再在笼子旁边的地上摆上新鲜的胡萝卜，希望那只跑掉的蝈蝈饿了的时候，能够寻着胡萝卜的气味找回来，而不至于挨饿。

晚上看电视的时候，我听到蝈蝈的叫声，来自两个方向，一唱一和的。一个声音，来自阳台上，肯定是笼中的那只蝈蝈。一个声音，来自客厅里，想来肯定是那只逃跑的蝈蝈了。可是挨着客厅的墙角，找遍地上，都不见。

蝈蝈又叫起来了。我循声轻轻走过去。声音并不是来自地上，而是来自空中。在客厅通往卧室的台阶栏杆上，搭着一件衣服。那蝈蝈的叫声就是从那里发出来的。我拿起衣服来看，"啪"的一声，一个小东西重重地摔在地上。不是它是谁，就是那只逃跑的蝈蝈啊。

我的心真是乐开了花，赶紧蹲下身去，小心翼翼地把蝈蝈从地上捡起来，捧在手心里，目不转睛地盯着它看，真像是做梦似的，生怕梦醒了，它再不见。还好，这是真的。蝈蝈好好地趴在我的手心里，不动也不跳，老老实实的。或许，它也感觉到它给我开的玩笑太大了，竟然让我那么伤心难过。我把蝈蝈重又放进笼子里，重新切好一个新鲜的胡萝卜条，也放进笼子里。蝈蝈开始趴着不动，慢慢地，就伸开长腿爬到笼壁上去了。

后来我分析，或许是蝈蝈在笼子里弹跳的时候，把笼子从沙发上震落到地上的吧。在震落的瞬间，也同时震开了那个小栅栏，蝈蝈就跑出来了。

天越来越冷了。在屋子里待着，需要穿棉衣棉裤了。想想蝈蝈，也会感觉到冷了吧。可是，它没有衣服穿。我找来一双开口较大的厚袜子，正好套住蝈蝈笼子。笼子上边留出一些空隙，让蝈蝈能够呼吸到新鲜空气。天更冷了，我就把蝈蝈笼子从铁圈儿上取下来，放在沙发上，并且用棉被把笼子围严实，只留顶端的一些空隙，供给它们呼吸。

我每天依然给蝈蝈喂食，依然能听到蝈蝈欢快的鸣叫。

有一天我给它们喂食的时候，打开棉被发现，一只蝈蝈笼子不知道什么时候压坏了。本来圆圆的形状，变得软塌塌的了。因为有圆的底板和顶部圆顶的支撑，笼子还不至于整个压扁，只是外围的小细竹棍儿折了，还连着一点点。我赶紧看一下里边的蝈蝈，还不错，蝈蝈还好好的，一点没有受伤。

这可怎么办呢？笼子压坏了，那就再去买一个吧，我想。在买回来之前，就先把这只蝈蝈放进另一只蝈蝈笼里吧，让两只蝈蝈团圆一下。当我把蝈蝈放进另一只笼子里去的时候，发现那只小笼子本来就小，一下子多了一只蝈蝈，里边的空间就显得更小了。而且，那蝈蝈的六条腿太长了，而且那腿上，还长着锋利的细毛刺。六条腿加六条腿，一共十二条腿，再加上两个鼓鼓的大肚子，笼子里真显得局促。

先将就一下吧，没有别的办法。我快去快回，再买一个笼子好了。我把笼子挂到铁圈儿上去。这时候，阳光暖暖地照着，应该不会太冷吧。让蝈蝈晒晒太阳也是应该的，长时间缺少阳光，是不是也影响蝈蝈的身体健康呀？我赶紧跑到东风桥市场去，找到那个卖蝈蝈笼子的老太太，快速买好一个，急忙往回返。心里也想着，如果时间太长了，那蝈蝈该冷了。

我回到家里，第一件事就是拿着笼子跑到阳台上去，心里想着，赶紧把那只蝈蝈养到新买的这只笼子里吧，省得两只蝈蝈挤在一起了。

等我走过去，一看那只挂在铁圈儿上的笼子，可是傻眼了。笼子里一只蝈蝈躺在底板上已经不动了，浑身上下湿漉漉的，肚皮还破了，还断了两三条腿。另一只蝈蝈倒是攀爬在笼壁上，也是缺了一条腿了。

在我离开的一个小时里，两只蝈蝈该是发生了怎样惨烈的争斗啊。千不该，万不该，我异想天开地把两只蝈蝈放进一个笼子里。当时放的时候，我还在想，它们俩的大长腿都长着锋利的毛刺，都那么长长地伸展着，那个小笼子真是显得小呢。是我把它们放进一个笼子里，才导致它们受伤啊。我害了它们啊。看着它们湿漉漉的身体，那是它们在打斗中身体受伤，划破了身体才流出的水啊。我的心在发抖，眼泪溢满了眼眶。

真是心疼啊。

把那只虽然断了腿却还活着的蝈蝈拿出来，放进新买的笼子里。

把那只躺着不动的蝈蝈，也拿出来，埋进花盆里。我的心里充满了对它的歉疚。要不是我，它还活蹦乱跳的呢。那只底板湿漉漉的笼子，用纸巾擦干净，放进阳台的一个角落里，它已经没有用武之地了。

依旧用厚袜子把装有蝈蝈的笼子套住，再给它围上被子，依然放在沙发上。只是，从笼子里发出的蝈蝈的叫声，不再那么清脆了，变得有些微弱、沙哑了。

2014 年 1 月 22 日

茄子

　　茄子给我的最早印象，还是在生产队的时候。那时候，我们队的菜园儿在大渠南边靠近西边大沟的地里。队里有专人种菜。记得种菜的，是住在我家西南边不远处的小伙伴的爷爷。他很会种菜，种菜是一把好手。可别小看了种菜，如果不会种，那菜可真就长不好，或者干脆就不长。这是我后来才知道的。因为后来联产承包，生产队把地都分给了各户，菜地也没有了。家里吃菜只好自己种。这时候，才发现，原来种菜可不是件容易事。当然，这是后话。

　　那时候，我经常跟小伙伴们一起跑着玩儿。记不得是上了学还是没有上学了。因为上了学，我们的功课也不紧。一、二年级的时候，就是数学语文两本书，也没有课外辅导书，作业本也少。那时候，好像纸张特别缺乏，记得供销社卖的都是跟窗户纸差不多的那种棉纸，软塌塌的，一点也不挺括，写起字来，笔尖总是把纸扎破。还好，那时候，老师留作业很少。课堂上，我们经常用小石板儿做练习，写字做数学题都用小石板儿。用石笔在小石板儿上写字做算术，写满了，就用妈妈缝的棉布擦子擦掉，再写。现在想想，那时候，用小石板儿，真是环保。既学了文化，又不浪费纸张。

　　话题好像扯远了，就是不管上学不上学，都没有耽误我们到处跑着玩儿。我们经常跑到菜地去。那儿种的菜可真多呀，几乎能叫上名字的菜都种着。那茄子，跟紫色的小灯笼似的。油亮油亮的外皮，茄子把儿上，长着尖尖的小刺。有时候，我们也摘一个下来，用指甲划破茄子皮，掰成两半儿，大家你一口我一口地咬着吃。当然，这种时候不常有。茄子是公家的，不能随便摘，这是大家都知道的。印象中，那白白嫩嫩的茄子瓤，暄暄软软的，甜丝丝的。

　　一直以来，我认识的茄子都是圆形的，自家吃的也是这种。最近几年，在菜市场、超市的货架上，能看到长条形的茄子。好像前几年，还流行过一种什么病，据说是吃长条形的茄子管用。那时候起，我才对这种茄子注意起来。

茄子紫色外皮的偏多，也有浅绿色外皮的，好像在什么地方见过，我们这里见得少。

茄子的吃法很多，可以凉拌茄丝，凉拌茄泥，烧茄子，炖茄子，茄子打卤，还可以做茄子馅儿。

凉拌茄丝，是我在易县上班的时候知道的。之前，妈妈做过凉拌茄泥、炒茄子，还用茄子做卤面。妈妈没有做过凉拌茄丝。虽然也知道茄子可以生吃。在易县上班的时候，单位里有个下属企业。企业有个苗圃基地。基地种了好多银杏树苗，也种了不少菜。不定期的，基地会带一些菜过来给大伙儿分一下。有时候，有茄子，还有尖椒。有同事说，用茄子丝和尖椒丝凉拌，很好吃。我到家后，照着做了，确实不错。把茄子洗净去皮，切成细丝；尖椒洗净，去掉里边的瓤和籽，切丝。两种丝放在一起，再放点盐、白糖、香油和醋，拌一下，装盘上桌。酸酸甜甜中带点微辣，很是爽口。

凉拌茄泥是一种很普遍的做法。茄子洗净，切成略厚的片儿，放在蒸屉上蒸，或放在开水里煮。待茄子熟了，用筷子一扎，很容易扎透了，就取出来，放在小盆儿里。再剥几个蒜瓣，用刀在案板上拍碎，放进碗里用小擀杖的一端捣成蒜泥。再往这个蒜泥碗里放些盐、生抽、醋和香油。用筷子搅拌一下，再倒进装有茄泥的小盆儿里。搅拌匀实，装盘，就可以端上桌了。凉拌茄泥属于素菜，适合喜欢吃素的人。或者跟荤菜搭配。

第一次吃烧茄子，是我在完县（现在叫顺平县）北吴村小学教书的时候。一次，学校老师每人骑一辆自行车，跟随滕金龙校长到县城的新华书店买课本。买完课本已经中午了，滕校长安排大家在城北大路南侧的一个小饭店吃饭。烧茄子就是其中一道菜，别的还有什么，都记不得了。当时大家对那盘烧茄子很感兴趣，觉得那茄子做得外焦里嫩，很好吃。

后来不久，家住北腰山的王老师邀请我们到她家吃饭，也给大家做了烧茄子。她说，以前没有做过，那天在县城吃过之后，觉得不错，也想试试，看自己做得怎么样。她往烧柴火的大锅里倒了好多油，把切好的大块儿茄子在油里炸过，捞出来。提前在一个碗里放了红薯淀粉，加入少量水，还有葱花、姜末、蒜末、盐、味精、白糖、香油、酱油和醋，一起搅拌成了汁子。锅里炸过茄子的油盛出来一些，留一些，倒入调好的汁子，用铲子搅拌黏稠了，再倒入炸过的茄子，搅拌几下，茄子都滚上了淀粉汁子，就出锅。这样做出来，味道还不错，只是跟饭店里做得还是不太一样，外焦里嫩的感觉差点。

后来，我便学会了王老师版的烧茄子。我做的时候，还在淀粉汁子里加入一点西红柿丁。而且做起来更加省事，在锅里放油的时候，比平时炒菜多放一点，把茄子在油里炒熟了，也不盛出锅，再把调好的汁子倒进锅里，搅和一会儿，汤汁黏稠了，就盛出来。虽然没有外焦里嫩，家里人倒也都很喜欢。

前两天，默犁的"说说"里讲到了烧茄子的方法，是先把茄子块儿在淀粉里滚过再上油锅里炸。哦，这样的话，那外焦里嫩的感觉应该就有了吧。

说起炖茄子，印象中最好吃的一次，是在易县的时候。有一年，单位的开发项目，接受国家、省、市三级验收，县里一下子来了好多汽车好多人。我们都跟着参与接待。领导们上午到项目区查看，下午进行审议评定。中午吃饭安排在望龙水库边上的一个培训中心。因为来的人太多了，餐厅准备的饭菜刚够招待客人的。我们单位里跟着接待的同事们都没有饭吃了。大伙儿从早晨开始就忙忙碌碌，一刻也不得闲，到了下午三四点钟了，还没有吃饭。培训中心周边山水相连，景色宜人。只是远离城区，卖东西的也离得远。大家只好饿着肚子接着做下午的事。还好，厨房终于给大家做了一锅炖菜出来。一大盆子炖菜，里边有土豆、茄子、豆角、西红柿、粉条，还有老大的棒子骨。那茄子切成不规则的大块儿，跟别的菜炖在一起，热气腾腾地摆在桌子上。还有一盆冒着热气香气四溢的米饭。还没动筷子，我先馋得咽起了口水。有个爱说爱笑的同事，把一个大棒骨夹到我的碗里，嘴里还说着："看把我们饿的。"别的同事都被逗乐了。大家开心地吃了那顿饭。那年，我们顺利通过了三级验收，取得了很棒的成绩。

从那儿以后，我在家做饭，就经常把茄子切成大大的不规则块儿，跟土豆、西红柿、豆角、粉条炖在一起。红的绿的白的，长的短的块状的，五彩纷呈，色香味俱全。不知道东北乱炖，是不是也是这么做的。

饭店里经常把茄子切成丁打卤。一次，我把茄子切成了长条，打出的卤，光光滑滑的，拌着长长的面条，很有滋味。

做茄子馅儿，应该是切丁了。先把茄子切成丁，再在热锅里放少许油炒过，待炒个半熟，再往锅里放进葱姜蒜末、盐、五香粉和酱油等调料，搅拌匀实就可以了。

茄子，光听声音，就很喜欢。

2014 年 2 月 10 日

腰中记忆（21）

冬天，教室和宿舍里都生起煤火。

教室的煤炉在紧挨讲台与门口相对的墙角里，用砖头砌成，方方正正，表面用水泥抹平。炉子上边中央，有铁的炉口。圆圆的火眼，周边是方正的铁板。炉口下边、炉子中间是炉膛，用来烧煤。炉膛下边与地面之间，有铁箅子隔开。煤炉外侧，铁箅子上边，紧贴铁箅子，有小的通风口。搜（sòu）火的时候，用通条从这里伸到炉膛里边去搅动里边的煤块儿。铁箅子下边，与地面之间有大的空膛，炉灰可以透过铁箅子落到下边的地面上。煤炉外边，贴着地面，留着铲炉灰的洞口。要照讲卫生的做法，这里应该安着炉门。通火和搜火时，炉灰往下掉，炉门可以挡住扬起的灰尘，不至于煤灰飞得到处都是。那时候的炉子有没有炉门记不太清了。印象中，好像没有，只那么一个大大的洞口，敞开着。炉子边上，通常贴墙靠着上粗下细的铁通条，还有长长的铁筷子、铁钩子、铁铲子，以及铁锹、笤帚和簸箕。煤炉旁边的地上，靠墙根儿，堆着一些煤和土。土是用来和煤泥的。煤面和煤渣，都需要跟一定比例的土掺在一起加水和煤泥。没有土或土太少，和出的煤泥会太散，不抱团儿。土掺得太多，煤少了，和出的煤泥会不好烧，火不旺。和煤可是个技术活儿。

马老师安排一两个男生管理煤火。

管火的同学很负责任，总是把煤火烧得旺旺的。早晨，同学们跑操回到教室，都径直走到自己的座位上看书学习去了。管火的同学可不是。他们到了教室，都是径直跑到煤炉那儿去。先看一下火眼儿，看火是不是还着着（zháozhe）。再拿起通条伸进铁箅子上边那个小的通风口搜火。炉灰随着那通条的左右抖动，哗哗地掉落到地面上。烟尘也随着从炉子下边的空膛口轰然飞扬开来。管火的同学赶紧跳到旁边躲一下。待这股灰尘散去，再接着站到煤炉跟前去通火，拿着通条从火眼儿上扎下去，把炉膛里边的煤块儿扎散。

炉子里的煤块儿被通到下面去了，炉膛里的空间大多了。上下一通风，炉火越烧越旺起来。

炉台表面，有事先用煤泥摊开的煤饼。头天晚上，在煤泥还湿着的时候，用火铲子把煤泥均匀地摊开在炉台上，再用火筷子在煤泥表面横着竖着画线。等煤泥干了，再把整个煤块撬下来，从画线的地方分割成小块儿煤饼。

白天，往炉子里添加的都是这种煤饼。如果没有干煤饼，又要火越烧越旺，就把煤泥滚成一个个煤球，放进燃烧着的炉膛里。这样，为的是煤火中间留出的缝隙多，通风好，炉火烧得旺。

下晚自习的时候，才封火。先用煤泥填满炉膛，直到炉口的位置，周围不留一丝缝隙。再从煤泥的中间用通条扎出一个圆圆的火眼儿，以便于通风。一般还要等着中间的火眼儿定了型，确实能够从那个火眼儿上方，看到下边燃着的红，才可以离开。如果刚扎了眼儿就离开的话，那眼儿很容易被稀湿的煤泥堵住，上下的通风口就堵死了。没有了空气的流通，那封在煤泥下边的火就会慢慢熄灭。第二天，还得再重新生火。

宿舍里也生起了煤火，只是宿舍的煤火几乎总是封着，要不就是灭着。因为同学们白天都在教室里上课。从早晨5点多钟起床跑操，回来洗把脸就到教室上自习课。早饭也在教室吃。吃过早饭，又该上课了。中午吃饭也在教室。休息时间也很短，同学们一般也在教室里度过。下午上半天课。吃过晚饭，又上两节晚自习。下了晚自习，一般就到10点以后了。大家回到宿舍，顶多让炉子烧一会儿，也就该封火休息了。所以，宿舍里的煤炉给大家提供的热量总是有限。还好，宿舍是大通铺，人又多，地方又小，大家躺下来都是紧挨着。睡着了，倒也觉不出有多冷。

三间屋子的教室里除了前边的煤炉，还挤着七八十个学生，按说也不会太冷。马老师就经常说，每个同学都是一个小火炉。可是，我的手脚和耳朵，还有脸蛋儿都冻伤了。手指手背上都长出了红红的硬疙瘩。脚底外侧和脚后跟也长出了硬硬的肿块。耳朵垂儿，耳朵外侧的边儿，也长出硬的小疙瘩。眼睛下边的脸上，也长出了硬块儿，红红的。这些冻伤不怕冷，就怕热。上课的时候，脚底下的冻伤开始痒起来，真想伸手去使劲挠两下。可是脚上穿着厚厚的棉鞋，根本不可能把鞋脱掉再去挠。况且还正在听老师讲课呢。痒得真是钻心啊。就使劲把脚往地上踩，哪里痒，就把哪里去贴近地面。让地面与自己往下踩的力量共同起作用，去挤压那痒处，稍作缓解。手上、脸上和耳朵上痒了，就用手指使劲去捏那痒处，捏得那里感到了疼痛，让那份疼痛压过那钻心的痒。

星期天回到家，就赶紧想办法治疗冻伤。

老人们说，用冻了的麦苗和干红辣椒放在一起熬开水浸泡冻处治冻伤。我就特意跑到大渠南边的麦地里去，揪回一把已经冻得变成褐色也萎缩了的麦苗。开始也担心揪麦苗不好，觉得那样会影响麦子生长。又听大人们说，地面的麦苗本来就已经冻坏了，但是地底下的根没事，到了春天，就会有新芽从根上长出来。揪回的麦苗和着几个干辣椒放进大锅里，倒进水，烧开了，就开始泡所有冻了的地方。手和脚很容易泡进水里，脸和耳朵却不容易泡。只好用热毛巾在那水中泡过，再用热毛巾去敷。

脚后跟冻得裂开了口子，经过水的浸泡，竟然肿起来了。回到学校之后，我的脚后跟越来越肿，越来越疼。袜子也拉不下来，被那肿处流出的脓水粘住了。没有办法，只好利用课余时间，在同学的陪同下，一瘸一拐地走到学校后边的腰山乡卫生院去看医生。我们班一个同学的姐夫是那里的院长。医生用剪子剪开我的袜子，用药水处理伤口，再用纱布包好。医生说，这是中了水毒。我头一次知道干净的水还会有毒。医生说，皮肤上有伤口的话，再用水去泡去洗那伤口，就容易中水毒。打那儿之后，我就特别注意身体哪里破了口子，就不再着水了。现在手上经常受伤，因为在家干活，都要用手。即便是手伤到了，那些活计还是要做，尤其是水，哪一天也离不了。这时候，就总是在家准备一些创可贴。每当手部擦破了皮或是划了小口子，就赶紧用创可贴裹上，再去沾水。这倒是个好办法，那伤处就是好得要快些。

冬天，同学和老师几乎都穿棉袄棉裤棉鞋，棉衣外边再套上单褂和单裤。棉鞋大都是黑色条绒布面的砸眼儿布底鞋，脚面上一左一右两个耳朵上砸出几个鞋眼儿，穿上鞋带。两个耳朵下边，从前脸儿上伸过来一片厚厚的絮了棉花的舌头。棉衣棉鞋褂子裤子大都是家里巧手的妈妈亲手做的。那时候不懂，总觉得凡是买的东西才是好的，家里做的东西不值钱。其实，现在想来，妈妈一针一线缝好的衣服才是最贵的啊，那可是纯手工制作啊。而且，那里边还饱含着妈妈多少疼爱、多少牵挂啊。用句时髦话说，还是私人定制呢。那时候，我们穿的衣服，从里到外、从上到下都是绝对纯棉，绝对环保，绝对对身体一点伤害都没有。可是，那时候，却总是向往那些用钱买到的东西。比如，塑料底棉鞋。塑料底哪有千层底的布鞋舒服啊？那时候，可不这样认为。这是多年之后才发现的。

冬天洗澡，对于当年的我们来说，简直是不敢想的事，也大都不去想。也许县城的孩子们例外，因为城里有澡堂，而且，城里人的家里也许洗澡条件更好些吧。农村里没有澡堂，家里也很少有洗澡设施。现在村子里也有了。离我家不远处有户人家，早先家里有人在外边上班，老人退了休，孩子又接班，他们最早在村里开起了澡堂，也带动起村里人冬天洗澡的习惯。

冬天，因为天冷，好多同学每天只洗脸，不洗脖子。于是，能在棉衣领子下面，看到黑黑的一圈儿，如同趴着一层蚂蚁。老人们经常笑着说孩子，你看看，都长了别虎（方言，蚂蚁）。爱长蚂蚁的地方，也就那么几处，脖子、胳肢窝、膝盖。也不知道怎么回事，按说身体的哪个部位都在进行新陈代谢，单单在那几个地方爱聚集新陈代谢下来的东西。

倒是谁也不笑话谁，老师也从来不笑话，只是那黑黑的脖子是那个年代的孩子们难忘的记忆。想想，也许是文明程度还没有达到吧。或者是，没有冬天洗澡的历史传承。现在村里有了澡堂子，人们也很乐意经常去洗澡了。

有时候，干干净净的，不只是一身轻松，心态也很自信。要是个人卫生没有做好，比如头发有几天没洗了，或是自觉着该洗澡而没有洗，身体哪个部位不太干净，在人前说话都觉得矮三分似的。所以，有心理专家得出结论：勤洗澡，勤洗头，能有效提升自信心。

2014 年 2 月 18 日

土豆

土豆是后来引进的。老家的人管土豆叫山药蛋。书上管土豆叫马铃薯。肯德基和麦当劳等洋快餐店里卖的炸薯条，就是炸的土豆条。还有超市里卖的炸薯片，也是土豆片。

印象中，小时候吃的土豆比鸡蛋大不了多少，全不像现在市面上卖的那么老大的块儿。

早先到了冬天，菜的品种就很少了。大白菜最多，还有倭瓜、西葫芦，都是皮黄黄的、厚厚的，存放在房檐下的石头台阶上。当然，还有酸菜和咸菜。酸菜是用萝卜缨子洗净，晾干水分，切丝，不加盐泡在米汤里做成的。记得奶奶曾经泡过一坛子酸菜，放在西房和北房中间的夹道里，挨着西房墙根儿。坛子敞着口，冬天下了雪，酸菜表面一层冰凌，倒是也不硬，碎碎的。吃饭的时候，我端着碗踩着雪跑过去用筷子捞起半碗来，拿回屋里就饭吃。酸菜里边还带着冰碴儿，酸酸的，凉凉的，味道好极了。当然，酸菜里边还要加点盐和香油，要不，只有酸味儿，显得单薄一些。

咸菜是家家都要腌的。秋天，萝卜下来了，把白萝卜和芥菜疙瘩洗干净，晾干水分，放进大缸里，一层一层摆好。每一层都撒上厚厚的盐。萝卜顶上再压几块儿大石头。

咸菜是我们平时喝粥的主要菜品。印象中，妈妈喂弟弟妹妹喝粥，总是先夹一根咸菜到嘴边，用牙齿咬成一点一点，放回碗里，再把碗口对准弟弟妹妹的小嘴，用筷子拨拉着粥和一点咸菜，送到弟弟妹妹的嘴里。弟弟妹妹一口一口吃着，不时张开小嘴儿等着喂，那样子好可爱。

那时候，也经常把红薯擦成丝，在开水里焯过，拌上盐和醋当菜。但是，那菜总是面面的，还带着点丝丝的甜味儿。等到有了土豆，就开始做凉拌土豆丝，比红薯丝脆生多了。那凉拌红薯丝也就退出了历史舞台。也经常把土豆切成片，炒着吃。妈妈经常在大锅里烙饼，烙完了饼，再炒菜。土豆不很吃油，每次炒土豆的时候，锅底都会留下一汪油。那时候，油很少，每年生产队分那么一点油，好像也就是喝酒的瓶子那么一两瓶，要吃一整年。炒菜做饭的时候，就要省着吃。妈妈每次炒菜也就倒出一小汤匙那么点。有时候，切几片腊肉炒菜，就不放油了。先把腊肉放进锅里炒，肉里煸出油来，再就着那点油，放进葱花炒菜。炒别的菜锅底不容易汪油，就是土豆容易出现这种情况。每次炒完土豆，把土豆盛出来，我们就爱把饼撕成小块儿，去沾着锅底的油吃，真香。

家里也种过土豆。季节到了，家里存放的土豆开始出芽。妈妈搬一个小床儿（一种左右宽前后窄的小凳子，老家叫床儿。这种小凳子的表面不是一个平板，而是由好几块儿横的竖的薄木板拼成。表面呈现四周略高、中间略低的样式。比较合乎人体结构，而且略有弹性，坐在上面，比平板的要舒服。），坐在院子里，用菜刀把土豆切成大小不一的块儿，每块儿上都带着一两个刚露头的土豆芽。把这些带着芽的土豆块儿种到地里，就慢慢长成了土豆秧。

土豆花是开在地面上的，花谢了，会长出形似西红柿的绿色小果实。只是，这种果实硬硬的，不能吃。土豆是长在地底下的。

有一年，土豆成熟了，妈妈装了一袋子，绑在自行车后衣架上，让我骑车给大姨家送去。半路上，经过一条窄一点的田间土路，对面正好有一辆自行车骑过来。为了让路，我骑得太靠边了，一不小心，车轱辘一滑，车子便倒在路边的田埂上。幸好自己身手敏捷，双手一撒，双腿一蹦，车子倒了，人却稳稳地站在地上。我看看倒在地上的车子，那袋土豆还牢牢地绑在车子上。就走过去提起车把，希望把车子扶起来。可是，有土豆的车子后边，总是重重地拖着不愿意离开地面。看看从前边扶不起来，我就放下车把，走到车子后边，从车子下边使劲往上掴。还不错，车子后边颤悠悠地起来了。可是，前边的车把却不老实，倒退着转起圈子来。车子终于又摔倒了。正在这时候，路上又过来一个人。那人看我在跟倒了的车子较劲，就停下来，帮我扶起了车子。

晚上，大姨炒了土豆片做菜，还熬了一大锅玉米粥。一大家人，坐在院子里，围着小饭桌吃饭。大姨熬的粥真好喝，我吃了一碗，还想再吃，就端着碗很气势地走到院子里的大锅边去盛。心里还想着，那土豆是我们家的，我多喝一碗粥，不用不好意思的。

师范学校毕业后，我被县教育局分到北吴村小学任教。这是一所乡中心校，设有初中部和小学部，都在一个大院儿里。学校大门朝南开在院墙的正中，靠着西院墙，从北到南建有四排瓦房，最北边的瓦房也就到了院子的尽头，南边的瓦房离着南墙还有很开阔的距离。瓦房的东侧，有一条贯通南北的甬路。甬路东侧，沿着路边，栽了一溜龙爪槐树。再往东，一直到东墙根，是一大片开阔地，便是学校的操场。操场的东南角，建有一溜厕所。学校的南墙和西墙外，都是村里的大路，北墙和东墙外，就是村民的住宅了。

我最先被安排在初中部的宿舍里，在最北边的一排房中间。正好有一个教初中的年轻女教师也住校，我俩便同住一间屋子。这间屋子，晚上是我俩的宿舍，白天是初中任课老师的办公室。吃饭就跟初中部的老师一块儿。有一个大师傅是本村的，专门给老师们做饭。每个在学校吃饭的人，一个星期出伙食费五元，那个大师傅用这些钱负责买菜做饭，工资由学校给发。这个大师傅很会做饭，也没有什么大鱼大肉，做的都是家常菜，但是吃到嘴里，真是有滋有味。他爱蒸馒头，总是一屉屉儿馒头冒着热气放在小桌上。我们吃饭都是在学校的院子里，地上摆个小方桌，老师们各自搬个凳子放倒了，围着桌子坐一圈儿。

大师傅习惯把芹菜和土豆丝放在一起凉拌。芹菜和土豆丝都在开水中焯过，绿莹莹的家芹菜梗，白亮亮的土豆丝，还有喷香的花椒油，一点葱花和姜末，配着点醋和盐。就用拌菜的小盆儿直接盛来，放在小桌上。还有一小盆儿荤菜，一般是猪肉片炖白菜粉条，或是别的时令蔬菜。男老师们会打开一瓶白酒，一个酒杯蹲在小桌上，这个拿起来喝一口，那个拿起来抿一下。酒钱也是从伙食费中出，我们两个女教师不喝酒，也没有啥意见。大家在一起吃饭，边吃边唠着嗑，谈说着周边发生的一些新鲜事。气氛那么融洽，那么友好。我总能吃两个馒头，甚至感觉到特别好吃的时候，还会再加一个。一起吃饭的老师，看我越来越圆，就说真像个小猪儿。我也知道是玩笑话，一点没有取笑的意思，也便跟着嘿嘿地乐。饭吃着香，一点没有节食减肥的想法。

　　现在做饭，我也经常用芹菜和土豆搭配在一起做菜，或凉拌，或肉炒。无论从色彩，还是味道，都感觉很好。受这种搭配的启发，我也经常把绿色辣椒和白的土豆在一起配菜，为的就是视觉效果引人食欲。

　　炖土豆，一般要把土豆切成大点的块儿，要不然，那土豆经过较长时间的炖煮，容易烂得夹不起来。在家里，我经常把猪肉豆角茄子粉条和土豆一起炖，一样放一点，加在一起就会满满一小锅。做熟了，盛在较大一些的小盆儿里，看着就香。无论是就饼，还是就馒头、米饭，都很合口。

　　单位里要好的同事韩姐，说了一个土豆泥的做法。把土豆洗净去皮切成小块儿，把猪肉切成小丁。先按炖菜的方法，把肉丁土豆炖熟。炖的时候，锅里的水要放得适量，以稍稍没过土豆、土豆熟了的时候锅里不剩多少水为宜。再用长柄勺子底部把炖熟的土豆块儿压碎成泥，再往锅里放点切碎的香菜末，点上一点香油，搅拌匀实就可出锅。土豆泥浇在喷香的米饭上，味道真是好。尤其孩子，最喜欢这道菜。

　　同学红红教给我一个手抓饭的做法。把羊肉、土豆和洋葱切成大点的块儿，先在炒锅里放油加盐和酱油炒个半熟，再倒进电饭锅里和已经放好的大米一起煮，熟了再搅拌均匀就可以。电饭锅里提前放好的米和水，跟平时蒸米饭的时候放的米和水一样。不知道新疆人的手抓饭是不是这么做的。红红说是跟新疆来的朋友学的。我试着做过几次，家人都很喜欢。

　　　　　　　　　　　　　　　2014 年 2 月 25 日

黄瓜

现在，全年都能吃上黄瓜了。即便是寒冷的冬天，那翠绿的黄瓜依然在菜市场大面积亮相着。而且，价钱比正当季时，也贵不了多少。

小时候，黄瓜可是稀罕物。虽然生产队的菜园儿里也有，可是，因为种得少，分的也少。印象中，那黄瓜总是泡在水缸里，到了饭点儿，妈妈才从水缸里捞出来做菜。过来过去的，我们总把眼睛瞟向那水缸里的黄瓜。那黄瓜直溜溜地漂在水面上，浑身散发着亮光，翠绿翠绿的，咬一口，肯定是甜的。尽管眼馋，没有妈妈的允许，我们谁也不会下手去拿。因为谁都知道，那黄瓜还要留着做菜呢。

我们经常吃凉面，用黄瓜做菜码儿。

那时候的面条，大都是包面的。因为白面很少，全家一年才分那么两三袋麦子，就总掺着红薯面吃。先把红薯面和好一个面团，白面和好一个面团，饧好。再用擀面杖把白面团擀开成片，把红薯面团放到白面片上，用白面片包紧红薯面团，压扁，再擀成大片儿，用刀把大片儿拉成两寸来宽的长条儿，再把长条儿一片压一片地叠起来，再切成细面条。这时候，切出的面条是分层的，外边包着两层白面，里边夹着一层黑面，很有点像现在市场上卖的夹心巧克力。

面条煮熟了，捞到盛着凉水的盆子里。再用笊篱挡着面条，把盆里变得温热的水倒掉，重新倒入凉水。这样过几遍凉水，直到把面完全变凉。

黄瓜切丝，放进面盆里。捣几瓣儿蒜，蒜泥也放进面盆里。再往面盆里放点盐、酱油和醋。再用长柄饭勺在火上爆点花椒油。爆好了，也倒进面盆里。不知道为什么，那时候爆花椒油，都是用饭勺子，很少用大锅。现在想想，也许是油少，还不够沾锅的。也或许是饭勺是活动的，可以随便拿着改变位置，而大锅是安在灶上的，不可能搬起来倒油。想想，还是第一种原因更切实际些。现在吃油不那么紧张了，也便不再用饭勺爆花椒油了。

花椒油凉面做好了。连汤带水,把面盛进碗里,吸一下鼻子,嗯,口水都快流出来了。

也不知道为什么,总觉得那时候的黄瓜真有黄瓜味儿,甜丝丝的,清爽爽的。现在的黄瓜,味儿好像淡了。也许是多了的缘故?没有了珍爱之心,也便没有了那份惹人怜爱的味道?谁知道呢。

村里人大面积地种起黄瓜来,我们家也跟着种起来。爸爸妈妈开着三轮车到城里买回好多竹竿搭起黄瓜架。黄瓜从开花结果起,就该给它在下边留出一定的生长空间,让它能够垂直往下生长。如果花下边近距离内有片叶子或者有条藤蔓,在它往下垂着生长的时候碰到了,就会改变生长方向,随着障碍物弯曲过去,长成的形状就会是弯的。所以,为了让黄瓜长得条条顺直,需要提前为黄瓜排除生长方向的障碍。黄瓜长得很快,从开花到长成只需几天时间,稍微摘得慢一点,就会变老。种黄瓜的人们,每天早晨天不亮就起床赶到地里摘黄瓜,把黄瓜摘下来装到大筐里,再把大筐抬到地头装到三轮车上,再骑着三轮车拉到村南的桥头去。村南桥头南边有一片空地,每天都有跑运输的大卡车,专门等在那里收黄瓜。等到把黄瓜交了车,回到家,一般就中午了,早饭大都顾不上吃。

黄瓜多起来了,也不在水缸里泡着了。我们也可以随便拿在手里咬着吃了。黄瓜拿到院子里,在自来水龙头那儿冲一下,就送到嘴里去。咔哧咔哧的,先从头上咬起,满嘴清香。

上边说的是那种深绿色长条状表面多刺的黄瓜。市面上还有一种浅绿色或者接近白色形状短粗的黄瓜,大多是秋天的时候才有,我们管它叫秋黄瓜。这种黄瓜表面刺少,光光滑滑的,皮也显得有些厚。可是,切开来看,里边的瓤和籽却是嫩嫩的,什么时候都是,好像这种黄瓜不爱老。口感也比上边那种要更有黄瓜味儿。

还有一种深绿色形状短小表面没有刺的黄瓜,人们管它叫荷兰瓜。这种小黄瓜表皮细嫩,肉质清脆。老家也种过这种瓜,大家管它叫潘瓜。这种瓜是后来引进的,可以说,它综合了长条黄瓜和秋黄瓜的特点,口感更好一些。

黄瓜做菜一般是切丝做菜码儿，也有切条或是切段蘸酱的时候，也有加上盐、醋和香油凉拌的时候。

凉拌，可以切片，也可以切丝，还可以切块儿，或者是切成长条儿。

用黄瓜丝、葱丝和香菜丝放在一起凉拌，饭店里叫拌三丝，清脆爽口。

到易县之后，我才知道黄瓜还可以拍碎了凉拌，饭店里就叫拍黄瓜。把整条黄瓜洗净，放在案板上，用菜刀的平面去拍碎黄瓜，再用刀把黄瓜从头到尾划开，整条分成两半，再从头到尾切成两厘米左右的小段儿。用同样的方法，拍碎一两个蒜瓣，再切成碎末，跟切好的黄瓜一起，加盐、香油、生抽和醋拌匀装盘。

黄瓜还可以切成滚刀块儿凉拌。形状不一样，口感似乎也不一样。黄瓜洗净去皮，用菜刀从头开始斜着切块儿，边切边用左手滚动黄瓜，切出的块儿不很规则。也许是因为是块儿，所以不很吃作料，所以口感跟拍黄瓜还不太一样。拍黄瓜，因为黄瓜被拍碎了的缘故，很吃作料。

有一年夏天，吃饭的时候，老头儿说他在人家家里吃到了一种酱黄瓜，味道真好，特别脆。他问过人家是怎么做的，人家说，就是用酱油泡的。我心里话，那还不好说，我也泡点不就得了。那时候，正是黄瓜上市的季节，我就在下班路上，从菜市场买回五斤黄瓜，从门市部买回两瓶酱油。家里正好空着一个泡菜坛子，是头年冬天为了做四川泡菜，我冒着鹅毛大雪，骑着自行车在易县城北小火车站附近的土产门市部买的。那时候的土产门市部还是国营的，现在那里都盖起了高楼，不知道还有没有土产门市。

黄瓜洗干净了，也不知道晾干水分，也没有人告诉我具体怎么做，就凭着自己的想象开始做起来。整条黄瓜放在案板上，斜着切出一个个的小口子，让黄瓜整个连在一起不切断。经过加工的黄瓜一条条放进泡菜坛子里，再往坛子里倒进整瓶酱油，酱油没过黄瓜。好了，就等着过几天捞起来吃了。

过了几天，我打开坛子去看，那黄瓜都软塌塌的，一点也不像老头儿说的那么挺棒，那么脆。而且，坛子口上，还慢慢长出了白毛。

怎么回事呢？黄瓜都坏了，变质了，肯定是我做的方法不对头吧。

后来才知道，那黄瓜洗过之后先要晾干水分，再切成长条用盐腌出黄瓜里的水分，再把经过脱水的黄瓜用酱油泡起来，里边再加点姜片、蒜片和葱段，还有少量的干红辣椒、花椒和大料。用这种方法再做，就真的做出又脆又爽口的黄瓜条了。那种脆，跟生着拍出来的黄瓜的脆不一样，是一种带了点韧劲儿的脆。

槐茂酱菜里边有一种酱黄瓜，是那种一寸来长，形似毛毛虫的，表面多刺。那是用黄瓜开花之后刚长出来的小黄瓜做的，我们都叫小瓜仓儿。时至深秋，天气转凉，黄瓜开花之后，长出的小瓜仓儿，再也长不大了。这时候，也该拉秧了。人们看着这些长不起来的小瓜仓儿，扔了也可惜。就一个个地摘下来，腌起来做菜。

黄瓜也可以炒着吃，可以跟鸡蛋一起，做黄瓜炒鸡蛋；也可以跟木耳黄花一起炒；跟虾仁一起炒；跟胡萝卜一起炒；也可以跟紫苏叶子一起炒。还可以做汤，做西红柿鸡蛋汤的时候，放几片黄瓜进去，红的绿的黄的，很惹人爱。

嫌喝清水没味儿，切两片薄薄的黄瓜放进玻璃杯，那水便多了一份清新的味道，人也跟着多了一份雅致。

2014 年 3 月 2 日

发广告的小男孩

红灯亮起了，
车都停下来。

发广告的小男孩，
手里托着一沓纸，
奔跑在车辆之间。

已有两份了，
介绍一家楼盘，
同在这个路口，
也是这个男孩。

眼睛转向窗外，
男孩走了过来，
从右侧经前边转到左边，
手中一晃他的广告纸。

我冲他摆摆手，
只一霎，
他莞尔一笑，
收回扬起的手，
抬腿跑向后边去。

2014 年 3 月 16 日

春天来了

窗外的柳条
绿了，
如同美女
飘逸的长发，
一颗一颗
满缀着，
珍珠样的
茸茸的叶芽。

一群麻雀
叽叽喳喳
欢叫着，
从窗台上
轰然飞起，
翩翩落到
柳树上去啦，
嘴里依然
不停地唱着：
春天来了。

路旁的
玉兰花树，
枝头
鼓起了花苞；
头顶的
湛蓝天空，

风筝
五颜六色的，
各式各样的，
迎着明媚的阳光
在高傲地自由地飘。

微风
轻轻地吹着，
那么柔和，
那么美妙，
空气中
满溢着
沁人心脾的
青草和泥土的味道。

孩子
从楼里跑出去了，
身上穿着
轻便的衣裳；
老人
坐在门口的石凳上，
手里
择着青菜，
菜根上
还带着潮湿泥土的芬芳。

2014 年 3 月 19 日

打夯

不远处正在盖起一座高楼，"哒——""哒——"的声音持续不断地有节奏地响着。

干起活来的时候，这个声音似乎也听不见了。停下手边工作的时候，这个声音便又乘机钻入耳朵。

一下子想起小时候在街上跑着玩儿，看大人们打夯的场景。

那时候，村里人盖房子，会请街坊四邻的青壮年劳力帮工。先是打地基，在计划垒墙的地面上挖开一道沟，几个人站在沟边，抬着绑在几根木头棍子上的倒竖起来的碌碡，不断地抬起放下。碌碡一下一下地砸在地上，使地基更结实。干活场地旁边还站着几个人，等着轮换这几个抬碌碡砸夯的。还有一个专门喊号子的，也站在旁边，嘴里念念有词地唱着"同志们加把劲儿啊——"。砸夯的几个人，顺着这个人唱歌的节奏，在他唱完最后一个音节，尾音往上挑的时候，便同时使劲抬起碌碡，嘴里也跟着唱着"哎——嗨——哟——"。他们唱第一个字"哎——"的时候，大伙儿同时弯腰伸手去抬木杠；唱第二个字"嗨——"的时候，大伙儿同时用力抬起碌碡并努力往高处举起，同时抬脚向前或向后迈出一小步；唱第三个字"哟——"的时候，几个人同时撒手，碌碡重重地砸向地面；然后大家站在原地喘口气，等着喊号子的人唱出下一句。喊号子的人接着砸夯人唱出的尾音继续唱："同志们快放下呀——"，砸夯人一边嘴里应和着"哎——嗨——哟——"，一边接着抬起碌碡砸下去。喊号人接着再唱下一句，砸夯人接着再唱并做下一步动作。如此这般一唱一和地不断进行下去。

这个场景给人的感觉，大人们不是在干活儿，而是在唱歌和跳舞，简直羡煞了旁边站着看的小孩子们。真想自己什么时候，也能像大人们似的，加入到打夯的队伍里边去。也能尽情地挥挥臂膀，喊喊号子，潇洒地唱歌和跳舞。

经常站在旁边喊号的，是我家房后边的爷爷。他家大女儿跟我岁数差不多，只是他们家的辈分大些。他的唱词都是随口编的，看到什么想到什么就唱什么。有时候，我们站在旁边看，他会把我们穿着什么衣服，扎着什么辫子，都唱到他的歌里去。比如"一个小女孩儿啊——"，"梳着麻花辫儿啊——"，"穿着小棉袄儿啊——"，"脸上红扑扑啊——"，等等。干活的大人们也不觉得有什么奇怪，依然配合着他，一板一眼地、"哎——嗨——哟——"地喊着号子，很有节奏地干着活儿。

小时候不明白，为什么本来要往高里盖房子，还要把地面往下挖开一道沟，还要费事地抬着碌碡砸夯。那时候，曾经想过，在平地上直接垒墙多省事啊。大了才知道，那是在打地基呢。只有地基打得坚牢，盖起的房子才不会下沉，才会结实牢固。

现在打地基不用那么费事了，有了专门打夯的机器——电夯，只需一个人，扶着那个机器的操作杆儿，沿着需要打地基的地方挨次走过就行了。像那些大的工程，应该还有更先进的机器吧，我没有见过，肯定很节省人力。只是这样的工地给人的感觉是那么枯燥乏味，全没有了唱歌跳舞的美感。

打夯的工具在不断地更新变化，朝着节省人力提高效率的方向发展着，可是打夯这道工序却是不可缺少的。只有夯实了地基，才能在上边盖起合适的建筑。地基打得不牢，盖好的房子，就会早早晚晚地出现裂缝啊什么的问题，甚至会危及人的生命安全。

其实，不光盖房子需要打地基，我们做任何事情也都需要打地基啊。

2014 年 3 月 24 日

西红柿

好多年，我都把西红柿当成水果。

开始，生产队的菜地里种西红柿，隔三岔五的，就会分一些到家里。好像妈妈很少用西红柿做菜。我们最常的做法，是整个西红柿拿在手里咬着吃。有时候也用西红柿打卤，但是像西红柿拌白糖这样的做法，却没有过。或许，这跟我们小时候白糖少有关系。要不是看到外边的人用西红柿跟白糖拌到一起做成菜，或许这道菜怎么也不会想出来吧。

后来，队里的菜园取消了，家里就不每年都种西红柿了。西红柿熟了的季节，有时候，村里会过来卖西红柿的。卖西红柿的人大多是外村的，他们推着小推车，车上放个笆箩，笆箩里盛着西红柿，走街串巷地叫卖。也有骑自行车的，车子后衣架上横着绑根木棍，木棍两端再分别绑上两个扁圆的筐，筐里装着西红柿。卖西红柿的人很活泛，西红柿可以用钱买，也可以用粮食换。那时候，已经实行了土地承包，家里粮食也多了。妈妈经常用升子（一种舀取粮食的容器，大都用薄木板做成，方底，四周用四块儿底窄顶宽的木板拼接起来。旧时也是计量粮食的工具，十升等于一斗。）从大缸里舀出一些麦粒，倒在簸箕里，再端出门去换回一簸箕西红柿。那些西红柿刚从地里摘了来，把儿上还带着鲜绿的蒂。有的西红柿长得太熟，裂开了一道缝儿，露出里边晶莹的沙瓤果肉。西红柿大都圆溜溜的，红嘟嘟的，表面光光滑滑，还透着亮光，很少有像现在市面上卖的那种带棱角的。

妈妈端着簸箕回到家里，我们就迫不及待地伸手去拿，也不用洗，直接就送到嘴边，一口咬下去。因为汁液特别饱满，得使劲用嘴嘬住，赶紧把汁子吸到嘴里去。要不然，那汁子会顺着指缝流得满身都是。

有一年，可能还是生产队的时候，西红柿拉了秧，秧上有几个青的柿子。咬一口，硬硬的，酸酸的，涩涩的，一点也不好吃。我就把它们摆在向阳的窗台上。过些天，有一个西红柿慢慢开始变红了。那红是从里往外开始变的，本来外边的表皮在青着的时候很厚，变红了那皮也不厚了。果肉也变得柔软了，咬一口，嗯，酸酸甜甜的，口感跟长熟的一样。

初中毕业那年暑假，有同学到家里来玩儿，我便骑着车子跟她们一起去县城的同学家。在同学家玩儿了一会儿，我们又一起骑车跑到县城东边的同学家去。到了那里，已经中午了。同学的家人很热情，给我们做了炸酱面，还有糖拌西红柿。西红柿是去了皮的，真是好吃。好像那是我第一次吃到糖拌西红柿。吃过午饭，我们又骑车去了才良的同学家，然后又从腰山上公路，返回家里。那一次，大家玩儿得真开心，还很兴奋地约定，以后每年我们都这样骑车转一圈儿。结果，以后的年月里再也没有成行过，那一次，也便成了记忆中值得回味的一笔。

在保定师范上学的时候，到了夏天，学校食堂总有糖拌西红柿。我跟一个同学搭伙吃饭，我们每次打饭都会要一份。大热天的，从食堂走回宿舍已是口干舌燥，吃上一口凉凉的糖拌西红柿，真是惬意。但是吃惯了整个西红柿的我，总觉得那切成瓣的西红柿吃起来不过瘾，于是，再出校门的时候，看到外边卖西红柿的，就会买上几个带回宿舍。嗯，还是整个咬着吃来劲。

以前没有大面积种植大棚菜的时候，不适合蔬菜生长的季节，市面上很少能买到错季蔬菜，只有夏天和秋天有西红柿。为了能够常年吃上西红柿，人们发明了储存西红柿的方法。用那种圆鼓鼓的玻璃输液瓶子，里边装满切碎了的西红柿，盖好橡胶瓶塞，在瓶塞上扎上一根空心针头，再把这些瓶子放进锅里去蒸。锅里的水开了，瓶子里的空气随着空心针头跑到瓶子外边去了，瓶子里的西红柿也经过了高温杀菌。到底需要蒸多长时间，我没有做过，也说不清楚。就连上边说的这种做法，我也是根据别人的说法这样想的。大致应该不会错吧。瓶子蒸过从锅里取出来，需及时拔下针头，冷却之后就可以在常温下保存了。有人做的西红柿能够吃到第二年新的西红柿下来。当然，口感上要比新鲜的差些。

想吃西红柿的时候，到水果摊上去买，总也找不到。问卖家怎么不上西红柿，他们说卖菜的地方会有。于是，去菜市场，哦，这里才是西红柿的天下啊。一筐一筐，一车一车，满是的。

我教小学的时候，一次全县统一考试，有道语文试题是让同学们给名词分类，其中就有西红柿。不少同学把西红柿分到水果一类里去了，多数老师也拿不准到底应该怎么样，我是一直把西红柿当成水果的。拿到标准答案一看，西红柿属于蔬菜类。后来好像也改了，蔬菜水果都可以。

这些年，农村推广塑料大棚菜，人们一年四季都可以吃上新鲜蔬菜了。寒冷的冬天，菜摊上随处摆着红嘟嘟油亮亮的西红柿。

去年冬天，我用新买的西红柿榨汁，发现那西红柿表面看起来红嘟嘟的，用削皮器去皮，里边的果肉却是硬邦邦的，颜色也有些发白，有的地方还泛着点青。榨好的汁子特别浓稠，盛进杯子里，放的时间长一点，汁子出现了分层，上面一层厚厚的浓稠絮状物，杯底汪着一层粉红色的水。喝上一口，没滋没味的。心想，这西红柿怎么回事啊？真是想不明白。就在那几天，默犁的QQ空间里提到西红柿抹药的事，我联想到自己榨汁的情况，断定自己肯定是买了抹药的西红柿了。西红柿没有长熟，在表面抹了催熟的药，外表看起来像是长红的，其实里边还是生的呢。所以那果肉是硬的，口感也没有成熟西红柿的味道。再去菜市场，看到红红的西红柿，就随口问那卖菜的大姐："这西红柿是不是都要抹药啊？有没有不抹药的啊？"那大姐也很实在，平时我老买她的菜，也比较熟了，她只是笑笑说："都是这样的，都摆在这儿了。"拿起西红柿来，也看不出有什么问题，只是那么硬邦邦的，透着一股子生劲儿。算了，到底还是放下，买了别的菜。后来，再也不买西红柿。还是等着西红柿真正长熟的时候，再吃吧。

2014年4月1日

香菜

香菜，在我们老家，叫芫荽。

印象中，小时候见到的芫荽，根部都很发达，白白胖胖的，可能那芫荽都是连根拔起的吧。我最喜欢的也是它的根部，经常把根掰下来，剥开外边一层薄薄的皮，去啃里边包在硬硬的芯上的那层瓤。那瓤也是白色的，暄暄软软的，带着点甜味儿，还带着点微微的清香。

到了冬天，也有芫荽。

妈妈经常把黄豆泡软煮熟了，加上切碎的芫荽，放在大盆里用盐腌起来做菜。喝粥的时候，拿碗从盆里抄过一些来就着吃，真香。

每年寒冬腊月，家里都会做一锅豆腐。把黄豆泡软了，拿去加工厂磨成豆浆，再把豆浆倒进大锅里煮，一边烧火一边往锅里点卤水。锅里的豆浆慢慢变稠，爸爸妈妈赶紧盛出几碗来，让我们趁热吃，说是豆腐脑，城里人都当早饭吃呢。那豆腐脑，滑滑的，嫩嫩的，一吸溜就顺着嗓子眼儿钻进肚子里去了。也是，一年就吃这一次，难怪爸爸妈妈那么急切地把我们叫到跟前去吃呢。

做豆腐滤出来的豆渣，妈妈都做成渣饼子，里边掺上香菜末。先是把捏好的饼子放在蒸锅里蒸熟，然后晾凉盛进瓦罐里或是大盆里，再把瓦罐或大盆放到院子里的阴凉处。吃的时候，再取来加热。渣饼子吃起来比较拉嘴，味道却很香。经常的做法是，把两根铁筷子横搭在煤火的炉口上，再把饼子架在两根铁筷子上，就着煤火烤，烤得渣饼子两面都是焦黄的脆皮，里边却还暄暄软软的，咬在嘴里，满口甜香。

冬天的香菜，是秋末的时候从菜园里收回来，储存到菜窖里的。小时候，村里人家的院子里都挖有菜窖，还有红薯窖。红薯窖窖口较小，挖得很深，挖浅了红薯容易坏。菜窖窖口较大，挖得很浅，一般窖底离地面也就一人多深。菜窖里储存最多的是大白菜，还有香菜、胡萝卜等比较容易储存的蔬菜。

香菜一般用来做配菜，跟别的蔬菜搭配在一起，从色香味上起点缀作用。

猪耳朵做菜一般都是凉拌，如果盘子里光是猪耳朵，从分量上肯定很足，但从视觉和口感上，未免显得单调。于是，几棵香菜洗净了切段儿，大葱切成细丝，跟同样切成细丝的猪耳朵放在一起，加点香油和醋凉拌，那色香味就出来了，绝对引人食欲。

香菜丝和黄瓜丝、葱丝凉拌在一起，叫凉拌三丝，很是爽口。如果觉得口中没味儿，什么东西都不想吃，上来一盘凉拌三丝，单从色泽上已经让人垂涎欲滴了。吃到嘴里，一股清凉，一股鲜香，沁入肺腑，那胃口自然就开了。

无论做什么汤，香菜都是一味上好的调料。一碗馄饨连汤带水端上桌，如果上边不漂几根绿莹莹的香菜，总觉得从色彩上就显得少了生气，味道上也缺了那股子鲜香。

有爱吃香菜的，做成香菜馅儿饺子，那味道肯定是香得太浓太厚了。我没有做过，想象中，如果太香的话，难免太过腻人。

也有只用香菜做的菜，饭店里叫凉拌香菜根。当然这里的香菜根，不是它的白白胖胖的根，而是去掉那个白根之后，一棵香菜只取根部一段。香菜根大约一寸来长，很像一朵张开的花，或是一把撑开的小伞。调料也简单，只放点盐、生抽和醋，适当地点一点香油。这道菜，也属于爽口开胃菜。

香菜虽好，也有不爱吃的，所以菜品当中如果需要加香菜的话，操作员总会特意问一句："要不要加香菜？"吃饭的人大都会随口说出要还是不要，很自然的事，其他的调味料却很少需要特意说明。

2014 年 4 月 10 日

等

老头儿去吃饭，我开车送他。等他的间隙，跑去附近商场，为他前天刚买的裤子扦裤边。

扦完裤边，时间还早，我便在商场里随意溜达。只要转商场，时间过得总是快。我正在一处女装店兴致勃勃地看那新挂出的漂亮夏装，老头儿打来电话，说可以去接他了。虽然有些意犹未尽，我还是狠狠心，别的时候再转吧。

到了饭店门外，把车停好。给老头儿发短信，告诉他我已到。收到短信回复，一个字"好"。

季节变得真快，不经意间，夏天就到了。大街上，人们穿起了短褂、短裤、凉鞋。夜晚的风还是有点凉，可也没有了一丝寒意。凉凉的小风，柔柔地吹在脸上，拂在身上，真是舒爽。

街灯下，勤劳的小贩卖着应季的东西。两棵树之间扯根绳子，绳子上挂满了汗衫、短裤、背心、裙子等夏装；地上铺块塑料布，塑料布上摆满了袜子、手链、钱包、发卡之类的小东西；还有卖床单被罩的，卖拖鞋雨伞的，卖塑料玩具的，卖纸笔文具的，卖瓷器古董的。

不远处楼前空地上，出现了只有夏天才有的街边大排档。几张圆的方的桌子，围桌几个凳子，凳子上几个尽情聊天的人。桌子上摆着啤酒瓶子，还有盛着肉串、凉菜的盘子。

老头儿还没有从饭店里出来，我随手打开收音机，不知是哪位歌手的歌，悠扬地传进耳里。我慢慢地把靠背调低，舒服地躺进座椅里，闭上眼睛，静静地听。

不知过了多久，睁开眼睛，窗外还是老样子，小贩在卖东西，行人在赶路。

收音机里播第几首歌了？没有特意记着。只觉着躺得有些累了。翻个身，换个姿势，拿起手机，上网看新闻。

网上感兴趣的东西看完了，眼睛有些疼了。咬着牙，忍着眼睛的酸疼，再翻一遍，再翻一遍，实在没有可看的了。

　　陆续有人从饭店里走出来，有时是一个，有时是两个，有时是一群，只不见老头儿的影子。

　　真不如在商场里多待会儿再跑来啊。

　　抬眼看，老头儿终于随着几个人走出来了。

　　"等得着急了吧？"

　　"没有。"

　　"没办法，本来说要结束了，又来了一个人，又待住了。"

　　车子动起来，老头儿的脸有点红，他总是一喝酒就上脸。

2014 年 5 月 21 日

红薯（1）

红薯，是我小时候吃的最多的粮食。也不知道为什么，那时候的小麦怎么就那么少。

我们老家管红薯叫山（方言读 shǎi）药，我也一直这样叫，也一直以为山药就是红薯。直到有一天去保定的一家粥铺喝粥，才知道山药粥并不是红薯粥，山药和红薯并不是一个东西。不过，这并不影响我们老家依然管红薯叫山药。晚上往家打电话，问妈妈晚饭吃的什么。妈妈总是随口说：山药白粥。我们那儿管粥叫白粥，并不是那粥是白色的，无论什么粥，都叫白粥。比如大米白粥、小米白粥、棒子糁白粥，等等。

我们管红薯面叫黑面，因为红薯面做出来的东西颜色发深。比较而言，管小麦磨成的面叫白面。尽管白面含着太多的麦麸，做出来的饭食，外观上看起来也不是很白。白面和黑面，在都是面粉状态的时候，色差也不是很大。这是我小时候很感困惑的问题。红薯面在干着的时候确实不黑，可是掺上水和（huó）出面来颜色就变深了。现在也不知道这是为什么。

口感上，白面做出来的东西要爽口细滑，黑面做出来的东西就粗糙拉嘴。也许就是这个原因吧，白面被大家称为细粮。除了白面之外的粮食，都叫粗粮。尽管浓香细软的大米饭吃到嘴里一点也不觉得粗糙难咽。红薯也是，除了红薯面做的饭感觉到粗糙之外，红薯本身做出来的饭，无论是蒸的煮的还是烤的，吃到嘴里都很细腻香甜。当然，大米和红薯还是属于粗粮。

红薯有春地红薯和麦茬红薯之分。顾名思义，春地红薯，就是在春天的地里栽下的红薯。这种地在头年秋天收完庄稼之后就什么也不种，只留着空地。来年一开春，到了合适的节气，就栽下红薯秧子。

红薯秧子是从育秧炕上育好的。

阳春二月，乍暖还寒，农家开始在场院的空地上用土坯垒起育秧炕。

炕的下边留有火口，里边留有烟道，上边建有烟囱。炕体上边是一个长方形凹槽，里边铺上沙土。头年的麦茬红薯从窖里一筐筐拎上来，从根上摘下，一个个紧挨着、斜竖着摆放在凹槽里。摆满了，表面再覆上一层沙土。因为天冷，还需要在秧炕上横着搭起一些竹竿，竹竿上面盖上厚的透明塑料布。晚上，还要在塑料布上盖上一层厚厚的草帘子，还要在下边的火口烧些树叶子等柴草，保持秧炕的合适温度。

慢慢地，稚嫩的红薯秧苗从沙土中钻出来，挤挤挨挨地、直直地向上生长。我们透过塑料布，能看到秧炕上一片翠绿。那塑料布里边，蒙着一层细密的水珠。天气暖和、阳光灿烂的日子，也掀开塑料布，那些嫩绿的叶子直棱棱地舒展着，尽情享受着新鲜的空气。

季节到了，红薯秧子也育好了，人们把秧苗一棵棵从红薯母体上揪下来，栽到地里去。那育过秧苗的红薯母体，一般也就内部掏空，变得不再硬挺，吃起来也没有什么嚼头和滋味了。

麦茬红薯，是在割了麦子之后的地里栽下的红薯。这时候栽下的，已不是从育秧炕上直接采下来的红薯秧，而是从已经长（zhǎng）长（cháng）的春地红薯的藤蔓上剪下来的红薯条子。长（cháng）长（cháng）的红薯藤蔓剪开成一截一截的条子，扦插进刚刚收过麦子又耕过一遍的地里。

红薯秧从抽出藤蔓开始，就为人们的生活增添了新意。嫩嫩的红薯叶子，掐下来可以做菜；长长的红薯藤蔓，割下来可以喂猪；还有那支撑着心形叶子亭亭玉立的叶茎，也成为小孩儿们最喜欢的玩具。那叶茎脆脆的，嫩嫩的，用手瓣开来，表皮依然相连。我们经常从叶茎的一头开始，揪住一小截往下瓣，瓣到下边不瓣断，连着皮抻开一小截，再把抻破了皮的这一小截沿着连接处往上瓣，瓣到上边也不瓣断，也是连着皮抻开一小截。依照前边的做法，依次瓣下去，就可以把一截红薯叶茎，抻开成一条叮儿当啷的链子。这条链子，戴在手腕上，就是手链；戴在脚腕上，就是脚链；戴在脖子上，就是项链；戴在耳朵上，就是耳坠子；戴在头上，就是凤冠。尤其是女孩子，正是爱美的时候，身上围个床单子，再佩戴上这些玲珑饰品，在奶奶的土炕上，开始扮演起戏台上的丫鬟小姐与公主。

秋天，别的秋季作物都收割完了，才开始刨红薯。先用镰刀把铺满地面的红薯秧割掉，拉走，晾晒到墙头或场院中去，只留下根部一截。再用镐头顺着秧根，一棵棵刨开，一串串红薯就从土里被提溜出来了。一般是男劳力在前边刨，女劳力在后边拾。

春地红薯或许因为种得早，而且栽下的又是秧苗，长出来的块儿都个儿大，圆鼓鼓的。麦茬红薯或许因为种得晚，而且栽下的又是红薯藤蔓，长出来的块儿也是细长的。这里的细长，也不是像麻山药似的那种细长的棍子状，而是略圆的长块儿。

春地红薯刨出来，经常是一块块分开的；麦茬红薯刨出来，经常是一串串的。人们把一串串红薯连着秧根绑在一起，绑成一提溜一提溜的大把。麦茬红薯放进红薯窖里，可以吃到来年春天。有的人家吃得省，甚至可以吃到新的红薯下来呢。

2014 年 5 月 26 日

红薯（2）

　　春地红薯一般不易保存，人们大多用擦床擦成片，晾干了收起来。擦床跟我们平时洗衣服用的搓衣板差不多，板子大小长短厚薄一样，只是板子中间镂空，嵌进一条窄窄的刀片，上下两边都是光光的木板。擦红薯片的时候，一般是坐在小马扎上，擦床底部顶住地面，上部搭在腿上或是肚子上固定好，右手拿起大块儿红薯，按在擦床上使劲往下推，红薯片就像口中吐出的舌头，接连不断地从擦床下边落到地面上去了。第一次用擦床，会有些胆小，生怕那锋利的刀片擦破了手。看大人拿着红薯在擦床上咔咔地上下翻飞，真是潇洒。不一会儿，擦床下边就聚起一堆红薯片。红薯片白白的，嫩嫩的，表面渗出奶样的水珠。小孩儿们兴奋极了，争先恐后地把红薯片摆开在地面上，眼瞅着就摆一大片。

　　红薯片晾在地里，隔一天翻个个儿。上边的一面干瘪下去了，下边的一面还湿乎乎饱涨涨的。晾干的红薯片失去了水分，边沿开始卷翘起来，体积也缩小了，原本摆放严实的地面，中间露出大块黄土。把红薯干捡回家，用麻袋装起来，堆到仓房里。吃的时候，再用碾子或是电磨碾成面。

　　红薯除了晒干，也直接食用。熬粥的时候，把红薯去皮、切块儿放进有水的锅里，水开了再调进玉米糁，熬出来的玉米粥带着熟透的块块红薯，甜丝丝黏糊糊的，真好喝。印象中，小时候，每天早晨，我都是在妈妈砍红薯的声音中醒来。"咔，咔，咔，咔"，伴随着"噼噼啪啪"的烧柴声。妈妈都是一边烧火一边削红薯。锅台在外间屋靠近里间屋的墙根下，外间屋和里间屋隔着一扇窗，妈妈在外间屋里做饭的动静，会渐渐传进里间屋里熟睡中的我的耳朵。

　　妈妈也经常把整个红薯竖着切成两半，把两个断面贴在锅底，锅底放少许水，做成烤红薯。这样做出来的红薯，紧贴锅底的那面变得焦黄，外面包着的红薯皮裂开，红薯瓤发沙发干，吃的时候很容易噎着。

妈妈经常再做一锅热汤面，就着吃。

　　也有时候大锅里放上水，水上放上蒸屉，红薯放在蒸屉上蒸，我们叫炸山药。这样蒸出来的红薯，水分比较大，整个都是水了吧唧的。红薯蒸多了，一下子吃不完，就用菜刀切成一个个长条，晾晒在房檐下边挂着的高粱秆串成的薄（báo）子上。晾成的红薯干如牛筋一样，很有嚼头，是人们茶余饭后最喜欢的休闲食品。

　　冬天，屋子里生起煤炉，把红薯放在炉口边，烤出来的红薯香喷喷、甜腻腻的，味道跟现在大街上卖的烤红薯一样。

　　模模糊糊有一个印象，可能那时候年纪太小，记得不太牢固。去姥姥家，跟着比自己大些的哥哥去村西的地里，他们用铁锹在地上挖个坑，把红薯放进坑里，再往坑上边点燃棒子秸。红薯烧出来外面黑乎乎的，吃没吃上不记得了，只记得曾经这样烤过红薯。

　　还有一次跟爸爸一起去村东头大渠北边刨过的红薯地里倒红薯【注】。那时候应该还没有上学，自己背一个小筐，手里拿一个和（huó）煤用的小煤铲。爸爸当然背着一个大筐，手里拿的也是一把大铁锹。爸爸把铁锹踩进土里，只听"咔嚓"一声，我赶紧跑过去看。爸爸慢慢把铁锹翻转过来，嘿，土里露出一圈儿白茬，翻过的土里也露出一圈儿白茬。原来，铁锹把一个红薯拦腰切断了。爸爸赶紧弯腰把翻出的红薯捡起来，扔进旁边的筐里。再用铁锹小心地挖出埋在土里的那截红薯，也扔进筐里。再往下踩铁锹的时候，就不那么踩得猛了。有时候，一脚蹬下去，蹬到半截就停住，铁锹尖儿碰到什么东西了。慢慢把铁锹扎下去的土层拨开，再蹲下身去看土里挡住铁锹的是不是红薯。有时候，真是红薯，还好在铁锹切下去的瞬间停住了，红薯还完整地躺在土里。于是，爸爸就用手去扒拉红薯旁边的土层，让红薯整个露出来。有时候，下边没有红薯，却是一颗小石子。那石子硬硬地躺在土里，挡住了铁锹下行的路。这时候，如果踩得劲儿大，铁锹刃儿可能就卷起来了，也有可能把刃儿硌一个小口子。

　　爸爸总能倒到红薯，不一会儿就倒出来好几块儿。我也像模像样地用那小铲子铲着土，只是很少看到红薯，心里别提多羡慕爸爸了。

小时候,红薯是饭桌上的主打食品。人们上顿吃了下顿吃,天天吃,月月吃,年年吃,简直都不想吃了。可也没有办法改变口味,白面和大米都太少见了。现在,大米白面成了家常便饭,红薯却成了改换口味的美食了。

　　【注】倒红薯:当地俗语,是指用铁锹、铁镐等挖掘工具,在刨过红薯的地里重新挖掘,把遗落在地里的红薯翻找出来。这里的"倒"读四声。

2014 年 5 月 26 日

2015年
作品

桃

桃，最诱人的是它尖尖嘴上那抹微红，咬一口下去，真是满口留香，沁人心脾。

我们村北边有一条大坝，大坝北边是蒲阳河。不知道大坝是什么时候修的，也不知道修这个大坝的目的是什么。从我记事的时候起，这个大坝就在那里。现在想想，或许是早年间为了挡住蒲阳河水冲到我们村而修起的吧。大坝的上边是很宽很平的路。下边两侧斜坡上，都栽着树。有杨树、榆树，还有杏树和桃树。桃子成熟的时候，村里就开始卖桃子，我们就到桃树底下去摘桃子。

一次我们去摘桃子，大家正摘得起劲，小玉突然哭起来了。原来，一只马蜂叮了她的小胸脯。谁也没有注意到旁边的桃树上有一个马蜂窝。她没有穿上衣，光着小膀子，白白胖胖的小肉完全暴露在外边。可能是马蜂看到来了这么些人，侵入了它的地盘，想给人们一个下马威吧。别的人都穿着衣服，只有这个胖胖的小孩儿，露着嫩嫩的胸脯，于是，马蜂就上去叮了一口。这可不得了了，疼得小玉也不摘桃了，张着嘴巴哇哇地哭。大人们赶紧围过来，七嘴八舌地哄着小玉不哭，说着怎么着能止住疼痛。有说赶紧去挤的，把那马蜂扎进肉里的毒汁挤出来，就不疼了。但是挤的时候会很疼。也有说回家用煤油和着碱面去抹被马蜂蜇过的地方的，可以把马蜂的毒解出来。

那时候的桃，大都没有经过嫁接，个儿长得都比较小。现在的桃品种就多了。那种圆圆胖胖的，是久保。这种桃儿的嘴只有那尖尖的一点，已经跟整个的桃子连接在一起了。久保果肉不离核，你觉得吃一个太大，想把它瓣成两个半拉，那简直是痴人说梦。那核和果肉牢牢地长在一起，瓣是瓣不开的。当然也有劲儿大的人，就是能把一个桃子瓣开，也只能是小一半桃子没有核，另一半明显要大，那核牢牢地嵌在果肉里。离核的桃子很容易瓣开，双手握住桃子的两边，中间正对着桃子的底部和沟沟，稍一往两边使劲，桃子就分成了均匀的两半。再看那核，干干净净地露出来，上边不沾一点果肉。两半桃子，每个都有一个凹进去的半圆形槽。

还有一种外形扁扁的桃子，是蟠桃。《西游记》里有王母娘娘的蟠桃园，孙悟空就是因为偷吃了王母娘娘的蟠桃而被处罚的。想象中，蟠桃应该是人间最美味的桃子了。蟠桃一般上市较早，在春天的时候就有了。我曾买过几个，倒也没有想象中的那么好吃。或许是早在心里对它寄予了太大的希望，结果跟自己的想象不一样吧，便喜欢不起来了。又因为它的褶皱较多，不容易清洗，买来吃的时候便少。

最喜欢的是冈山白，一种上下略长，表面也稍显粗拉、不甚光滑的桃子。它的头上有歪歪的小嘴儿，胖嘟嘟的明显突出，从嘴到把儿，有一道很明显的沟槽划过桃子上下。相比而言，那久保的沟槽却是不明显的。这种桃子成熟了通身发白，火候小的显得发青，不见红。或许这就是它为什么叫冈山白的原因吧。冈山白离核，很容易就能沿着那个沟槽掰成两半，露出里边嫩而多汁的果肉。很甜，有一种酥脆的口感。

一种跟冈山白形状差不多，颜色却头儿上发红根部发白的桃子，叫景玉，口感也非常好。也是离核的，脆脆的，很甜。只是这种桃子上市时间比较短，没有多长时间，就在市面上找不到了。

还有一种通身红透的圆圆的桃子，听卖水果的人说叫景新，跟景玉排着呢。可能这两个品种是表亲吧。买几个来尝尝，味道也很不错。

最惹人垂涎欲滴的，应该是水蜜桃了。先不说别的，单听一下这个名字，就开始引人遐想了。

一年暑假，我们带孩子坐火车去桂林。暑假开学，孩子就该上小学六年级了。长这么大还没有坐过火车，为了让孩子体验一下坐火车的感觉，我们特意选定坐火车去桂林。买的是保定到桂林的卧铺票，需要在火车上待一天一宿。整日在火车上待着，车窗外的景色白天还能看到，晚上就什么也看不到了。还好，车厢里的小喇叭不时地做着广播。广播最多的就是道口烧鸡和水蜜桃，有需要的可以在不断走过的工作人员推着的小车上买到。那道口烧鸡和水蜜桃，让整日在火车上坐着的人们，不再感觉到乏味和枯燥。

水蜜桃，嗯，水蜜桃。

2015 年 12 月 2 日

搭错车

那次搭错车，缘于我的孤陋寡闻。

望都县在顺平县的南面，与顺平县交界。两个县城之间的距离也就十几公里。对于顺平县的人来说，这应该是个常识。可对于当时的我来说，那时候却不知道。那时候，我已师范学校毕业，走上了工作岗位。

那天是个星期天，我一早从村里出发，到顺平县城坐公共汽车到保定看望保定师范的一位班主任老师。老师留我在家跟她的家人一起吃了午饭，午间也没有休息，像妈妈一样很体贴地说了许多话，提醒我在以后的人生道路上，应该注意哪些问题。我听得入了迷，不知不觉，天色就暗下来了。尽管很不情愿，我还是依依不舍地向老师道别，匆匆赶往汽车站。

当时的长途汽车站还在老火车站广场的南侧。候车大厅建在路边，停车场在候车大厅的南面院子里。汽车的进出口开在建华路上，位于停车场的东南角。为了不耽误时间，我直接从汽车进出口走进了停车场。到了场内售票处一问，才知道发往完县（那时候还叫完县，1993年之后才改名叫顺平县）的末班车刚刚开走。

这可怎么办呢？眼看天就要黑了。

"应该还可以坐顺路车。"车站的工作人员告诉我。

这时候，正好有一辆班车发动了，缓缓地从我身边驶过。我偏头一看车前的牌子，上边写的是"保定—望都"。跟车的女售票员，斜肩挎着卖票的黄色牛皮包，站在车门口，嘴里不停地喊着"望都走啦——""望都——"。在我的印象里，望都应该是跟我们县挨着的。那是不是顺路呢？我心里这样一闪念，眼看车头向着出口拐过去了，就赶紧快跑两步，追过去问："过完县吗？"售票员急急地挥挥手说："过，要走就快点儿上。"我也来不及多问，赶紧跨上车去，心里还很美滋滋的：啊，真好，搭上顺路车了，今天能赶回家了。

汽车出了站口，向右拐弯，沿着建华路一直朝南开去。过了二道桥，还是一直朝南开，没有向西拐。按说，开往我们县的班车应该在二道桥这儿往西拐，然后一直向西走。我的心里开始犯起嘀咕，还想着，或许这辆车的行驶路线不一样吧，也可能在前边的路口才往西拐吧。

　　可是，汽车开足马力，一路轰鸣着执着地向前行驶着，一点也没有停下来拐弯儿的意思。每过一个路口，我都心存希望，希望这车子会慢下来，然后往西拐。可是，车子连慢下来的意思都没有了，一直驶出保定市，一路向前奔驰着。

　　天黑下来了，车厢里也黑了，外边到哪儿了，也不知道。我开始着急起来，扯起嗓子问售票员："不是说过完县吗？怎么一直朝南开呀？"那个售票员很干脆地说："过高于铺。"哦，原来她说的过完县，是过完县的高于铺啊。可是我说的和理解的过完县，是过完县县城啊。真想不到在这个问题上出了岔子。

　　高于铺是完县的地方。只是它在县城的东南方，距离县城还有一段不小的距离。而我们家却在县城的北边，和它根本不在一个方向上。真是南辕北辙了。理解偏差啊。那句"差之毫厘，谬以千里"用在这里太恰当不过了。这可怎么办啊？天已完全黑了。要是不上车就好了，在保定还可以找个旅馆住下来。要是在高于铺下车，人生地不熟的，那儿又是个小地方，旅馆都不见得找得到。那时候，通信条件还不发达，家里还没有安电话。就连村里都没有电话，那时候要是打电话，都要到县城的邮电局去打。要是中途下车，离保定也远了，再回保定也不容易了。

　　长这么大，我还没有一个人天黑了去过陌生的地方，心里一阵害怕，眼泪不觉滚落下来。周围一同坐车的人们开始七嘴八舌地议论起来，有问我高于铺有没有亲戚的，有说可以坐车到望都再住旅馆的。也是啊，还是到望都找个旅馆住下来好些，望都毕竟是县城，相对来讲要安全些。旁边一个老大爷，听说我从没有去过望都，就说，望都汽车站旁边就是国营招待所，到了站下车，他可以领着我去招待所。他还说，他也可以领着我去他家里住，只是又怕我不放心。老大爷这样一说，我心里有了点谱，不觉安定下来。再看车窗外黑黑的夜色，也不觉得有多害怕了。

　　到了望都，下了汽车，那个老大爷领我到旁边的招待所，跟招待所管接待的大姐说我是一个人，又是个小姑娘，坐错车了，大晚上的也没有地方去，最好安排一个单间，就别安排别的客人入住了。大姐听了大爷的话，只收了我一个床位的钱，办好了入住手续，又拿着一串钥匙，领我走进里边的院子。院子里是一溜平房，她打开一个房间的木门，里边有几张单人床，没有住进别的客人。那个大爷嘱咐我把房门从里边锁好，明天早晨他还会过来看我，就走了。我把房门的插销插好，还把房间里窗户下边桌子旁边的椅子搬过去顶在门后。再检查一遍窗户的插销也是插好的，才安心地和衣睡下。一夜很是安稳。

　　第二天，天刚蒙蒙亮，我就早早醒了。走到旁边的车站去等到我们县的班车。在车站小卖部买了两瓶一滴香酒，打算那个老大爷来的时候送给他，表示感谢。到我们县的班车迟迟不来，汽车站上的人说是从安国开过来的过路车，大概还要等上两个多小时。也有人说，完县离着这么近，走着也用不了多长时间。我也是回家心切，心想再等两个小时的车，还不定来不来，还不如趁早慢慢往回走呢，怎么着一天也能走回到家里去。走回招待所看看那个大爷也没有来，也不再等，就办了退房手续，拎着两瓶酒急急往外走。

　　走过地道桥，站在路边向人问路。简直就不能张口，一张口眼泪先往下流，嗓子里也发不出声音来，喉咙里有个硬硬的疙瘩堵着，好疼好疼。努力控制住自己的情绪，使劲让喉咙里发出点声音，问人家往完县去该怎么走。人家很耐心地把路指给我，并说路不远，很近，出了县城，走不了多长时间。眼泪也流了，路也问清了，心里也轻松了许多。顺着人家指给的路一直走过去，果然很快就走出了望都县城，再走不多远，就到了我们县的地界下叔了。到了下叔，踏上了我们县的地界，心一下子就踏实下来了。当年，表妹小玲正好在下叔教学，我便到学校去找她。跟她说了我的情况，等她中午放了学，我们俩骑着她的自行车很快回到了家里。

这件事过去二十多年了，那种似乎到了天涯海角举目无亲的伤感，还有那位好心的老大爷对自己如同亲人般的帮助，总会不由得想起。我经常在心里为他和一路上帮助过我的人默默祝福：好人一生平安。

补记：写了这篇文章之后，我回家跟妈妈说起这件事，妈妈说，她记得这件事，中途我还落下了一个环节。就是我走出了望都县城，在路上边往前走，边往身后看，看那辆开往我们县的班车是不是跟上来。走着走着，看到后边有一个跟我年龄相仿的女孩儿骑着自行车过来了。我就站在原地，等她骑到跟前拦住她，问她可不可以跟她同骑一辆车子走一段路，我可以骑车带着她。这样，我可以节省一点体力，而且会走得更快一些。那个女孩儿听了我的叙述，欣然同意。我便骑上她的车，她坐在车子后衣架上。我俩边走边聊，我知道了这个女孩儿家在望都，在我们县的下叔教学，她这是要赶去学校上班。我的表妹正好在下叔教学，我们俩就一同赶到下叔学校去。到了学校，那个女孩儿领我找到表妹，她就去上课了。我等表妹下了课，放了学，我们俩一同回家去。

妈妈这样一说，可不是嘛，我也想起来，我怎么觉得我去下叔的路上好像缺了点什么呢？总觉得有一段空白。妈妈向来记性特别好，我们小时候的事情，妈妈记得都特别清楚。感谢妈妈帮我补记了这一段故事，也感谢表妹和那个带我找到表妹的望都县女孩儿，是她们帮我很快找到了回家的路，帮我很快化解了人在他乡的伤感。

2015 年 12 月 9 日

下雨啦

窗外，
淅淅沥沥的，
唰唰啦啦的。
原来，
下雨啦。

天，
阴着；
雨，
下着；
小鸟，
叽叽喳喳的，
欢快地叫着。

大树，
小树，
舒展着枝叶，
尽情地，
愉悦地，
沐浴着。

小草，
挺拔起来了，
抖擞精神，
美美地吮吸着，
这天降的甘霖。

尘土，
落下去了，
空气中，
充盈着，
醉人的，
甜蜜和清新。

大人，
孩子，
仰脸向天，
伸展双臂，
啊，
来个拥抱吧，
可爱的雨。

2015 年 12 月 30 日

2016 年
作品

视而不见

　　一个夏天的傍晚，老头儿去国际俱乐部见朋友，我开车送他。把车停在国际俱乐部东侧西餐厅门外的路边，老头儿下车。我说我去附近盛兴路市场买点水果，他说时间不会太长，快去快回。

　　盛兴路市场离得很近，从国际俱乐部十字路口往南直行一站地就到了。这儿的水果摊位很多，西瓜都切成半个半个的，摆成一大片卖。天黑了，水果摊上挂着很亮的电灯。快速选好半个西瓜，称重，付款，上车，离开。老头儿打来电话，问我在哪儿，我说已经买好，正往回走。他说，快点儿。

　　到国际俱乐部十字路口，遇上红灯，停下来等。抬眼看对面的国际俱乐部，大楼外边围着铁架子和网子，正在装修。想到过两天邻居的孩子要在这里举办婚礼，邀请了自己参加，到时候该从哪里进门呢？

　　绿灯亮了，穿过马路，之前的问题还在想着。透过车窗，看向国际俱乐部楼下原来的大门。哦，那里用架子支撑起一个通道，正有人进进出出。

　　径直来到西餐厅门外，手机响起来。把车停好，拿起手机一看，是老头儿。心里一阵高兴，嘿，回来得正好。没想到一接听，他在电话里就是一通咆哮："你怎么回事啊？明明看到我了，还往前开。"我被问住了。嗯？我看到你了？赶紧往车前看，没有啊。又往车的左右看，也没有啊。有点蒙。他那么理直气壮，说的肯定是真的。可我确实没有看见他啊。又把电话拨出去，问："我怎么看不到你啊？"他那里又怒了："你别装了，你明明看到我了，还说没看见。"说完又挂了电话。我再次往车前车后左左右右看一遍，再次确定一下自己的感觉，真的没有。又把电话拨出去，问他："你现在在哪儿啊，我怎么看不见你？"他说："就在你刚刚路过的这个出口。"哦，怪不得呢。在十字路口的角上，有国际俱乐部的进出口，我刚才就是从那儿往里看大楼的门口的。原以为，他在西餐厅门外下车，我就该在西餐厅门外来接他。谁知道他走到那里去了呢？

把车开回去，老头儿气哼哼地上车。我说我确实没有看见他站在这里，他说他明明看见我往他这里看了。我再无话可说。再说下去，无非就是相同的话再重复一遍，谁也说服不了谁，还闹一肚子气。

突然想起多年以前的一件事，那件事跟这件事比起来，更妙。

那年，我们在易县。忘了是什么季节了。那时候，还没有手机，BB机都是后来才有的。老头儿骑摩托车上班，我骑自行车上班。记不清那天为什么没有骑自行车了，下班前用单位的电话和老头儿约好，我在县政府门外的路口等他，他过来接上我一起回家。

那时候，县政府大院儿还没有改造，大街上也还是老样子。县政府门外的大街对面，有一条小路通向甲街。小路两边的街角上，西边是卖五金电器的国营商店，东边是卖服装的私营商铺和小饭店。在商店外边的小路边，靠墙摆着几家小吃摊，卖些牛肉、烧饼、包子、馄饨、油条、老豆腐之类的饭食。大街两边，种着龙爪槐树。

我站在五金商店门外的大树下，远远看到老头儿骑着摩托车从东边过来了，而且向我骑过来。我朝他挥挥手，他已停在我的面前，也不说话，直接掉转车头，车的后座正靠近我。我用手扶住车座，正要抬腿上车，戏剧性的一幕发生了。他那里一踩油门，摩托车飞快地往前开走了。我愣在那里，随后"哎——""哎——"两声，朝他的背影挥着手，希望能把他叫回来。怎奈他的摩托车"嘟嘟"响着，留下一路烟尘，一会儿就消失在来来往往的人群中。

我以为他在跟我开玩笑，就在原地站着，等他一会儿又开回来。结果，没有再见到他的影子。我开始往前走，朝着家的方向。心里还存着一线希望，一边走，一边看着对面的马路，生怕他赶回来的时候，我看不到他。就这样，一路走回西亢庄的教委家属院儿。

走进家门，看到院子里东墙边放着老头儿的摩托车，知道他已经回来了。老头儿从屋里走出来，站在厨房门外的台阶上。我看到他，正想问他怎么回事，他那里却横眉立目地冲我发火了："你到哪儿去了，我找你半天找不到？"我眼里含着泪，说道："我就在五金店门外的街边站着，你本来都到我身边了，我正要抬腿上车，你就跑远了。"他一脸的不信："不可能，我没有看到你，我本来是去接你的，看到你还不接上你吗？不可能。"他那里那么肯定，好像我说的是编的。我不再说话。

多年来，每每想起这件事，我都很纳闷。怎么就那么巧呢？明明都到了我身边了，我就差抬腿上车了，他却说没有看到我。今天这件事，让我心里豁然开朗了。那次他来到我跟前还没有看到我，跟这次我看向他站着的地方却没有看到他，有什么差别呢？我们都是视而不见罢了。

后来的一天，我在保百购物广场二楼吃饭，坐在餐厅南侧的餐桌边，对面是小豆面馆的档口，中间是穿梭不断的顾客。有两个中年妇女站在小豆面馆前点餐。一会儿其中一个走到我后边去了，留下来的这个人也点好餐，背对面馆脸朝我身后的餐厅站在过道上。过一会儿，到后边去的那个人回来了，径直走到留下来的这个人身边，用手去拍这个人的肩膀。这个人似乎猛然看到她，吓了一跳，大瞪着眼睛，说道："嗯？你什么时候回来的？"回来的这个人也很惊讶，说道："嗯？你一直朝我这边看，我以为你看到我了。"这个人用手指着餐厅的方向，说："我一直看那边……"两人扭在一起，笑成一团。

原来，视而不见，随处可见啊。

2016 年 1 月 15 日

苦累

苦累，在这里不是又苦又累的意思，而是一种饭食。

一天，同事们说起在家都做什么饭。大家你一言我一语地说着自己最拿手最新鲜的做法。席姐说她最近经常做苦累，家里人都很爱吃。我第一次听说这个名字，开始以为没有听清楚，就问："席姐，你说什么？"席姐停下话头，微笑着把脸朝向我，一板一眼、一字一顿地说"苦累"。这下听清了，可是，我搜肠刮肚想半天，终究想不出这"苦累"到底为何物。

怎么回事？按说自己年纪也不小了，多年来吃过的饭菜品种也不少，可这"苦累"，竟然一点都没有听说过哎。

我看着大家好像都知道的样子，越发觉得这件事情着实不可思议。我们相处这么久了，而且我们都生活在同一个区域，她们都知道的饭食，我怎么会一点都不知道呢？好神秘哦。

站在一旁的潘科长，看我一脸茫然的样子，笑呵呵地说："苦累，就是蒸疙瘩，老辈子传下来的说法叫苦累。"

哦，要说蒸疙瘩，就简单了。我当然知道蒸疙瘩。谁没有吃过蒸疙瘩啊？潘科长的话，一下子解开了"苦累"的神秘面纱。

小时候，妈妈经常做搅疙瘩，都是用烧柴火的大锅做。印象最深的是用小红薯片儿做的搅疙瘩。在锅底把红薯片儿焖个半熟，再往红薯片儿表面撒上一层面粉，盖上锅盖焖一会儿。觉得火候差不多了，就掀开锅盖，用筷子使劲搅，把面粉和红薯片儿充分地搅到一起成为块儿状的疙瘩。搅疙瘩就算做好了。然后，砸一小碗蒜泥，配上香油酱油醋调成汁子，浇在盛在碗里的疙瘩上。那时候用的面粉，多是红薯面，或是玉米面，因为白面很少。

自家院子里有几棵榆树，春天榆钱长出来，就顺着枝条捋了榆钱做搅疙瘩。也有用别的菜做的时候，做法大致相同。

想到这里，我问："我小时候吃的搅疙瘩，应该就是苦累吧？"

潘科长笑着说："做法还是不一样，苦累是蒸的。"哦，可能区别就在一个是用水蒸，一个是直接在锅底搅吧。大家你一言我一语地又分析起为什么这种饭食叫"苦累"来。也许是早些年生活比较困苦，粮食少，这种饭食就是用大量的菜和少量的粮食一起蒸做出来的。所以起名叫苦累。虽然名字那么叫，吃起来可是很好吃呢。

我按照席姐说的方法，回家试着做了菜豆角的苦累，真是省事，而且，真是太好吃了。

先把适量的菜豆角洗净切成丁，装进一个稍大点的盆子里。再加适量的盐，把豆角搅拌一下，让盐与豆角充分融合。再往盆子里加入适量的面粉，搅拌，让每一粒豆角都裹上面粉。面粉不宜太多，多了蒸出来的苦累会发硬，欠松软。觉得裹了面粉的豆角有点干的话，可以再往盆子里淋上一些水，让面粉和豆角都湿透。

蒸锅里加水烧开，放进蒸屉，蒸屉上铺上蒸笼布，再把裹了面粉的豆角团放在笼布上，盖上锅盖蒸。过上二十分钟，估摸着蒸熟了，便去揭开锅盖，用筷子挑开豆角团，看看里边是不是熟透了。熟透了，便关火。苦累就做好了。

剥几瓣蒜，砸成蒜泥，再调进生抽、香油和醋。调好的汁子浇在苦累上，拌着吃，真是人间美味啊。

一天中午，我和老头儿去婆婆家。我在水池边洗手，婆婆嘿嘿笑着，双手背在身后，靠墙站着，很神秘地对我说："今天做的饭很新鲜，你们都想不到。"我看婆婆很认真的样子，便仔细在脑海里搜索，会是什么呢，这么新鲜？正自想着，她又说道："芝子前两天来过，她说她刚回过老家，从家里带来的菜豆角，放了几天了，有点老。"哦？我猛地眼前一亮，脱口说出："是不是蒸疙瘩呀？"她听了笑着点头说："是"。公公正在往盘子里盛菜，也附和着说："你妈说你爱吃。"我赶紧说："是，我就是特别爱吃这个。这个还就是豆角越老越合适做。前两天我刚做过一次，就是豆角放了两天有点皮了。就是他不很感兴趣。"我用手指着老头儿说。接着又说起单位里席姐说的，用菜豆角做蒸疙瘩，叫作苦累的话。

饭桌上还摆了一大碗切成细丁的凉拌小葱，加了香油酱油醋进去，用来拌在苦累上。以前老头儿对我做的蒸疙瘩一点也不感兴趣，这次却是例外，他尤其喜欢拌了小葱的调味料。

之后我再做菜豆角的苦累，就切一大碗小葱做调料。

2016 年 7 月 31 日

此文 2019 年 2 月 18 日在默犁创办的纯文学公众号《容和文学》登载。